花木芳菲

周瘦鹃　著
王稼句　编

苏州新闻出版集团
古吴轩出版社

图书在版编目(CIP)数据

花木芳菲 / 周瘦鹃著；王稼句编. -- 苏州：古吴轩出版社，2025.6. -- ISBN 978-7-5546-2667-2

Ⅰ．I267

中国国家版本馆CIP数据核字第2025CX5496号

责任编辑：鲁林林
见习编辑：周　磊
装帧设计：韩桂丽
责任校对：王霁钰

书　　名：花木芳菲
著　　者：周瘦鹃
编　　者：王稼句
出版发行：苏州新闻出版集团
　　　　　古吴轩出版社
　　　　　地址：苏州市八达街118号苏州新闻大厦30F
　　　　　电话：0512-65233679　邮编：215123
出 版 人：王乐飞
印　　刷：苏州市越洋印刷有限公司
开　　本：880mm×1230mm　1/32
印　　张：11.375
字　　数：224千字
版　　次：2025年6月第1版
印　　次：2025年6月第1次印刷
书　　号：ISBN 978-7-5546-2667-2
定　　价：68.00元

如有印装质量问题，请与印刷厂联系。0512-68180628

前　言

周瘦鹃先生，祖籍苏州，1895年生于上海。1911年，他在民立中学读书时就开始创作和翻译。1912年中学毕业，留校任教，未久辞职，开始了漫长的职业笔墨生涯。1914年王钝根创办《礼拜六》后，他即成为这个周刊的台柱，后又被聘为《新申报》、《新闻报·快活林》、《申报·自由谈》特约撰述。自1920年起，他先后主编《申报·自由谈》、《礼拜六》、《游戏世界》、《半月》、《紫兰花片》、《上海画报》、《紫葡萄画报》、《良友》、《紫罗兰》、《新家庭》、《申报·春秋》、《乐观》等。在民国上海，他是文坛风云人物，影响很大，最忙碌的时候，每天工作十四五个小时，故自称"文字劳工"。他所编辑的报刊深入人心，在社会上有很大号召力，尤其受到市民阶层的欢迎。在翻译和创作上也硕果累累，代表作有《欧美名家短篇小说丛刊》、《世界名家短篇小说全集》、《紫罗兰集》、《紫罗兰外集》、《新秋海棠》、《亡国奴之日记》、《留声机片》、《十年守寡》、《南京之围》、《祖国之徽》、《对邻的小楼》等。

约1920年代中期，周瘦鹃对花木栽培产生浓厚兴趣，以至一发不可收。1931年，他以历年卖文积馀，买宅苏州城内甫桥西街王长河头,翌年移家苏州,每周去上海一两天处理编务,其馀时间都沉浸在花木丛中,制作盆栽、盆景,不但在上海中西莳花会展出评比年会上屡屡获奖,与朱犀园等在苏州结含英社,作专门的研究,还一度在上海王家库静安寺路口创设香雪园,展销自己的盆栽、盆景作品。

周瘦鹃在王长河头的宅园,自题"紫兰小筑",人称"周家花园",本是何绍基裔孙何维的默园,几已废圮。周瘦鹃入住后,苦心经营,三十多年间屡兴土木,开拓园地,占地达四亩,主要建筑有爱莲堂、且住、寒香阁、含英咀华之室、凤来仪室、花延年阁、迎风廊、仰止轩、梅屋、荷轩、鱼乐国诸构。园中有低矮的土山,有湖石假山梅丘,湖石竖峰五岳起方寸,又凿东西两池,植荷养鱼,有树两百馀株,连枝接柯,众绿成幔,又有竹林、紫藤棚、葡萄架、紫兰台及多个大小花坛,四季花事缤纷。室内室外,又处处摆着盆栽、盆景,大大小小,蔚然可观。

自1950年代起,周瘦鹃受到礼遇,先后出任苏州市园林管理处副主任、苏州市文物古迹保管委员会副主任、苏州市市政建设规划委员会副主任,当选为江苏省人大代表和全国政协委员,两次受到毛泽东主席接见。在苏州的周家花园,高车驷马,门庭若市,周恩来夫妇、朱德夫妇、李先念、刘伯承、叶剑英、陈毅、陆定一、薄一波、谭震林、乌兰夫、班禅额尔德尼·确吉坚赞、沈钧儒、田汉等都曾来访,在爱莲堂上谈笑风生。在主人预备的《嘉宾题名录》上，周恩来题"一九六三年一月三十日，访周瘦老于苏州爱莲堂。周恩来，邓颖超"；叶剑英题"三到苏州三拜访，周园盆景更新妍"；田汉题"使祖国特有的文化传统、高雅的生活趣味，普及到一般家庭，成为吾人所追求的美好生活的基调之一"。朱德则与周瘦鹃交流了种植蕙兰的经验，并赠送了两盆蕙兰，都是蜀中珍品。

周瘦鹃晚年，除参加社会活动外，将时间和精力主要放在盆栽、盆景的研究和制作上，参加各地的展览和研讨，被公认为这方面的专家，还拍摄了彩色纪录片《盆景》。同时，他写了不少谈花木、风俗、名物、胜迹的篇什，以及去江浙皖赣粤等地的游记，又改写旧作，自订文集，先后有六册问世，它们是《花前琐记》、《花花草草》、《花前续记》、《花前新记》、《行云集》、《花弄影集》。这些文章，知识性和趣味性兼具，文笔清丽，行文晓畅，娓娓道来，具有相当的可读性。

周瘦鹃本以为可以在花光树影中安度晚景，想不到"文革"发动的第三年，急风暴雨席卷了宁静安逸的家园，他万念俱灰，惟有一死了之，遂于1968年8月12日深夜投身园中水井，时年七十四岁。

本书所收均为周瘦鹃集文外，由三部分组成。一是在民国年间谈花草虫鱼的散篇，选自《申报》、《紫兰花片》、《紫罗兰集》、《上海画报》、《紫罗兰》、《珊瑚》、《晶报》、《健康家庭》、《永安月刊》、《乐观》、《海报》、《旅行杂志》、《立报》等报刊和单行本，凡六十四篇，以发表时间先后为序；二是《园居杂记》一组，乃是1939年至1941年在《健康家庭》上的专栏，凡二十六篇，记录了作者的园居生活，讲述了花木和盆栽、盆景的故事，普及了园艺知识；三是《我的小园地》一篇，为未曾发表的手稿，承周全女士提供，约写于1960年代初，反映了当时紫兰小筑的情状。

《雍熙乐府·南曲小令》有云："花木芳菲，万紫千红似锦堆。"正是周瘦鹃先生的念想和追求。今年是他诞生一百三十周年，我编了这本《花木芳菲》，以纪念这位民国以来数得上的著作家、翻译家、编辑家、园艺家。

2025年3月5日，乙巳惊蛰

目 录

前 言

花生日琐记……………………………………… 1

荔枝话…………………………………………… 2

晚香小录………………………………………… 4

花 语…………………………………………… 6

爱之花…………………………………………… 10

宠 花…………………………………………… 12

桃花片片………………………………………… 14

花 品…………………………………………… 16

紫兰小记………………………………………… 17

紫兰零拾………………………………………… 18

莲荡一瞥………………………………………… 18

秋花小志………………………………………… 21

春之花	24
偶然的特刊	27
谈水蜜桃	29
龙华春色	30
杜鹃花畔	32
热　话	33
法公园琐记	34
紫罗兰话	36
送　春	38
晚香玉畔	39
岁首丛缀	40
春节杂缀	42
名园小驻记	43
秋之园	45
金鱼话	47
《金鱼谈片》补	58
苏州一花痴	59
《花果小品》序	62
花事杂纂	63
我与中西莳花会	69
纪义士梅	79
紫兰小筑九日记	90

香雪园寄慨	104
为恤孤寒不计钱	106
行善得画	107
梅花诗	109
春初花事	111
垂丝海棠	112
紫兰宫·紫兰台	113
茶　座	114
金　鱼	115
采　莲	117
花与果	119
盆　景	120
大观园	121
园之恋	123
送花给没有花的人	124
还乡记痛	126
我爱国花	135
仲秋的花与果	136
没有菊花的秋天	138
隆冬的花与果	140
我爱梅花	143
插了梅花便过年	144

吾家的灵芝	146
春寒未许看梅花	147
探　梅	148
清奇古怪	150
樱　花	151
文玩清供	152
枸杞清话	154
湖山胜处看梅花	155

园居杂记（一）	165
园居杂记（二）	170
园居杂记（三）	176
园居杂记（四）	182
园居杂记（五）	188
园居杂记（六）	193
园居杂记（七）	198
园居杂记（八）	204
园居杂记（九）	210
园居杂记（十）	216
园居杂记（十一）	223
园居杂记（十二）	229
园居杂记（十三）	235

园居杂记（十四）……………………………… 241

园居杂记（十五）……………………………… 248

园居杂记（十六）……………………………… 256

园居杂记（十七）……………………………… 263

园居杂记（十八）……………………………… 273

园居杂记（十九）……………………………… 280

园居杂记（二十）……………………………… 287

园居杂记（二十一）……………………………… 294

园居杂记（二十二）……………………………… 301

园居杂记（二十三）……………………………… 309

园居杂记（二十四）……………………………… 316

园居杂记（二十五）……………………………… 324

园居杂记（二十六）……………………………… 332

我的小园地……………………………………… 341

花生日琐记

夏历二月十二日，俗为花生日，小庭中所植紫罗兰一盆，嫩叶已抽，润以细雨，若泪花然。晓来曾向市上买得一束，立胆瓶中，枝密影倩，晻薆作洌香，抽笔草《花生日琐记》，香拂拂似透纸背出。

生平于花中，独爱紫罗兰，花小色紫，幽艳异常卉，尝谓其足以奴视玫瑰，婢蓄茶花，不为过也。英国诗人堪咨（J.Keats）诗谓"紫罗兰瓣瓣挺秀，美于仙女琪奴之媚眼"，故西方小说家，每写美人媚目，辄曰"色如紫兰"，兰亦幸矣。考希腊神话，谓此花为女神维纳司（Venus，司爱情与美丽者）情泪所化，维有夫远行，相与把别，泪珠入地，忽生萌蘖，入春花发，则紫罗兰也。紫兰烂开于新历三月末，今即花时。检古人诗，无有咏此者，惟李义山诗有"紫兰香径与招魂"句，剧赏之。近人黄摩西词有"暮秋深老紫兰寒"句，则过吴下紫兰巷吊其所欢安定君作也。二句未必咏此花。予旧有句云："野花撩乱扑阑干，生受萧郎陌路看。毕竟巫云谁得似，似他惟独紫罗兰。"吾知紫兰，紫兰当亦知吾也。

咏花朝词，颇爱宋泰渊《柳含烟》一阕云："春将半，燕方归。满院暗香小绿，无端悄立背秋千。困人天。　　记得旧年郎马去。折柳河桥细雨。可怜今日又花朝。玉关遥。"又杨基《浣溪沙》词云："鸾股先寻斗草钗。凤头先绣踏青鞋。衣裳宫样不须裁。　雕玉叠成鹦鹉架，泥金镂就牡丹牌。明朝相约看花来。"花朝日诵之花前，花当首肯。

（《申报》1920年4月1日，署名紫兰主人）

荔枝话

我读了苏东坡诗"日啖荔枝三百颗，不妨长作岭南人"两句，就常常神往于岭南的荔枝，料知岭南荔枝定有特别的好处，才能使苏老先生说出这种死心塌地的话来，为了每天三百颗荔枝，竟愿意抛了他眉山原籍，做广东人去。

前年香港文学研究社社长罗五洲先生到上海来瞧我，谈起广东果品，说是荔枝第一，不可不吃的。去年荔枝上市时，罗先生便寄了一篓给我，开篓看时，一颗颗都作猩红，壳上刺烂很坚硬，不容易剥，里面有薄膜，像紫绡一样，剥去了膜，便像水晶丸似的的溜圆，一颗嚼在口中，芳香甜美，有的没有核，有核的也像鸡舌般极小的，吃了一颗，决不肯放手，一连总是几十颗，才能杀馋，这就难怪苏老先生一天想吃三百颗了。

关于荔枝的故事，旧书上是很多的，杜牧诗"一骑红尘妃子笑，无人知是荔枝来"，这妃子，便是指杨贵妃。据《杨妃传》说，妃生在蜀中，爱吃荔枝，因南海的荔枝比蜀中好，每年总飞骑进贡，七日七夜，赶到京里，味色未变，人马都死，百姓很怨苦。杨妃爱荔枝，好说是荔枝知己，但因爱吃荔枝之果，弄得人马都死，百姓怨苦，那未免为荔枝造孽了。

《后汉书》说："和帝时，岭南献生荔枝，十里一置，五里一堠，昼夜传送。唐羌上书言：'伏见交阯七郡，献生荔枝、龙眼等，触犯死亡之害。此二物升殿，未必延年益寿。'于是诏敕太官，勿复受献。"看这一段，分明又是为了荔枝闯祸了，说吃了荔枝未必延年益寿，亏那位唐姓的，倒也会说话呢。

荔枝故事中，带些神怪和香艳色彩的，有《广异记》中的一节："宋元符末，福建官谭徽之出郊，见一园荔枝垂熟，采食树下，少憩，梦至一室，美人盛服出迎，携手而入，饮间，吟云：'妾生原在粤闽间，六月南州始荐盘。肉嫩色娇丹凤髓，皮枯棱涩紫鸡冠。咽残风味清心渴，嚼破天浆沁齿寒。却忆当年妃子笑，红尘一骑过长安。'"这一个美人，大约就是荔枝仙子，或是荔枝的妖精罢。

文友许厓父说，广东荔枝最多的地方，是在省城西偏的荔枝湾，流水一泓，迂回有致，两岸全是荔枝树，四五月间，便结满了无数的荔枝。最最名贵的，叫做挂绿，壳的上面，有小小一个绿点，剥食时，肉更坚，气更香，质更细嫩，却又不易腐烂，向来是地方长官贡献之品，出产地是在增城，并且只有这一棵树。今来这棵树又被雷殛，只剩了半棵，多分是雷公公妒人口福,所以这样恶作剧呢。

今年五月间,罗先生又寄荔枝来了,月夜独坐紫罗兰庵,饱吃荔枝,一壁读苏曼殊《燕子龛遗诗》,读到《东居杂诗》末一首:"兰蕙芬芳总负伊,并肩携手纳凉时。旧厢风物重相忆,十指纤纤擘荔枝。"一时怅触于怀,那荔枝也就吃不下了唉。

(《紫兰花片》1922年第3集)

晚香小录

晚香玉,一名月下香,开于夏,花白,秀色可餐,朝敛暮开,浓香殢人欲醉,欧西亦有紫、黄、绛、蓝诸色者,并植玉胆瓶中,如五色云锦也。吾妇凤君,颇好此花,云窗雾槛间,手植殆遍,每值花晨月夕,辄亲加灌溉,不知耽误几许绣工夫矣。诗词中咏此花者不多,尝见社友王西神有《绮罗香》词云:"雪艳描痕,云痴簇影,叶叶罗衣青蒻。浅立亭亭,新睡起来还懒。似玉奴、花骨搓酥,比珠娘、粉肌无汗。伴黄昏、爇罢都梁,退红衫薄那时见。　纱幮凉约细记,唤作素馨也称,蕊宫仙眷。莫是兰姨,沦谪上清幽怨。尽香熏、拜月迟眠,防露冷、踏波归晚。更怜他、碎摘南强,上头钗凤颤。"字香语艳,足与晚香玉媲美。

夜来香,秋开,花微黄,亦一种晚开之花也。夜深人静时,浓芬四溢，曲中人多好此，斜簪云鬟间，以助晚妆，花气氤氲，荡为销魂之雾，可与笑涡眼波，勾摄檀郎一寸心也。永福诗人黄莘田有诗咏夜来香云："湘帘无影月空濛，忽地鲜香一阵通。知隔碧纱帷暗坐，谢娘头上过来风。"按谢娘即指其侍儿金樱，金樱知文义，明艳善歌。美人头上，固当簪此名葩，复得佳句以宠之，花真不朽矣。

茉莉亦曰抹丽，佛书谓之鬘华，西名曰耶悉茗（Jasmine），种出西域。厥花虽非晚开，而诗词中吟咏所及，辄与"夜"或"晚妆"相连，如汪懋麟句云："晚凉院落，月照处清芬似水。安排下、钿匣金簪，穿花惯须小婢。"又云："将几枝，安放枕头根底。梦魂香，相伴睡。"史惟圆句云："渐黄昏月隐纱厨，偏只到枕上屏合香聚。"皆咏茉莉也。又如徐燮亭《无题》云："酒阑娇惰抱琵琶，茉莉新堆两鬓鸦。消受香风在凉夜，枕边俱是助情花。"吴小榭《秦淮杂诗》云："云廊水阁敞朱扉，吹送香风抹丽微。刚是晚凉新浴后，淡妆都换玉罗衣。"施闰章《茉莉词》云："爱花全不为花愁，穿取团团似雪毬。欲作新妆相趁好，吴姬临晚更梳头。""日汲寒泉灌几回，下阶频为摘花来。拚教玉蕊穿云鬓，才傍侬身花自开。"兰闺月夜，诵之茉莉花畔，齿颊俱芬矣。

（《紫兰花片》1922年第3集）

花　语

花能解语，此盛言花之妙曼也，不知花亦能代人作语，不亚于解事之美人。仁和王丹麓云："花是美人小影，美人是花真身。"允哉。日者读英国《至尊杂志》(*Sovereign Magazine*)，得花语一组，择其有关恋爱者，摘译如下：

声息花，吾只觉有爱。
莨菪花，汝性婉淑。
侧金盏花，悲怆之回忆。
龙牙花，爱与感激。
宫人花，汝貌至美。
秋牡丹花，吾见弃于所爱矣。
苹果花，吾宁取汝。
紫菀花，念汝之爱。
蓝铃花，忠于吾爱。
黄色杯形花，美哉，汝之浅笑也。
茶花，可爱之灵魂。
茉莉花，乐与汝共。
黄茉莉花，粲粲汝衣。
红迦南馨花，吾心伤悲。
柏花，吾为汝而生。

红菊花,真挚之爱。

黄菊花,以乐以爱,永永无尽。

鸡头花,可爱之女郎。

白苜蓿花,愿时时念吾。

鸡冠花,情爱中毁。

棠棣花,吾急欲见汝。

高丽西花,一见倾心。

贝母花,美哉,汝之盼睐也。

覆盆子花,汝令吾悦。

松与万寿菊,失望腾溢于吾心。

天竺牡丹花,永永属汝。

秋雏菊花,别矣吾爱。

野雏菊花,我念汝。

家雏菊花,吾表同情于汝。

瑞香花,吾欲常有汝在。

蔷薇花,请疗治吾心。

榛花,与汝言归于好。

芦花,信汝。

毋忘侬花,真爱。

秋金草,吾爱慎之。

凤尾草,迷恋。

金雀花,予汝以爱。

紫色堇花,汝悦吾意。

金银花,甜蜜之爱。

蜜花,吾心有私爱。

长寿花,报之以爱。

鬼督邮花,其取吾,吾愿适汝。

长青花,勿疏吾。

柠檬花,将慎为佳。

紫丁香花,爱之感动。

百合花,汝殊贞淑。

雁来红花,无希望之恋爱。

绣线菊花,见拒亦无用。

寄生花,乐哉,接吻。

山梅花,伪爱。

番石榴花,常爱我。

桃花,以爱为婚。

玫瑰花,爱必有成。

美国玫瑰花,汝至可爱。

浅红玫瑰花,请对吾浅笑。

深红玫瑰花,吾疾汝。

白玫瑰花,吾足以偶汝。

黄玫瑰花,吾心含妒。

玫瑰花蕊,汝为有风致之女郎。

芸香花,毋轻我。

紫苏花,请重我。

向日葵花,有情人在是。

香豆花,勿离我。

郁金香花,爱之宣示。

紫罗兰花,挚爱长在。

白色紫罗兰花,爱与贞淑。

茶花、玫瑰花与迦南馨花合,汝之娇婉,令吾魂殢,请予吾以一笑,用慰吾可怜之心。

蔷薇花与番石榴花合,汝有美德,令吾倾心爱汝。

野百合花与凤尾草合,汝迷吾以爱,报吾以欢乐。

黄玫瑰花与长春藤合,吾之情爱日加,终亦有结褵之望乎。

玫瑰花蕊去刺留叶,吾已无所畏惧,惟有企望而已。

玫瑰花去刺复去叶,兹已无所望,亦不必惧。

一满开之玫瑰花缀于二蕊之上,乞守秘密。

以玫瑰花接唇,吾许汝矣。

玫瑰花去瓣掷之于地,吾不汝许。

鹃曰:吾愿化身为无量数花,日作无量数有情语,为普天下无量数情人效劳。

(《紫兰花片》1922年第6集)

爱之花

梅花清幽独绝,为花中高士,以喻美人,亦遗世独立之姝也。

有清彭刚直公雪琴,爱梅,亦善画梅,额其庐曰"梅雪山房",又尝镌一小印曰"汉书为下酒物,梅花是知心人"。其所以切爱此花者,实有一本事在。公微时,读书陋巷,有邻女梅仙者,慕其才,愿委身事之,芳心可可,盖已属之墙东宋玉矣,里媪达其意,好事将谐,顾为有力者所挠,女悒悒死,公闻之大恸,以女名梅仙也,誓写梅花十万幅以报。其题太白楼诗有云:"诗境重开太白楼,青山明月正当头。三生石上因缘在,结得梅花当蹇脩。""到此何尝敢作诗,翠螺山拥谪仙祠。颓然一醉狂无赖,乱写梅花十万枝。""姑孰溪边忆故人,玉台冰彻绝纤尘。一枝留得江南信,频寄相思秋复春。""太平鼓角静无哗,直北旌旗望眼赊。无补时艰深愧我,一腔心事托梅花。"无一语不及梅字,亦足见此老之一往情深矣。又一说,公有中表妹,字梅生者,擅文事,容姿绰约,幼与公同学,相爱无间,公尝填《西江月》词为赠云:"豆蔻梢头年纪,梧桐叶底诗名。遮灯私语碧窗阴。署个绸缪小印。 旧恨已随春去,新愁又共秋生。海棠开后到如今。除却相思无分。"词旨颇纤丽。后女已与公缔婚矣,而女父母以公贫,强之他嫁,女寸心专注,意滋弗欲,花朝月夜,辄背人雪涕,未几,以幽忧死。

公终身感念，每画梅，则钤其次曰"一生知己是梅花"，盖指女也。湘潭王壬秋先生，尝为俞廙仙氏题刚直画梅，其词云："姑射貌。旧日酒边曾索笑。春风吹醒人年少。　花开花落情多少。明蟾照。人间只有西湖好。"附记一则，说与前迥异。略谓公画梅，以童时有所眷小名梅香也，方其孤贫，梅独识为非常人，执巾进茗，磨墨拂纸，以不能约婚为恨，及其稍贵，梅已适人有子矣，因往来为太夫人义女，要其夫俱从军，为保叙副将，梅家日用所需，纤悉为之经营，江南石灰由衡运载往梅家，煤必由江南战船送衡地，他可知矣。如是三十馀年，情好弥至。一日梅得其西湖一函，知在杭州别有所眷，取其书径归，公徒步追数里，索以还，自是不甚相见。及其薨，梅来而哭吊甚哀，知者皆以梅不负之也。公夙以刚直闻，而跌宕情场，独缠绵若此，所谓英雄无奈是多情者，不其然欤。

　　粤东大诗人张南山先生，与龚定盦、魏默深诸大家齐名。少时聘某氏女，以艳慧闻里闬，先生年十八，将结缡矣，而女忽丧母，哀毁骨立，郁郁不能已，红泪既枯，芳魂旋化，先生哭之恸，索其遗影，并手临《洛神图》一帧，什袭珍藏，用为纪念，并赋《怀仙诗》四章，有"洒泪雨零红豆湿，步虚风起白榆摇。聘钱天上偿非易，铸铁人间恨未销"诸句，均极悲恻。又《紫藤篇》云："枯槎触石银河干，饥凤冷啄青琅玕。天孙不乐住尘世，何苦写韵来人间。瓠瓜欲坠罡风起，云輧远送婵娟子。遥知高处不胜寒，玉楼十二秋如水。修蛾不展枕手眠，梦到旧时庭院边。暗尘漠漠紫藤花,化作子规啼暮烟。"此诗亦为悼女而作,以女粉阁前有紫藤一,方春蓓蕾着花,倩影满绿窗,女死,亦枯死云。

(《紫兰花片》1922年第6集)

宠 花

史念祖先生有小品文《记品香》一首,幽秀隽逸,如好女子作雅淡妆,茶香砭骨后,花影上身时,偶取此文读之,顿觉齿颊生香也。其首段云:"性嗜香,幼辄品香,至今忆之,品多当不以幼而忽也。兰以幽祛尘嚣,近仙;荷以清扫惜恼,近佛;菊如接野人,交以淡胜;玫瑰如读宫词,不嫌其浓,幽不掩艳。梅也,兰之外别竖一帜,清不脱闺秀;水仙也,寒暑各绝,雅堪配荷。粉泽气最重,莫若牡丹,然如仙姬靓妆,肌骨明贵,天风吹衣,秕糠龙麝,是又天生万卉之主,示异群芳也。至若珍珠兰,味淡而韵不永,仿佛弱女;茉莉有意媚人,晚唐佳句;芍药未能自创,虽婢学夫人,亦取法乎上。"以下皆品果香及杂香,故不录。

绡山女子贺双卿,色艳而命薄,工诗词,善书,能于一桂叶写《心经》。年十八,嫁农家子,椎髻操井臼,不以为苦,时复躬耕田间,怡然无愠色,夫若姑苛遇之,言笑犹宴宴也,每背人则辄雪涕。尝与文人墨客订文字交，以诗词相往还，偶有所作，必粉书于花瓣叶片之上，盖不欲以伤心文字久留人间也。性好花，引为闺中腻友，每为诗词，往往借花寄慨。夏四月，野蔷薇绕岸发花，淡赤浅白，手触之，则芬芳竟日，双卿打麦时，惜其将落，揽衽撮之，归土窗下，砌花片成字，撒枕席，和花小眠，扫地喂水，糁之榻前，拂履，徐步花隙，独笑且泪。复爱菊，植野菊于破盂，春爨皆对之。尝于月季花之叶写秋荷诗，一枝五叶，叶写一首，叶甚细，字颇见影而已，诗凡十首，录其六云："锦鳞无信泣秋蛩，心似芭蕉卷未松。空性耐霜霜不忍，梅花犹淡菊花浓。""菊意梅魂两自知，夕阳人去鹭回时。仙郎肯祭花神谷，愿配人间怨女祠。""女郎清怨晓凉吹，露滴鱼儿冷眼窥。莲子有心秋正苦，不怜明月更怜谁。""月明如水蝶全无，微艳初消凛凛孤。夜雨又来红欲碎，鲛人相见泪应枯。""淡影羞春镜里看，水心摇曳夜难安。叶遮猛雨花遮露，体护鸳鸯梦可寒。""痴鸳无梦揽芳年，想在银蟾桂子先。补遍西湖花五色，伤心可是女娲天。"音流弦外，寄托遥深，正不知其握管染翰时，芳心中有多少折叠也。《西青散记》记其事甚详。

（《紫罗兰集》，周瘦鹃著，大东书局1922年5月初版）

桃花片片

　　桃花轻薄,如曲中卖笑之妹,君子所弗取也。顾明葩灼灼,装点春阳,又似非此花不可。日者赴龙华看桃花,见红云一片,袅娜欲笑,方弗千百美人,竞作新妆斗媚也。归后偶检故箧,得友人陈子企白书,录示四明王鸥浴氏桃花集诗如干首,每首均嵌"桃花"二字,新隽可喜。如《题明妃辞朝图》云:"桃花马上看桃花,人面桃花色倍华。行过前溪便饮马,落红春影乱仙霞。"《醉卧》云:"醉卧琴樽芳树边,洛阳书生速回笺。醒来红雨满衣领,笑拥桃花作被眠。"《渔箫》云:"近水春斋梦欲醒,清歌隔浦雾冥冥。渔郎月出箫三弄,吹与桃花子夜听。"《商妇》云:"镜里年华惜别离,难将白发换青丝。估船一去无消息,落尽桃花鸭不知。"《渔筏》云:"老翁日坐钓矶边,体会天机出自然。渔筏暗沿春渚泊,桃花飞落鹭鸶肩。"《题三侠图》云:"中原逐鹿究迷途,侠女英雄枉自呼。三晋云山频指顾,桃花马上说阴符。"《螺矶题孙夫人祠》云:"灵气英风未寂寥,每闻环珮出深宵。愿乘三尺桃花浪,推作吴江伍子潮。"《赠老将出使》云:"柳往雪来一岁中,营前老将漫论功。桃花潭饮桃花马,沥出疆场汗血红。"均有佳致。

　　看花为雨所阻,杀风景事也。胜清词客王芰舫氏,因看桃花为雨所阻,作《蝶恋花》词云:"天到花时难作主。才得春晴,刚要春阴护。商略轻云兼薄雾,积来又怕成风雨。　　雨雨风风愁不住。流水无情,断却寻芳路。自古妖娆人易妒,天公也吃桃花醋。"末语甚趣,令人忍俊不禁。特予以为偶看雨中花,如美人作啼妆,亦不恶耳。

小令中有咏及桃花者,颇多佳句,其艳冶处,方弗字字人桃花色也。如梁清标句云:"有人深院,凝妆独坐,门掩桃花。"丁澎句云:"浅碧藏鹇,乱红吹絮。疏疏几阵催花雨。小桥一带种桃花,花边便是儿家住。"朱彝尊句云:"春水青罗带缓,春山碧玉篸斜。春风依旧小桃花,花外谁家。"周邦彦句云:"杜宇催归声苦。和春催去。倚阑一霎酒旗风,任扑面桃花雨。"石孝友句云:"微雨洒芳尘,酝造可人春色。闻道梦云楼外,正小桃花发。"僧皎如晦句云:"目断楚天遥,不见春归路。风急桃花也似愁,点点飞红雨。"王廷标句云:"千瓣凝霞,冰肌错认宵来变。睡痕红颤。瘦减桃花半。"又梁清标句云:"新样剪轻衫,独坐凝妆倚镜奁。闻道春风将暮也,厌厌。开尽桃花不卷帘。"

桃花之典甚多,有足资吾人谈助者。如息夫人称桃花夫人,湖北汉阳城北有息夫人庙,在桃花洞上,故名。传奇中有《桃花扇》,明末名妓李香君,许身侯朝宗,坚拒权贵田仰,血溅扇面,杨龙友因血点画成桃花一枝,孔云亭传其事,即名之曰《桃花扇》。石中有桃花石,产广东韶州,色如桃花,可琢为器。乐曲中有《桃花行》,唐景隆四年,春宴桃李园,学士李峤等各献桃花诗,上令宫女歌之,婉妙动听,敕太常简二十篇入乐府，曰《桃花行》。他如粗米曰桃花米，良醋曰桃花酸，细薄之纸曰桃花纸，白毛红点之马曰桃花马，妇女作胭脂浓妆曰桃花妆，二三月中河流盛涨曰桃花水，粥有桃花粥，盐有桃花盐，蛤类中有桃花片，地有苏之桃花坞、湘之桃花源，水有皖之桃花潭，新剧中有《人面桃花》，出欧阳予倩手，盖演绎崔护故事也。

(《紫兰花片》1923年第10集)

花　品

司空图《诗品》，传诵今古，推为绝作。王泽山仿其体，撰《花品》四十八首，春秋佳日，诵之花前，正不待美人朱樱中，始能吹气如兰也。兹录其四，《娇婉》云："香喘微微，午慵花睡。风漾晴丝，裊空仍坠。午晌抬身，腰支无主。钗溜枕边，阿侯索乳。绣被一堆，柔荑难举。约伴踏青，商量晴雨。"《秀媚》云："短发齐眉，黛鬟低弹。小立凭肩，香兰一朵。娇波流盼，半额鸦黄。喁喁花底，故故偎郎。豆蔻枝头，春风十五。乳燕雏莺，有人怜汝。"《侠烈》云："宾客高会，酒行数行。一掷百万，送子河梁。裙带飘风，蛾眉剑竖。言念旧恩，千金一顾。绣阁春寒，西风独倚。日日摩挲，宝剑知己。"《丰美》云："额腻鹅黄,肤凝熊白。满口红霞,玉鱼内热。银屏金屋,艳艳兰汤。藕弯难裩,条脱一双。棠重垂烟,梅肥压雪。簧暖笙清,竹不如肉。"

(《紫兰花片》1923年第14集)

紫兰小记

紫兰花事,尽于四月,瓶盎久空,几不欲复植他葩,再见之期,当在严风雪霰中矣,特花以火烘,勉强一发,终不若春光好时,自然明艳耳。秋夜读词,得小词三阕,均嵌有"紫兰"二字,回环雒诵,仿佛有兰香沁人也。清严绳孙《浣溪沙》云:"隙影馀香望未赊。为谁惆怅似天涯。紫兰重院谢娘家。生小晕眉临却月,近来书格爱簪花。麝煤茧纸映轻纱。"吴竹屿《清平乐》云:"紫兰香径。小小鸳鸯并。二十四帘春意静。了荼蘼花信。　碧桃片片飞残。晚风犹殢馀寒。记取销魂时节,子规啼月阑干。"宋袁去华《浣溪沙》云:"庭下丛萱翠欲流。梁间双燕语相酬。日长帘底篆烟愁。　金勒去遥芳草歇,玉箫吹罢紫兰秋。一年春事只供愁。"俱隽永可诵。

(《紫兰花片》1923年第15集)

紫兰零拾

仲春游梁溪，驱车赴梅园，于道旁见野花一种，花朵颇小，作淡紫色，每一丛可六七朵，或十馀朵不等，临风微飐，明艳动目。初不知其为何花也，如是亘里许，见之者屡，因停车撷之，则花瓣之构造，俨然紫罗兰，即以鼻，亦作微馨，不审何由，乃野生于梅园道上也。

华亭吴日千先生，工诗词，善为艳语，吾友逸梅录其《秋闺》诗一首见示，云："石砌苔花响暗蛩，紫兰香浥露花浓。伤心怕见轻纨扇，秋暮飘零恰似侬。"中有"紫兰"二字，颇惬予意，写之轻纨扇上，永以为宝，虽至秋暮，不敢捐弃矣。

(《紫兰花片》1924年第19集)

莲荡一瞥

吾家濂溪翁要算是莲花的第一知己了，他说莲花出污泥而不染，是花中君子，这两句话，真是确切不移的定评。吾家的堂名，就唤做爱莲堂，所以我也爱莲。

夏历七月初上，正在双星渡河之前，老友张云甓伉俪，忽发清兴，约我们夫妇往苏州莲花荡看莲花去。我因爱莲之故，也就不怕秋老虎的威吓，同着凤君欣然命驾了。

那天恰是七月初二星期六,我们搭了午班车出发赴苏,一路言笑晏晏,兴高百倍。车过昆山时,我们愉快的幻想中,已仿佛见莲花万朵,翠盖红裳,已一一摇漾眼底了。又哪知半个月后,这一带竟变做了血飞肉薄的大战场。

我们到了苏州,下榻苏州饭店,房间恰恰沿街,纱窗六扇,一一招风。云麾又唤侍者买了个大西瓜来,我们便剖瓜大嚼,披襟当风,顿觉得身心都有凉意了。休息了一会,打电话找程小青,兀自找不到,却找到了赵眠云,便请他明天作导游莲花荡的向导。

傍晚没处去,便脱不了寻常窠臼,到留园、西园去走走。亭啊,桥啊,水啊,水中的鱼啊,都一一如故,又有人对我们说那只只听得说而没有见过的大鼋了,我们一笑置之。云麾爱摄影,忽指着一角亭子和一抹垂柳道:"这可以够得上摄影的。"可惜反光不能摄。留园池塘中,略有莲花点缀,这是我们到苏后第一次和莲花行相见之礼,心中先觉一喜。园中有孔雀二三头,曳采羽,翩翩顾影,很有瞧不起人的神情,我们都想看它们开屏,却没有看到。凤君和云麾夫人都是胆小而怕狗的,我和云麾便做了镖客,给伊们保镖,真麻烦得很。晚上眠云、逸梅同来,长谈到夜半,方始别去。

第二天早上,我们便兴兴头头地游莲花荡去了。汽船从南新桥下出发,带着采芝斋的瓜子糖果,大家吃着谈着笑着,沿那青杨堤过去,好美丽的宝带桥,不一会已像长虹般现在眼前。记得六岁时,哭送父亲归葬七子山下,曾数过这五十三个桥洞,忽忽已二十四年不见了,不道今天又过桥下。

一路上过去,看夹岸随处是莲荡了,满眼新碧的莲叶,亭亭立着一朵朵的白莲花,抬头挺立,真像是志高气傲的君子一样。那清远的花香,随着微风送来,沁人心脾。一时高兴极了,心中乱乱的,想起许多莲花的故实来,甚么六郎貌如莲花啊,潘妃步步生莲花啊,叫化子唱莲花落啊……全都拉在一起,一面又暗暗哼着康步崖《采莲曲》云:"侬如池上莲,郎似莲中子。风吹花不开,裹子入心里。"

我们在一个大莲荡边停下船来,我们一行人都离了船,沿着一条小径走去,走不上十多步,却见野草碍路,老树牵衣,不能再过去,只索立住,对莲花呆看了一会。凤君向花农买了一株,擎在肩上,我瞧着,不由想起蒋心馀"脸际荷花开窈窕"的词句儿来。

回到船中,有花农攀着船舷,兜卖莲蓬,我便买了二十枝,大家分食,凤君剥莲子相饷,又想起"不食莲蒻不知妾心"之句,暗暗咀嚼了一会。云茞夫人忽把莲蓬梗做了烟斗吸纸烟,我们便也效尤起来。隔壁正泊着一艘花船,听那姑娘们和狎客谑浪笑傲,打情骂俏,倒又别有风味。

我们预备再到黄天荡去,不道船机坏了,大杀风景,修理了半点多钟,还是不能动弹,好像病人般瘫痪在那里,直急得我们求神念佛,没法摆布。直到午后两点多钟,方始开到胥门,便到金狮巷小仓别墅小息,点心之美,胜于上海五芳斋。彼此装饱了肚子,便鼓着馀兴,再游顾氏怡园,在莲花池上拍了几张照。匆匆赶到新太和用晚餐,餐后便搭火车回沪。逸梅为作《挹蕖小纪》,茂美可诵。

(《紫兰花片》1924年第21集)

秋花小志

赏花,一乐也,万花周匝,如入香城,可以养身心,遣愁虑,挹无穷之乐趣,得花苑一,正不啻坐拥极乐国土也。入秋多好花,嫣红姹紫,足供欣赏,作《秋花小志》。

凤仙为七月之花,盛放于七月间,其色不一,以红白为多,亦有红白相间,如于白花之上,洒以红墨水者。吾家旧有白凤仙数株,入秋怒放,清晓视之,盈盈带露,仿佛美人试啼妆也。宝山故词人邵心炯先生,尝有《醉思凡》词咏白凤仙云:"仙乎凤耶。魂交影加。玉箫引到侬家。做人间好花。 琼楼梦差。瑶台信赊。朝天素靥无瑕。扫蛾眉自夸。"又云:"冰轮半斜。银屏半遮。九苞幻出双葩。缀玲珑露华。 娇黄那家。嫣红这家。绿幺无恙桐花。向生绡认差。"字隽语永,足为白凤仙生色。其红者,色甚鲜艳,旧时闺人每撷取花瓣捣烂之,用以染指甲,或作卐字形,或作花胜形,经夕而后,色深不去，玉葱尖上，著猩红一痕，笑示檀郎，如嵌相思红豆也。从来诗人词客，多有咏及之者，如徐安上《蝶恋花》云："日午纱窗初罢绣。斜托香腮，一捻春葱瘦。银甲纤纤新染就。画屏深处抛红豆。　　妆点风流全胜旧。不许郎看，褪入香罗袖。拗得花枝和笑走。回身更把阑干扣。"笔香墨媚，令人意消。又瞿佑诗云："金盘和露捣仙葩，解使纤纤玉有瑕。一点愁凝鹦鹉喙，十分春上牡丹芽。娇弹粉泪抛红豆，戏掐花枝镂绛霞。女伴相逢频借问，几回错认守宫砂。"又钱湄有《凤仙花赋》，其起句即咏染甲，句云："杜鹃归去啼金凤，绿窗唤醒鸳鸯梦。晓妆飞上凤凰簪，猩红指甲轻挑弄。"红闺韵事，固足供诗人词客作吟料也。挽近以还，染指甲之风已替，维新者嗤为无意识。顾予以为闺中无事，正不妨用以消遣，较之嬲闺侣打扑克，或走钿车骋逐于洋场十里间者，其雅俗相去，殆不可以道里计矣。

秋海棠开于秋，又名断肠花，相传昔有女子，思所欢不见，辄饮泣，花朝月夕，挥泪于北墙之下，后墙下生草。厥花甚媚，色如女面，叶正绿而红，入秋花发，云即为美人红泪所结，盖亦如鸟中杜鹃，同为天地间伤心种子也。近人某君有秋海棠诗云："玉甃墙阴泣华露，碧云无恙秋天暮。悄然痴立作娇睇，明月为侬寄心素。""微窝粉颊胭脂愁，绡衣凉怯回倦眸。媚态如烟更无语，顾影娉婷团扇羞。""愿将红泪种相思，丝丝串玉沾侬臆。一日思君一百回，回肠不断那可得。"清诗人吴榖人氏有《秋海棠赋》，中有句云："厥号断肠，宛如怨女。要眇含愁，惺忪解语。傍玉阶而可怜，嗟金屋其谁贮。步未试而珊珊，睇乍凝而楚楚。拥樊髻以朝啼，襞燕裙以夕举。对银釭兮不眠，望秋水兮延伫。"又云："嗟予美之独处，值众芳之已衰。障娇面兮侧罗扇，托孤情兮俯莓苔。窥明月之堕砌，剩清泪之盈怀。感将归之燕子，惜花落兮犹来。"缀以歌云："秋雨晓生寒，佳人翠袖单。莫将思妇泪，吹上玉阑干。"皆锦囊佳句也。

秋花千百，端推菊为花冠，重葩殢叶，窈窕弄影，可居红闺而伴美人，可入幽斋以友高士。每届秋深，紫罗兰盦中辄以菊为点缀，花影亭亭，掩映小窗素壁间，淡到无言，瘦还似我，晨夕玩赏，殊不让陶渊明独有千古也。尝坐菊影中，出有宋郑所南先生《铁函心史》读之，得《对菊》四首云："天风吹古秋，独立殿寒馥。我父昔爱之，终身不忘菊。""受命太极前，立身晚秋后。一朝扬清香，名动天下口。""日月虽云逝，山中秋自香。平生抱正色，谁怕夜来霜。""三径今非昔，多愁老此身。谁知陶靖节，只是晋朝人。"又《菊花歌》云："太极之髓日之精，生出天地秋风身。万木摇落百花死，正色与秋争光明。背时独立抱寂寞，心香贞烈透寥廓。至死不变英气多，举头南山高嵯峨。"又《餐菊花歌》云："道人四时花为粮，骨生灵气身吐香。闻到菊花大欢喜，拍手笑歌频颠狂。忆昔我为混沌王，洞见未劫寿不长。尽召群仙列殿下，敕宣餐菊长生方。我今化生游下土,一嚼清凉彻肺腑。顿令心地豁然开,迸出明珠耀今古。普入变化妙如意,能为一切主中主。尘尘劫劫黄金身,永救婆娑众生苦。"晚节黄花,挺然独秀,固当得此义薄云天之节,烈士一唱三叹,而不能已也。

(《紫兰花片》1924年第21集)

春之花

好春已到了人间了,嫣红姹紫的春花,都烂烂熳熳地开了。那芬芳的紫色花,可不是紫罗兰么;那浓艳的红色花,可不是桃花么。花影如潮,仿佛一晃一晃地荡漾着,直荡漾到我的心坎中来。我爱春花,而我尤爱紫罗兰和桃花,紫罗兰是西方春花的代表,桃花可算是东方春花的代表。

紫罗兰的幽娴,已得西方诗人的公认。我国诗人都说桃花轻薄,因此有轻薄桃花之称,而我却要给桃花叫屈,以为伊并非轻薄,实是薄命,不见伊一经无情风雨的吹打,没人维护,一转眼便落红满地,奄奄地死了,这岂不是和薄命红颜一般的可怜么,我因可怜伊,所以也爱伊。

去春三月,同凤君游梁溪,车走雷声,一路看桃花。东大池的桃花最美,曲径通幽,如入桃花源里,至今还念念不忘。此外如安山山坡上的桃花,红出墙半,也如三日新妇,屏角窥人,很觉得可爱的。今春桃花开时,还没有出游,文友马鹃魂,自西子湖畔寄来一封信,拆开来看时,只见华笺如雪,写着"春信"二字,又注上一句道:"桃花春信赖鱼传。"笺纸的里面,夹着两朵红桃花、一朵白桃花,知道西子湖上,夭桃已放,而这三朵桃花,却不料远迢迢地会旅行到上海来啊。当下我写了封回信给鹃魂道:"春信传来,开缄喜跃,承寄夭桃三朵,如见西子颜色,甚慰甚慰。会小斋中有紫罗兰,敬撷三朵以报。一星期后拟偕室人游湖,不知湖上桃花,能许我一相见否?"

胆瓶中插着一枝桃花,袅袅欲笑,春夜无聊,狂读诗词,内中有好多首咏及桃花的。如龚定盦《梦中作》云:"官梅只作野梅看,月地云阶一倍寒。翻是桃花心不死,春山佳处泪阑干。"《春日有怀山中桃花因有寄》云:"东风淋浪卷海来,长安人道青春回。春回不到穷巷里,忽忆山中花定开。山中花开,白日皓皓。明妆子谁,温靥清妙。夕爇熏炉捣蕙尘,朝缄清泪邮远人。粉光入墨墨光腻,昨日正得江南鳞。葆君青云心,勿吟招隐吟。花开岁岁勿相忆,待君十载来重寻。我有答君诗,殷勤兼报桃花知,勿惜明镜光,为我分光照花枝;勿潜颊面水,为我浴花倾膝脂。但惜芳香珍重之幽意,勿使满园胡蝶窥。托君千万词,词意不可了。长安桃李渐渐明,何似春山此时好。春纵好,山寂寂。清琴玉壶罢消息,蜡烛弹棋续何夕。安能坐此愁阳春,不如归侍妆台侧。"龚词如《减兰》云:"鲞鱼桥下,片片桃花春已谢。不怨桥长,行近伊家土亦香。　　茶瓯香炷,多谢小鬟传好语。昨夜罗帏,银烛花明蟢子飞。"《阮郎归》云:"碧桃花底醉春游,横波先自秋。明朝何况遮荫舟,情多易注眸。纨扇小,绛农修,关山寸寸愁。今番嫩约怕沈浮,申江不许流。"黄莘田诗云:"疗饥动即到君家,脸际堪餐一片霞。我比阮郎消受惯,非时长得见桃花。"又《悼亡》云:"井桃刚对汝妆台,笑指高梢两朵开。开到全时君不见,双枝折供穗帏来。"又断句云:"去年今日春风面,不独桃花看可怜。""魂断水晶帘下路,小桃时节看梳头。"纳兰容若《天仙子》云:"梦里蘼芜青一翦。玉郎经岁音书远。暗钟明月不归来,梁上燕。轻罗扇。好风吹落桃花片。"又《菩萨蛮》云:"新寒中酒敲窗雨。残香细学秋情绪。端的是怀人。青衫有泪痕。 相思不似醉。闷拥孤衾睡。记得别伊时。桃花柳万丝。"小湘诗云:"春来心事等飞鸥,梦到青溪旧酒楼。满树桃花人不见,斜阳红映碧波流。"陈珊士《点樱桃》词云:"何处娇娃,弹肩小立桃花底。腰支春细,正是愁年纪。 蓦见侬来,无计相回避。垂头戏,柳枝知未,圈个团圞意。"都是绝妙好词,绝妙好诗。

看花阻雨,真是杀风景的事,王芝舫有《看桃花为雨所阻·蝶恋花》词云:"天到花时难作主。才得春晴,刚要春阴护。商略轻云兼薄雾,积来又怕成风雨。 雨雨风风愁不住。流水无情,断却寻芳路。自古妖娆人易妒,天公也吃桃花醋。"末一句很有趣,但我以为看雨中花,似乎也不恶罢。

紫罗兰相传是司爱司美的女神娓娜丝(Venus)情泪所化,

何等哀艳。每年三月间，万花怒发，一阵阵幽香，熏人欲醉。我每年春间，一见静安寺路和北四川路一带卖花人的筐篮中，装满着一束束的紫罗兰，便欢然自语道，春来了，春来了。

老友张珍侯自青岛回来，说那边紫罗兰极多，几乎遍地都是，仿佛铺着紫色天鹅绒的地毯一般。恨我牵于人事，不能去一看这片紫罗兰乡，徒呼负负罢了。

美国茂孚（Mulford）厂，采取紫罗兰的精华，炼制紫兰口香糖一种。方形，作浅紫色，香味极浓郁，一个小银圆，可买二十片，真当得上价廉物美四字，含在口里，齿颊俱香，兰闺中情话娓娓时，正不可一日无此君啊。

近见明代诗人罗念庵氏有诗云："影满棠梨日正长，筠帘风细紫兰香。午窗睡醒无他事，胎息闲中有秘方。"诗中所说紫兰，虽并不指紫罗兰而言，然而也可以移咏，午窗睡醒，和紫罗兰相对，便如与美人晤言一室。因此我爱春之花，我更爱紫罗兰。

(《紫兰花片》1924年第22集)

偶然的特刊

"樱桃"小引

立夏节到，樱桃上市了，我们瞧着那白磁盆中，盛着一颗颗珊瑚珠似的樱桃，何等的鲜艳可爱，就联想到美人儿的嘴唇，叫作樱唇，即是以樱桃作比，也足见樱桃是果品中的尤物了。昨夜读词，偶得"红了樱桃，绿了芭蕉"的妙句，更觉得樱桃的可爱，案头恰有几位文友谈樱桃的作品，便合起来，给樱桃做了一个偶然的特刊。

(《申报》1924年5月14日，署名鹃)

"荔枝"小引

荔枝是夏果中的俊物，剥开了外壳，但瞧那一颗水晶丸，是何等的可爱，放入口中一嚼，那更好似尝了琼浆玉液唎。自杨玉环爱吃之后，千古艳称，还加上一个苏东坡，为了要日啖荔枝三百颗，竟肯抛却故乡眉山，长作岭南的人，也足见荔枝的价值了。在下本来嗜果若命，而尤嗜岭南的荔枝，粤友罗五洲君每年必送我一筐，今年还没有来，不觉食指大动。然而诸同文谈荔枝的文字倒纷纷来了，因又聚起来，出一次偶然的特刊。

(《申报》1924年7月15日，署名鹃)

"莲"小引

吾家濂溪翁，要算是莲花第一个知己了，他赞美莲花，说是花中的君子。其实我以为像它那么出污泥而不染的操守，任是君子也比不上的，至于那种亭亭玉立之姿，实在也好像一个非常高洁的绝世美人,比了兰花、梅花,都还出一头地啊。今天恰逢俗传的莲花生日,因又给莲花做一次偶然的特刊。

(《申报》1924年7月25日,署名鹃)

"西瓜"小引

在千百种果品中,可以南面称王的,当然要推西瓜了。像它那么硕大无朋,先就足以压倒一切,可说奴视苹果,婢蓄桃子,其馀甚么李子、橄榄之类,更觉得渺乎其小咧。在下生平爱果若命,好加得上博爱二字,但是每逢夏季,对于西瓜却情有独锺,真有一日不可无此君之概。如今秋已立了,夏要去了,西瓜也要和我们告别了,检视那案头堆积如山的文稿中,得了好几篇谈西瓜的文字,因又做一次偶然的特刊,也算给西瓜开一个送别会。

(《申报》1924年8月19日,署名鹃)

谈水蜜桃

甬上诗人冯君木先生,与友人评品果实,比方人物,谓水蜜桃如金屋阿娇,丰艳秾粹,绝世无双,在《石头记》中人物,可拟之薛宝钗。此其取譬,诚可谓采得骊龙颔下珠者。入夏以还,江浙诸名圃纷纷以所产水蜜桃输于沪,水果肆中,杂然灿列，或作娇红，或作柔白，裹以彩纸，盛以锦匣，索值虽奇昂，而好奇嗜食之沪上女士，仍趋之若鹜也。予生平爱果，与爱花同，有一日不可无此君之概。得水蜜桃，食之而甘，因一一试尝，厥味之最甘者，允推崇明之滋春水蜜桃，无筋络，无酸味，蟠桃亦佳胜。杭州仁圃之玉露水蜜桃，硕大而丰艳，以拟《石头记》中之薛宝钗尤肖，汁多，微有酸味，而不掩其甘。有一种皮色纯黄者，味较甘。市上所售，仁桃为值最昂，每元仅得五六枚而已。他如馀姚、奉化之水蜜桃，实较小，味较差，值亦较廉，然亦颇可一尝也。龙华夙以桃名，顾以种植不得其法，十桃九蛀，今遂不为人所重视，不得不让滋春、玉露等占一前席矣。

(《中国摄影学会画报》1925年第1期)

龙华春色

上星期日，与诸朋好作龙华游，吊残馀之桃花也，同行者夫妇四对，小儿女各一，并大律师蒋保釐，分乘三马车，鞭丝帽影，疾驱龙华道上。中途，予车力避一对方来之马车，安然而过，而对方之马夫则因措手不及，致撞倒一人力自由车中之老太太，虽未受伤，亦已受惊矣，予不期合掌和南曰："南无阿弥陀佛。"

龙华寺中香火甚盛，女士往来杂遝，春衣耀彩，与春花相争妍，令人目为之眩。大殿中置大钟一，标明重二万馀斤，历时二千馀年，不可考也。有小沙弥坐其下，欲叩钟者，人须纳三铜元，不折不扣，汝嘉以三铜元，上而叩四下，曰："此讨饶头也。"小沙弥无如之何。

入后殿，遇张织云，盖与其戚串烧香来者，御一玄色缎旗袍，前后领际与四角皆以白缎盘作如意头状，游客多已识之于银幕之上，咸啧啧相告曰："此明星也，此明星也。"予嘱云麑为摄一影，张亦欣诺，而以日来面部多小热斑为憾，予为觅背景，得观音之龛，曰："愿君暂时皈依莲花座下。"张亦以为善，顾以烧香者多，多所未便，遂于一小院中摄之。上所刊者，即龙华寺中所摄之倩影也。

罗汉堂中，圮败殊甚，和尚坐门口，摊缘簿，强游客写缘，谓将葺此罗汉堂。予侪与罗汉无缘，因望望然去之。出寺，信步入乡间，小息于许氏之园，一树绣球花，烂开如笑，他花多不知名，率皆艳冶可爱。继复游卫氏园，园大为龙华诸园冠，有门三，一一叩之，得入。园中植树绝夥，在在成碧巷，略有似法国公园处。园之右有小溪，溪畔樱花数树，怒放如堆锦，顾亦落英满地矣，春光易老，花事将阑，不禁低徊者久之。比归车，龙华之塔，已隐于沉沉暮霭中矣。

(《上海画报》1926年第105期，署名鹃)

杜鹃花畔

每年夏历之三月,可谓一杜鹃花时代,其盛开因于杜鹃啼时,故名。厥花状如漏斗,边缘五裂,裂痕甚深,叶作深碧色,形椭圆,枝高约三四尺许,山间多有之。花有红白紫黄四种,习见者为红白二种。红者一称映山红,吾人每游西湖之九溪十八涧,沿途所见,几于无山无映山红者。白者可食,微有清芬。黄紫二种则不恒见。愚号瘦鹃,似与杜鹃花略有连带关系,故朋好情深,每有见杜鹃花而齿及愚者。如刘山农丈,见六三园之杜鹃花甚肥,即笑顾愚曰:"此肥鹃也。"又徐子碧波,观杜鹃花会于徐氏双清别墅,见花之美也,以未得愚同观为憾。顾愚于六三,于双清,均曾作两度之观赏。双清之杜鹃花皆为盆景,罗列满堂奥,袅袅欲笑,花多红白二色,并黄色二盆,间有大如拳者,至可爱玩。六三之杜鹃花,则烂开于内圃小池之旁,较之盆景,尤有幽逸自然之致,花悉作红色,灼灼如堆锦,倒影入水,并池水亦殷然如胭脂汁矣。予以陈印若先生与山农丈介,识园主白石鹿叟氏,得入观其内圃,内子凤君亦偕行,见此好花,恋恋不忍去,因坐花畔,倩吾友珍侯为摄一影,以志鸿雪焉。

(《上海画报》1926年第110期,署名瘦鹃)

热　话

　　日来天气酷热,镇日如处洪炉中,令人有"上天无路,入地无门"之概,寒暑表上,日必超出九十四度以达百度,几成刻板文章。老友陈乃乾畏热甚,时辄跳踉骂天,谓将自杀以避此苦,同人皆笑之,予复拈"心定自然凉"五字以相慰藉。顾予虽作是言,而吾心亦卒不能定,凉亦不可得也。

　　如此炎暑中,要以扇为恩物,日长无事,惟有挥扇。咏扇之作,予尤喜天笑先生一绝云:"小扇玲珑玉臂凉,聚头佳谶画鸳鸯。檀奴宛转怀衫袖,刻骨相思透骨香。"盖咏檀香骨折扇也。

　　张珍侯兄避暑庐山,以一邮片见寄,谓其地凉爽宜人,如入清凉世界。片之一面,则为山中胜景摄影,山石嶙峋间,飞瀑下泻如白练,观之大有凉意,而耳畔亦仿佛有汤汤飞瀑之声也。嗟夫,吾安得飞度庐山,逃此海上之酷暑耶。

　　伉俪情深,并头夜夜,往往有不肯作一夜之分飞者。老友涂筱巢,即为此中一人,尝以二十年未尝与夫人分床傲人。顾当此炎蒸之夜,鸳枕如火,不知又何以处之也。吴祯棠《南歌子》词云:"山色晴还好,蝉声夕未凉。兰闺新浴理残妆。笑请檀郎今夜暂分床。"敢录以示涂夫人,一笑。

　　生平最爱花,尤爱春之紫罗兰,与夏之茉莉、晚香玉、夜来香诸花,故夏夜之紫罗兰盦中,香生不断,恒坐花香中。

读诗自遣,得有清诗人咏及夏花之小诗数绝云:"酒阑娇惰抱琵琶,茉莉新堆两鬓鸦。消受香风在凉夜,枕边俱是助情花。""珠帘初卷燕归梁,浴罢华清理晚妆。双鬓绿云三百朵,微风吹度夜来香。""已收衣汗停纨扇,小绾乌云插素馨。暗坐无灯又无月,越罗裙上一飞萤。""发鬓奇香颤晚风,素馨花小玉玲珑。比肩对嚼槟榔颗,笑共檀郎较唾红。""一棱琥珀映香屑,茉莉囊悬翠髻边。贪看纱幮凉月影,语郎今夜且分眠。"夏夜无事,颇可用作闺中清课也。

(《上海画报》1926年第140期,署名瘦鹃)

法公园琐记

海上尘嚣,绝少游散之地,虽私家多名园,而门禁森严,外人不能涉足其间,所谓热心公益之士绅,徒知逐逐于声色货利之场,未见有起而提倡组织公园者,于是吾国士女,群趋于环龙路法兰西人之公园。入春以来,游人麋集,颇有三月三日长安水边之概,愚亦群麋中之一也。

法公园四时之景,自以春秋为佳,而吾尤爱初夏,万花烂开,簇簇如堆锦,秋花虽亦可爱,顾无此秾艳也,若至冬季,则花谢叶落,萧瑟可怜矣。初夏之花,以白玫瑰与十姊妹为最,木桥两阑次之,花怒发如小丘阜,小立其间,秾芬沁心脾，真不啻身在仙界也。池上紫燕双掠，金鱼唼喋，白莲亭亭出水，均足令人神往焉。愚尝于星期日凌晨六时许偕王子汝嘉戾园，时游人尚少，晨曦乍露，空气之清新，得未曾有，绿荫中空翠爽肌，致足乐也。愚挟有英诗人拜轮、彭斯袖珍本情诗集二帙，读于池畔绿荫之次，忽蒋保釐律师来，笑曰："君非基督徒，胡亦挟《圣经》来耶？"愚为粲然。

园中情侣颇多，连襼往来，喁喁作软语，绿荫花径间，双影翩跹，其乐无极，颇令人回想少年时也。一日，见西方少年携二腻友，并伏草地上，笑语蝉嫣，似涉狎昵，一女遽投少年怀中，如小鸟之依人，俄又枕少年胸，作嫣惰欲眠状。吾因知西方士女一涉情场，每纵恣无度，殊不若吾国人之矜持而守礼也。

园中多吾国美女郎，截发长袍者，在在皆是，而狂且者流，遂亦以猎艳为事。吾友TH生与SC生，皆憨而有侠气，一日见一西服少年尾一女子，蹢蹢出园去，SC生曾与女有一面缘，稔其贞淑，见状殊不平，因与TH生遥蹑其后，已而至一僻静之街中，少年遽引近与之语，女不知所措，皇急欲啼，SC生大愤，因扬声呼女名，女返顾，少年惧，鼠窜而去，二子亟为唤车，送之出险。愚闻而笑曰："此亦式侠客也。"

（《上海画报》1927年第242期，署名瘦鹃）

紫罗兰话

春花千百，竞斗芳菲，而吾终爱紫罗兰，阳春三月，将随春之神之花軿而至，行见紫罗兰领袖群芳，香遍大地矣。吾友秦伯未诗人，尝作《紫罗兰词》见贻，系以序云："紫罗兰产欧美，幽艳婀娜，妩媚入骨，直堪奴视玫瑰，婢蓄山茶，花中后也。考希腊神话，谓女神维纳司（Venus）有夫远行，把别时泪珠沾泥，忽生萌蘖，入春发花，即紫罗兰云。瘦鹃既酷好，余张以诗。""春归庭院泪阑干，细拾残香续坠欢。不尽幽思难解脱，一生低首紫罗兰。""湖海飘零酒一卮，偶无聊赖动相思。灵均底事悲香草，情种应归维纳司。""离别心怀未易销，红牙愁按董娇娆。年来欢爱劳追忆，赢得词人瘦损腰。""缠绵悱恻想依稀，轻暖轻寒蕚自肥。正似江南断肠草，杜鹃又唱不如归。"伯未亦擅篆刻，谓将为我镌一"一生低首紫罗兰"之印章云。

予以爱紫罗兰花故，兼爱紫罗兰所制之事物。紫罗兰糖其一也，糖为美国茂孚厂所创制，小银圆一可得十二片，偶一啖之，香沁齿颊焉。京华某报亦称其妙，宠之以文云："紫罗兰产西方，娟娟娇好，虽小草闲花，而色香颇足动人。吴门周子瘦鹃，有紫罗兰癖，处处皆榜以紫罗兰之名号，至顷刻不能相离，亦可见其倾爱之深矣。一昨余游东安市场，睹糖肆中列有美国茂孚化学血清厂制紫罗兰口香糖一种,色作淡紫,购而食之,清香馥郁,齿颊留芳,历久犹存,较与平常口香糖迥然不同。如能以此投赠情人,值清闺夜静、鸳枕梦回之际,真有吹气如兰之妙。谈恋情者,盍一试之。"

某年春,偕凤君作梁溪之游,赴东大池看桃花,曾于田陌间见有紫色野花,袅袅欲笑,撷而视之,则花瓣花萼,均绝肖紫罗兰,特色香少逊耳,凤君撷以堆鬟,徐步东大池畔,与夹岸桃花相为妩媚,顾不知其芳名云何也。日者,吾友逸梅录示南社诗人顾悼秋氏《服媚室酒话》,始知其为紫荷花草,文中亦复涉及紫兰,兹转录如下:"新雨初霁,野绿怒生,田间紫荷花草,娟媚有致,雅类紫罗兰,漫赋四绝云:'轻云飞断半天阴,陌上花开试一寻。撷得紫荷花几朵,归来笑替玉人簪。''窈窕垂杨弄晚飔,夕阳微晕似胭脂。那知陌上闲花草,独有风情系我思。''风寒风暖桃花病,春浅春深燕子知。只有紫荷花不管,一塍如锦舞参差。''柳外憎憎月正圆,风前相对意恬然。野花当作名花赏,笑坏吴门周瘦鹃。'紫罗兰,欧西名花也,瘦鹃颇爱之,尝题其居曰紫罗兰盦,名其所著书曰《紫罗兰集》云。""笑坏"云云,殊不敢承,盖吾之于紫荷花草,亦正如君之所谓"野花当作名花赏",与有同情也。

(《紫罗兰》1927年第2卷第6、7期)

送 春

　　春行尽矣，无计留春，小院中春草春花，或渐有悴容，似亦惜春之去者。春夜无俚，读送春诗词，捃录一二，以示春人，愿共惜此馀春也。黄任《春尽》云："百折红楼不见人，小池风皱绿粼粼。夕阳大是无情物，又送墙东一日春。""橘花和露落青苔，镜槛无风暗自开。凉月不知人已散，殷勤犹下画帘来。""半覆熏笼半叠箱，熟梅时节旧衣裳。酒痕不散经年晕，一领春衫噀水香。""又带三分酒病馀，樱桃花下闭门居。日西春尽箫声寂，不寄秦台一纸书。"谢厚庵《送春词》云："去年故乡送春去，今年客路送春归。春来春去向何许，一样鸳鸯飞两处。""江南草长莺乱啼，不怨残红怨飞絮。望到春归人不归，惆怅不关春去来。"董元恺《春去也》云："春来风雨侬愁做。送得春归，却是愁来路。愁来原是共春来，春归不带愁同去。　　愁欲留春少住。春竟抛愁独去。何如索性不逢春，一年长在愁边住。"愚自入春以来，人事多乖，闲愁山积，春之来也，初不之觉，而于其去，转恋恋不忍别，盖亦有"愁欲留春少住，春竟抛愁独去"之感耳。

（《紫罗兰》1927年第2卷第10期）

晚香玉畔

夏夜月明,晚香玉殢人欲醉,杂取词集中小令读之,行墨间亦仿佛有花香馝馞也。予于小令中,尤喜《浣溪沙》,其脍炙人口者,如欧阳炯之"相见休言有泪珠。酒阑重得叙欢娱。凤屏鸳枕宿金铺。　兰麝细香闻喘息,绮罗纤缕见肌肤。此时还恨薄情无"。孙光宪之"试问于谁分最多。便随人意转横波。缕金衣上小双鹅。　醉后爱称娇姐姐,夜来留得好哥哥。不知情事久长么"。后之作者,如周邦彦云:"薄薄纱幮望似空。簟纹如水浸芙蓉。起来娇眼未惺忪。　强整罗衣抬皓腕,更将纨扇掩酥胸。羞郎何事面微红。"秦观云:"脚上鞋儿四寸罗。唇边朱粉一樱多。见人无语但回波。　料得有心怜宋玉,只应无奈楚襄何。今生有分共伊么。"近人如濮春渔云:"偎颊回眸小语咳。几回贪恋几回猜。不曾中酒软哈哈。　紧护春寒防转侧,为劳将息互安排。贴侬心坎贴侬怀。""醒也欢娱睡也甜。衾窝真个暖香添。手搓裙带当花拈。　好梦模糊偏耐想,春光漏泄不能瞒。眉头尖又指头尖。"皆销魂蚀骨之词也。

唐瑛女士冰雪聪明,已以爱美剧《少奶奶的扇子》、昆剧《拾画叫画》蜚声沪渎矣,近复出其绪馀,学为新诗,喜读徐志摩氏《志摩的诗》,尤爱其《月下待杜鹃不来》一章云:"看一回凝静的桥影,数一数螺钿的波纹,我倚暖了石阑的青苔,凉透了我的心坎。　月儿，你休学新娘羞，把锦被掩盖你光艳首，你昨宵也在此勾留，可听她允许今夜来否？　听远村寺塔的钟声，像梦里的轻涛吐复收，省心海念潮的涨歇，依稀漂泊跟跄的孤舟。　水粼粼，夜冥冥，思悠悠，何处是我恋的多情友？风飕飕，柳飘飘，榆钱斗斗，令人长忆伤春的歌喉。"予亦鹃也，读此作颇表同情焉。

(《紫罗兰》1927年第2卷第17期)

岁首丛缀

岁朝清供，以兰、梅、水仙为最，日来雪花霏微，阴寒烈烈，似点缀新年景物者。抚今思昔，百感横生，对此三花，差可蠲忧而疗愁矣。张大复《笔谈》记兰云："与兰俱化，故有是言，然而非也。今日倚兰而坐，游香氤氲，随风远近。时有爽致，逼人鼻观间，急起从之，则不知所如矣。无人自芳，久而愈奇者，兰耶。"又记梅云："庭梅将开，有一枝偃蹇，欲披其上小枝，萼正繁，予不忍，或云宜亟剪，以专其气。童子戏投腴水中，花烂开，硕而圆，泽于本根者，毛嫱、西子之入后宫也。曜朝日，焕浮云，投老于江皋，独存标格耳，嗟夫。"语意隽雅，足为兰、梅生色。咏水仙者，则予颇好《临江仙》一词云："帘月微黄炉篆绿，倚灯弄影娉婷。悄魂一缕唤初醒。微波思渺渺,碎珮语泠泠。　　玉瓣檀心看渐坼,春来轻得寒轻。小窗残梦未分明。谁知幽怨意,枕瑟忆湘灵。"词出故友虞山庞檗子手,词气名隽,亦水仙知己也。

元宵,欢乐之夜也,有月,有灯,有观灯之美人,人于斯时,乐乃无极,意未必有衔悲雪涕,作无病之呻者。然当此夕而有潘岳悼亡之痛者,则魂销当年,神伤此日,自不能禁其衔悲雪涕矣。厉太鸿有《清平乐》词《元夕悼姬》云:"春衫泪溅。谁问春寒浅。依旧去年正月半,锦瑟华年未满。　　重来径曲苔荒。一屏梅影凄凉。疑在小楼前后,不知何处迷藏。"寥寥数语,悲思如掬。又王疑雨有《灯夕悼感》诗云:"痛逝无心走月明,一编枯坐过三更。陆家诗句愁如我,也道城南路怕行。"(原注:"亡妇殡城南,正似放翁沈园之恨。")"城隅草树响悲风,一点纱灯耿殡宫。记得昔年烟月下,红莲双引到园中。""此夕灯前奠枣脩,缟衣群婢下空楼。羡人妆束灯街走,闷向灵筵泣不休。""椒浆浅注勿盈卮,糕椀仍添蜜一匙。曾是向来调药惯,意中甘苦只侬知。""遗男婚娶最关怀,垂死叮咛尚百回。今夜香烟灯影里,可知新妇点茶来。""浓熏小像炷牙香,步月邻娃过影堂。曾执绣针称弟子,独揩清泪两三行。""云母灯毯施佛前,前春买得映床悬。嬴姿侧卧寒帏赏,无分仍看第二年。"语亦沉痛。

冯小青,为千古伤心种子,玉貌绮才,竟促其死,今之人有过孤山者,犹为之下数行清泪也。其寄某夫人一书中有云:

"娣娣姨姨无恙，犹忆南楼元夜，看灯谐谑，姨指画屏中一凭栏女曰：'是妖娆儿，倚风独盼，恍惚有思，当是阿青。'妾亦笑指一姬曰：'此执拂狡鬟，偷近郎侧，将无似娣。'于时角彩寻欢，缠绵彻曙。宁复知风流云散，遂有今日乎。"时隔一年，乃有苦乐之别，回首前尘，真堪肠断。读之如闻呜咽声。

(《紫罗兰》1927年第2卷第24期)

春节杂缀

除夕之前五夕，访天笑先生于晶报馆，大雄先生索春节应时文字，苦无以应，因笑语之曰："吾辈何不法梨园之倒串乎？愚不能画，姑倒串为画师，作一画奉贻何如？"大雄欣然曰："可。"愚曰："往岁从潘天授师习画，第一次所习者为水仙，容归觅此涂鸦之作，以实贵刊。况水仙为岁朝清供之一，亦大可作春节号点缀品也。"笑、雄二公，金谓画端应加题语，无论新体之诗、长短之句，皆无不可。愚兴辞归，发箧得旧作，色泽未退，因援笔漫题上云："岁朝清供，没了梅花太凄冷。何处梅花，嫁与孤山林和靖。你看那水仙郎君，影只形单，只低头悲哽。"并名之曰"失恋之水仙"。题语非诗非词，不知所云，聊以博读者之一噱而已。

戊辰岁次属龙，龙为神物，昂首天表，出没无定，因有神龙之称。十二生肖中，以龙为最足矜贵，家慈属龙，愚一家十馀人及远近戚党中，其他生肖，尽有雷同，而独无第二龙，是家慈之龙，难能可贵，宜其为一家之长也。

龙以不能常见与不可捉摸故，谈者遂几目之为神话中物。西方人士，向不信有龙，惟神话中有之，如迭在海上映演之德国电影名作《斩龙遇仙记》，即根据神话而作。其描写英雄斩龙时之壮概，殆与《水浒传》写武松打虎景阳冈，有异曲同工之妙。此龙闻系机械所制，内藏壮士数十人，节节生动，而吐气努目，亦一一如生，几绝无破绽可寻，诚妙制也。

年年春节，每与朋好作邓尉探梅之约，疏影暗香，似在心目间，顾恐为宵人所乘，迄未买舟，此约遂成虚话。惟忆某岁春游较早，无意中得一赏孤山寒梅，聊慰渴想而已。太仓词人王涵碧氏，孤山观梅怀林处士，集句成《西江月》云："玉骨那愁瘴雾，画堂别是风光。寒花只作去年香。曾伴先生蕙帐。一片孤山细雨，十分冷淡心肠。幽姿不入少年场。自是白衣卿相。"寥寥数十字，抬高梅花身价不少，真梅花知己也。

(《上海画报》1928年第316期，署名瘦鹃)

名园小驻记

月之二十日，适为休沐之日，午间应老友名画家吴仲熊兄之招，饭于其家，餐事为西式，出家厨手制，精美绝伦，并得饫聆其尊人登瀛先生清诲，尤欣幸也。餐后小蝶翾过其寓庐，会李常觉、周拜花二兄亦在座，栩园丈忽动游园之兴，因驱车共往霞飞路之沙发兄弟花园。园之东西南北，以霞飞、辣斐德、杜美、善钟四路为界，占地可百亩。去岁愚尝以参与泳会两度来斯园，因皆以傍晚来，直趋泳池，故涉览未周。园中嘉树蓊郁，不知其数千百本，群鸟隐绿荫如幄中，宛转作歌，厥声如醉。东隅有小池，架之以桥，四周布置皆作日本风，有牌楼，有佛像，有石柱，有日本种之枫松，小坐其间，恍若身临三岛，顾以济南惨史，兜上心来，见之颇觉生厌也。更进有翁仲石马等数事，陈于草地之上，颇饶奇趣。有大花房一，建造绝精，玻窗启闭，皆以机栝为之，列西种海棠、凤尾松、迦南、馨豆花数百盆，纷红骇绿，亦殊可观。折而西行，见一日晷之仪，日影方指四点一刻，栩园丈出时计视之，不爽毫厘。仰视蔷薇无数，交络作穹门状，花方怒发，妙香袭人如醇醴焉。更西进，花木益幽深，一水沦涟出脚下，临以小榭，足资坐眺，小立其间，悠然如在世外，全园风物，此为第一矣。已而至泳池之畔，池方中空，见其底及四壁，皆以赛门德泥制，其白如雪，立西端作语，声布四壁间，作回响，了了可听，仿佛西子湖上空谷回声处也。园中草地极广袤，如铺绿绒之罽，履之良适，栩园丈谓此等草皮每方尺须三四元，以全园计之，非数万金不办，其他花木，更无论矣。腹部一带，植芍药多丛，半已残败，而馀芬剩馥，尚可观赏焉。流连至五时半，始相将出，颇以未获一访园主人沙发昆仲为憾耳。

(《上海画报》1928年第355期，署名瘦鹃)

秋之园

夏季的花，渐渐地凋零了，晚香玉的浓香，也像醇酒出了气似的渐渐地淡化了，一阵阵的桂子香飘，送到我们的鼻子里来，报道秋光已到了最好的时期，抬眼看时，大地上已罩笼着一片秋色，再不去欣赏，怕这秋光一瞥而逝，而那很可怕的严风雪霰之天又要来了。我自莫干山归来，久未涉足园林，而舍亲平君，自公园开放后，也没有到过外滩公园和兆丰公园，满想侍母一游，约我同去，我便欣然地答应了。

那天秋高气爽，微微的有些儿风，我们先到外滩公园中，绕了个圈儿。记得炎夏之季，那沿河一带的无数长椅上，一椅子一椅子的都坐满了人，如饥如渴地在那里消受凉风。如今却空出许多椅子来，在那里仰天长叹，惟有那浪花拍岸之声，仍还如往日一样。满园子的大树，已满现着憔悴之色，静坐在椅中时，往往有一二片黄叶，因风飘落，斗的打在人家脸上，使人吓了一跳。小径旁边一大株夹竹桃已开了三四个月的花，如今仍还有一朵两朵猩红的花，缀在枝头媚人，但已不胜美人迟暮之感了。那音乐亭畔的一大片草地，禁止游人行走，一畦秋花，凌乱地开着，蝴蝶懒懒地在花间飞过，现出疲困无力的神情来。饮冰处的桌椅，小山一般地堆了起来，只剩了三四起桌椅，以备不时之需，可知饮冰的时期也已过去了。小坐了半晌，平君便起身说道："走罢，数十年来，这园子深闭固拒，给碧眼儿居为奇货，其实也不过如此，今天我第一回来，也就是末一回来了。"

出了外滩公园，驱车直往兆丰。进了门，沿着荷塘走去，荷花早已没有了，只有零落不全的残叶，在水面上挣扎。草地还是绿绿的，厚厚的，软草衬脚，如在地毯上走去。眼望着当头鱼鳞似的秋云，一片蔚蓝，甚是可爱。走过紫藤棚前，记得这是暮春某日我和月圆会同人在这里举行"辟克臬"的所在，因便进去小坐，今天我们也恰好带着几色饼果，三个人且谈且吃，也来了个小规模的"辟克臬"。树荫之外，常有欢笑声和踢球声送来，起身望时，果然见有许多学生，正在那里兴高采烈地踢球。平君感慨似的说道："这正是人生最快乐的时代，无忧无虑，百不关心，那得年光倒流，仍给我们回到学校中去，过这黄金时代呢。"我微喟着，说不出话来。离了紫藤棚，向那接近圣约翰大学的一带走去，这里我以为是全园最幽胜的所在，古松百本，虬枝接天，一片绿沉沉地，虽在夏季，也觉得凉意袭人。半月形的小池中，开满了一种浅紫色的花，亭亭玉立的，迎人欲笑，可惜不知道花的芳名，只欣赏片刻而去。

那半圆形的音乐台,堆着东西,无可观赏,不过台前一畦美人蕉,开着血红的花,烂烂漫漫,似不知秋之将老。在草地上散步了一会,见夕阳已冉冉欲下,平君很爱夕阳,微笑着向我说道:"夕阳虽是不久便去,然而夕阳影里,渲染得大地都黄澄澄的,仿佛是佛经中黄金铺地的极乐国土啊。"信步所之,已到了一片池塘之畔,在长椅上坐了下来。这时夕阳已下,馀霞散绮,霞光倒影入水,好似泼翻了一缸胭脂。暮色慢慢地四合,霞光已隐去了,明月一轮,挂在天半,中秋将到,去团圆尚差一线,但这不团圆的月,也已光明灿烂,足够留恋了。盘桓到六时三十五分,我们才踏月出园而去。

(《上海画报》1928年第397期,署名瘦鹃)

金鱼话

上

生平有爱美之癖,凡是美的一切,无所不爱,美人当然也在其列,可是自西施、王嫱去后,继起无人,即使好不容易得见一美人,而任我魂牵梦役,爱之慕之,不幸被别的人捷足先得,终于不为我有,那徒然是使心坎上著一不可磨灭的创痕而已。不得已而求其次,还是去爱上美的动植物,较有把握。在植物中,我爱紫罗兰、杜鹃与我家老祖宗濂溪翁所爱的莲,其他开花或结果的树木，也有不少是我所爱好的。至于动物一类，走兽与我无缘，在飞禽中我爱凤凰、鸳鸯与孔雀，在昆虫中我爱五光十色的蝴蝶，在水族中我就最爱金鱼，金鱼之美，简直与美人有同等的魔力，可以使你迷惑，使你颠倒。

金鱼，我从小就爱，常常省下了母亲给我的点心钱，去城隍庙中买个小玻璃缸，盛着几尾小小的金鱼回来，放在卧房里，爱玩不已。近数年来，虽在百忙之中，而爱玩金鱼之兴不衰。不过在上海地面上，难得好种，玩来玩去，无非是几尾龙种，况且住的所在，只有一个大天井，也放不下甚么黄沙缸，只索买几个大玻璃缸，将金鱼和水草盛放在内，聊作室内的点缀品。到得大前年秋间，那浑号金鱼博士的老友吴吉人先生，远迢迢地从苏州送了十尾大金鱼来给我，有朝天龙，有水泡眼，有绒球，有蛋种，都是茁壮可喜，活泼可爱，于是引起我养金鱼的兴致来，当时就向山海大理石公司定制了三个梭子形的人造石缸，图案式地排在天井的中央，又办了一个绿瓷蛙放在中间的一缸中，在蛙口凿了小孔，通以橡皮管，插入一只水箱，挂在高处，利用水的压力，使蛙口中喷出水来，倒也可以喷到三四尺高，水声淙淙，滴在金鱼身上，更觉生动。

这一年冬间，恰好天气大寒，有一晚朔风怒号，彻夜未停，早上起来，见三个鱼缸中都结了厚厚的冰，连那些金鱼都瞧不见了。我一见之下，不由得惊呼了一声哎呀，心知凶多吉少，那好几条小性命怕已在层冰之下生生地葬送了。当下我手忙脚乱，凿冰救驾，谁知那冰结得太厚了，但见冰花四散，还是凿不开来，一面忙唤我妻取了开水浇灌，边浇边凿，总算像混沌初开一般，得了一个窟窿，到得全部凿开，却见有的鱼早已和冰块凝结在一起，僵死已久，有的鱼还能勉强动弹，于是另用浅盆盛了水，将那些劫后馀生救了起来，放在阳光中取暖，可是一点总数，已冰死了一半，真使我痛惜万分。从此我也就得了一个教训，知道冬夜的鱼缸，必须遮盖起来，以便挡住寒气，免得结成这样厚的冰，冰死了鱼，至于一二分厚的薄冰，那是无关紧要，鱼儿们在水底仍可游行自如的。

第二年春光好时，那些劫后馀生的金鱼，居然撒起子来了。有一天早上，我走到缸边，见一对朝天龙和一对绒球正在绕缸儿游行，雄的追着雌的，紧紧不舍，雌的向水草中一钻，撒出许多的溜圆而透明的子来。我看了很觉好顽，就权充金鱼的收生婆，捡那黏附着鱼子的水草，一丝丝地撕下来，放在一个大面盆中，盛了半面盆的水，在阳光下尽晒，这早上仅仅一小时的工夫，不知撒了好几百粒的子。这是我有生以来第一次所见的奇迹，一时合家争看，兴高采烈。一连晒了三天的阳光，就生出无数很细的鱼来，我仗着大东书局《常识日历》一页养金鱼的方案，如法炮制，将蛋黄捣碎，撒在水底，给那些小鱼吃。等到一星期后，鱼又长大了些，便唤老妈子到城隍庙中去买了红虫来，作小鱼的食料。不上半个月，已很分明地看得出两个小眼睛。一个月后，鱼身也大了起来，鱼腹中的红虫，了了可见。到了黄梅天气,那大鱼又作第二次的撒子了,可是因为下了五六天的梅雨,不见太阳,鱼子都发霉,没有出鱼,而第一次所出的鱼,也因我缺乏养育的经验,大半夭亡,只剩下了几十尾,大鱼也死了好几尾。那金鱼博士所送给我的鱼,竟又遭了"梅子黄时雨"的劫数,硕果仅存的,只有一对深灰带金而尚未变红的绒球。

二十年十月,我移家苏州,把那三个梭子式的鱼缸和一对绒球、十几尾小鱼一并载运过来,陈列在小园中的枫树下面,以资点缀。端为过去一年间养鱼的成绩不见高明,因此不想再作尝试,徒然牺牲它们的小性命。"一二八"之役,日寇大举侵沪,我正在上海,跟跄返苏,全仗十九路军的英勇,抵抗了一个多月之久。我蛰居家中,无事可办,在废历的新年,偶上玄妙观去走走,瞧见一个金鱼摊上,有一对龙种和一对紫鱼,健硕可喜,出四块多钱买了。据鱼摊主人说,他有一所鱼园,养着不少细种的金鱼,何妨前去看看。我一时兴到,跟着他就走,到鱼园中看时,果然各种细鱼应有尽有,大有可观。这一下子,就破费了我十多块钱,买了好几对鱼,甚么朝天龙、水泡眼、翻腮、银蛋全都有了。这样一连玩了一个多月,耳中不听得上海的枪炮声,倒也悠闲自在,只恨那敌人的飞机,常来空中威胁,未免败人清兴。然而我在敌机轧轧声中,还是玩我的金鱼,古人说"玩物丧志",真是一些儿也不错。可是忆云词人项莲生有言:"不作无益之事,何以遣有涯之生。"我的玩金鱼,也是以"无益遣有涯"的意思,何况这有涯之生,又充满着重重叠叠的忧患呢。

我既买了这一批大金鱼,就觉得那三个小鱼缸不够回旋了,不得不向鱼主商让了四个黄沙缸来,将那些鱼分开豢养。每天一清早起身,总得到鱼缸前去徘徊观赏,听那微妙的拨剌之声,很羡慕鱼儿的无知,不为人世忧患所困,也不知道甚么国难不国难,一时感慨之馀,恨不得摇身一变,也变成一尾金鱼唎。到得十九路军忍痛退出淞沪,我因生活问题,不得不重到上海,就和金鱼们别离了。临行重托园丁,好好看顾,后得家信,除了细道家常之外,说鱼儿们已有弄璋弄瓦之喜,变做了一个大家庭了。那时我独居无俚,忧国思家,得了这消息,不由得暗暗为之一喜。不料它们也终于逃不了黄梅大劫,到得我后来赶回去预备向它们贺喜时,竟又死掉了一大半,连那些鱼公子鱼小姐也大半做了殉亲的孝子孝女了。

老乡吴吉人先生,不愧是一位金鱼博士,他做了一篇《金鱼漫话》,详述他养金鱼的历史与养金鱼的方法,启迪后进。我把它分期刊登在自编的《新家庭》月刊中,一面像小学生读教科书般用心研读,预备再作第三度的尝试。那时在上海又得吴博士的指导,同到法租界一家金鱼园中去购办新鱼,那园主是个北方人,曾在黄楚九和穆藕初二先生那里养过金鱼,所以名种不少,园中有好几个水泥造的大鱼池,也有黄沙缸和木桶,竟是到处皆鱼。我就中挑选了大小两对银灰色带紫花的蛋种鱼,是我从来没有瞧见过的,问园主这是甚么鱼,他老人家操着北方白答道:"这叫做紫兰花鱼,是你们苏州所绝对没有的。"吴博士在旁欢呼道:"紫罗兰,紫罗兰,那你非买不可了。"我道:"当然,这是我家鱼,岂有不买之理。"一问代价,要六块钱,终于以四块钱成交。当下托吴博士寄存在明星公司的园子里,想等我回苏州时带回去。不料一星期后,因园丁喂食太多,两对竟死了一双,并且死的又是一大一小,竟把它们打散鸳鸯两分离。好个吴博士,他怕我听了这恶耗要跳脚,特地瞒着我另行设法,像江西人觅宝似的觅到了一对龙种的紫罗兰花鱼,然后打电话告知我,我自然感激不尽,要还他的钱,他坚决不受,但催我赶快带往苏州去。于是在一天的清早,我雇了一辆汽车,到明星公司去迎接圣驾,因为天气已热,非搭早班七点钟的火车不可,所以我在六点钟就匆匆赶去,打开了明星公司的大门,把吴博士从床上拉起来,用一个大铅桶盛了两对紫兰鱼,浩浩荡荡地向京沪车站而去。

下

我自得了紫兰花鱼之后,养金鱼的兴致,重又勃发起来,继续向鱼园中补买各种大鱼,又承范云书、顾瑞赞、夏良士诸君惠赠各种细种的小鱼,居然应有尽有,共有三十馀种之多。以前的四个缸,再也不够它们回旋,于是陆续添办旧缸,由四个而八个,而十二个,而十八个,分类蓄养,并由云书兄之介,唤公园中的养鱼人代为兼管,每天早上来喂红虫一次,傍晚再来一次,用汲筒吸出缸底鱼矢,打净没有吃尽的红虫。我从养鱼人那里,就得到了许多养鱼的常识。鱼缸中所用的水,以井水为最妙,但须隔宿可用。水不必常换,水色愈绿愈妙,若变红变黄或变黑,那就非换不可,大概夏季一星期一换,在傍晚时略加新水,冬季可三星期或四星期一换。鱼缸安放的所在,必须阳光与空气都很充分,那么鱼也长大得快,树荫之下,决不可放。夏午阳光过烈,须将芦帘半遮缸上,否则鱼尾容易晒焦(喂食不足也会焦尾),若晒焦时,须从浑水中取起,放在清水中,隔日即可复原。鱼身如受不到充分的阳光,往往发生霉点,这就好似人们患了伤寒症一样,不可再给红虫它吃,亟应与别的鱼隔离,以免传染,另行放在浅水盆中,给阳光尽晒,几天以后,霉点自可消灭。鉴别鱼的优劣,以《竹叶亭杂记》中满人宝五峰氏所述五个条件最有见地,一、"身粗而匀",二、"尾大而正",三、"睛齐而称",四、"体正而圆",五、"口团而阔"。鱼背必须平直,那中间略略凹下的,叫做"骑马背";尾应分为四叉,那中间的两叉连在一起的,叫做"夹尾巴",这都是要不得的。

去年秋暮,金鱼博士吴吉人兄来说:"巨波来斯路的金鱼园中,新从北方运来一种蛋种金鱼,彩色斑烂,甚是可爱,这是你那里不可不备此一格的。"我听了这话,心中又怦然而动,于是在百忙中偷得馀闲,拉了他同去参观,见那些鱼还是当年的种,有的是白地红点的,有的是火黄地黑斑的。据园主说,这叫做小兰花,是山东的产品。我便选购了八尾,向园中借了一个小铅桶,亲自提着走,一会儿搭电车,一会儿坐黄包车,很吃了些小苦头,才到达申报馆。办完了事,当夜搭了十一点钟的特别快车回苏,引得车中人都来观看,如看西洋镜一般。到苏州时,已一点多钟,平门早就关闭了,一般叫门的人,连我男女共有十馀人,竟都没有一张机关上阔衔头的名片,任你多方央求,把门的警察老爷,始终不肯通融放入,竟像包龙图一样的铁面无私。我的黄包车夫等得不耐烦起来,说不如上新闻门去试试机会,也许那边的警察老爷慈悲为怀,肯开一开方便之门。我没奈何,只得由他摆布,可怜我坐在黄包车上,悬空地提着那只装金鱼的小铅桶,两只手又冷又酸,走过不平坦的路时,铅桶中的水就泼出来,打湿了裤脚和鞋袜,兀自暗暗叫苦,一面又怕那水泼出时,带着鱼一同跳出来,好生着急。幸而到新闻门时,恰好有一位救命王菩萨的西装先生,掏出一张不知甚么阔衔头的名片,就城门的罅儿里递了进去,简直比张天师的符还灵,当下里铛的一声,城门豁然开了,连我坐的一共三辆黄包车,借光儿一齐跟了进去,我好似达到了西方极乐世界,欢喜得连念阿弥陀佛。可是好容易赶到家里时,时钟已铛铛铛地打了三下,两只裤脚和两只鞋袜都已湿透。看那小铅桶中,已泼去了一半的水,八尾鱼却一一都在,这也总算是皇天不负苦心人咧。到上海时,我将这一段深夜里带鱼过关的悲壮故事说与金鱼博士听,博士莞尔笑道:"孺子可教,这才不愧是个金鱼迷。"

我家的金鱼,大小优劣计共二百尾。细分起来,倒有三十馀种,特种如紫兰花、小兰花、珍珠、虎头、蓝龙,燕尾类有燕尾绒球、燕尾蛋种绒球,蛋种有银蛋、花蛋、红蛋、黑蛋,龙种有红龙、白龙、花龙、乌龙,翻鳃类有红翻鳃、花翻鳃、银蛋翻鳃绒球,堆肉类有红堆肉、白堆肉、紫堆肉,水泡眼类有红水泡眼、花水泡眼、水泡眼翻鳃,朝天龙类有红朝天龙、花朝天龙、白朝天龙、黑朝天龙、朝天龙绒球,绒球类有红绒球、黑绒球、白绒球、蛋种绒球、五色绒球、花龙绒球、白翻鳃绒球。我将这二百尾鱼分放在三个梭子形人造石缸和十六个大黄沙缸中,共馀二缸作盛水之用。那些缸除紫兰鱼别放一处,以示矜贵外,其他的缸都放在一起,围以方眼矮篱,名之为鱼乐国,特集黄山谷所书三字,将制额挂在篱门之上。这矮篱内的墙上,挂着四个磁制的金鱼花瓶,以为点缀。沿墙更堆石为花坛,杂种罗汉松、春红枫、金鱼草、圆柏、刺柏、月季、草兰、紫罗兰,缀以花石湖石,更在中间暗藏小缸一具,有小红龙、小乌龙数尾游泳其中,便觉生气盎然。休沐之日,黎明即起,我总得徘徊其间,听游鱼拨剌声,悠然有濠濮之想。

民国二十一年十一月四日、五日、六日,苏州公园中举行金鱼菊花展览大会,以东斋茶室的前庭陈列金鱼,以西亭茶室陈列细种菊花,以公园电影院旧址作菊花宫,满坑满谷的都是菊花,真是好一片秋色啊!金阊士女,倾城来观,鬓影衣香,一时称盛。我还是初养金鱼,鉴别不精,本来不敢滥竽其间,可是公园主任范云书兄再三坚邀,便不得不大胆献丑了。第一天未曾参加,第二天便亲往布置,择定了一隅,位置印木面花几一套,共大小五件,分列各式玻缸六具,有盔形的,有球形的,有菱形的,有松形的。每缸之前,都置有美国宴客用的彩色人物名签一张,请书家孙叔明兄工书鱼名,并"紫罗兰盦周氏出品"字样。我为标新领异起见,所有鱼名,都代以词牌之名。除紫兰花鱼迳称之为"紫罗兰"外,如银蛋一对名以"瑶台月",白堆肉一对名以"玲珑玉",火黄黑斑小兰花一对名以"多丽",白地红点小兰花一对名以"点樱桃",翻鳃水泡眼一对名以"珠帘卷带眼儿媚",朝天龙绒球一对名以"喜朝天带抛球乐",一时观者都以为新颖别致。第三天出品,又新翻花样,将大龙种、大朝天龙、大水泡眼各一对合盛一木桶,裹以黄边紫色绉纸,用紫罗兰花笺作说明,标名"六国联盟";又一缸盛六种绒球小鱼,标名"球会";又一缸盛八种特种小鱼,标名"八宝装"。仍以紫兰花鱼一对为领袖,因为这是我所独有,一时无两的。三天期满,因参观者特别踊跃,又延长二天,云书兄仍要我参加,于是再翻花样。第四天以四缸盛大小白鱼四种,题"群玉山头"。第五天更将大小红鱼四种分列四缸,题"满江红"。总算草草地应付过去了。统观此次会中的私家出品,以孙氏的大珍珠、包氏的大堆肉、张氏的大朝天龙、缪氏的大燕尾为冠绝一时,我的紫兰花鱼,差可一附骥尾,他如翻鳃水泡眼一对,和硃砂眼银蛋翻鳃绒球一对,也颇得到好评。海上师友特来参观的,有苏颖杰师、刘海粟兄伉俪、严独鹤兄伉俪、周剑云兄、秦瘦鸥兄,金鱼博士在第三天上方始赶到出席,金鱼们想也欢迎他吧。

近因爱好金鱼之故,很留意歌咏金鱼之作,杂录数绝句如下:"爱看鹦鸽留青眼,洗向春池绿水隈。无数文鱼齐上水,争吞云影墨花来。""鬓云撩乱不曾梳,先向池边饲碧鱼。露滴翠荷擎不定,戏分小妹当珍珠。""小石粼粼响素波,红鱼拨剌唼青荷。分明一派登高水,流入于阗绿玉河。""隔花相见笑凭窗,说有文鱼一两双。侬请与郎分一半,替侬买个水晶缸。""枣花帘底漾文鱼,春到江南二月馀。正是寻芳风日好,玉楼人倦午晴初。"如此妙什,真使金鱼生色不少。

我近年所收藏的金鱼画件,计有胡伯翔氏的金鱼紫藤,商笙伯氏、叶渭莘氏、胡若思氏的金鱼团扇,汪亚尘氏的金鱼葡萄油画。曾见明代高僧虚谷和尚画金鱼最为擅长,很想购藏一幅,却至今尚未觅到,深以为憾。文字方面,承蒋吟秋兄抄示烟波钓徒裔孙张谦德氏《硃砂鱼谱》一种,上篇叙容质,下篇叙爱养,上下共二十节,文采斐然,极为隽妙。我最爱其第十节,转录于下:"赏鉴硃砂鱼,宜早起,旸谷初升,霞锦未散,荡漾于清泉碧藻之间,若武陵落英点点,扑人眉睫;宜月夜,圆魄当天,倒影插波,时时惊鳞拨剌,自觉目境为醒;宜微风,为披为拂,琮琮成韵,游鱼出听,致极可人;宜细雨,濛濛霏霏,縠波成纹,且飞且跃,竞吸天浆,观者逗弗肯去。"鱼鱼雅雅,读之使人神往。又刘公鲁兄见示《竹叶亭杂记》中宝五峰氏所作养金鱼法,文笔虽未见高妙,而详述一切法门,可抵得一部养金鱼的教科书。海内文友,如别有所见,举以相告,或录以见贻,那是我金鱼迷所再拜稽首,馨香祝祷的。

(《珊瑚》1933年第2卷第1、2号)

《金鱼谈片》补

良玉先生两度谈金鱼,而两度及愚,具见拳拳之意,惟所述略与事实不符,度系传闻之误,用缀数语,以实本晶。

愚所蓄金鱼,或为朋好所贻,或系在苏购置,三载以还,为数颇夥,顾大鱼年有死亡,所存不多,滋可惜耳。良玉先生第一次《谈片》中谓愚之金鱼,悉为贝氏所贻,殊非事实。愚戚友中,初无贝姓,若狮子林之贝财神,则又非愚所敢高攀,故不得不作声明也。

良玉先生第二《谈片》中,谓愚之金鱼,于今夏黄梅汛中全军覆没云云,亦非事实。此次黄梅时节,风而不雨,故所蓄金鱼,竟无一死亡。兼旬以来,暑气熏蒸,则勤于换水,故亦未受损失。惟清明后之旬日间,曾有四年龙种水泡眼紫罗兰一对，与四年龙种堆玉紫罗兰一尾，并一年小鱼若干尾，周身忽起白糊，同归于尽，此为愚蓄鱼以来最所痛惜之事。尔时以牵于人事，心绪恶劣，有失将护，故乃出此。问养鱼人，则谓鱼身受冷，无法可治。此君兼管五六家金鱼，真忙如国府要人，于换水手续上容有未到处，至断送愚所心爱之俊物，为呼负负不置。此三鱼尝两度陈列于公园鱼菊展览会中，为观者所称许，至足矜贵，今虽有小鱼，亦卑卑不足道矣。继之而死者，则有珍珠鱼十馀尾，有白色者，有黑色者，有红白相间者，亦周身白糊，与紫罗兰同。中有一四年巨鱼同罹于难，色白，略缀红斑，翻鳃，头如蛙，身圆如鸡卵，珠巨而散，与常鱼异，此亦愚之所痛惜，而有佳人难再得之叹也。吉人、天寥二子，与愚有同好，闻此噩耗，其将何以慰我。

良玉先生如知疗治白糊之法，请赐示一二。

(《晶报》1934年7月20日，署名瘦鹃)

苏州一花痴

有人说我在苏州做隐士，我却自以为是一个化外人，住在独家村似的偏僻所在，交际场中，没有我的分儿。不但怕见一般大人先生，连几位老朋友也难得会面，几乎达到了物我两忘的境界。这一次张若谷兄要我写一篇苏州的人物，因此竟也无从下笔,为了免交白卷起见,姑且来介绍一个花痴与上海人相见。

这人在四年以前,从上海赶到苏州来,找寻住宅,东找西找,总也找不到称意的屋子。末后找到一处,见一株蜡梅树下,恰有他向来所爱的一种花,而别处所找不到的,便毅然决然地拿出他二十年来辛苦挣下的一大笔钱,把这屋子买了来。朋友们跑来一瞧,都说这代价未免太贵,而他却不以为意,微笑着答道:"您不见这里有我心爱的花,贵一些算甚么!"他的口气虽托大,其实他并不是富翁,只为那小小的一丛花,就舍下了他二十年的积蓄,略无后悔。因此之故,他家里的人都唤他"花痴"。

花痴别无嗜好,所爱的就只是花,几乎将他的心儿魂儿,全都寄托在花上。他自迁居以后,便经之营之地将那所简陋的花园改造起来,经济的糜费,时间的消耗,都非所惜,而以种花这回事,作为他最大的事业。劈头第一件事,就是将他那一丛心爱的花,开始分植,不上三年,早已东一盆西一盆、东一簇西一簇地布满了全园。每逢春秋两季开花的时节,他终日徘徊其间,饱领它的色香,乐而忘倦,一夜成诗五十首,极其歌功颂德的能事。行有馀力,更搜罗各种树桩,作为盆栽,而以开花的老桩为标的,如梅咧,蜡梅咧,杜鹃咧,紫藤咧,紫薇咧,木槿咧,栀子咧,石榴咧,枸杞咧,不一而足,数十百年的老树桩,种在小小的一个盆子里,很有古色古香之致。即使价格很高，他也会节衣缩食地去收买下来。每年春初，又往往带了花丁，掮了花锄，到附近各处的山中去搜寻。整日辛勤，满载而归，随又忙忙地从事于剪截种植，连饮食都忘怀了。除了这些老桩外，他又喜欢玩小树桩，拣那枝干苍老、姿态入画的，一一种在径寸的小盆里，天天以弄泥灌水为乐。

花痴对于菊花，也是极爱好的，连年搜求名种，细心培植，所得共有一百馀种之多。每年秋季，秋色满园，连日常起居坐卧之处，也放满了菊花，无论瓶甏罐头中，全被菊花占领了。他摩拳欣赏，顾而乐之，但他抱着独乐不如众乐的主义，总得招邀朋友，置酒高会，作平原十日之饮，时沉醉在快乐的氛围中，借此忘却他心坎深处潜伏着的爱国忧家的苦痛。

当地的人士，听说他爱花成癖，而种花也很有成绩，于是每年倘有甚么关于花的展览，如梅花展览会唎，春花展览会唎，盆栽展览会唎，菊花展览会唎，都得拉他参加。他年来一味韬晦，并不好名，只为爱花之故，也就欣然加入。但是每逢展览之前，他往往苦心焦虑，设计布置的方法，弄得夜间也不能安睡，家人们讥笑他说，花痴真的痴了！他也并不否认，说："天下人为名为利，无一非痴，我不过是痴的一种而已。"

近年来困难日深，民生日困，凡百事业，都逐渐地走上了没落的路，花痴被卷在这恐怖的潮流中，经济上便受了一个极重大的打击。但他在忧伤憔悴之馀，却好似鸽子受了伤，还将翅膀掩住了它的创口。他只靠着一个仅有的职业，维持一家子最低限度的生活，一方面便以种花自遣，借花忘忧，他就仗着那照眼花枝，不曾断送掉了他的忧患馀生。他曾对人说："这几年来，我百念灰冷，日就颓废，惟有这园子的花，才是我的生命线。让人家骂我为有闲阶级，说我是玩物丧志，我只付之一笑罢了。"曾撰一联自赠云："投笔难追班定远，种树可继郭橐驼。"

我写了这一篇，却还没有举出这花痴的姓名来，也许读者们不耐烦，要问到这个。那么我先就在这里作答道："他姓周，名瘦鹃；他所最爱的一种花，便是紫罗兰。"

（《大上海人》1935年第4期）

《花果小品》序

不慧生平无他嗜，爱花果最笃。年来百忧内焚，悒悒不乐，所赖以慰情者，厥惟花果。每当笔耕之暇，辄归就小园，把锄于花坛果圃之间，用以忘忧，而忧果少解。苏东坡所谓时于此中得少佳趣者，信哉。不慧于花中最爱紫罗兰，二十年来，魂索梦役，无日忘之。洎移家吴中，庭园间植之殆遍，春秋花发，日夕领其色香，良慰幽怀。舍紫罗兰外，其他奇花异草，亦多爱好，不能毕举。而于四时果木，尤喜栽植，盖花时既可娱目，一旦结实，复足餍口腹之欲。田园风味，要非软红十丈中人所克享受也。不慧以爱好花果故，兼爱有关花果之诗词文章，平昔蒐集所得，灿然成帙。而于逸梅小品，亦独爱其侈述花果之作，每一把诵，似赏名花而啖珍果，醰醰有馀味。尝怂恿之，辑为专集，以贻同好。日者逸梅书来，云已汇为一编，问世有日，愿得一言以弁其首。不慧奉书喜跃，欲快先睹，率书数语以归之。是为序。

甲戌孟冬，吴门周瘦鹃序于紫罗兰盫。

（《花果小品》，郑逸梅著，中孚书局1936年2月再版）

花事杂纂

古林庵距定淮门二里许，峰峦环抱，地极幽邃。薄暮鹭鹚自外归，宿山后，上下翱翔，一望如雪，相传山形如凤，此则百鸟朝凤也。殿后院凿山为壁，高数丈，遍植秋海棠，八月间浓艳繁开，嫣然满目，名曰海棠屏。（按今其地仍为僧寺，俗僧居之，且殿室新崇，一二佛学团体附庸其间，海棠屏则憔悴甚矣。）

百花冢在白云山，地名小梅坳，明季歌者张丽人葬处。当日会葬时，诸名流各植一花于其墓，故名。香山黄田门允中尝至其墓，有诗吊之云："毕竟情根终不死，一枝花现一前身。"觉丽人虽死犹生。

二月十六日,为明张丽人诞辰,增城何一山,尝于是日冒雨招临桂倪云癯往百花冢,以清酒酹其墓并赋诗,有"一抔香土花仍放,三月芳辰雨未晴"之句。

东莞张小香建棠家,有青衣小名梅花,矢志不嫁,小香赋诗赠之,有"梅花洵是清高品,除却林逋不嫁人"句。千古只一林逋,除林逋不嫁,惟空山终老耳。

台俗元夕,女子偷折人家花枝,谓可得佳婿,名曰窃花。钱塘范九池咸有诗云:"女郎元夜踏苍苔,攀折青枝笑落梅。底事含羞佯不采,月明犬吠有人来。"又粤俗元夕,妇女偷摘人家蔬菜,谓可宜男,名曰采青。花县曾晓山照有诗云:"篱头雨歇湿游尘,弱柳绯桃解媚人。最爱蔬中冬芥好,年年生丁及青春。"二事颇韵,宜入竹枝歌咏。

素馨,茉莉,晚间开花,夜凉人静,好风相从,香气熏人欲醉。清黄度咏素馨云:"生香偏自深夜闻,夕秀朝华总莫群。灯火空庭人去后,纱幮合伴薛灵芸。"许过咏茉莉云:"点汤细剥鸡头实,压鬓斜簪雁爪花。一种暗香笼月下,小鬟新试雪峰茶。"雁爪茉莉,瓣尖香韵,闽中有之。

以梅花雪煮茶,味极香美,顺德梁伯乞思问诗云:"破晓画眉声,啼落城头月。呼童起烹茶,自扫梅花雪。"

香山邓荫泉大林,辟杏林庄于珠江之南,实未尝有杏也。道光乙巳,何灵生自京师归,贻杏一本,种阅五载花始发,遂治酒招同人赏之。番禺陈棠溪其锟有"聘得金台第一花,种来香国当三月"之句。粤东数千百年未闻有杏花,今始见之,不独异事,亦盛事也。

周敦颐作《爱莲说》,谓莲为花中君子,世人相袭称之。如秦观咏荷诗,有"端如荡子妻,顾自良家子"句。《三馀赘笔》云,曾端伯以荷花为浮友,张敏叔以莲为静客,称谓微有不同处,此在各人之主观耳。

韩琦《柳溪嘲莲》诗云:"清香奇色匝芳洲,安得公馀一见休。道是好花堪谑问,几时曾上美人头。"世以莲花朵太大,故妇女不簪,惟闽人有以莲折成各种花样者,簪之鬓鸦,别饶风韵,固好花曾上美人头也。

广陵俗尚瓶花,有专为富家主其役者,岁得钱万馀。馀姚陈一斋梓《梅花歌》云:"种花不如插花好,种花多人插花少。插花人巧夺天工,百瓶百样无雷同。豪家轩宇罗供养,水晶玻璃罍洗盎。梅花兰菊松柏荷,风光四季占不多。要令边徐折枝画,合款成图八窗挂。谁夸能事插花仙,岁博青蚨几万钱。我来借问插花者,眼中兴废谁多寡。去年堂上繁蕊红,今年冷落生秋风。今年堂上覆芳灿,昨岁罍空尘满案。人间荣瘁了无凭,高峰为谷谷为陵。岁岁开花花不恶,只恐插花瓶折角。"此诗足补花史传赞。

尝闻梅花观题壁诗云:"红帽哼兮黑帽呵,风流太守看梅花。梅花忽地开言道,小的梅花接老爷。"诗虽鄙俚,但张盖游山、松下喝道之辈,宜有此嘲。

珠江女录事柳小怜,颇知书,喜读番禺陈兰甫澧词。临桂倪云癯尝于人日买舟招游花埭,时小雨初霁,姬至萃林园,遂逡巡不欲行。倪诘之,对曰:"怕行近滑了穿花双屐。"语盖兰甫咏苔痕句,可谓言语巧偷鹦鹉舌矣。

　　黄琴山尝梦梅花美人,后得姬人云今,宛如所梦,因作《梦梅图》,携至都中,遍征题咏。嘉应吴石华兰修填《虞美人》一阕云:"罗浮一夜吹香雪。偎梦衾如铁。月迷离处玉为台。记得风鬟露鬓踏花来。　而今碧树栖鸾凤。离合还疑梦。杏花消息怨东风。又累美人春梦小楼中。"时黄方应试春官,将次放榜,故云。

　　番禺许星台应鑅,尝蓄一婢,名月桂,筑别室居之,后为大妇所觉,踪迹遂疏。一夕过倪云癯寓斋,茶话良久,忽叹曰:"今夕月色殊佳,一月无几日也。"倪笑曰:"月色固佳,惜少天香云外飘耳。"许为之解颐。

　　苏州葑门外荷花荡,遍植荷花,当其盛开时,洵为消暑胜地。昔年花舫如云,每于晚间麇集于此,作竟夕游,诵"三更画船穿藕花,药为四壁船为家"句,不啻为当时写照。上海孙漱石尝屡至其地,领略佳趣,同游惜红生,倩人绘图乞题,孙为之作赞云:"君子之花,美人之艇。十里香浓,三更风定。袅袅花枝,亭亭人影。打桨波心,荷珠乱迸。"

　　阳湖汪盘珠女史,尝填《浪淘沙》一阕咏落花云:"梦断小红楼。宿雨初收。闲庭蜂蝶上帘钩。一院落花春不管,侬替花愁。　吟赏记前游。转眼都休。风前扶病强抬头。知道明年人在否,花替侬愁。"未几卒,遂成语谶。

翠琴者,京师伶人也,色艺冠绝一时,咸丰丁巳三月病死。其生也,在花朝前一日,故某公挽以联云:"生在百花先,万紫千红齐俯首;春归三月暮,人间天上总销魂。"

山阴方静园秉仁,家有丝竹园亭之胜,一日设宴紫藤池馆,会者数十人。时番禺张南山维屏年方十三,于座中为最少,适白莲盛开,援笔赋《浣溪沙》词,有"银塘风定玉生香"句,翁叹曰:"此子清才,他日必以文章名。"遂字以幼女,且构亭池上,叹曰:"玉香,亦韵事也。"

京师西山无相寺有坟,曰菩萨坟,亦曰公主坟,辽圣宗第十女墓也。女小字菩萨,未嫁而死,《辽史》无传。北方海棠少,此地始生之,自是海棠之盛,逾于江国,土人因以海棠谥主。龚定盦诗云:"菩萨葬龙沙,魂归玉帝家。馀春照天地,私谥亦高华。大脚弯文鞨,明妆豹尾车。南朝人未识,拜杀断肠花。"凭吊兴亡,抁扬秾丽,诗固可传也。

博罗韩珠船荣光,尝赋黑牡丹八首云:"玉漏沉沉夜未央,遥闻青琐散天香。锦屏十二开云母,香国三千拥黑王。雾气晓迷鸂鹈观,御烟浓染衮龙裳。一帘花影春阴驻,不事通明奏绿章。""草就清平笔未干,笔花开向玉阑干。为留翰墨因缘在,莫作云烟富贵观。知白何妨甘守黑,纯青谁道不成丹。瑶台月下相逢处,愿得君王刮目看。""沉香亭北雾霏霏,重过华清了夕晖。虢国朝天工浅黛,太真入道悟元机。霓裳曲散边烽起,钿盒尘封旧誓非。南内无人云压槛,不胜惆怅想仙衣。""念情独自倚黄昏,疑是亭亭倩女魂。雨过淡云笼月影,日烘香玉长烟痕。鹭鹚杓小倾春酿,蝴蝶丛深认漆园。闻说繁华金谷地,至今犹有劫灰存。""卢家少妇出青楼,笔扫双眉漆点眸。薄雾春衫裁燕尾,凌波罗袜著鸦头。朝云暮雨浑如梦,淡月疏烟为锁愁。莫遣夜深烧烛照,朦胧春睡倚香篝。""染就香罗制锦裾,踏春油壁软轮车。香风回舞同飞燕,大体横陈笑媚猪。鹊镜团圆当槛照,鸦鬟绫鬐卷帘梳。收将花斤调松麝,远寄朝云一纸书。""深闺待字恰青年,谁捣元霜了宿缘。姜女旧居原即墨,瑶姬小字独非烟。泥中诗婢偏逢怒,镜里香鬟尚见怜。隔着帘栊天样远,可堪春树暮云边。""江郎才调更清奇,直把花枝作笔枝。早卜黑头当富贵,肯缘俗眼买胭脂。素衣化尽留京洛,乌帽归来忆武夷。春水一池朝洗染,片云将雨又催诗。"说者谓其家有侍儿,貌黑而美,丰致嫣然,韩尝以墨牡丹呼之,此诗殆有所指欤?

京师天宁寺,有绿牡丹一本,间岁作花。光绪春三月开时,山阴李莼客往看不得,则前一日为朱邸移去矣,李怅然填《露华》一阕云:"琳宫最忆。有鹿女衔来,分外娇艳。借与露华,轻把黛螺微拂。似曾萼绿初开,换了玉环标格。留仙住、回头暗看,唾痕凝碧。　　春风几度相识。只倚遍阑干,谁忍攀摘。赋就睡妆,偏漏宓妃消息。带鞶转入朱门,可比坠楼颜色。灯影下,何时翠娥重出。"

(《健康家庭》1940年第2卷第1期)

我与中西莳花会

我生平爱美,所以也爱好花草,以花草为生平良友,十馀年来,沉迷此中,乐而忘倦。自从"九一八"那年移家故乡苏州之后,对于花草更为热恋,再也不想奔走名利场中,作无谓的追求了。一连好几年,在苏的时候居多,往往深居简出,作灌园的老圃。平生原多恨事,而这颗心寄托到了花花草草上,顿觉躁释矜平,脱去了悲观的桎梏,连这百忧丛集之身,也渐渐地健康起来。不幸"八一三"大祸临头,使我割慈忍爱地抛下了满园花草,仓皇出走,流转他乡半年有馀,方始到达了上海,栖止既定,便又与花草朝夕为伍。虽是蜗居前的一弓之地,不能多所栽植,而小型的盆栽,倒也可以容纳得下一百多盆。每天早上,总得费一二小时的光阴,去伺候它们。室内净几明窗,终年有盆栽作清供,在下笔作文时,大可助我文思。老友蒋保釐兄原是上海中西莳花会的会员,他很赞美我的盆栽,说何不加入此会,每逢春秋两季,好把盆栽陈列其间,使西方士女开开眼界,认识我们中国的园艺美。我本来对于这已有数十年历史的国际性莳花会,有一个深刻的印象,以前春秋年会,也常去观光,可是不得其门而入,如今既经老友鼓励,就欣然从命。终于由保釐兄会同厉树雄兄和一位西友介绍入会,会中秘书寇尔先生,也诚挚地表示欢迎之意。

我既到达上海之后,第一件大事,就是回去探望我那寤寐难忘的故园,虽是三径就荒,却喜花木无恙,逗留了几天,便把一部分小型的盆盎和花木携来上海。去年(民国二十八年)五月二十二日,莳花会举行第六十三届春季年会于跑马厅,我就把大小盆栽二十二点参加。寇尔先生特地指定了西厅正中靠窗一角给我陈列,用红木矮几一张,十景橱一架放在一张大桌子上,每盆都配上红木和紫檀的座子,以资美观,而每一种小盆栽,要是放在一只双连树根式或秋叶式几座上的,那么旁边再配以古佛一尊,或灵芝一瓶,或奇石一块,对于色彩的调和,姿势的正反,都加以深切的研究,先在家里试行布置一下,然后画了草图,到会中依样陈列。这二十二盆栽,以一盆百馀年爬山虎古木(按系爬墙草之一种)作主体,其他有黄杨、细叶冬青、松、柏、菖蒲、榆、文竹、六月雪、金茉莉、水棕竹等,所用盆盎,大半是从骨董肆中多年搜求而来的沙瓷旧物,只有一件而不会有第二件的。这破题儿第一遭的出品,居然引起了无数西方士女们的注意与赞美,使我非常兴奋。有的还错认为扶桑人的作品,经我挺身而出,说明自己是中国人后,他们即忙和我握手道歉。第一次展览结束,经会中专家评判,给与全会第二奖荣誉奖凭。

十一月二十二及二十三两天，第五十二届秋季年会仍在跑马厅举行，我在十天以前得到了通知书，忙着筹备一切。在这菊有黄花的时节，当然少不了要借菊花来点缀，可怜我在上海这个十尺见方的小圃里，哪能种甚么菊花，故园中虽仍种一些，却又懒得去取。终于在人家园子里觅得了一枝废弃的悬崖白菊，一株狮毛黄菊，一株黄蟹菊，又弄了一些小山菊，回来分种在紫砂旧盆和古瓷盆里，整了枝条的姿态，倒也楚楚有致。这次出品连同水石和辅佐品等共二十九点，仍在春间陈列的地位上，分陈三个桌子。正中的桌子上，以水石盆景"观瀑图"为主体，一座高山，有瀑布下泻，山麓的木桥上，有老叟扶杖观瀑，旁边一座低山，种有虎刺三株，却有大树的苍老之态，这一盆仿佛是明代沈石田氏的山水名画。前面一只荷叶形的歙石浅盆中，安放着两块九华山沙石，代表一高一低两座小山，一人坐着扁舟，从两山之间荡漾而出，瞧上去也很自然。左旁以宋代瓷盎种悬崖松一株，历旁有古木小叶冬青一盆，和白石盆中的水仙一丛，桌后的红木高花几上，高高地供着一只古铜三元鼎，种的就是那株黄蟹菊，作半悬崖形，配以朱漆篱竹三篱、大石笋一根，富有画意。左桌红木十景橱里，分陈小山菊、小柏、小榆、金雀花、菖蒲、水棕竹、爬山虎、北瓜、小灵璧、达摩像等十七点，顶上陈有小红菊一瓶，半垂松一盆，松下坐着一尊古佛，自是入画。橱的右旁，就是那株狮毛黄菊，栽在明末清初制盆名家萧韶明氏手制的长方形梨皮紫砂盆中,配以英石灵芝,一共五朵菊花,位置恰当,再插上篱竹数枝,含有东篱残菊的意思。右桌上仍用红木矮几一张,陈列悬崖白菊和黄山菊各一盆,中央一盆虎刺,布置成一个林子,红子累累,鲜艳之极,中供白瓷释迦佛像一尊,就越显得红白分明了。这第二次的展览结果,居然得到全会总锦标英国彼得葛兰爵士的大银杯一座。这也像国际网球赛的台维斯杯一样,可以保持到下届春季年会,由会中将我的名字刻在杯上,另给一只较小而同样的银杯,那就可以永久地保持下去,作为私有的纪念品了。

这一次我除了盆栽出品外,因为春间受了布置西式宴席冠军匈牙利蓝斯夫人的鼓励,特地将家中的红木大圆桌运去,布置了一个中国式的宴席,中央放着一只沉香木树根雕成松鹤的高大花插(上面刻有明代朱三松氏的诗,和乾隆时代友石山人的诗),红色的凤尾菊,像流苏般四面倒垂着,斜侧里还高矗着一只木刻的灵芝。这花插的两旁,分供一对铜鹤古烛台,插有两枝红烛,便有一种庄严的气象。四周分陈螺甸细嵌人物的方圆小漆盘,精刻山水的旧牙筷,各色磁胎而刻花刻字的道光锡碗,绿地的五彩酒杯,全是乾嘉旧物。每一副杯筷左面,立着叶誉虎、吴待秋、樊少云等名签,每张都绘有梅花一枝,以供上客入席,避免谦让之用。这一桌古色古香,似乎也是为国人张目吧。经专家评判之下,给与荣誉奖状一纸。

这两天恰值秋雨淋漓,观众却并不减少,诸老友听得我幸获锦标,纷来道贺。七十老娘,也以为奇数,偕同室人凤君冒雨而来,高兴得甚么似的。我于欢欣鼓舞之馀,曾作了四首七绝:"绿章日日奏东皇,莫遣风姨损众芳。世外桃源无觅处,万花如海且深藏。""十丈朱尘浼骨清,随人俯仰意难平。一花一木南窗下,不是蛾眉亦可亲。""奇葩烂漫出苏州,冠冕群芳第一流。合让黄花居首席,纷红骇绿尽低头。""占得鳌头一笑呵,吴宫花草自娥娥。要他海外虬髯客,刮目相看郭橐驼。"莳花会会长英国按察使莫肃爵士,要了一张照片去,来函道谢,并赞美我的盆栽,希望我每届都去参加,真使我受宠若惊。

民国二十九年五月二十二及二十三两天,莳花会举行第六十四届年会,我所参加的计有盆栽和水石等共三十点,仍分三大桌。正中一桌,以"蕉下达摩"为主体,以初生的小芭蕉五株栽在一个长方形紫砂古盆中,四周围以英石,翠绿的蕉叶下,供着一尊暗绿色的达摩,手把书卷,坐在蒲团上,意态十分静穆,前面一盆水石,题名"欸乃归舟",一只乾隆白瓷的长方浅盆中,放着一大块英奇磊磊的英石,石罅中长着下垂的杯子莲,石边一丛新碧的绢绿草,仿佛芦苇,有一叶扁舟,从芦苇中出,船头有红衣人仰看英石,满现着悠闲自得的神情。两旁盆栽,有白蔷薇、金茉莉、松鹿、银杏、石上爬山虎诸点,更有虞山来的柳穿鱼一盆,花如小紫藤,作浅红色,微微地发香。桌后的红木高花几上,有一株老本金银花,种在古铜鼎中，摇曳生姿，别具风格，那下垂的枝条上，满开着嫣红的花朵，甜香四溢。左旁桌上的红木十景橱里，照例陈列盆栽小品十馀点，一个二寸高的绿瓷镂花小方盆中，种着一株极小的枫树，一个一寸高的小紫砂盆中，种着一株小柏，此外有雀舌松、金茉莉、小榆、海棠、细叶冬青诸点，仍以奇石、佛像等小玩意为配。橱旁一只高脚方形紫砂盆中，种一株红色小花的十姊妹，作半悬崖式，风姿嫣然。右首桌上的红木矮几上，铺着一方黄缎质绿叶红花的北平古绣，分陈玉、石、磁、铜、砖、沙、竹、木八种瓶盆，里面所插植布置的有杯子莲、山石、月月红、金银花、何郎花、细叶冬青、竹、三色堇八种花木，用黄绫标名"八珍"，请名手以魏碑体写就，这一组富丽斋皇，吸引了无数中西观众的视线。这一次经专家评判的结果，出于意外地蝉联了上届彼得葛兰爵士大银杯总锦标，而上届应得的那只小银杯，也由寇尔先生送来，可以永久珍藏在紫罗兰盦中了。这一次我因再度获得总锦标，又赋七绝四首，以志纪念："霞蔚云蒸花似绣，江城处处自成春。绝怜裙屐翩跹集，吟赏花前少一人。"（去岁秋季年会时，陈栩园丈曾偕张益兄伉俪同来观赏，笑语甚欢，不意半载以后，遂有幽明之隔，思之泫然。）"半载辛勤差不负，者番重夺锦标还。但悲万里河山破，忍看些些盆里山。"（出品中有盆山一事，苍崖孤悬，下有流水，丛苇间一舟归泊，似闻欸乃声，观者亟称之，谓其饶有诗情画意也。）"劫后馀生路未穷，灌园习静爱芳丛。愿君休薄闲花草,万国衣冠拜下风。"(艺花小道,未敢自伐,徒以身与国际盛会,而得出人一头地,似亦足为邦国光,此则予之所沾沾自喜者耳。)"小草幽花解媚人,襟怀恬定忘贪瞋。太平盛世如重睹,花国甘为不叛臣。"(世乱纷纷,不知所届,果得否极泰来,重睹太平盛世者,则吾当终老故乡,从事老圃生活矣。)

六个月的光阴过得真快,一转眼秋季年会的时期又到了。我因想继续保持总锦标起见,所以对于此次的出品,分外努力,并且以快函寄给故园中的园丁张世京,带几种细种名菊,先期赶到上海,在一星期中着意筹备起来。《申报》"本埠新闻"栏内,有一篇特写《莳花会的秋色》,作者署名爱农,他参观了我的出品以后,纪述十分详细。他说:"中国会员方面,周瘦鹃先生这一次仍有盆栽水石等三十馀点参加,分列三大桌,正中落地放着一只硕大无朋的古铜盆,一面矗峙着一条大石笋,旁种十几朵红面黄背的'十八学士'大菊花,恰和盆身的古铜色,衬托得很为相称,而粗枝大叶,颇有故名画家吴昌硕氏的作风。后方大桌子上,以标明'秋菊有佳色'的陶渊明赏菊东篱一大盆为主体,一只长方形而浅浅的紫砂古盆中,搭着一带矮矮竹篱,篱边小黄菊烂开如锦,一个代表陶渊明的旧佛山窑琴翁造像,立在那里低头观赏,模样儿悠闲得很。一盆芭蕉与奇石,据说是摹仿当年吴中文献展览会一幅唐伯虎的《蕉石图》制成的,碧绿的蕉叶,配着满生青苔的奇石,自饶清趣。一盆古木竹石，是仿照了宋代大画家马远的作派所制，一株迎春，姿势奇妙，活像是马远所画的古树，配上了翠竹和英石，种在一只古雅的汉砖盆中，真的构成了一幅古画。一盆'高山流水之音'，以英石堆成了一座很有丘壑的山，下有清泉白石，旁边草坪一带，种着许多小树，在一个山峦上，有一人正在鼓琴，这就是伯牙，山下有一人正在持麈静听，那就是锺子期了。这也是一个有意义的盆景，使人油然而生思古之情。此外有枯木里种的山菊，沙蟾蜍中种的菖蒲，更有松鹤、枸杞、细种白菊'月下雪'、悬崖红山菊等，色彩和姿态，都很美观。后面高几上的古铜鼎中，种着一株淡粉色的细菊'浴后杨妃'，（按此为扬州前十种名菊之一，原名'粉霓裳'，与'月下雪'同为故园珍种。）瞧去特别的可爱，真如杨玉环华清池浴罢的神态。左首的一桌，高高放着一只斑竹架，共分三格，顶上一个白瓷古水盆，满插黄山菊，装成花篮的模样。三格中有小柏、小山菊、小冬青、罗汉松、雀舌松、小北瓜、琴翁像、达摩像、绿松石等，所用的盆盎和几座，形形色色，都是玲珑精致的小古玩，更有一件小东西，分外有趣，是一片白玉的荷叶，一枝白玉的藕，一只犀角雕成的小蟹，正爬在玉荷叶的边缘上，旁边放几朵小黄菊，分明是寓有持螯赏菊之意。底层一盆水石'寒江独钓'，小小的水棕竹旁，有渔翁踞坐水边垂钓，也富有画意。在这竹架之旁，有一盆扬州名种大白菊'白霓裳'，花儿一朵朵斜簪着，作明月入怀之状，配以灵芝，亦自古雅。近旁再加上一个周代古铜瓶中的大红菊,便觉得娇滴,越显红白了。右首的一桌上,是一张斑竹矮几,陈列着三种菊花,菊种虽非名贵,而姿态各极其妙,尤其难得的,那三只盆都是清代乾嘉间制盆名手杨彭年氏的作品,自是不同凡俗。前面一大一小两个菊花石雕成的盂里,都以山菊为点缀,倒也衬托得宜。傍着这矮几的,是一盆名枸杞古木,枝条纷披,满是一粒粒猩红的枸杞子,鲜明得像娘儿们的玛瑙耳坠一样,在上海是不易见到的。在这红子绿叶之下,供着一尊乾隆白建瓷的达摩造像,分外觉得悦目。"

除了这些盆栽之外,我又参加餐桌的竞赛,布置了一个八人便饭的中国式餐桌,桌上铺着淡黄色锦毯,团龙舞鹤,很觉华贵。所配置的碗、盅、盆、碟,都是明代和乾嘉间的青花旧瓷,筷子也是象牙刻花的古物,正中一只乾隆青花水盆中,矗立着一座假山,四周绕以许多紫红色的山菊,一头白瓷的小鹅遨游其间,优哉游哉!这一桌的配色,也曾加以一番研究,而十足表现了东方的风格,和别桌是截然不同的。

这一次的盆栽,自以为很满意,同志孔志清兄和儿子铮(南通学院农科学生)曾给与我不少助力,他们以为定可保持总锦标,来一个连中三元,与美国罗斯福连任第三次总统互相媲美。

谁知经两位西籍评判员草草评判的结果,却得了一张全会第二奖的荣誉奖凭,原来那总锦标已给大名鼎鼎的沙逊爵士那座菊花山夺去了。许多连看四届莳花展览的老友们和中国观众都给我不平,有好几位西方观众也走上来和我说:"我给你总锦标!"那位老内行的蓝斯夫人也给了我许多好评,劝我不可灰心,以后仍然要一次次参加下去。当晚,会中秘书寇尔先生也来慰藉,说:"这一次的锦标归于沙逊爵士,因为他的出品全部都是菊花之故,至于布置、美化,那当然以足下为最,也许评判员没有留意到罢了。"他们这些美意,使我很为感激。本来我参加此会,并非为的个人问题,我现在以笔耕为主,不需要借此宣传我的园艺。只因此会是国际性的,会员几乎全是西方各国的士女,中国会员不到十人,而参加展览的只有我和我介绍入会的孔志清兄,志清兄是职业化的,与我又自不同。我因为西方人向有一种成见,轻视我国的一切,以为事事落后,园艺也不能例外。我前后参加四次展览,总算引起了他们的注意,知道中国的园艺倒也不错,所以在会场中,我曾听到了他们无数赞美的话,差不多把字典中所有的美妙的形容词,全都搬用完了。明年春季年会,我是否仍去参加,要看我届时兴趣如何和成绩而后决定,评判员的公平不公平,那倒是不成问题的。一方面我很希望我国的园艺家,也一同起来组织一个纯粹中国人的莳花会,请有实力者加以赞助,每年有若干次的展览,请一般画家、艺术家作公平的评判,使从事园艺的人,力求进步,发扬国光。这不能说是甚么有闲阶级的闲情逸致,因为我国以农立国,对于园艺的提倡,似乎也是需要的吧。

(《永安月刊》1940年第20期)

纪义士梅

予于十年前移家故乡吴趋里后，即于园中广蓄盆树，而于盆梅尤所笃爱。一日偶过护龙街，见自在庐骨董肆中，陈一野梅，铁干峥嵘，虬枝矫健，似数百年物，叩其值，云在百金以上，自顾寒士生涯，力所未逮，因废然而罢。阅年，晤其主人赵子培德，一见如旧相识，畅话至欢。偶及此梅，据云系得之虎丘五人墓畔，蓄之有年矣。闻予之关注有加也，愿举以相贻。予以赵子亦爱花如予，不欲割爱，因婉辞之。如是数载，过从益密，赵子时复出其所藏砂瓷旧盆，以廉值见让，即此古梅所植欧瓷大方盆，亦在其列，为之心感无既。厥后予与吴中陈迦盦、朱犀园诸画师，招邀艺花同志如干人，结含英社，赵子亦欣然加入。春秋佳日，各出盆栽展览于公园之东斋、西堂，永日留恋，逸情云上。居未久，赵子忽婴疾下世，闻耗震悼，亟往致唁，逡巡入屋后小园，观其手植诸盆树，似亦悼其故主，佥有焦萃可怜之色，即怆然引去。时赵子所遗盆梅，尚有二十馀本，而前见之古梅，矫健如故，花丁周耕受，将护綦勤，花开时节，予仍往观赏，欢若平生。讵"八一三"事变猝发，兵祸延及吴中，旋告沦陷，周氏花圃，荡焉无存，周亦郁郁死，此梅委弃路隅，奄奄欲绝。社友丁翁慎斿，见而收之，扶植一载，渐复旧观，知予爱梅如命，因语之陈翁迦盦，愿以相让。窃念频年颠沛，未能归居故乡，得之亦未由欣赏，遂婉谢焉。己卯冬，予仍困居沪渎，羌无好怀，忽苦念此梅不已，爰飞函故园花丁张锦，令向丁翁探询，则云已为海上花贩陈某购去，厥值止三十金耳。予闻讯叹息，为之悒悒不欢者累日。寻知老友孔子志清与陈某有旧，亟倩其往说，则竟要索百二十金，予以急景凋年，无力购致，即亦置之。迨腊鼓将催，花市崛起，陈某将此梅陈之慈淑大楼下，欲待善价而沽，予见梅如见故人，恋恋不忍去。会有名法家胡望之君，谬采虚声，因前辈钱须弥先生之介，属撰四旬寿序，予以一夕之力成之，胡君立以百金为报，自愧不文，固辞者再，而须弥先生坚不许，因恧然受之。爰倩孔子更向陈某婉商，愿以者番卖文所入易此古梅，而陈某牟利心切，坚持非百二十金不可。私念此梅既为故友遗泽，足资纪念，而十年以还，又为予心赏之物，脱落他人手，不知珍惜，行将抱憾于无穷，于是毅然如其值，舁以归寓庐。从此昕夕摩挲，无量欢喜，以其原出五人墓畔，为五义士英魂所凭依也，特尊之为义士梅云。

辛巳人日，鸣社诗友二十馀子联袂来观，佥为叹赏不已。予首唱七言绝十二首索和云："铁干虬枝绣古苔，群芳谱里百花魁。托根曾在五人墓，尊号应封义士梅。""秋老吴宫落叶时,铁蹄践踏到花枝。国香却喜仍如旧,应谢丁郎好护持。""嵌空刻露老弥坚,花寿绵绵不计年。却笑孤山无此本,鲰生差可傲逋仙。""故人已逐华年逝,遗泽还留一树梅。赖有瑶花能解语,山阳闻笛不须哀。""幸有廉泉润砚田,笔耕墨耨小丰年。梅花元比黄金好,那惜长门卖赋钱。""十载倾心终属我,良缘未乖慰平生。何当痛饮千锺酒,醉傍梅根卧月明。""玉洁冰清绝点埃,风饕雪虐冒寒开。年年历尽尘尘劫,傲骨嶙峋是此梅。""晴日和风春意足,南枝花发自纷纷。闺人元识花光好,佯说枝头满白云。""丛丛香雪白皑皑,照夜还疑玉一堆。骨相高寒常近月,缟衣仙子在瑶台。""傲雪凌霜节自坚,花开总在百花先。珊珊玉骨凌波子,离合神光照大千。""无风无雪一冬晴,冷蕊疏枝入眼明。丽日烘花花骨暖,海红帘角暗香生。""萍飘蓬泊在天涯,春到江南总忆家。梅屋来年容小隐,何妨化鹤守寒花。"

后七日,知友胡伯翔、陶冷月、蒋吟秋、郑逸梅、叶祥本、郑梅清诸子先后至,咸谓似此古梅,实为平生所仅见,胡、陶二子各出铅笔册子,对花写生,并商略花枝之剪裁,各抒卓见,足资参考。已而中国画会商笙伯、许徵白、汪亚尘、孙雪泥、王个簃诸名画师亦至,郑子午昌适以事阻,则以所绘古红梅一幅见贻,笔致高逸,弥复可珍,并题《垂丝钓》词和梦窗韵云:"帐延瘦影。玲珑横月疏掩。缟袂压春,宫鬓堆艳。迎笑靥。记圣湖回缆。风沙撼。远笛芳讯淡。　　旧时眉浅,昏黄愁照鸾鉴。隽情不减。寒剪清溪滟。香云屏染。长对饮。耿素心点点。"商、许、汪、孙诸子谓此梅允可入画，因泼墨挥毫，为之写照，各作一立幅，美具难并，益可为此梅生色。雪泥复系以诗云："春着寒香三两点，苔横古树一千年。晓窗澹月摇疏影，昨夜诗人却未眠。"郑子逸梅则作《梅屋品梅记》一文云："春之朝，煦风扇荡，微云卷如，周子瘦鹃邀品其所获之义士梅，予与陶冷月、蒋吟秋二子于饭后偕往焉。瘦鹃居沪壖之西，市嚣较远，境静而有幽致，求之十丈软红中，不易多得也。入室即见梅屋之榜额，为黄山谷书，盖巧截其碑版中字而加以雕镌者也。瘦鹃有和靖癖，壁上所张，汪巢林之通景梅花屏也，周之冕之梅花便面也，叶观青之梅花书屋立幅也，吴窓斋之香雪海横幅也，吴秋农之探梅图、梅花书屋扇屏也，董香光之梅花诗，陈眉公之梅花册页也；而梅则或植之盆，或栽之盎，或蓄之于罍敦，盆也，盎也，罍敦也，不一其式，于是梅之高矮巨细，悉得其称。花有重台，有单瓣，有淡绿，有浅绛，有酣红，间有洁白无华者，其虢国夫人淡扫蛾眉朝至尊乎？义士梅供于室奥，高三尺许，老干朽蚀，洞然窈然，驳然斑然，弥绕古意，以年代测之，可断为朱明之遗物，干颠著花繁茂，馨逸可喜。冷月为花写照，且与瘦鹃商略评章，何枝宜芟之短，何条宜引之长，其他或疏或密，又复斟酌久之。予叩义士梅之所以得名，瘦鹃出示其《义士梅诗序》，始知是梅本出于吴中五人墓畔，殷然碧血，化为奇葩，对之觉落落浩气，犹复在天地间也。吟秋乃诗以宠之云：'有约同来访老梅，清姿傲骨正花开。沧桑阅尽春常好，浩气冲霄不染埃。'一时许，中国画会诸名画师相次来，瘦鹃导之，拾级登楼，则又触目皆萼绿华，些子景中，配以铜瓷之释迦与达摩，古香中参以禅机，益复耐人玩索。有银爵二，灿然于案头者，则中西莳花会中两次所获之锦标奖品也，增光国际，荣幸何如？既而瘦鹃备糕饵数事以饷客，为其夫人凤君所手制，隽洁无与比侔，而一匙一碟，亦皆缀有梅纹，色泽美妙。予因谓瘦鹃之逸致闲情，使生于乾嘉之际，直堪与沈三白沆瀣一气，奈丁斯乱世，限于物力，不克尽如人意，为可憾耳！日西挫，仍偕冷月、吟秋辞别而归。"

同里吴子湖帆，为画坛祭酒，自悼亡后，封笔不复作画。闻予历劫而得义士梅，亦为庆幸，谓此梅有关吴中文献，允非凡品，坚属摄影相示，愿破例为之写照，并请海内诗人词客题咏以张之。果尔，则义士梅益增光宠，可与五义士同垂不朽矣。

附义士梅题咏：

咏义士梅
周南陔

剑气销沉后，吴宫笑语哗。千年同饮恨，五士独兴嗟。地老长埋骨，梅春正着花。锄归欣有托，珍重此横斜。

义士梅

陈秋水

昔有忠贞柏,今存义士梅。来从五人墓,全作百花魁。尽受冰霜苦,无需雨露培。笑指桃与李,只可作舆儓。

和瘦鹃咏义士梅原韵十二绝

胡研锄

摩挲遗植剔苍苔,花自清癯干自魁。真赏若非逢赵嘏,更无人问废丘梅。

清芬自闷懒趋时,寂寞空山傲雪枝。不借东风嘘植力,孤标落落独撑持。

历经磨折越心坚,辗转搜求已十年。幸赖天公呵护好,栽培缘竟属诗仙。

一自故人骑鹤去,顿教憔悴小园梅。任凭阅尽沧桑劫,迟遇知音亦可哀。

养廉无税砚为田,翰墨耕耘大有年。君亦豫州梁刺史,得花毕竟胜于钱。

何独此梅称义士,只缘根傍墓门生。精灵应化丁家鹤,华表归来吊月明。

潦落荒畦历劫埃,西风愁绝几回开。师雄梦断无消息,凭仗园丁好护梅。

此地浑疑香雪海,罗浮仙蝶舞缤纷。前游邓尉君应记,驴鐙冲寒入岭云。

漫怜揽镜鬓皑皑,亮照胸中雪一堆。争羡梅妻能解事,题诗捧砚侍楼台。

耐寒骨相瘦弥坚,槁木逢春得气先。犹恨托根尘世,瑶台梦隔路三千。

雪霁花光照槛晴,香吟书屋月笼明。悫斋喜有湖帆裔,珍重题词代写生。

虎丘芳讯隔山涯,东望吴趋不见家。忆否含英同结社,冷香阁畔嚼梅花。

再叠原韵
胡研锄

孤山千载契岑苔,笔苑扬葩让占魁。稗史如林传著作,香霏点额寿阳梅。

尊开东阁忆年时,谁把皇华赠一枝。调鼎若逢新际会,和羹语汝多操持。

守耐天寒鹤性坚,西湖招隐问何年。独撑磅礴冰霜节,肝胆轮囷骨欲仙。

关山戎马音书隔,何处逢邮寄陇梅。迁客倚楼愁欲绝,江城怕听笛声哀。

种字无求负郭田,艺林收获总丰年。千金买得梅花笑,四海苞苴润笔钱。

高风雅慕莲溪裔,卜筑田庄隐此生。梅鹤因缘仙品格,不输和靖擅聪明。

纸窗竹屋净尘埃,火砚烘冰冻笔开。银烛胆瓶青玉案,一帧清照写盆梅。

人日草堂风物好,门无车马谢嚣纷。香侵石榻横琴坐,闲看檐头宿暮云。

琼姿烛照影皑皑,雪琢精神玉作堆。疑有缟衣来月下,天花散罢上层台。

诗骨棱棱老愈坚,尖叉斗韵快争先。厌看傲扰风云里,气象从今变万千。

书屋吟香雪正晴,冰心澈映玉台明。神仙眷属清高福,修到何须问几生。

鹤寄淞南水一涯,年年春到未归家。思乡恍似王摩诘,梦绕窗前绿萼花。

题义士梅次韵

朱润生

古本千年满绿苔,逢春依旧作花魁。灵枝倘有英魂寄,浩气长存义士梅。

恰是春寒料峭时,暗香初透未开枝。诗人有约来相访,流露英姿不自持。

饱经忧患益心坚,茹苦含辛不计年。却谢侯门甘隐逸,林泉啸傲似神仙。

闻道名园花事寂,关心消息到寒梅。几回错过还相念,咫尺天涯剧可哀。

纵有莳花一亩田,太平归去是何年。踌躇只恐难安置,宁惜买花十万钱。

不负相思一片情,名花毕竟属先生。重逢细说离怀苦,仿佛云开月复明。

飘零当日弃尘埃,潦倒谁怜范叔寒。不是丁郎携手援,人间何处更寻梅。

几日东风无限意,花开红白已纷纷。疏枝秀茁吴宫艳,群玉山头一片云。

颜色浑同白雪皑,冰清玉洁锦成堆。此花不是寻常种,来自生公说法台。

百劫难消壮志坚,春风得意又占先。从今长与词人伴,一笑悠然态万千。

南窗日丽雨初晴,斜照花枝一角明。梅屋春来香似海,书城坐拥慰平生。

故人消息忆天涯,浩劫归来认旧家。信有佛家缘法在,十年离合一梅花。

(是花旧盆早已归先生藏有矣。)

义士梅歌

叶祥本

君不见阉党横行小民怒,五人之死气如虎。娟娟绽玉向东风,只恐英魂不为主。又不见阁部冢上一岭花,孤愤已沉长江沙。花开花落春常在,九牛莫挽帝王家。呜呼百世下谁会此意,怀古寓物亦其次。周侯梦想十年间,一朝得成酬文字。文字转如为花寿,清寒岁岁愿相守。暗香浮动月黄昏,长照诗人坐倾酒。倾酒对花愁更多,江湖满地阻兵戈。五人不作灵安在,花岂能言花奈何。

义士梅

张镜人

五人墓畔老梅臞,昂藏俨似古丈夫。大阉之乱遭连株,摩挲想见百馀年。豪气激昂充阎间,英魂锺结冷山墟。碧血聊当雨露濡,丹心化作珊瑚珠。元精中贯冲太虚,天眼缱绻人眼舒。殷勤守枝野鹤劬,见首见尾神龙纡。寒香沁骨诗梦孤,对此静晤冥有枢。斯人不朽树不枯,清影终古映眉须。

义梅行

秦伯未

吴王台畔多美人,艳妆欲共花争春。花娇人媚谁第一,浣纱女与姑射神。伤心此日吊兴废,脂粉溪荒香泾退。梧宫人怨泣花残,人命输花花尚在。东风吹暖护龙街,数点春痕自在斋。内有武丘山下种,曾陪侠骨土中埋。蟠根拳枝姿奇绝,炼出青铜铸顽铁。天生韵格胜寻常,雪魄冰魂不堪折。茂叔爱莲兼爱梅,巡檐谓是精灵胎。惊看翠羽忽飞去,悔吝黄金未买回。填膺离恨苦难泻,拨醅招作含英社。邻笛凄凉故剑悲,归来又悼文君寡。崔荇江南遍角声,可怜心事托枯荣。红颜转属沙吒利,绛萼空吟宋广平。士不得志孰青眼,物失故主亦偃蹇。乐府传声狭路逢,报君双泪情无限。纳聘犹馀买赋钱,绣毂迎归笑比肩。愿随瘦鹤长厮守,互把灵犀暗自牵。山塘水接吴趋里,更忆乡亲五义士。深闺偶当小名呼,容光射自凝霜紫。诗就还凭银烛烧,劫馀幽怨卷红蕉。清愁十斛浓于酒,洒向梢头当水浇。

义士梅歌

郑质庵

风雪漫漫五人墓,冷香吹遍寻诗路。宜教绿萼亦低头,却笑广平轻作赋。阅尺兴亡一树梅,百花头上几番开。青山照影非无感,碧血培根亦可哀。悠悠岁月浑难测,雪北香南思故国。干老终存铁石心,花开不作胭脂色。品高岂但冠群芳,压倒当年玉照堂。自是名花宜第一,也如国士世无双。想见感时曾溅泪,灵根无碍盆中寄。不须纸帐映幽姿,独向寒窗留正气。记否吴中自在庐(此树原为自在庐主人赵培德所有),周郎一顾费踌躇。爱花毕竟痴难改,写照还愁画不如。师雄风度原殊众,疏影何妨朋友共。三弄飞残玉笛声,一丝吹断罗浮梦。物换星移几度春,相逢海上岂无因。栖迟劫外知何世,感慨花前忆故人。卖文钱出雕龙手,从此得花如得友。探本初标义士梅,树声不让先生柳。江山摇落国魂空,天地心存数点中。省识孤芳能自赏,任他凡卉笑东风。

(《乐观》1942年第11期)

紫兰小筑九日记

清夜无尘。月色如银。酒斟时须满十分。浮名浮利,虚苦劳神。叹隙中驹,石中火,梦中身。　虽抱文章,开口谁亲。且陶陶乐尽天真。几时归去,作个闲人。对一张琴,一壶酒,一溪云。

——苏轼《行香子·述怀》

五月十三日　晴

晨九时,偕凤君发北火车站,附十时半沪苏区间车行。车中挤甚,不得座,值吴中莳花同志徐觉伯丈,畅话甚欢。丈年甫五十有七,而长髯如雪,面目绝肖当年清代名宦孙宝琦也。抵南翔站,有下车者,始得一座,与凤君共之。抵苏已午后一时半,就餐市楼讫,诣荣芳园,见盆树固多,而鲜有当意者。出,略购饼饵,步行返故居紫兰小筑,旧宇已毁,兴建无力,堂构重新，不知何日。曩之紫罗兰盦故址，今已夷为种菜种豆之地，言念昔尘，只益今怅！园中浓荫罨画，蔚为一片绿天，人行其间，衣袂为之俱绿。野草经久不芟，长可没膝；野树亦怒生，与人争道；藤萝缘树缘墙而登，柔条袅风中，若欲撩人小住者。鱼乐国前所陈盆梅，因今春厄于气候之寒燠不时，而人力亦复未至，致有逢春不发，或发而复萎者，第见二十馀枯干，一一作骨立，如履古战场，触目惊心！温室前盆树百馀本，则多欣欣向荣，差堪自慰。惟用以纪念亡儿榕之悬崖形石附老榕一本，亦竟蕉萃以死，徘徊凭吊，不期为之陨泪！天竹古木四本俱花，各二三枝、三四枝不等；鸟不宿二本均结实累累，入冬殷红若珊瑚珠，大可一餍馋眼也。杜鹃花时已过，而琉球红一本，含苞初坼，红如火齐，致可爱玩。紫兰台上本遍紫罗兰，因去夏旱魃为患，花根多为烈日所杀，兹仅存十之一二，他日容再补种，俾复旧观。梅丘上梅、竹、松、柏及凌霄、紫藤之属均怒发，绿阴四幂，石态几不可见，仅主峰仍岸然向人，作傲兀态而已。丘下荷地中，新荷出水，有亭亭玉立之致；游鱼出没其间，时闻唼喋声，此盖"八一三"事变中历劫馀生之金鱼也。百花坡上之"亭亭"已圮，仅馀残骸，白香水作花其上，亦柔弱可怜；百花多已凋谢，惟绣球尚馀残朵，犹恋枝不去。坡畔锦带花一树，则著花特盛，红白烂然，不愧锦带之称。白梅十馀株结实甚繁，悬想梅子黄时，当有可观也。园丁张锦豢老母豕一，胡羊绵羊五，犬一，鹅一，鸡鸭十馀，宛然一雏型动物院。是日母豕适产子,得十有九头,讵此畜冥顽不灵,竟压毙其九,殊可惋惜。夜宿梅屋中,星月甚明。

十四日　晴

园中多大树,乌春、白头翁等巢其间,昧爽即弄吭作歌,予为所醒。六时即起,盥洗已,巡行园中。向例予每归必于梅屋中供瓶花盆树,藉资观赏,兹与凤君偕来,尤非此不可。因撷月月红、白十姊妹、红十姊妹、白香水花等,分插陶樽及瓷瓶中,供诸床次小几;别以六月雪及榆树二盆分陈镜台之上;又金银藤一本方发花,清芬四溢,则位以圆凳,置之座右。虽屋小如舟,仅堪容膝,亦弥觉其楚楚有致矣。十时许,旧雨赵国桢兄之夫人偕郭女士来,女士家于东美巷,有园林之胜,谓其家明日有大集会,欲借盆树以资点缀,情不可却,爰以榆、枫、雀梅等六盆与之,中以榆为最,老干作悬崖形,叶小而密,垂垂凡六七叠,吾家盆树中俊物之一也。午餐肴核绝美,悉出凤君手,一为腊肉炖鲜肉,一为竹笋片炒鸡蛋,一为肉馅鲫鱼,一为竹笋丁炒蚕豆,一为酱麻油拌竹笋。蚕豆为张锦所种,而笋则剐之竹圃中者,厥味鲜美,非沪壖可得。此行与凤君偕,则食事济矣。午后入梅屋,倚床作小休,床次瓶花姹娅,花气袭人,不觉沉沉入睡,越一小时始醒,作书寄铮儿,问老母安否,兼及家事花事。凤君出箱箧中衣被、窗帘、地毯等曝之日中,因扃闭经年,间有发霉者。傍晚天色骤变,亟助以收拾。未几,大风挟雷雨俱至,竹梢萧萧作响,如怒涛然,昔人听松涛,而予则恣听竹涛矣。八时晚餐,与张锦夫妇小谈。九时即就寝,雨脚犹彡彡未已也。

十五日　阴晴不定

昨夜夜半雨甚,为雨声所醒,遂不复成眠,转侧达旦。黎明即起床,漫步百花坡畔,观盆树,而天仍阴霾,鸠呼不已。晨餐后,令张锦将红绿老梅各一本,自盆中移植于此,二梅新芽已抽,而荏弱逾恒,此后稍得地气,窃冀其能转弱为强也。十时许,老画师邹荆盦丈来访,初讶其何由知予返苏,旋乃恍然,盖闻之荣芳园主人者。丈所居在马医科,距吾居匪迩,兹乃劳其远道过我,可感也!丈高年七十有一,腰脚绝健,日常除作画外,兼好莳花,月季、杜鹃及山茶,均所笃爱,年来在苏在沪,时相过从,遂成忘年交。寒暄已,亟延之入梅屋,相与谈人事,谈花事,历二小时,始兴辞去,临行坚约愚夫妇明午餐叙于沙利文,固辞不获,因承诺焉。午后本拟出游,而恋恋园中盆树,遂杜门不出,持利剪,分别删其徒枝,整其姿致,盆面多野草,则一一抉而去之。栗六可一小时许,我倦欲眠,因入梅屋假寐,不知历几许时而醒。独坐无所事,则就故纸堆中检旧书读之,得民二十四年一月份之《东方杂志》第三十一卷第一号一巨帙,此为创刊三十年纪念号,图文都百馀种,蔚为大观,中有特辑"个人计画",作者计七十二人,马寅初、顾颉刚、吴经熊、茅盾、老舍、丰子恺诸先生咸与焉。先期亦尝征文于予，予以百馀字应之，兹列为第二十九篇，其文云："不幸而生于这率兽食人的时代，更不幸而生于这万方多难的中国。社会上狗苟蝇营，视为常事；巧取豪夺，相习成风。像我这样的好好先生，早就没有了立足之地，任你有多好多大的计画，也到处碰壁，终于不能实行。所以我对于今年并没有甚么计画，差可称为计画者，则计画如何可以解决最低限度的生活问题，以便终老于岩壑之间，种种树，读读书，不与一般虚伪势利、为鬼为蜮的人群相接触、相周旋，草草地结束了这没意味的人生，也就完了。"予平昔不谂何故，易发牢骚，而以此文为尤甚，良非所宜。至种树读书，终老岩壑，则为吾生平惟一宏愿，始终不变，但愿其终有实现之一日耳。继读其他文字三数篇，渐觉腹馁，出稻香村之玫瑰枣泥饼及杏仁酥、蛋饼啖之，佐以所携三星厂之鹅牌咖啡，冲饮良便，味亦不恶。夜复雨，听丛竹中雨声淅沥，心胸为清。读英译法兰西大文豪都德氏（A. Daudet）《巴黎三十年》（Thirty Years of Paris）一章，此书述其三十年间之文学生活，滋有意味。氏著作等身，为当年法国文坛祭酒，予尤爱其短篇小说《最后一课》及《柏林之围》。吾人年来所遭，正复类此，可慨也！十时就寝。

十六日　阴

晨风甚劲，气候突转寒，予御夹衣两重，并羊毛半臂及哔叽单长衫，犹凛然无温意，夏行冬令，实为异数。是日因须赴邹荆丈沙利文午餐之约，九时许与凤君枵腹出，同莅观前观振兴进点，豚蹄面一，十景面一，又烧卖十枚，直十五羊，可抵五六年前之鱼翅盛宴一席，凤君向日持躬甚俭，为之舌挢不下。果腹后，入元妙观，诣苏州花圃观花，市花荻一、枸杞一、红石榴一，荻根粗如小儿臂，殊不多觏，圃主惠林，亦旧识也。《紫罗兰》第二期已见于市上，书店书摊中，在在皆是，封面画之碧桃紫兰，灿然动目，予于此际，色然而喜，雅有他乡遇故知之感。已而赴护龙街吉由巷口赵国桢兄家，作长谈，君向业文玩，予旧藏多经其手，年来专营红木家具，获利綦丰，非复吴下阿蒙矣。亭午，遂至马医科邹荆丈家，庭园中月季方娟娟作花，盆树数本均精妙，盖能以少许胜者。凤君晋谒邹老夫人，互话家常，意至惬洽。旋随荆丈同诣观前沙利文进西餐，肴核丰美，为之大快朵颐。餐罢，凤君先归，予则与荆丈同往神仙庙观花市。盖明日为农历四月十四日，俗传为吕纯阳诞辰，邑人纷往随喜，前后历三日，俗谓之轧神仙，而业花树者亦纷纷设摊待沽，鳞次栉比，宛然一非正式之花树展览会也。予等巡视一过，苦无佳品可得，思昔抚今，为之慨然！值老画师陈迦盦丈，相将入春和楼啜茗，把盏共话。晤荣芳园主人朱寿，聆其谈种花经验，颇多可取。时女弹词家范雪君方在内厅说书，御火黄色薄呢颀衫，顾盼生姿，抱琵琶唱开篇，如黄莺儿啭花外，绵蛮可听。俄而画师范子明兄来，邀赴其家，荆丈亦偕往,安步当车,迳至祥符寺巷。屋宇颇宏敞,惜无园囿,所培盆树均列前庭,有真柏二本,苍翠可喜,而以玛瑙石榴一本为甲观,干身奇古,花犹含苞未放也。茗谈移时,始别去,归家已近八时矣。晚餐毕,检得旧刊林译《茶花女遗事》及《迦茵小传》合订本,读茶花女致亚猛一书及迦茵致亨利一书,悱恻缠绵,情深一往,予本工愁,不期为唤奈何,如桓子野听歌时矣。作日记二页,以十时就寝。是日奔波竟日,初不觉惫,颇以贱躯顽健为慰。就枕后,雨声又作,殊恼人也。

十七日　初阴沉有雨意后忽放晴

晨餐后,督张锦掘园中野树,用以代薪。后趋东隅榕圃中一视,见斑竹多枝,杂生红白二石榴树间,亟令锄而去之。此间本一深池,水深丈许,自吾榕儿堕水死后,即担土填塞,改为浅池,种睡莲其中,著花绝美;一仙童抱鹅喷水之像,植立池心;四周有高柳,缭以矮篱,名之曰榕圃,用以纪念此刻骨伤心之地。池背所植斑竹,阑以湖石,初仅五六枝,盖移自虞山者,今已蔚然林立矣。嗟夫榕儿!月白风清之夜,魂兮归来,睹兹竹上斑斑者,不将疑为而父而母之血泪痕邪?亭午得铮儿书,絮絮述三日来家事园事,并以多购小型花木为请,俾作香雪园中盆景资料。午后走访徐觉伯丈,丈居西百花巷,而其家亦有百花,且多精品,所蓄古梅均矫健如故,可羡也。其客室中骨董两橱,分陈四格,一陈纯白瓷皿,一陈青花瓷皿,一陈陶制茗壶,一陈小灵壁小英石等,每类各十馀事,井然有序;四壁间张倪墨耕、张大千等所作仕女立幅,亦精妙。丈与予有同好,凡所陈设,各有系统,殊以杂然并陈、纷乱无次为病焉。茗谈有间,即同赴神仙庙花市。是日邑中士女空巷来游,履舄交错,尤较昨日为盛,可知轧神仙之旧俗,不易破也。予以觉丈之助,购得柽柳、石榴、紫薇、野梅等若干本,令张锦担以归去。游兴既阑,同访邹荆盦丈于马医科,荆丈出一便面见示,书画悉出其手,精湛绝伦,所绘"天中五瑞",笔触颇肖王忘庵,谛视上款,则赫然贻吾铮儿者,老人情重,泽及孺子,因再拜受之。小憩移时,始兴辞而归。夜读英国名作家琼士冬女士(M. Johnston)所作《邬德兰》(*Audrey*)说部,词旨华赡,不啻一长篇散文诗也。毕二章,渐有倦意,遂就寝,而竹圃中淅沥有声,则天又雨矣。此两夜均有雨,似较日雨为韵,惜未由倩吴娘为我一唱"暮雨潇潇"之曲耳。

十八日　晴

晨起观一昨所市花木,夜来沐雨露,咸奕奕有神,其他盆树,亦浓翠欲滴,因顾而乐之。张锦八岁子志高,探白头翁巢于十姊妹花丛中,得二小卵,白地紫点,玲珑可爱,令仍返之巢中,谓毋贻母鸟忧也。是日因赵国桢兄馈母油鸭及冷十景,张锦亦欲杀鸡为黍以饷予,自觉享受过当,爰邀荆、觉二丈共之。匆遽间命张锦洒扫荷池畔一弓地,设席于冬青树下,红杜鹃方怒放，因移置座右石桌上，而伴以花荻、菖蒲两小盆，复撷锦带花数枝作瓶供，藉供二丈欣赏，以博一粲。部署甫毕，二丈先后至，倾谈甚欢。凤君入厨下，为具食事，并鸡鸭等得七八器，过午始就食，佐以家酿木樨之酒。予尽酒一杯，饭二器，因二丈健谈，逸情云上，故予之饮啖亦健。餐已，进荆丈所贻明前，甘芳沁脾，昔人谓佳茗如佳人，信哉！寻导观温室前所陈盆树百馀本，二丈倍加激赏，谓为此中甲观，外间不易得。惟见鱼乐国前盆梅凋零，则相与扼腕叹惜，幸尚存三十馀本，窃冀其终得无恙耳。四时许，偕二丈走访旧雨朱犀园兄于苏公弄袖园。兄工丹青，复工盆栽，所蓄十馀本，虽已不如当年之夥颐，而抉择绝精，中以枯干石榴及悬崖小冬青为最。画室中陈设古雅，壁间有伊秉绶行书及郑板桥画兰，题跋累累，并为精品。茗谈有顷，始兴辞出。觉丈导往干将坊故艺梅专家胡焕章氏旧宅，观其所遗白果眼大石笋，矮而特粗，惜偃卧于地，无足观赏，因废然出。觉丈以事引去，予则随荆丈重诣荣芳园，选购黄杨、冬青等十馀本，中有作悬崖形者各一本，姿致绝胜。问有白香水花否？曰本有三五株，去冬已为风雪所杀矣。会虞山园艺家张启贤先生至，语我以前此事变中所蓄花木遭劫状，为呼负负不置。盘桓花间可一时许，而日之夕矣，因与荆丈分道归。又得铮儿书，告予以《紫罗兰》第三期发稿及排印等事，兼道别来相念之殷，孺子能念其亲，可嘉也。是夕为月圆三五之夕，独立梅丘上，看月久之，迟迟不即眠，盖不欲孤负好月色耳。

　　　　十九日　晴

　　昨夜有佳月，梅屋踞梅丘高处，受月最多，一窗一囱，悉沉浸银海中，不灯而明，爱月眠迟，堪为我咏。比夜半梦回，见四壁澄澈，疑已破晓，顾万籁寂然，宿鸟无声，始知明明者月。于是纳头复眠，而眠乃弗熟，斯须即起，起则立趋园中漫步。会有浓雾，濛濛四合，花木都隐雾中，阅炊时许始收，而红日杲杲，已揭云幕而出。盥洗既，见送春老梅为小红虫所困，黏枝条俱满，即一一捉之，双手为赤，历两小时始已。旋作书覆铮儿，告以离苏之期，躬往观前邮局以快邮寄沪。一昨荆丈预约愚夫妇午餐于其家，却之不得，遂往，惟凤君则以疲困辞，盖连日整理衣物，甚矣其惫也。是日佳肴纷陈，咸出邹老夫人手，一豚蹄入口而化，腴美不可方物，他如莼羹鲈脍，昔张季鹰尝食之而思乡，予于饱啖之馀，亦油然动归思矣。长谈亘三小时，始称谢而出。赴瑶林园物色盆树，苦无所获，仅见小波罗一事，可作水盘清供，因市之以归。归途折往护龙街兴古斋，晤主人华仲琪君，得六角形小瓷盆二，海棠形小瓷盆一，均同治年间物，无足奇，而彩绘松菊，尚遒逸可喜；又豆青瓷五福杯一，以五蝙蝠凑合而成，黑白瓷双欢图一，作双獾交欢状，均乾嘉年间物，足供爱玩，以相知有素，索值殊廉，即怀之归。归后腹微馁，进乐口福麦乳精一杯，佐以叶受和之葱酥饼及枣泥芝麻饼，食之而甘。巡行园中半小时，暮色已苍然四合，恨不能以长绳系白日，弥觉光阴之易逝也。晚餐后，就烛下读旧藏扶桑《盆栽》月刊数册，予不解彼邦文字，但观盆栽摄影，用资借镜而已。草日记讫，复看月移时，始就寝，而月姊多情，犹窥我于梅花窗外也。

二十日　晴

晨兴，天甫破晓，鸟声如沸，复为悬崖古梅捉小红虫，历一小时，而十指已赤如染血矣。晨餐以油炸桧泡虾子酱油汤，并腊肉夹蟹壳黄食之，厥味绝隽，不数西土芦笋汤三明治也。十时许，朱犀园兄来访，语及年来在沪不如意事常八九，间有与予类似者，惟吾二人天伦之乐及莳花之兴，亦正相同，因又引以互慰。旋观予所蓄盆树，意兴飙举，谓为大足过瘾。兄为此道圣手，平章花木，自多阅历有得之言。予因语兄，他日重返故乡，当招邀当年艺花同志，重结含英社也；兄称善。又纵谈久之，始别去。午后三时，与凤君偕出，诣元妙观大芳斋进锅贴，以笋末拌肉馅，风味不恶，殊不在聚兴斋下。过护龙街，历观米舫、集宝斋、修竹庐等骨董，予志在莳花之盆盎，苦无惬心贵当者。凤君迳往赵国桢兄处，予则折入吉由巷访陈迦盦丈，丈方染翰作便面，含英社旧同志丁慎旂丈亦在座，相与参观迦丈所蓄盆树，精品既夥，培养亦有方，成绩自多可观，一悬崖野茉莉，花叶繁茂，清芬袭人，其他黑松、五叶松等，亦葱翠可爱。丈复爱石如米颠，颜所居曰"石銎"，曰"松化石室"，所藏旧坑灵璧、英石、昆石、松化石等十馀事，均非凡品，中一石不能举其名，上有陈其年、朱竹垞题款，尤可宝。迦丈复出示陶制茗壶数事，其一较小而古朴，为名手杨彭年氏手捏而成，底刻石梅一章，丈疑为陈曼生别署，或可信也。倾谈一时许，始辞出，往逆凤君于巷口赵宅，由赵夫人为导，同赴东美巷郭女士晚宴。既至，女士欣然出迓，导观园囿。园广五亩，中多嘉树，而以白皮松一本为冠，苍鬣虬枝，殆百馀年外物矣。盆栽如紫藤、紫薇、罗汉松等，多巨型，率为亡友刘公鲁兄家故物；老干盆梅数本，则出故胡焕章氏手，已属硕果仅存，爰谆嘱园丁万祥善视之。后园青石为山，满绣苔藓，亦苍古入画，小队登临，胸襟为豁。八时入席，肴核出名庖手，水陆毕陈，朵颐之快，以此夕为最。同席有薛慧子、张指逵伉俪等，二君为予旧识，尊前话旧，不胜今昔之感；于花木事亦有同好，因纵谈种植，兼及盆盎，亹亹无倦意。及十时半，始谢主人郭女士，与张君同道踏月而归，凤君亦健步，谢车弗御，初不觉惫，盖月色佳也。草日记讫，就寝已近午夜矣。

二十一日　晴

昨夜有好梦，梦与伊人同饮于市楼，红灯绿酒，与人面相映有致。渠作盛妆，奉老母挈儿女俱来，盼睐有情，便娟犹昔。酒半酣，忽侃侃述吾二人三十年来相恋之史，有可歌可泣者,其儿女咸大感动,为之陨泪,老母亦凄然,不能置一辞。予方欲有言,讵已蘧然而觉。力图重寻此梦,竟不可得,悒悒弗能自已!忆往岁尝有《海棠春》词咏寻梦云:"落花如梦和愁度。算只有、梦乡堪住。春梦不嫌多,况与伊同处。　谁知好梦无凭据。把梦境、从头温去。梦也忒难寻,迷了原来路。"今兹怅惘之情,正与此类。凤君见予有不豫色,问所苦,举实以告。凤君笑予痴,谓君连日卧起紫兰台畔,为紫罗兰所感应,故有此梦耳。予以为然,顾迢递万里,音问久疏,得此一梦,亦可少慰相思矣。是日风甚劲,掠群树萧骚有声。巡行园中一周,即为十馀盆梅除虫患,伫立亘四小时,腰痠欲折,头目为眩,而虫得肃清。予之所以如许子之不惮烦者,虽曰爱花心切,亦以梅为国花,为国魂所寄,自当悉力护兹国魂,毋为幺魔小丑所贼耳。爰又谆谆告张锦,务以全力善视此三十馀本劫馀之盆梅,以俟吾归。张锦唯唯,一若奉命惟谨者。此子秉性尚笃厚,惜溺于赌,室人交谪,充耳若罔闻,于是予所寄托身心之花木,亦因疏于顾复,每多损折,滋可恨也!予因明晨即须赴沪,午后遂趋邹荆丈处道别,会其令甥席女士等自洞庭东山来,共话山中事,力称其山水之胜,时果之美,满山皆枇杷,已垂垂黄矣。予曩尝至西山买老梅,顾未及东山,至今引为遗憾。他日举家归苏,首当蜡屐往游,更向消夏湾头,凭吊吴王西子遗迹也。邹老夫人手制虾仁拌面见饷,别饶风味。果腹后与荆丈偕出，诣百货公司预购明日车票，立谈有间，始互道珍重而别。旋赴景德路烟卷肆中购白金龙限价烟，不须排队，竟得八合之多，在沪不易得，而竟得之于此，亦异数也。维时为时尚早，不欲遽归，因又过兴古斋小坐，主人知予爱宜兴砂盆，因以旧藏松亭所制黑砂盆九事见让，虽非古物，而亦古雅可喜，又其他粗紫砂盆二事，钧釉方盆一对，亦尚可用，于是欣然呼车，满载而归。日长，天犹未暝，检理旧箧，偶见宝带桥摄影一帧，为之神往。予于儿时即尝过此，故印象至深，者番归来，恨未能买棹往游，一数五十三环洞为乐也。因戏作《宝带桥词》，得五绝句："鸳衾独拥春宵冷，昨夜郎归喜不禁。宝带桥边郎且住，欲求宝带束郎心。""春水葑门泊画桡，鸳衾春暖度春宵。郎情妾意谁堪比，不断连环宝带桥。""茜裙白袷双携好，促坐喁喁笑语温。宝带桥头春似海，闹红一舸过葑门。""宝带桥边柳似金，兰桡欸乃出桥阴。卧波五十三环洞，那及侬家宛转心。""卧波五十三环洞，烟雨迷离数不清。恰似郎心难捉摸，情深情浅未分明。"夜访对邻黄征夫先生，作小谈，壁间张岳武穆真迹拓本横幅，大书"还我河山"四字，有龙翔凤舞之致，睹之神王；又黄先生自书岳武穆《满江红》词及明代张苍水氏绝命书，亦遒逸不凡。九时许，始辞归，助凤君整理行装讫，旋即就寝，为时乃较前数日为早，盖予已决于明晨晓风残月中行矣。

跋

返苏以还，忽忽已历九日，目不睹报章，耳不闻时事，足不涉名利之场，似与尘世相隔绝。所居在万绿中，看花笑，听鸟歌，日夕与自然接；所过从者多雅人墨客，或园丁花奴；所语均关花木事，不及其他。此九日为时虽暂，固宛然一无怀氏、葛天氏之民也。嗟夫！吾安得抽身人海，物外逍遥，长为无怀氏、葛天氏之民耶？

(《紫罗兰》1943年第4期)

香雪园寄慨

往岁与儿子铮创立香雪园于卡德路知友吴灵园兄家园中，以所制花木盆景及手植盆栽供之同好，一时爱好花木者纷至沓来，流连观赏，而文坛艺坛胜流，亦辄过此小坐，怡怡如也。名画家吴湖帆兄为我书额，榜之门首，"香雪园"三字作瘦金体，遒逸不群。名书家龚翁老友亦手书楹帖子见贻，云："个中小寄闲情，待移将五岳精灵，供之几席；此处已非故土，且分取南冠渍涕，洒向花枝。"并系以跋云："瘦鹃先生与其令子铮辟兵海澨，以灌园自遣，罗致花卉竹石，付之剪裁，盛以盆盎，一柯一叶，尽成画本，真有宋词'画看不足吟看不足'之概。夫以瘦鹃父子之才,宁将玩物丧志,以即蓬头邪? 时运不至,韬光俟奋,迹其心情,夫岂得已。观其所为,盖亦市门通隐之流,以视彼中垒父子之干禄忘义,其不肖又何如哉!"愚得之大喜,珍同拱璧,亟悬之壁间,为我张目,见者亦靡不击节叹赏,有迻录以去者。去冬灵园兄不幸作古,愚偶一诣园,如过黄公垆畔,为之腹痛心伤,弗能自已。岁杪,吴氏遗族举室他徙,其地易为篔舍,吾园遂亦停顿至今。三阅月来,物色新址,终不可得,友好相逢,多有以香雪园何时复业为问者,愚辄愧无以应。日者,遇过大观艺圃,见其庭宇清华,深得吾心,因商之主持人张中原、江寒汀、倪埜庐诸君,暂将吾园出品,附列其间,俾铮儿不致终隳其业,惟香雪园名义则不得复用,思之辄为悒悒,盖亦如王粲依刘,不胜其牢落之悲矣! 兹择于三日内始业,铮儿将于每日午后常驻其间,旧雨新知,有过静安寺路黄陂路口者,请一往存之,自当倒屣以迓也。夜来百感交集,苦不成眠,爰赋三绝句以寄慨云:"凭谁赤手拯元元,烽火弥天宿世冤。我既有家归未得,而今香雪不成园。""柏悦松欢些子景,剪裁封植费经营。寄人篱下悲牢落,王粲当年识此情。""世乱纷纷难一饱,栽花却为稻粱谋。何时共汝归山去,饮露餐风各自由。"

(《海报》1944年5月14日)

为恤孤寒不计钱

今春月之某日,华山路某巨园中,有拍卖盆栽数百事之举,意其中必有佳品,足餍馋眼,因与铮儿偕往。讵葱翠满目者,悉为温室中之热带植物,切非愚等所爱之盆树,因废然而退。途次值一人,亦自园中参观出,相睨以目,其人似识愚,遽叩问足下得毋周先生否?愚足恭称是,亟与通悃款,始知其为黄介辅先生,盖以广罗花木盆栽,蜚声于市上园圃中者,愚固耳其名久矣。倾谈之馀,且谂其为少时同学,第以前后相差数载,愚故不之识。君有园在永嘉路,即买车邀愚同往。至则花木清华,秩然有序,拓地凡二亩,于草坪花坛亭榭温室之外,别辟一区陈盆栽,都二百馀事,或庋以木架,或承以瓷凳,中以松柏为多,古干虬枝,苍老可喜,如宋元人画图中物。南向构精室三椽,明窗净几,洁无纤尘,专供坐憩会友之需。君公馀多暇,屏绝声色犬马之好,辄槃散园中,与花木为伍,凡翻盆、移植、剪裁、整姿诸役,悉躬为之,蓄园丁二,仅司灌水施肥而已。纵览既毕,遂入室茗话,澜翻舌底者,佥为花木盆盎间事,不及其他,遂令愚胸襟为豁,浑忘米珠薪桂之热恼矣。畅话历一时许,始兴辞归。二阅月来,困于人事,而路复弯远,迄未如刘阮之重访天台,正不知君啸傲花间,清兴何若也。日者忽以书来,縢以五洲银行五千圆支票一纸,盖赙吾亡友顾明道兄者,其书云:"瘦鹃学长兄惠鉴,二月前相值于华山路上,并蒙光临小园畅叙,其快感尚能回忆也。日前读尊作吊顾明道君之血泪文一篇,使人百感交集,弟与顾君虽素昧生平,但为表示深切同情起见,敬具菲义五千圆,敢请转致顾君家族,想不致以弟之唐突而见拒也。学小弟黄介辅谨上。"愚夙薄视拙文,以为不值一钱,徒供覆瓿之用。日前除得修梅兄函告,《海报》已有各方赒款两万馀金收到外,今又博得黄君同情,厚赗亡友,则此覆瓿文字,亦不啻足值数万金矣,感激之深,何可言宣。翌日怀书遄往顾宅,会顾夫人他出,而太夫人以巨金不敢遽受,嘱转致严独鹤兄,俾与新闻报馆代收之赒金,并归七人合组之委员会代为保管,俟取得正式收据后,当即往访黄君,面致谢忱。兹先以一绝句为报:"相羊花底乐天年,为恤孤寒不计钱。泉下故人应拜谢,报恩祝汝后昆贤。"(末一句为龚定公句。)

(《海报》1944年6月4日)

行善得画

民二十六年春初,吴中故园梅花怒放,梅丘、梅屋间,白云冉冉,宛然一小香雪海。独乐乐,不如与众乐乐,因招邀艺苑胜流,就梅小集,中如叶誉虎、吴待秋、樊少云、陈迦盦、赵云壑、邹荆盦诸老,均以工书善画,有声于时者,他如丁慎旃、徐觉伯、朱犀园诸子,则于艺花植树,各擅胜场,先后络绎而至者,都二十人,握手言欢,快慰平生,而梅花解事,似亦姹娅欲笑焉。亭午,设宴于梅边草坪之上,以款嘉宾,圆桌下承以红氍毹,用示隆重。二十人分坐二席,以名签定席次高下,藉免谦让。签以白宣纸片为之,各绘梅花一枝于其端,色则或绛,或绿,或紫,或白,态则或正,或侧,或斜出,或下悬,二十枝各具逸致,地一同者,作者为谁?则后起之名画师柳君然兄也。诸君子就坐后,爱此名签之玲珑工致、生面别开也,佥欲纳之于怀,将归作纪念,愚婉辞乞免,亟摘取树上梅花为赎,遂一一易之归,什袭珍藏,以迄于今。往岁尝陈之于沪壖宁波同乡会之柬帖展览会中,见者咸啧啧称美不置。柳君出陈迦盦门下,所作花卉翎毛草虫等,罔不栩栩欲活。事变后,则于走笔之暇,设米舫骨董肆于护龙街,生事日盛,愚每度返里,辄一访之,偶话当年梅边雅集事,不胜今昔之感!两年来君长袖善舞,别有所经营,栗六不遑宁处,过访每不值,心窃念之,悬知故人已腾达,非复吴下阿蒙矣。日者忽蒙惠书,不啻空谷足音,大喜过望,则又《苦雨凄风吊故人》一文有以致之也。其书最录如下:"瘦鹃社长吾兄,启者,顷读二十一日《海报》大作,不禁恻然者良久,盖明道兄生前已罹瘫痪之疾,极人间苦事,而身后又若是萧条,自更惨痛万状。上有老母,中有弱妻,下有孤儿,虽铁石心肠,亦当一掬同情之泪也。今者兄既为文为之乞赒,弟岂能无动于中,拟出近作三尺花卉立轴两帧寄奉，暂定每帧二千元，请先在《海报》上征求得主，即以画资全数转致其遗族，非敢云助，聊表微意而已，此上顺颂撰安，弟柳君然手上。"（附注：如得主欲题上款者，请开示大名寄下，以免再行函知，徒耗时日也。）柳君关怀亡友，弥可感泐！凡《海报》读者有愿赙赠顾氏遗族二千元者，即可得柳君法绘一帧，期以旬日，且以最先赐示之二人为限，乐善君子，曷兴乎来。（赙金请迳送福州路国四三六号《海报》编辑部汤修梅兄转。）涉笔至此，老同学徐大统兄忽以伴来，掷赐赙仪五千元，并伦社五千元，拜领之馀，感铭心版，当即转致严独鹤兄代收，先此致谢。明道兄一灵不沫，鉴于社会同情者之多，当可瞑目于九泉矣。（按赙金除此柳君两画征求得主冀得四千元外，以后勿再惠赐，因顷得程小青兄函知，此事拟于日内全部结束矣，特此奉闻。）

（《海报》1944年6月8日）

梅花诗

年来笃爱梅花，与林和靖同癖，春初非此不欢，盖以梅为国花，非同凡卉，固不仅以色香胜也。今春得小梅五本，虽非枯干，而姿致殊不恶，因加以剪裁，植之盆盎，杂陈梅屋几案间，足餍馋眼，惟以春寒故，迄犹含蕊未放也。咏以诗云：

"装点孤山处士家,盆梅三两各清嘉。谁知冰蕊枝头缀,犹怯春寒未吐花。"中一本,植以乾隆青花磁盆,俪以小鹤一双,有诗云:"冰肌玉骨绝无瑕,双鹤翩跹舞态斜。我守丛残痴似蠹,羡他有福守梅花。"又一本为绿萼梅,植以长腰圆紫砂盆,一端立英石小峰,梅自石后斜出,作半悬崖状,而置一广窑达摩造像于其下,以二绝句咏之云:"灼灼朱梅灿若霞,丽情还比牡丹奢(定盦句)。欲从绚烂归平淡,独爱孤高萼绿华。""英山片石自崚嶒,老干虬枝亦可矜。愿缩此身盆里住,梅花树下作高僧。"吾友孙子雪泥,工诗善画,擅作探梅图与梅花书屋,定山亟称之。其所作梅花诗,亦清俊可喜,一如其画。兹录数首如次:"嫩柳轻黄不当春,书窗待放一枝新。江南信断长安远,独认梅花似故人。""拗铁堆银一树开,酸香独嫌冻蜂来。花飞已是成飘荡,误逐东风第几回。""镂月裁冰妙化工,吹香移影入帘栊。几回欲问超山路,消受何人杖屦中。""粉饰元宵摇烛影,灯光恰透月明中。梅花未假渠颜色,自有枝头数点红。"又梅花书屋云:"为觅寒香绕屋栽,万花留向故园开。诗人合是林和靖,每到花时始一来。"雒诵数过,觉疏影暗香,冉冉自纸背出。预计今岁腊尽,当可归卧故园梅屋中,与梅花为伴,会当倩孙子杀粉调铅,为我作一《梅屋图》也。

(《海报》1945年3月5日)

春初花事

　　春初花事,于梅外,有迎春、兰、水仙诸品,并足为案头清供,惟迎春无香,不若兰与水仙之清芬袭人,为尤可珍耳。愚有迎春数本,皆选其干之苍老者,中二本著花最繁,花小,烂然作黄金色,咏以诗云:"迎得春来春似锦,嘉名肇锡是迎春。花开惯作黄金色,莫道存心媚世人。"兰一盆,蓄之年馀矣,置之墙角,时复沃以草汁,今春得新草三丛,花一,虽非名种,亦珍视之,有句云:"隔岁幽兰葆宿根,清芬晻菱似春温。美人香草离骚句,中有灵均万古魂。"水仙之见于市上者,有厦门种与崇明种之别,愚喜崇明种之单瓣者,以其绰有画意,实视重瓣者为胜也。去春花后,一一去其叶片,取球根置日中,既干,什袭藏之,今春均长新叶,中一球且著花,因大喜,以小铜盂蓄水养之,古意盎然。别向苍奇园购得三球,则养之一宣德年紫色磁盆中,伴以英石,亦堪入画,花既灿发,即移供先慈灵几之上,盖先慈生前夙爱水仙也。咏以二绝句云:"踽踽淞滨忽七年,俗尘万斛滓心田。出山泉水终嫌浊,那有清泉养水仙。""翠带玉盘盛古盎,凌波仙子自芳妍,移将阿母灵前供,要把清芬送九泉。"不审水仙有如,其能曲体此一片痴心否?

(《海报》1945年3月8日)

垂丝海棠

海棠有贴梗、西府、垂丝之别,叶作长卵形,尖其端而有锯齿,惟不甚显。春日开花,一簇五朵,作浅红色,其垂丝者,丝长二寸许,低軃作娇慵状,政如美人春睡乍起时也。《花镜》谓:"海棠之有垂丝,非异类也,盖由樱桃树接之而成者,故花梗细长似樱桃,其瓣丛密而色娇媚,重英向下,有若小莲,微逊西府一筹耳。"顾愚于海棠中独爱垂丝,觉苏东坡"只恐夜深花睡去,高烧银烛照红妆"之句,以咏垂丝海棠最称。往岁愚植有一本,老干而着花甚繁,去春移植浅砂盆中,入夏为烈日所灼,竟奄奄以死,心窃痛之。畴昔之日,索居无俚,诣黄园访岳渊老人,一探春之消息,相与纵谈花事,逸兴遄飞。临行承以盆植垂丝海棠一本见贻,干巨如小儿臂,姿致娟好,而红英乍吐,柔丝纷披,尤绝可人怜。愚挟盆于胁下,自高安路徒步归愚园路,载欣载奔,竟不觉盆盎之重,亦可见愚之喜心翻倒矣。欣赏之馀,诗以宠之:"闻说赠花如赠妾,殷勤割爱感黄翁。不须窥艳墙东去,笑拥红棠共玉栊。""海棠未受梅花聘,来伴老夫也不妨。今夜娇葩春睡稳,休将银烛照红妆。""无香亦有撩人处,袅袅情丝别样柔。锦帐春酣妃子困,三郎沈醉在琼楼。"

(《海报》1945年4月8日)

紫兰宫·紫兰台

愚曩作《游仙之梦》篇，有《明月斜》三阕，每阕首句均为"紫兰宫"，或以为愚生平受紫罗兰，故出以杜撰，初无典实，实则此典原出《汉武内传》：元封元年四月，帝闲居承华殿，东方朔、董仲舒在侧，忽见一女子，著青衣，美丽非常。帝愕然问之，女对曰："吾玉女王子登也，向为王母所使，从昆仑山来。"帝问东方朔，曰："是西王母紫兰宫玉女，昔出配北烛仙人，近又召还，使领命禄，真灵官也。"拙作即本此，故第二阕中有"王子登来御玉骢，银河把臂话心素"之句，否则仙宫玉女以董双成为著，正不必借重王子登也。他如香港有紫兰台，惜不知台在何所，复不知其何状，第见南社社员蔡寒琼尝咏以诗云："山塘间水方镜开，寒绿抽空犯雨来。蜃气弄姿争岛市，轩新楼阁紫兰台。"往岁愚于吴中故园北隅担土为山，倩陈迦盦老画师位置湖石，绰有画意，旋即遍植紫罗兰于其上，命名曰紫兰台，集黄山谷字摩崖焉。愚《红鹃词》中尝数数及之，如《花非花》云："花非花，露非露。去莫留，留难住。当年沈醉紫兰台，此日低徊杨柳渡。"《点绛唇》云："柔雨温风，紫兰台上春来又。蝶撩蜂还，烨烨花如绣。　欲慰相思，检点双红豆。春来后。春人依旧。立得斜阳瘦。"嗟夫，不见吾紫兰台者一年馀矣！当兹春光好时，不知仍烨烨花如绣否？安得御风而行，一往探之。

(《海报》1945年4月21日)

茶　座

茶，古谓苦荼，又名槚，又名荈，唐时始以充饮，宋时骚人墨客，亦多嗜茶，而以黄山谷为最，观其词集中多茶词，可为佐证，中如《阮郎归·独木桥体》云："烹茶留客驻雕鞍。有人愁远山。别郎容易见郎难。月斜窗外山。　归去后，忆前欢。画屏金博山。一杯春露莫留残。与郎扶玉山。"又云："歌停檀板舞停鸾。高阳饮兴阑。兽烟喷尽玉壶干。香分小凤团。雪浪浅，露花圆。捧瓯春笋寒。绛纱笼下跃金鞍。归时人倚栏。"其他复有《满庭芳》、《惜馀欢》等，共得十阕，且屡及小凤团，亦可知其癖好矣。至若吾三吴士女，则以洞庭碧螺春为尚。相传清代乾隆帝游幸江南时，某寺僧以此茶献，帝饮而甘之，因赐以嘉名，曰碧螺春。沧萍王子，吴人也，比自洞庭运大宗碧螺春来，因倩老友定山转商于愚，共辟一茶座于泰山路虹桥疗养院之园圃中，以愚尝陈盆栽于此也，即名之曰香雪园。茆亭竹廊，弥足引人入胜，益以绿阴罨画，花木扶疏，小坐其间，更可扑去俗尘万斛。愚以有茶不可无点，因由沧萍赴苏延技师来，专制苏式佳点，中如香雪面、香雪粽、香雪卷等，风味殊胜。凡沪人之游苏归者,言茶座必侈言吴苑,窃愿其一过香雪园,当知此间乐,迥非吴苑比也。

(《海报》1945年6月11日)

金 鱼

愚于爱好花木外,兼有金鱼之癖。丁丑以前,尝于故园中蓄鱼二十四缸,中有五色文鱼、五色珠鱼,暨银蛋、翻鳃、绒球诸名种,而以词牌曲谱之名名之,如五色文鱼曰"五彩结同心",珠鱼曰"一斛珠",银蛋曰"瑶台月",翻鳃曰"珠帘卷",绒球曰"抛球乐",朝天龙曰"喜朝天"等,似较俗名为佳。特于园之一隅,辟一室曰鱼乐国,四壁皆张名家所绘金鱼,客至,则贮鱼于玻缸中以供观赏,我非鱼,而亦知鱼之乐也。尝有绝句十首,咏养鱼之乐,兹记其四云:"杨柳风中鱼诞子,终朝历碌换缸来。鱼奴邪许担新水,玉虎牵丝汲井回。"(母鱼诞子时,因水味腥秽,须时时换以新水。)"珠鱼原是珠江种,遍体莹莹珠缀肤。妙绝珠帘朱日下,一泓碧水散珍珠。""砂缸廿四肩差立,碧藻绯鱼映日鲜。绝忆花晨临渌水,闲看鱼乐小游仙。""朝朝饲食常临视,为爱清漪剔绿苔。却喜文鳞俱识我,落花水面唼喁来。"(缸边易长绿苔,积久即为剔去。)又《行香子》词云:"浅浅春池,藻绿鱼绯。看翩翩倩影参差。

银鳞鳃展，朱鬣鳍歧。是瑶台月，珠帘卷，燕双飞（燕尾鱼）。碧胪流媚，绿衣轩举，衬清漪各逞娇姿。香温茶熟，晴日芳时。好听鱼喁，观鱼跃，逗鱼吹。"丁丑季秋，烽火延及吴中，愚举家走皖黟，讵有武士络绎至，携桶取缸中金鱼去。据云系烹以供食者，五百文鳞，惨遭浩劫，间有孑遗，皆亦委顿而死。愚劫后归来，为之抚缸一恸，尝吊以诗云："书剑飘零付劫灰，池鱼殃及亦堪哀。他年稗史传奇节，五百文鳞殉国来。"嗟夫，我不能殉，而鱼殉之，窃对之有愧色矣。

昔人养金鱼，器有绝精者。元代燕帖木耳，于私第作水晶亭子，四面皆水晶，镂空贮水，养五色鱼于其中，缀以绿藻白蘋朱荷，壁中复置珊瑚阑干，极光彩玲珑之致，其豪侈有如是者。又清代和坤，有一琥珀雕琢之书案，嵌以水晶，方广二尺，下承一替，亦水晶为之，高可三寸，贮水蓄朱鱼，红鳞碧藻，煦沫游泳，悦若丽空。丁丑前二年，亡友张善子画师与其介弟大千卜居吴中网师园，愚见一室中有一杨妃榻，上置紫檀精雕之炕几，琉璃为面，而底及四壁则瓷制，上绘绿藻朱鱼无数，盖亦用以养鱼者，愚摩挲观赏，为之歆羡不置。今网师园已归何亚农先生，不知此炕几尚存否？令人不能无念也。愚亦有一器，为舶来品，作方形，以绝厚之琉璃为之，下承镂花铜盘，两侧立二玻柱，作深黄色，中有电炬，可发光，柱头各立一裸女，竟体敷金，作相对跃水状。愚最爱此器，尝两度陈之公园之鱼菊展览会，见者皆赞叹。事变中，为人盗去，中怀郁悒，迄犹未能忘之。词中之咏金鱼者,尝见清龚蘅圃有《过龙门》云:"脂粉旧香塘。影蘸丝杨。花纹不数紫鸳鸯。一种藻鳞金色嫩,三属拖凉。　蔽日有青房。翠网休张。池星密处惯迷藏。雨过满衣真个似,濯锦秋江。"陈其年《鱼游春水》云:"飞红盈盈起。跌下铜沟深半指。一湖茜乳,染就鲤鱼猩尾。浅贮空明翡翠瓶,小唼瀺灂桃花水。蹙锦裁斑,将霞漾绮。　妆阁临流徙倚,笑语纷纷垂杨涘。来往破藻穿蘋,披兰拂芷。似分醉靥素鳞上,误唾红绒银塘里。微风差差,绿波弥弥。"画坛之以绘金鱼名者,昔称虚谷和尚,今则端推吾友汪子亚尘,活泼泼地,若欲辞纸而下,恨不得捉取一二尾,画之玻缸中也。

(《海报》1945年7月12、13日)

采　莲

莲以高花大叶,点缀炎夏风光,虽未尝以色香媚人,而色香自尔胜绝,观其独标高格,不染纤尘,固吾家濂溪翁所谓花中君子也。凡花之美者,每愿其留于枝头,自开自落,惟莲则可采,古来诗人词客,且有加以咏叹者。即《乐府》中亦有《采莲曲》,为梁武帝所制,曲和云:"采莲渚,窈窕舞佳人。"曲名即取此。又《乐府诗集》载,羊侃性豪侈,善音律,有舞人张静婉者,容色绝世,时人咸推其能为掌上舞。侃尝自造《采莲》、《棹歌》两曲,甚为新致,《乐府》谓之《张静婉采莲曲》。诗中以《采莲曲》为题者,美不胜收,兹第采清人之作二首,如马铨四言古云:"南湖之南,东津之东。摇摇桂楫,采采芙蓉。左右流水,真香满空。睹此良夜,月华露浓。秋红老矣,零落从风。美人玉面,隔岁如逢。褰裳欲涉,不知所终。"徐倬七言古云:"溪女盈盈朝浣纱,单衫玉腕荡舟斜,含情含怨折荷华。折荷华,遗所思,望不来,吹参差。"词如毛大可《点绛唇》云:"南浦风微,画桡已到深深处。蘋花遮住。不许穿花去。　隔藕丛丛,似有人言语。难寻泝。乱红无主。一望斜阳暮。"王锡振《浣溪沙》云:"隔浦闻歌记采莲。采莲花好阿谁边。乱红遥指白鸥前。　日暮暂回金勒辔,柳阴闲系木兰船。被风吹去宿花间。"吴锡麒《虞美人》云:"寻莲觅藕风波里。本是同根带。因缘只赖一丝牵。但愿郎心如藕妾如莲。带头绾个成双结。莫与闲鸥说。将家来住水云乡。为道买邻难得遇鸳鸯。"孙汝兰《百尺楼》云:"郎去采莲花,侬去收莲子。莲子同心共一房,侬可如莲子。　侬去采莲花,郎去收莲子。莲子同房各一心,郎莫如莲子。"凡此诸作,均饶佳致,令人不厌百回读。故园梅丘下莲池中,有红白莲及红白黄三色睡莲,别有异种曰四面观音莲,则植之荷轩前一古石缸中,花开时四向,作朱红色。凌晨莲叶承露,如珠走碧玉盘中,花市以此时为最鲜艳,徘徊观赏,悦目快心。今则暌违两年,徒劳结想而已。

(《海报》1945年7月29日)

花与果

《花果山》自从重振旗鼓之后,似乎还没有人说过花与果,顾名思义,实在有一说的必要,否则山上的猴兄猴弟们未免太寂寞了。

说起秋季的花与果,要以桂与柿为两大领袖,中秋前后的花市与果市,简直是桂与柿的世界。金黄的桂花,浓香扑鼻;猩红的柿子,娇艳夺目,真是上天赐与我们的秋的恩物。

今年的桂花似乎是小年,中秋节边,从未闻到桂花香,最近才在花贩的担子上发见几枝。遥想西湖上的满觉垅,这时该是桂花盛开的时节,恨不能赶去一领天香,吃几颗桂花栗子,真是莫大憾事。

李笠翁《闲情偶寄》有记桂一则,写得很好:"秋花之香者,莫能如桂。树乃月中树,香亦天上之香也。但其缺陷处,则在满树齐开,不留馀地,予有《惜桂》诗云:'万斛黄金碾作灰,西风一阵总吹来。早知三日都狼藉,何不留将次第开。'盛极必衰,乃盈虚一定之理,凡有富贵荣华一蹴而至者,皆玉兰之为春光,丹桂之为秋色。"借花喻人,可作热衷名利者当头棒喝。

今年的柿子却是大年,街头巷口,至处都是,鲜红灼灼的,很能引起人们的食欲。大的叫做铜盆柿,小的叫做钵盂,大都来自苏州杭州一带。另有一种翠绿色的,名方柿,来自萧山,皮肉坚硬,须用刀子削食,甘脆可口,与红柿各有千秋。

苏州故园中的桂树,有地植的,也有盆栽的,每秋都着花累累,一园皆香,我曾宠之以诗,有"翠叶金英枝碧玉,天香云外自飘来"之句。又有一棵绝大的柿树,年产铜盆柿数百只,在抗战以前,是年年大快朵颐的。今年桂放柿熟,恰在重睹升平之际,照理可以回去享受一下,然而单是三等火车票一项,来去就须伪币十馀万,未免太奢侈一些,于是口福与鼻功德,两大皆空,只索付之梦想而已。

(《立报》1945年10月24日,署名瘦鹃)

盆　景

盆景之制,由来已古,宋元人之图绘中已可见之。清代名艺人周芷岩氏谥之曰"些子景",谓于盆盎中布山林小景也。词人李分虎有《小重山》一阕咏盆景云:"红架方瓷花镂边。绿松刚半尺,数株攒。剧云根取石如拳。沈泥上,点缀郭熙山。　移近小阑干。剪苔铺翠晕,护霜寒。运筒喷雨算飞泉。添香霭，借与玉炉烟。"此词不啻为盆景制法，作一说明。前代盆景作手，图书中未见记述，而近人则允推吾友孔志清兄，剪裁布置，具见匠心。昨过其海格路园圃，方举行展览，佳作綦夥，有盆山数事，仿佛名画家所作山水，清逸可喜。愚平生无他嗜，亦笃嗜盆景，昕夕事此，逸兴遄飞。太平洋战争前，以所制参与中西莳花会，幸获锦标者三度。一自寇势鸱张，此事遂废，殊悒悒不自聊。兹拟乘此秋高气爽之际，以近作若干事，展览于霞飞路香雪园，并倩志清兄出其精品为助。黄园主人岳渊老人，以艺菊著，佳种特多，推海上第一，兹徇愚请，亦惠然肯来，以东篱秋色，公之同好，自十一日起，旬日为期，度为爱花者所乐闻乎？

(《立报》1945年11月11日，署名瘦鹃)

大观园

看了"大观园"这一个新周报的名字，就使我想起《红楼梦》小说中的那座美轮美奂、天堂也似的大观园来。这虽是作者曹雪芹老先生凭着理想虚构出来的空中楼阁，然而那潇湘馆啊，怡红院啊，蘅芜馆啊，暖香坞啊，始终给予我们读者一个很深刻的印象。无怪刘姥姥初进大观园时，要如入山阴道上目不暇接，而欢喜得说不出话来了。记得十馀年前，我们的文学家杨令茀女士曾做了一个大观园的模型,工细精致,不知费却了多少心力,那底盘可占三张八仙桌,曾在上海、苏州等地公园展览过,不但楼台亭阁无一不备,无一不精,连点缀着的人物也眉目如画,栩栩如生,这真是艺术界的大杰作,应该永久保存在博物院或美术馆中的。可是经过了这八年的战乱,不知依然无恙否,真使人惦记得很!

我于大观园的许多精舍中,最最系恋而不能忘怀的,却是那所萃竹漪漪的潇湘馆,当然,我也系恋于那位歌于斯哭于斯的病美人林颦卿。从林颦卿的葬花,想到了梅浣华的名剧《黛玉葬花》,我是破例看过三次之多的。记得故词人况蕙风先生也爱赏这一出戏,曾为浣华填了《八声甘州》、《西子妆》两首词,且录《八声甘州》一阕于此:"向天涯丝管已难听,何堪怎伤春。算怜卿怜我,无双倾国,第一愁人。仿佛妒花风雨,逐梦入行云。芳约啼鹃外,回首成尘。　占取人天红紫,早颓垣断井,分付销魂。拌随波未肯,何计更飘茵。便三生、愿为香土,费怨歌、谁惜翠眉颦。肠回处,只青衫泪,得偎红巾。"可怜的潇湘妃子,真不知赚了人家多少眼泪咧。

(《大观园周报》1945年第1期,署名瘦鹃)

园之恋

少年时爱读《红楼梦》，因此也迷恋着大观园，心想自己倘能前去蹓跶一下，就等于生天成佛一样。"九一八"那年买宅苏州，得了何氏默园，虽费了一番心力改造起来，可是限于财力，不够富丽，也不够伟大，实在没一些儿大观园的气氛。"八一三"那年避兵南浔，住在南栅沈氏大厦中，屋后有半个水亭，下临寸池潭，雕阑画甍，楚楚有致，因此发起魇来，当它是大观园的一角，曾咏以七绝一首："临水雕阑楼画甍，飞檐刺破晚霞明。独来夜半看新月，似在红楼梦里行。"南浔有三个名园，庞氏的宜园，刘氏的小莲庄，张氏的适园，都使我十分依恋，往往在每一园中盘桓半天，乐而忘返，曾分咏以诗："四季攸宜宜处处，宜园水竹自清华。尤宜结夏来常住，翠盖红裳万藕花。""小莲庄是凤凰栖，金碧楼台玉作梯。却爱秋花颜色好，芙蓉红罨鹧鸪溪。""啸傲适园情自适，溪山映带绿成荫。老梅偃蹇如高士，好待花开踏雪寻。"这南浔的三个名园，各有各的好处，倘与苏州的留园、怡园、网师园合并起来，那么也许可以和《红楼梦》里的大观园比上一比了。

(《大观园周报》1945年第2期，署名瘦鹃)

送花给没有花的人

花可怡情悦性,任何人瞧了,都会矜平躁释,心平气和,这是上天赐与我们的一份最好的恩物。我曾经说过,要是希特勒、莫索利尼以及日本的军阀们都癖爱了花,世界上也许不会有战争,大流血的惨剧可以幸免。

美国费城的市政厅中,有一位史翘白立寄夫人(Mrs. R.Strawbridge)领导着四千位自愿效劳的男女,不取分文报酬,专作送花的工作。这个组织,定名为"送花给没有花的人",一年之间,他们曾把四万一千篮的花送往医院、监狱、养老院、残废院中去,全城一共有一百二十三所之多。每天大清早,市政厅前堆满了万紫千红,就纷纷地由那些义务工作人员分头送出去。

据一位养老院中的管事说:"每星期送花来时,你真不相信会引起这样的兴奋!那些老者竟像小孩子般争夺着,挑他们所爱好的花,于是彼此诉说着关于这花的前尘影事,乐而忘倦。有一位老太太,得了一朵玫瑰花,就想起她当年结婚时,也是捧着这样一束鲜美的玫瑰花的,于是大家举行了一个同乐会,向她道贺。我愿那位送这玫瑰花的善士能瞧到这时的情景,真是多么地快乐啊!"

盲子虽双目失明,瞧不见花的色,然而他们的嗅觉,很爱好花的香味的。医院中的医生们相信花的愉快的效能,有助于病人的复元，天天有好花可供欣赏，健康也就恢复得快了。某医院中，有一个老人害着严重的忧郁病，医生感到辣手，有一天他得到了几枝送来的石南花，却欣然说道："谢谢你们！这些花使我记起了当年无忧无虑的时光。"从此他的病就有了转机。所以医生说："在医药书中，该将多数的花用作治病的良方。"

据某一精神病院的女看护说，她看顾一个十四岁的少女玛丽，平日间老是郁郁不乐，毫无生趣，任何方法不能逗得她愉快，她老是说："人世间没有人关心我，就让我独个儿耽着好了。"有一天，有人送了一束三色堇来给她，她的一双小眼睛却霍霍地亮了起来，高兴地说："咦！那花朵儿上的小脸在对我笑，它们是在关心我的！"从此以后，她对于一切事物都有了兴趣，精神也就回复了正常。

发动这"送花给没有花的人"组织的，是费城的慈善家佛来休氏（S.S.Fleisher），他本来在城中贫寒的区域办着一个俱乐部，有时俱乐部有甚么集会，总把花朵送与邻近的儿童们，那些小朋友欢喜得甚么似的，竟当做宝物一样。一个春天的下午，有几位女客到俱乐部来，佛氏便说起小朋友们爱花的热忱，他以为最好能设法多多地送花给没有花的人。

过了几星期，这几位女客就发起了一个小组织，每天向各处征集了花朵，送与没有花的人，一时引起了社会的注意，组织便扩大了，一九三七年，得到地方当局的特许，作为慈善机关之一。

(《新纪元周刊》1946年第1期)

还乡记痛

《旅行杂志》发刊二十周年纪念胜利特大号,来函征文,拟定了六组的题目,自惭生平足迹不出苏浙皖三省,对于前五组的题材,都无从着笔,只得拣取了第六组"还乡记趣"这个题目。可是前几年在故乡沦陷期间回去,所见所闻,总是痛多于趣,所以将本题擅改一字,以"痛"代"趣"。我的故乡是苏州,去沪不远,坐京沪特快车两小时可到。但因这两年来,京沪火车已成了单帮客的专用车和日寇卵翼下黑帽子、红帽子辈的淘金处,自问这"八一三"以前由一百四十五磅而减为一百十七磅的孱弱之躯,实在受不了挤轧和凌虐之苦,因此思乡维切,也有两年不敢回去了。日寇投降以后,重见天日,这归心如箭的我,满以为可以回去走一遭了,谁知火车票的代价一涨十馀倍,其他费用尤多,经济上不胜负担,而苏友传来的消息,又都是些使人惊心动魄的,于是欲行又止,望而却步,只索低吟着"早是有家归未得,杜鹃休向耳边啼"两句古诗,以泄悲怀而已。以下所记,只是两年以前还乡时的一鳞一爪,信笔写来,不知所云。

民二十六年八月十三日战祸爆发以后的第三日，敌机十馀架飞来轰炸苏州，把我的老母稚子吓得魂飞魄散，于是在十七日午后，抛撇了心爱的故园、心爱的苏州，随同东吴大学诸教授避往南浔，安居了三个月，也曾回苏二三次，并和园丁张锦约定，重阳节边，定要回来赏菊。谁知不到重阳，长途汽车停驶，金山卫日寇登陆，敌机来窥南浔，知道此地也不能安居了，我们一大夥人随同叶牧师眷属远赴他的故乡安徽黟县所属的南屏村。这地方民风朴厚，风景清幽，真好似一个世外桃源。我住在一座花木扶疏的小园子里，恰投所好，三间平屋，面对最高的顶云峰，因此给它题了个名字，叫做"对山草堂"。这南屏村分为上下二区，上区村民全姓叶，下区村民全姓李，我们一行四十馀众都住在上区，承叶氏诸君子殷勤招待，十分感激，我曾做了一首诗向他们表示谢忱：

"客子无家竟有家，望门投止似归鸦。一枝寄托祇园树，日日心香拜叶迦。"

可是去乡愈远，思乡愈切，这一颗心老是记挂着苏州，没法安顿，不得已，惟有寄之于诗，而笔下写出来的，多半是思乡之作，如：

"兵连六月河山变，劫火燎天惨不收。我亦他乡权作客，寒衾夜夜梦苏州。"（《兵连》）

"吴中小筑紫菊秋，羁旅他乡岁月流。瞥眼春来花如海，魂牵梦役到苏州。"（《怀故园》）

"中宵倚枕不胜愁,一片乡愁付水流。愿托新安江上月,照人归梦下苏州。"(《归梦》)

"兰成憔悴乡关远,红泪斑斑染故衫。分付白鹇休睡着,为驮诗梦上灵岩。"(《怀灵岩》)

"莫为乡思动客愁,天涯王粲且登楼。南屏山色原如画,偏惹离人誉虎丘。"(《怀虎丘》)

"日日思归心似结,云山何处是吾乡。竭来淡泊无他愿,愿学仙家缩地方。"

"故园梦隔千山外,天地虽宽路却长。寄语杜鹃休唤我,人生如寄本无乡。"(《思归》)

"六月妖烽昏八表,弥天劫火降三吴。故园花发色香减,异地身羁形影孤。千里归魂魂欲断,五更寻梦梦俱无。秾愁一夜如潮涨,处处青山叫鹧鸪。"(《思乡》)

读了以上八首诗,就可知道我的一片乡愁,真的是浓得化也化不开了。到得苏州沦陷的恶耗传到南屏村来时,使我腐心切齿,悲愤无穷,因此有哀苏州的几首词,如:

"烽火无端一夜烧。貔貅十万不鸣刀。沼吴旧恨见今朝。　宝带桥边流水咽,瑞光塔上怪鸱号。城狐社鼠向人骄。"(《浣溪沙·哀苏州》)

"苏州好,风物自清幽。叠翠拖蓝山水媚,嫣红姹紫女儿柔。一一付东流。"

"苏州好,回首尽成空。半壁江山残照里,千年文物劫灰

中。那忍话吴宫。"(《望江南·吊苏州》)

"自历玄黄劫,吴宫一旦休。灵岩塔上叫鸺鹠。肠断是苏州。　飘泊千山外,难忘百种愁。料知天意亦多忧。朝暮泪横流。"(《巫山一段云·连日苦雨有怀苏州而作》)

"生小住苏州。敷粉施脂翡翠楼。雾縠云绢临影榭,悠悠。只解贪欢不解愁。　鼙鼓动城陬。豺虎眈眈伺道周。雏燕娇莺齐入网,休休。化作桃花逐水流。"(《哀兵劫中苏州女儿》)

我填这几首词时,正与明末诸遗民凭吊秦淮一般的心情,那种沦肌浃髓的苦痛,简直是无可譬慰,无可疗治的。在南屏村中耽了三个半月,总算享尽了山居之乐。只因沪上诸老友来电相邀,而《申报》副刊也将复刊了,于是伴同东吴老教授吴献书先生,带了两家眷属间关来沪。到沪以后,饱受了种种刺激,无可告语,只得宣之于诗:

"家室羁缠如桎梏,妻孥牵绊似荆榛。跼天蹐地难为计,我亦流民图里人。"

"王粲依刘非所愿,嶙峋傲骨渐消除。何时重买姑苏棹,种竹栽花读故书。"

"岑楼斗室容栖息,笯凤囚鸾郁不舒。苦忆故园风日好,万花深处闭门居。"

"稚松文竹参差列,结习难忘意自闲。悄立危楼成独笑,门无冠盖即深山。"

"烽火连年衣食尽,欃枪遍地万家哀。买山归隐难如愿,人海依然忍辱来。"

"十丈软红居不易,茫茫四顾欲何之。明知媚骨非吾有,遁迹深山恨已迟。"

我生长上海,上海原是我的第二故乡,但我总也忘不了山明水媚的苏州。那时京沪车尚未通行,我就忙不迭地搭了长途汽车回去了。一路上受尽侮辱,受尽闲气,受尽颠簸之苦,好容易到了苏州,恰似丁令威化鹤归来,有"城郭犹是,人物已非"的感慨!最难堪的是看到了平门城上那面旭日旗,像针刺般刺痛了我的眼,刺痛了我的心。当下口占了一首诗:

"劫后归来白发新,频抬泪眼望城闉。旗翻旭日非吾物,如此江山坐付人。"

走过观前街,红男绿女,依然熙熙然如登春台,而北局的戏院,依然锣鼓喧天,笙歌匝地。这一带闹市中,还随处可见咖啡馆、酒店,用粉白黛绿的女子作侍者,门口竟揭着"欢迎皇军"的市招,真是触目痛心,恨不挖掉了我的眼睛,不要瞧见!痛心之馀,就有了以下两首诗:

"家国兴亡片羽轻,胡天胡帝自陶情。歌喉宛转筝琶脆,犹作承平盛世声。"

"蛾眉曼睩斗芳菲,夜半人来叩玉扉。一笑千金齐贬价,海红帘底卖咖啡。"

茫茫然地回到了家里,却见三径未荒,松菊犹存,心中倒不觉一喜。梅丘下的池子里,虽有红白两种荷花,而一大半却是白的，淡妆素服，分外显得净洁。梅丘上下和草坪百花坡一带的许多梅树，也依然无恙，不过花时已过，须待明春再来看花了。兰虽有好几盆，叶片却憔悴不堪。最可伤心的，所有大小二十四缸金鱼，内有五彩珍珠、五彩蛋种，以及翻腮朝天龙等不少名种，足有五百尾之多，据说已被第一批侵入苏州的北海道蛮子，一桶一桶地舀去宰来吃了。这时正交仲夏，天气很热，荷池前的好几棵大冬青，绿阴稠密，恰好遮蔽了骄阳，我就脱去了衣服，赤着膊，在树底坐下来，和园丁张锦共话别后情事，百感交集，惨然不欢。入夜无事，就在油盏边记之以诗：

"故园三径未全荒，松菊犹存旧日香。最是池荷能解事，时艰不忍作浓妆。"

"百镒黄金身外轻，由人取求不须争。寒梅绕屋俱无恙，好待春来看玉英。"

"忍看园亭花木酣，山残水剩我何堪。艺兰无地根难著，一样伤心郑所南。"

"书剑飘零付劫灰，池鱼殃及亦堪哀。他年稗史传奇节，五百文鳞殉国来。"

"冬青树下且盘桓，共话离情惨不欢。祖褐裸裎君莫笑，而今禽兽著衣冠。"

留苏五日，觉得人心已死，无可救药，这向称人间天堂的苏州，已变做了一团漆黑的地狱，自恨回天无力，只索椎心饮泣而已。至于我的寓庐，本是几间平屋，只是历年已久，太敝旧了,民二十六年夏间,正在翻造,不料烽烟突起,半途而废,半生心血,付之东流,但是耿耿此心,还希望等到河清海晏之后,设法完工,重返故居呢!俯仰之间,成诗两绝:

"死尽三吴亿万心,姑苏台畔夜沉沉。老夫苦乏回天力,饮泪埋头卧绿阴。"

"沥血呕心百苦尝,笔耕墨耨有馀粮。廿年努力营燕巢,愿得重栖玳瑁梁。"

以上十诗,是"八一三"后第一次还乡时所作,只有痛,没有趣,所可称为趣者,只是属于花木而已。生平对于花木,原是无所不爱,但因梅花是吾国国花,所以我尤其爱梅花;宋儒周濂溪先生爱莲花,而吾家堂名也是"爱莲"二字,所以我尤其爱莲花;晋代陶靖节爱菊,"采菊东篱下,悠然见南山",是何等高致,所以我尤其爱菊花。除了梅、莲、菊外,那么我最爱蛮花中的紫罗兰了,有一诗一词为证:

"故园春似画屏开,每到花时酹绿醅。不羡玉堂金马贵,自甘归卧紫兰台。"(梅丘之西,叠石为台,遍植紫罗兰,因名之曰紫兰台。)

"难耐。难耐。泼眼春光如缋。万花婀娜争开。付与贪蜂去来。来去。来去。魂绕紫兰香处。"(调寄《转应曲》)

第二年春初,我就特地为了紫罗兰还乡一次,镇日徘徊紫兰台畔,观赏它的色香,又采了几百朵,插入胆瓶,供在梅屋里,尽量消受那一阵阵的幽香,宠之以诗:

"荆棘丛丛行路难,归来已是百花攒。琴书零落何须惜,瑰宝依然有紫兰。"

"燕子衣单寒意添,风风雨雨逼重担。紫兰耐冷齐舒蕊,为要留香不卷帘。"

第三年元宵后一日,又还乡一行,那是专为探梅而去的。梅丘上的骨红梅,梅屋旁的红梅,紫兰台上的绿梅、红梅,梅丘下的五树野梅,百花坡上的绿梅、骨红梅,以及草坪两旁的白梅、红梅、玉蝶梅,都开得烂烂漫漫,一园皆香,连盆子里许多老干虬枝的古梅,也精神抖擞,争放寒花。流连十日,乐而忘倦,每晚宿在梅屋中,烧了红蜡,专做梅花诗,一共得了三十首,现在且摘录八首在这里:

"家报平安可解忧,梅花招我到苏州。向人担下低头过,为了梅花作楚囚。"

"海角归来褴褛甚,梅花笑我负平生。俗尘扑去三千斗,我与梅花一样清。"

"玉骨冰肌迥出尘,梅花开后始知春。幽香冷艳居寒谷,劲节还当愧贰臣。"

"腥膻遍地一悲歌,坐对梅花泪欲波。百苦千辛何足齿,要他还我旧山河。"

"自怜历劫走天涯,随俗浮沉计已差。那得抽身人海外,杜门却扫看梅花。"

"老梅花发多姿媚,伴我悠悠入睡乡。闭了文窗关了户,罗浮梦里亦闻香。"

"逋老当年馀韵在，效颦我亦欲妻梅。凝香燕寝周旋久，不怕蛾眉见嫉来。"

"骊歌将唱惜馀芳，花底徘徊泪数行。白日还嫌看未足，深宵秉烛看残妆。"

梅屋位在梅丘上，本是我往年陈列盆栽古梅的所在，所有窗门上都有雕成的梅花图案，是比较精致的一间，如今已做了我的临时卧室了。我因爱梅而也爱这梅屋，不是爱屋及乌，而是爱花及屋，曾以四绝句宠云：

"冷艳寒香入梦闲，红苞绿萼簇回环。此间亦有巢居阁，不羡逋仙一角山。"

"屋小屏深膝可容，隔帘花影一重重。日长无事偏多梦，梦到罗浮四百峰。"

"合让幽人住此中，敲诗写韵对梅丛。南枝日暖花如锦，掩映湘帘一桁红。"

"闻香常自掩重扃，折得梅花插玉瓶。昨夜东风今夜月，冰魂依约上银屏。"

自从这一年痛快地看到故园的梅花之后，于是每年梅花时节，总得还乡去，对着国花，寄托我一片爱念祖国之忱，曾有"花癖还须分国界，樱花不爱爱梅花"、"年来忽抱逋仙癖，只为梅花是国花"之句。这些年来，日寇常在检举思想犯，其实我是一个最大的思想犯，除了"一二八"以前的一年一度受了虚惊,避居《申报》五楼十天外,却给我侥幸漏网了。现在日寇败降,还我河山,该是我还乡退隐的日子了,然而物价飞涨,生活不易解决,秩序未复,故乡也难以安居,仍不得不跼天蹐地的,在这十丈软红尘中打滚,熬受那种种物质上精神上的苦痛,读了陶靖节的《归去来辞》,惟有一百二十个健羡罢了。

(《旅行杂志》1946年第20卷第1期)

我爱国花

梅花是我们中华民国的国花,我爱国,所以也爱国花,曾有句云:"年来忽抱逋仙癖,只为梅花是国花。"又云:"花癖还须分国界,樱花不爱爱梅花。"这就足见我爱国兼及国花的一片微忱了。我苏州的故园中,在"八一三"抗战以前,本已搜罗了古干虬枝的老梅盆栽一百馀本,红梅、绿梅、白梅、硃砂红梅一应俱全,都是很难得的佳本,我简直看作宝贝一样。前几年曾抱一宏愿,等抗战胜利以后,号召江浙皖三省培养盆梅的同志,到首都中山堂去举行一个国花展览大会,以志庆祝,把我的百馀本老梅,全部运去参加。如今抗战确已胜利了,很想了此宿愿,谁知这几年来我身羁海上,无从看顾,而我那留守故园的园丁也培养无方,竟死掉了十分之九,真使我欲哭无泪,心痛万分,暗想这国难期间国将不国,所以害得我的梅花也交倒霉运了!这几年我物质上的损失虽大,精神上的痛苦虽深,而这些老梅的死亡,实在是我不易弥补的损失,而也是我精神上无可疗治的痛苦!现在又是梅花时节了,可怜我宿愿难偿,无可奈何,就约了罗氏大陆花园主人,在林森中路的香雪园中举行一个小规模的梅花展览会,本来也约老友孔志清兄参加,可是今年梅花奇缺,他所备不多,这几天也要在他海格路的清圃中开个展,只索作罢。好在香雪园中已有一百多盆,也差可让爱梅者过一过暗香疏影的瘾了。

(《立报》1946年1月24日,署名瘦鹃)

仲秋的花与果

仲秋的花与果,是桂花与柿子,金黄色与砵红色,把秋令点缀得很灿烂。

在上海,除了在花店与花担上可以瞧到折枝的桂花外,难得见整棵的桂树,而在苏州,人家的庭园中往往种着桂树,所以经过巷曲,总有一阵阵的桂花香,随着习习秋风飘散开来,飘进鼻官,沁入心脾。我的园子里也有三棵桂树,一大二小,大的那棵着花很繁,整日闻到它的甜香。我摘了最先开的一枝,供在亡妇凤君的遗像之前,因为她生前也是爱好桂花的。到得花已开足,就采下来,浸了一瓶酒,以供秋深持螯之用；又渍了一小瓶糖，随时可加在甜点心的羹汤内，如汤山芋、糖芋艿、栗子白果羹中，是非此不可的。在抗战军兴以前，我还有三株光福山中的桂花老桩盆栽，都是百年以上物，苍老可喜，开花时尤其美妙，我曾以小诗宠之："小山丛桂林林立，移入盆中取次栽。铁骨金英枝碧玉，天香云外自飘来。"只因最近二年我羁身海上不回家，花丁不加培养，已先后枯死了，真是可惜之至！关于桂花的诗词，昔人集中美不胜收，我如今摘录两首在这里，诗如清代萧揆三《桂之图》云："桂之树，托根君之墀。大火当昏，郁郁离离。桂之树，结叶叶，交枝枝，中有丹心君不知。君不知，含情直待秋风吹。秋风吹，君知之。"词如清初李舒章《秋蕊香》云："昨夜凉风微度。吹下青腰仙女。多情细剪金衣缕。簌簌寒香无绪。　月中露下寻芳去。空延伫。绿云初染轻檀炷。暗入罗帏深处。"这一诗一词，都很隽永，可算是咏桂的代表作。

柿，大概各地都有，而上市迟早不同，有大小两种，大的称铜盆，小的称金钵盂。杭州有一种方柿，质地生硬，可削了皮吃。我家有一棵大柿树，今年恰是丰收，累累数百颗，趁它略泛红色时，就随时摘下来，用楝树叶铺盖，放在一只木桶里，过了十天到十五天，柿就软熟可以吃，味儿很甜，初拿出来，颗颗发热，像晒在太阳下一样，这大概是楝树叶起的作用吧？这几天我们每餐之后，都有柿吃，可是六女瑛和老仆叶妈祖孙俩都吃了发病，因为不易消化之故；我每次可吃三颗，七儿莲每次可吃二颗,都不觉得甚么,所以就让我们俩分享口福了。

(《立报》1946年10月8日,署名瘦鹃)

没有菊花的秋天

"秋菊有佳色",是陶渊明对于秋天的菊花的评价。秋天实在少不了菊花,有了菊花,就把这秋的世界装点得分外地清丽起来。笔者之于花木原是无所不爱的,而于菊花又有一种偏爱。在抗战以前,年年作大规模的栽植,因为园丁张锦擅长种菊,成绩不坏,因此搜罗名种,不遗馀力,只为自己的园地里树木太多,阳光都被掩蔽,种菊不很适宜,于是租下了对门的一片空地,专供种菊之用,每年总得种上一千多本,种子多至一百馀种,管、钩、须、托冠、武瓣,无所不有,常熟人所认为最名贵的小狮黄,扬州所认为最名贵的虎须和翡翠林,也一应俱全,而以民二十六年为全盛时期,又添上许多日本的名种。却不料未到菊花时节,日寇大举进犯,恬静安闲的苏州城中,也吃到了铁鸟所下的蛋,差不多把一半儿的苏州人吓跑了,我也扶老携幼地跟着朋友们避到了南浔去,一住就是一个多月,虽曾回去探望故园,问菊花开未,可是总没有瞧到。到了重阳节边,公路上的长途汽车中断,没法回苏,张锦虽挑出了几十盆最上的名菊,安放在荷轩中,等候我回去欣赏,无奈我不能插着翅膀飞回,只索梦寐系之而已。这些年来,我羁身海上,三径就荒,菊花也断了种。今春回到故园,因突遭鼓盆之痛,百念灰冷,无心再玩花木,所以也不曾搜罗菊种,到了秋季,就连一朵平凡的菊花都没有。月之十二日,苏州公园,因新建筑物裕斋举行落成典礼,就开了个金鱼菊花的展览会,以襄盛举,主任余彤甫兄向我征求鱼菊,我以无鱼无菊对,可怜我的五百尾大小金鱼,早已殉了国,被那第一批侵苏的北海道蛮子宰来吃了,菊花又遭到了灭种之惨,所以虽欲参加而不可得。彤甫兄说,您的盆栽曾在上海中西莳花会中得过两次总锦标,我们没福瞧到,这回子何不让我们开开眼?我因忝为整理委员,合该出一些力,助助他们的兴,于是尽两天之力,布置了白鹭洲、枯木箬、松风高士、蒲石寿佛等大小盆栽二十馀点送去,以附骥尾,居然获得了多数观众的赞美,且感且慰!可是我不忍更过东斋,因为那边陈列着各私家和各名园的无数名菊,都是我昔之所有,而今之所无的,一看之下,不免又要引起今昔之感,不看也罢!唉,可怜的我,终于要寂寞地苦度这没有菊花的秋天了。

(《立报》1946年11月18日,署名瘦鹃)

隆冬的花与果

严风雪霰中,天地间充满了杀肃之气,一切的花都凋谢了,使人张开眼来黯然失色。但是有一种花却冲寒冒冷而开,那就是蜡梅。亏它那鹅黄的颜色,和那红子离离的天竹合了伙儿,来点缀这急景凋年。蜡梅又名黄梅,宋代元祐年间,黄山谷与苏东坡名之为蜡梅,先前并没有这个名称,山谷诗序:"香气似梅,类女工撚蜡所成,京洛人因谓蜡梅。"如山谷此称,是根据京洛人的。他的诗是五绝二首:"金蓓锁春寒,恼人香未展。虽无桃李颜,风味极不浅。""体薰山麝脐,色染蔷薇露。披拂不满襟,时有暗香度。"东坡则有七言古诗《蜡梅一首赠赵景贶》云:"天工点酥作梅花,此有蜡梅禅老家。蜜蜂采花作黄蜡,取蜡为花亦其物。天工变化谁得知,我亦儿嬉作小诗。君不见万松岭上黄千叶,玉蕊檀心两奇绝。醉中不觉度千山,夜闻梅香失醉眠。归来却梦寻花去,梦里花仙觅奇句。此间风物属诗人,我老不饮当付君。君行适吴我适越,笑指西湖作衣钵。"蜡梅自经这两位大诗人提倡之后,于是其他诗人如陈师道、陈与义、周必大、杨万里等也都斐然有作,纷纷捧场了。蜡梅品种以檀香梅为最,开最早,花密香浓,色深黄如紫檀,现在怕已绝种。其次是磬口梅,出河南,花较稀疏,盛开时花瓣依然半合,像寺庙里的磬子一样,因名。再次是荷花,出松江,瓣有微尖,形如荷花。这三种都是素心,没有一些红色的。最下的是九英,俗称狗绳,子种未经接过,花小而香淡,并且是红心,所以不及素心的名贵了。吾家爱莲堂前,有磬口梅一丛,已有好几十年的历史,三株歧出,各高丈馀,干如碗口那么粗,一株斜欹,姿势极美,目前叶片还没有落尽,而花朵已在逐渐开放了。旁有天竹数十株,结子很多,黄的蜡梅花与红的天竹子互相掩映,真是一幅天然的岁寒图呢。我因最爱盆栽老树,所以栽在盆里的蜡梅,也曾物色到好几本,可惜八年避寇海上,已先后死去了三本,现存二本,以老干略如三角形的一本为尤美,花瓣作檀黄色,也是磬口素心,香很浓郁,我曾宠之以诗:"蜡梅老树长双尺,檀色素心作靓妆。纵有冬心椽梁笔,能描花骨不描香。"

这一年以来,沪苏各地的水果店和水果摊上,几乎全是美国蜜橘的天下,美国果然好,美国的橘子果然好,但我是中国人,爱中国的橘子,看了这遍地皆是的舶来品,总觉得不顺眼。好了!自从入冬以后,中国的橘子来了,声势十分浩大,有黄岩蜜橘,有天台蜜橘,有台湾蜜橘,有汕头蜜橘,有福橘,有洞庭橘,顿使美国蜜橘退避贤路,匿迹销声,而那街头巷口一片片黄澄澄红喷喷的色彩,也把这晦暗的冬景装点美丽起来。古时橘的种类很多,有塌橘、福橘、包橘、冻橘、沙橘、乳橘、油橘、穿心橘、荔枝橘、自然橘等,可是如今已失传了。古人对于洞庭橘似乎很推重,诗文中随处可见,如唐代张泌句:"千里晚霞云梦北,一洲霜橘洞庭南。"韦应物句:"书后欲题三百颗,洞庭须待满林霜。"明代沈懋孝诗云:"洞庭秋水接三江,正美鲈鱼橘柚香。丝管家家明月夜,侬今何事不还乡。"《苏州府志》曾载:"太湖中洞庭山,一名包山,道书第九洞天,苏子美记,有峰七十二,惟洞庭称雄。其间民俗淳朴,以橘柚为常产,每秋高霜馀,丹葩朱实,与长松茂竹相映岩壑,望之若图画。"可知洞庭山除了出产白沙枇杷、杨梅之外,橘也是颇颇有名的。洞庭山的一种小型的橘,名"洞庭红",皮色红如硃砂,个儿虽小而瓤大,味亦甘美。我在十馀年前曾在园子里种了三株,近年已有收获,今年除一株僻处阴面,阳光不足,以致未曾结实,其他二株各结一百馀颗,霜降后红艳照眼,绝可人怜。大的如一个小笼馒头般面积,小的只像一个金柑,而味儿却一样是甜的。我因今春亡妇凤君扶病回苏时,就很关心这三株橘树,因此等它们红透以后,就一起摘下来,把三颗带着枝叶,当花朵般插在一个瓷胆瓶中,供在她遗像之前,并在果盘里也供满了,随时更换,可怜她长眠黄山垄中,一瞑不视,哪里能尝到这洞庭红的美味,我也不过藉此聊表微忱罢了。

(《立报》1946年12月24、25日,署名瘦鹃)

我爱梅花

这些年来，大家都知道我于花中最爱紫罗兰，其实我也最爱梅花，爱紫罗兰是爱我的挚友，爱梅花是爱的祖国，这是并行不悖而一样刻骨倾心的。

我爱梅花，因此也爱作讽咏梅花的诗和词，这几年里已不知胡诌了多少首了。比较可以看看的，记得有《梅花书屋》五首："冷艳幽香入梦闲，红苞绿萼簇回环。此间亦有巢居阁，不羡逋仙一角山。""屋小屏深膝可容，隔帘花影一重重。日长无事偏多梦，梦到罗浮四百峰。""合让幽人住此中，敲诗写韵对梅丛。南枝日暖花如锦，掩映湘帘一桁红。""牙签玉轴满庾楼，独拥书城傲邺侯。笑看梅枝阑入座，吟边冉冉冷香浮。""闻香常自掩重扃，折得梅花插玉瓶。昨夜东风今夜月，冰魂依约上银屏。"又小令如《南歌子》云："天冻云凝厚，楼高雪聚多。孤衾如铁夜如何。借问梅花香梦、怯寒么。"《忆真妃·咏故园硃砂老梅盆栽》云："翠条风搦烟拖。影婆娑。仿佛灵蝘蜕化、作虬何。　　薰风暖，琼英坼，色香多。约略太真娇醉、玉颜酡。"断句如"俗尘扑去三千斗，我与梅花一样清"；"那得抽身人海外，杜门却扫看梅花"；"闭了文窗关了户，罗浮梦里亦闻香"；"凝香燕寝周旋久，不怕蛾眉见嫉来"；"此心原已冷于冰，却恐梅花冷"；"仙鹤夜深未睡，烦他去伴梅花"；"船上也，梅花月。马上也，梅花月"。咏梅佳句,早被前代的诗人词客想尽写绝了,实在不容易著笔。

我爱梅花,所以吾家有梅屋,有梅丘,栽植梅树特多,有白梅、红梅、绿萼梅、玉蝶梅、铁骨红梅,连易君左兄评为"江南第一梅"的可园硃砂红梅,也接就了一株,种在梅丘上了。我尤其爱盆栽老梅,十年来尽力搜求,得大小一百二十本,可是苏州沦陷期间,羁旅海上,园丁张锦疏于培养,以致先后病死,只剩了二本,这是一个无从弥补的损失,不胜痛惜!往年在上海时,因无从欣赏故园的盆梅,就常到海格路孔志清兄的小园中去盘桓,看他布置的盆梅,如"梅花书屋"、"岁寒三友"等,都是有诗情有画意的。每制一盆,我也往往参加意见,逸兴遄飞。现在岁聿云暮,志清兄定然又布置好了不少精品,可惜我株守故园,不能一餍馋眼了。

(《立报》1947年1月14日,署名瘦鹃)

插了梅花便过年

从前有一位诗人,穷得过不了年,曾做了一首诗,有"插了梅花便过年"之句,聊以解嘲。他也许有一个小小的园子,园子里也许有一株梅树,要在瓶子里插梅花,可不用一钱买,就是去买一枝,也便宜得很。可是到了现在,穷诗人要买一枝梅来过年,也实在负担不起,因为今年一般物价都飞涨,花也不能例外,一株蜡梅一株天竹就须五六千块钱,买一棵小小的梅桩,不连盆子,也得一万元左右,那么即使要插了梅花便过年,岂不是也大有问题么。

我爱梅花,所以一见了好一些的桩子,总想据为己有,虽然先前家园里已有了一百多本,还是不嫌其多,每当梅桩上市时,总得买几本回来。过去的几年,住在上海,瞧不到枯干虬枝的老梅桩,那就降格以求,只要见姿势好一些的,也就买回去了。今年在苏州过年,苏州又是产梅的地方,似乎应该买一些了。那知跑到花圃里去时,连姿势较好的也不曾瞧到一本,而从前一块钱可买五六本的,如今每本竟要一万元了,于是只得知难而退。

记得前年在上海花市中买了一本梅桩,不觉感慨起来,因记之以诗:"愁人愁绝在天涯,迢递乡关客梦赊。玉蕊琼葩都绰约,可怜不是故园花。"如今故园的梅花果然可以朝夕欣赏,盆梅虽损失极大,而梅丘一带的梅树,却著花无数,开放时有云蒸霞蔚之盛,即使囊橐空空,过不了年,也大可插了梅花便过年了。

(《立报》1947年1月20日,署名瘦鹃)

吾家的灵芝

之江大学的一位教授,在杭州山里掘得一株灵芝草,认为希世之珍,特地送到上海去公开展览,并且标价五千万元义卖助学,其名贵可知。古人诗文中对于灵芝的描写,往往带些神仙气,也瞧作一种了不得的东西。但看《说文》说:"芝,神草也。"《尔雅》说:"芝,一岁三华,瑞草。"又云:"圣人休祥,有五色神芝,含秀而吐荣。"宋代大诗人陆放翁有《丹芝行》云:"剑山峨峨插穹苍,千林万谷蟠其阳。大丹九转古所藏,灵芝三秀夜吐光。如火非火森有芒,朝阳欲升尚煌煌。何由剧取换肝肠,往驾素虬朝紫皇。"写得何等堂皇,可知芝之为芝,决不能与闲花野草等量齐观的了。笔者生平对于花花草草,本有特殊的癖好,难得现在有这神草瑞草展览于海上,合该不远千里而来观赏一下。可是一则因岁首触拨了悼亡之痛,鼓不起兴致来;二则吾家也有灵芝,正如报端所说质在坚硬,光亮而面有云纹。不过是死的,死的与活的没有多大分别,不看也罢。吾家灵芝,大大小小一共有好几株,有朋友送的,也有往年在骨董铺里买来的,大的插在古铜瓶里,小的供在石盆子里,既不会坏,又十分古雅,确当得上"案头清供"之称。最好的一株,是十年前苏州一位盆栽专家徐明之先生所珍藏而割爱见让的,三只灵芝连在一起,而在左角上方,更缀上三只较小的,姿式非常美妙,却是天生而并非人为的。这六个灵芝都面有云纹，作紫红色，背白而光，质地极坚，历久不坏。抗战期间，我曾带着它一同逃难，后来在上海跑马厅中西莳花会中与其他盆栽并列，用白端石长方浅盆供着，曾引起中西士女们的赞赏。平日间我只当它是木菌，并不十分珍视，供在紫罗兰盦书画橱的顶上，作为一件普通的陈设。直至看了之江大学那枝灵芝的照片，才知它也是灵芝，所不同的，就是活的与死的罢了。

（《立报》1947年2月15日，署名瘦鹃）

春寒未许看梅花

十年以来，我除了迷恋紫罗兰之外，又迷恋了梅花，因为梅花是国花，是国魂所寄，实在是应当迷恋的。所以民二十七年春自皖南回到了上海，就惦记着苏州故园里的梅花，特地搭了小汽车回苏探看，虽花时已过，而地上的十多株梅树，盆里的几十本梅桩，全都安然无恙，心中十分欣慰。二十八年春节，趁着梅花开放时，连忙赶回去欣赏一下，记得那天是元宵后一日，花已盛开，我在梅屋中住了一星期，尽情地欣赏，赋诗三十首，第一首："家报平安可解忧，梅花招我到苏州。向人檐下低头过，为了梅花作楚囚。"原来那时苏州的城门口都由日寇派兵把守，进城时非脱帽鞠躬不可，我为了要回去探梅，不得不忍受此辱,但我却不愿鞠躬,往往趁贼兵不留意时,低头混了过去,然而也像做了囚犯一般,是够难受的了。从此每年元宵之后,总要回苏走一遭,专为探梅而去。大概前几年春节天气较暖,元宵后梅花必开,所以我每次回去,从不失望的。可是今年元宵以后,天气却特别的冷,竟胜过了隆冬,现在农历正月已过去,而我园子里的梅花,还没有开放,只有一株重瓣的白梅,开放了二三朵,多分是得天独厚吧。据名画师邹荆盦前辈说,梅花开放,大都在惊蛰之后,今年惊蛰在农历二月十四日,设须等候这么半月或二十天,方有梅花可看。因此我要奉劝一般骚人雅士,预备上邓尉、超山或无锡梅园去探梅的,还是稍安毋躁,等候到惊蛰以后,要是性急慌忙地赶去,那就如俗语所谓城隍爷带孝——白袍(谐跑)了。

(《立报》1947年2月24日,署名瘦鹃)

探　梅

"玄墓梅花锦作堆,千枝万朵满山隈。几时修得山中住,朝夕吹香嚼蕊来。"这是当年有怀光福玄墓山梅花而作的一首小诗,真的,我自十馀年前看过了玄墓梅花之后,老是怀念着,简直也有十馀年系之寤寐了。

今年惊蛰后七日,应中国文化服务社苏州分社之邀,往光福探梅,同行者五十馀人,分乘了九辆汽车,浩浩荡荡地出发。先到石壁去喝了一盏茶,望了一会太湖,然后回到司徒庙,看"清奇古怪"四古柏,上玄墓山吃素斋。一路上所见梅花,并未全放,但是暗香浮动,也时时撩人的鼻观。香雪海亭子,据说依然如昔,但我们并没有上去,因为左近一带,梅树已远不如往昔者之多,即使全都开放,也决没有海一般的洋洋大观,香雪海早已缩成香雪溪了。

玄墓圣恩寺前,本有很多老梅树的,也砍伐净尽,虽在四五年前补种了几十株梅苗,可是小得可怜,倒是后山真假山那里还有好多老梅,聊餍馋眼。圣恩寺还元阁上,原藏有《万梅花外一蒲团》长卷,前半已失所在,后半尚存胡三桥一画和民国以来诗人词客们题的诗词,然而不知怎的,沾上了无数黑斑,有些连字也瞧不出了。一时许开始吃斋,共坐了六桌,钱慕尹先生即席致词,要整理吴西风景区,好吸引各地游人,繁荣地方。当时推举整理委员数十人,笔者也被推为设计委员之一。可是吴西区域很大,整理谈何容易,人力与物力,都成问题。笔者以为第一要着,先得种上千万株梅树,恢复香雪海的旧观,使专诚来探梅的不要失望而去。但是要做到这一步,怕也不容易吧?

席间由主持者请大家题名以留纪念,由蒋吟秋兄题端,范烟桥兄作跋,我也题了两首七绝:"劫馀重到还元阁,举目河山百种宽。欲寄身心何处寄,万梅花外一蒲团。""万梅花外一蒲团,打坐千年便涅槃。佛雨缤纷花雨乱,如来弥勒共盘桓。"

(《立报》1947年3月26日,署名瘦鹃)

清奇古怪

苏州玄墓山附近,有一座司徒庙,庙貌并不大,却因四棵古柏享了大名,凡是各地游客到光福去的,总得到司徒庙去随喜一下,观赏它后园里的四棵古柏。据老和尚说,这四棵柏还是从汉朝光武帝时代传下来的,距今已两千馀年;清代乾隆帝南巡时,也曾亲临观赏,给它们题了四个名字,叫做"清"、"奇"、"古"、"怪"。因此苏州人对于这清奇古怪四棵柏树,都是津津乐道的。"八一三"暴日入寇,苏州沦陷,诸大名山的树木,都被砍去了不少,就是玄墓山圣恩寺前的许多大树也已荡然无存,但这四棵古柏却幸而免,大概日寇也因欣赏而不忍下这辣手吧?

最近笔者因探梅之便,曾和这一别十馀年的四棵古柏再度觌面,居然郁郁森森,仍和十馀年前一模一样。笔者最爱那棵"怪",古根轮囷盘曲,潜伏入地,在十多尺外重又崛起,又长起了虬枝无数,结成一片老翠。据同游的朋友们说,北方尽有大可数抱的古树,但是像这样的怪,却是绝对没有的。笔者欢喜赞叹之馀,就向这四棵古柏献上了一首小诗:"森森郁郁不知年,古怪清奇各逞妍。恰于湖山同寿考,沧桑阅尽得天全。"

(《立报》1947年3月28日,署名瘦鹃)

樱　花

樱花是落叶乔木,叶尖形,与樱桃的叶一模一样,花五瓣,也与樱桃花相同,不过樱桃花结实,而樱花是不会结实的。花色有白、绿与浅红三种,易开易谢,一经风雨,就落英满地了。我们的敌国日本,不知怎的,竟挑上了这樱花作为他们的国花,三岛上到处都种着,花开的时节称为樱花节,仕女人都得到花下去狂欢一下,高歌纵酒,不醉无归,连全国的学校也放了樱花假,让学生们及时行乐,真的是举国若狂了。自从这一次大战惨败之后,国运衰微,民生憔悴,现在虽已逢到了樱花时节,也许没有这闲情逸致了吧。

我的园子里,本有两棵樱花,那棵浅红的早就死了,还有一棵白的,却已高出屋檐,每年春光好时,着花无数。我本来爱花若命,对于花几乎无所不爱,可是经了"八一三"创钜痛深,因为痛恨了日寇,对樱花也并没好感,记得去年今日曾有这么一首诗:"芳菲满眼占春足,紫姹嫣红绕屋遮。花瓣还须分国界,樱花不爱爱梅花。"前天早上见树头已疏疏落落地开了几枝花,与一树红杏相掩映,我只略略看了一眼,并不在意,谁知到了午后,竟完全开放,望过去恰如白云一大片,令人有"其兴也勃焉"之感,料知风雨一来,就得纷纷辞枝而下,这正可象征日本国运的兴得快也败得快呢。

(《立报》1947年4月4日,署名瘦鹃)

文玩清供

老友蒋吟秋兄,长江苏省立图书馆,暴日入寇时,洁身远引,将馆中善本古籍,密藏洞庭西山,胜利后如数运归,完好无缺,省府以其劳苦功高,传令嘉奖。最近他就将这许多古籍,公开展览,并附有苏州诸藏家古书画和陶冷月兄近画个展,自有如火如荼之盛。

吟秋兄因我平日喜欢弄弄花木盆栽和骨董小玩意,半个月前就很诚恳地邀我参加,特辟中厅陈列,美其名曰"文玩清供"。我虽觉准备很麻烦,只因情不可却,随即答允下来。一连好几天,我聚精会神,老是忙着这件事,检点物品,整理盆栽,洗刷石像,画定图样,大有废寝忘食之概,文英笑我没事忙,我只一笑置之,反拉住她帮了不少忙。

开会前一天,就检齐了大小四十馀件,命园丁张锦和他的朋友分两次运往沧浪亭可园图书馆去,我自己也亲自坐了三轮车运去两个大盆栽,吟秋兄迎门慰劳,伴我到那中厅里去。居中挂起了集黄山谷法书的"紫罗兰盦"榜额,下面横陈一桌,铺上了鹅黄色锦缎的桌衣,中间用红木十景橱陈列骨董小玩意十四件,中以宣德年方形古铜炉、过雪楼竹根没奈何、五华山樵雕瓷笔筒水盂、书卷形彩瓷花瓶、瓜形品蓝瓷茗壶、计儋石铭刻聋石水盂诸品较为可观,橱顶上更供着一尊鎏金藏佛,增加了一种庄严的气氛;右旁陈古铜瓶,插红山茶二枝,古铜水盆中插白梅数枝;左旁陈乾隆青花瓷长方水盆,以水石布置香雪海雏型,另一青花瓷圆形水盆中,插杏花数枝。橱前陈"松阴高士"盆栽,伴以石盆,插灵芝数枝。这一桌是全场的中心,所费心力也最多。左桌铺紫色丝绒桌衣,陈意大利石像五座,标以"光明"、"和平"、"葳娜丝"、"凤"、"读书乐"诸名签,别一座为海滨裸女横陈之像,由法兰西名家用石膏塑成,敷以彩色,栩栩如生。两旁陈白荆、紫荆、垂丝海棠三种盆栽,正在花时,自觉活色生香。右桌铺白色桌衣,中间以长方形红木矮几陈列松柏、黄杨、飞来凤、菖蒲、紫罗兰等小盆栽七点,配以佛山窑达摩坐像和铜炉、灵芝。两旁别有中型盆栽四点,袭用司徒庙四古柏"清奇古怪"的别名,"清"为悬崖形女贞一本,"奇"为半欹形榆一本,"古"为立木形桧柏一本,"怪"为三角形枝干三角枫一本,全是好多年苦心培植而成的。中央别设一桌,铺黄色绵织桌衣,用蓝釉旧盆陈胭脂红梅一本,这几天梅已凋谢,而此本独晚开,花色仍很鲜妍,独殿众芳,因倩吟秋兄手书"国华"名签,以示隆重。

会期日七,多蒙嘉宾谬加称许,我用了这一番心力,也总算得到收获了。

(《立报》1947年4月9日,署名瘦鹃)

枸杞清话

清明时节,我们有一种很清隽的菜蔬可吃,就是枸杞,素的可用竹笋丝炒,荤的可用猪肉丝炒,都是下酒下饭的妙品,只是枸杞的本味带些儿苦,所以糖要用得多些。

枸杞在上海,认为名贵的菜蔬,初上市时奇货可居,每两索价数百元至一千元,爱好者为了尝新起见,往往不惜千百金,尝鼎一脔。沦陷期间,我住在上海,也总得出了顶价,买一些来,煮了半碗吝惜地吃,倒像吃仙草一般。可是我苏州的园子里,却几乎遍地皆是,原来我有好几个盆栽的枸杞老桩,秋间结实以后,偶然被风吹落了若干颗,落地生根,就一年年地繁殖起来。现在我所有的枸杞桩,大小共十二个,有一个作悬崖形,干粗如小儿臂,已为百年以上物,每秋结实累累,猩红如玛瑙球,我曾宠之以诗,有"离离朱实如珠缀,赠与闺人挂玉钗"之句。吾友叶寄生君,前数年曾于苏州某花圃中买得一株挺大的老桩,至少已有数百年的寿命,可称"枸杞之王",

叶君踌躇满志，特地题了一个"杞寿轩"的斋名，摄影分赐友好，以留纪念。

考《本草纲目》，枸杞功效极大，竟能延年益寿，别名很多，有"仙人杖"、"西王母杖"诸称，正如灵芝草般带些仙气。文友欧阳恂君近作《枸杞篇》，尊之为高士，我以为进一步不妨更尊之为仙翁呢。古人称美枸杞的诗文，宋代史子玉有《枸杞赋》，叙述最详，唐代诗人如白居易、刘禹锡、孟郊，宋代诗人如朱熹、苏轼、梅尧臣、黄庭坚、陆游、杨万里等，都有咏叹枸杞的诗，可知枸杞确然不是凡品了。

(《立报》1947年4月13日，署名瘦鹃)

湖山胜处看梅花

"年来忽抱逋仙癖，端为梅花是国花。"

一年之计在于春，一春出游之计最先在于探梅，而探梅的去处，总说是苏州的邓尉，因为邓尉探梅古已有之，非同超山探梅之以今日始了。

邓尉山在吴县西南六十里，相传汉代有邓尉隐居于此，因以为名；一名光福山，因为山下有光福镇，而旧时是称为光福里的。作邓尉的附庸的，有龟山、虎山、至理山、茆冈山、石帆山等八九座小山，人家搅也搅不清，只知道主山是邓尉罢了。

明代诗人吴宽有登邓尉诗云:"昔年曾学登山法,纵步不忧山石滑。舍舆径上凤冈头,趁此凉风当晚发。远山朝臣抱牙笏,近山美人盘鬟发。我身如在巨海中,青浪低昂出复没。山下人家起市廛,家家炊烟起曲突。梅林屋宇遥隐见,一似野鸟巢木末。寺僧见山如等闲,翻怪群山竞排闼。偶凭高阁发长笑,笑我胡为蹑石钵。夕阳满目波洋洋,西望平湖更空阔。山灵为我报水仙,预设清冷供酒渴。吴人非不好登山,一宿山中便愁杀。扁舟连夜泊湖口,舟子长篙未须剌。懒游已笑斯人呆,狂游不学前辈达。若邪云门在于越,何必青鞋共布袜。"诗中除了"梅林屋宇遥隐见"一句外,对于梅花并没详细的描写,原来看梅并不限于邓尉山上,而梅树也散在四周的山野之间,即如和邓尉相连不断而坐落在东南六里的玄墓山就是一例,那边也可看梅,并且山上也有不少梅树的。玄墓之得名,因东晋青州刺史郁泰玄葬在山上的原故,现在此墓依然存在,位在圣恩寺的后面的山坡上。向右过去不多路,就是颇颇有名的"真假山",嵌空玲珑,仿佛是用太湖石堆砌而成,正如人家园林中的假山一样,其实是出于天然,因山泉冲激所致,所以称之为"真假山"。这里一带,至今还有好几十株老梅树,而圣恩寺前,本来也种有不少梅树,不幸在暴日入寇时砍伐都尽,后来虽由伪省长陈则民补种了一百多株梅苗,可是小得可怜,不知要经过多少年才可供人观赏咧。笔者在十馀年前到此看梅,还不愧为大观,回来以后,曾怀之以诗:"玄墓梅花锦作堆,千枝万朵满山隈。几时修得山中住,朝夕吹香嚼蕊来。"寺中还元阁上,原藏有《万梅花外一蒲团》长卷,也足见当年山中梅花之盛,自明清以至民国,都有骚人墨客的题咏,而经过了这一次浩劫,前半早已散失,后半只剩胡三桥的一幅画,和易实甫、樊云门以及近人所题的诗词,并且不知怎样,纸上沾染了许多黑斑,有几处竟连字也瞧不出来了。今春我上山看梅,也看过了这一个残馀的卷子,曾题了两首七绝:"劫馀重到还元阁,举目河山百种宽。欲寄身心何处寄,万梅花外一蒲团。""万梅花外一蒲团,打坐千年便涅槃。佛雨缤纷花雨乱,如来弥勒共盘桓。"我虽仍然沿用着"万梅花外一蒲团"原句,其实哪里还有万树梅花之盛,只能说是万朵梅花吧。玄墓之西有弹山、蟠螭山,以石楼、石壁吸引了无数游屐,那边也有梅树,可是散漫而并不簇聚,只是疏疏落落地点缀在山径两旁罢了。弹山的西北有西碛山,其南有查山,旧时梅花最盛,宋代淳祐年间,高士查耕野莘曾隐居于此,筑有梅隐庵,庵东有一个挺大的潭,在梅林交错中,虽亢旱并不干涸,查氏就在上面的崖壁上题了"梅花潭"三字,可是这些古迹,已无馀迹可寻。不过唐六如诗有"十里梅花雪如磨"句,而李流芳文有"余买一小丘于铁山之下,登陟不十步而尽揽湖山之胜,尤于看梅为宜,盖踞花之上,千村万落,一望而收之"云云。那就足见这里一带,在明代是一个观赏梅花的胜处咧。

在光福镇之西,与铜井山并峙的,有马驾山,俗称吾家山,山并不很高，而四面全是梅树，花开时一白如雪，蔚为大观。清康熙中巡抚宋牧仲荦在崖壁上题了"香雪海"三字，复筑亭其旁，以便看梅。据说乾隆下江南时，也曾到此一游，于是"香雪海"之名藉甚人口，游人络绎而至。诗人汪琬曾有《游马驾山记》，兹摘其中段云："……前后梅花多至百许树，芗气蓊勃，落英缤纷，入其中者，迷不知出。稍北折而上，望见山半累石数十，或偃或仰，小者可几，大者可席，盖《尔雅》所谓磐也。于是遂往，列坐其地，俯窥旁瞩，濛然餲然，曳若长练，凝若积雪，绵谷跨岭无一非梅者，加又有微云弄白，轻烟缭青，左澄湖以为镜，右崇嶂以为屏，水天浩漾，苍翠错互，然则极邓尉、玄墓之观，孰有尚于兹山者耶？……"读了这一段文字，就可知道这马驾山香雪海亭一带，确是看梅最好的所在，不过"百许树"疑为"万许树"之误。因为十馀年前我到此看梅，也决不止百许树，但见山下四周茫茫一白，确有曳若长练、凝若积雪的奇观，至少也该有千许树呢。可惜十年以来，既遭了兵劫，而乡人又因种梅利薄，不及种桑利厚，于是多有砍梅以种桑的。如今梅花时节，您要是上马驾山去向四下一看，怕就要大失所望，觉得香雪海已越缩越小，早变成香雪河、香雪溪了。清代画师作探梅图，多以香雪海为题材，吾家藏有横幅一帧，出吴清卿大澂手，点染极精，我曾请吴氏裔孙湖帆兄鉴定一下，确是真迹，特地转请故王胜之先生题端，而由湖兄检出窀斋旧笺，抄了他老人家的遗作《邓尉探梅诗》七律二章殿其后,更有锦上添花之妙,我于登临之馀,欣赏着这画中的香雪海,不胜今昔之感!

明代高士归庄,字玄恭,昆山人,国亡以后,便遁入山林中,佯狂玩世,与顾亭林同享盛名,一时有"归奇顾怪"之称。遗作《观梅日记》,详记邓尉探梅事,劈头就说:"邓尉山梅花,吴中之盛观也。崇祯间尝来游,乱后二十年中,凡三至……"他最后一次探梅,历时十日,从昆山乘船出发,先到虎丘,寓梅花楼,赋诗二绝句,第一首:"邓尉山梅是胜游,东风百里送扁舟。更爱虎丘花市好,月明先醉梅花楼。"这首诗可算是发凡。第二天仍以舟行,过木渎,取道观音山而于第三天到上崦,记中说:"遥望山麓梅花林,斜阳照之,皑皑如积雪。"这是邓尉探梅之始。第四天到土墟访友人葛瑞五,记云:"其居面骑龙山,四望皆梅花,在香雪丛中。余辛丑年看梅花,有'门前白到青峰麓'之句,即其地也。庭中垒石为丘,前临小池,梅三五株,红白绿萼相间。酌罢坐月下,芳气袭人不止,花影零乱,如水中藻荇交横也。后庭有白梅一株,花甚繁,云其实至十月始熟,盖是异种。"他在这里探梅,是远望与近看,兼而有之的。第五天登马驾山,他说:"山有平石,踞坐眺瞩,梅花万树,环绕山麓。"这平石附近的崖壁上,就是后来宋牧仲题"香雪海"三字的所在,要看大块文章式的梅花,这里确是惟一胜处,我当年也就在这一块平石上,酣畅淋漓地领略了香雪海之胜。第六天游弹山之西的石楼,记云:

"石楼前临潭山,潭山之东西村坞皆梅花,千层万叠,如霰雪纷集,白云不飞。"这里的梅花也可使人看一个饱,可是现在登石楼,就不足以餍馋眼了。第七天游茶山,他说:"茶山之景,梅花则胜马驾山;远望湖山,则亚于石楼。盖马驾梅花,惟左右前三面,茶山则花四面环匝。"这所谓茶山,为志书所不载,大概就是宋代高士查莘所隐居的查山吧?他既说梅花四面环匝,胜过马驾山,将来倒要登临其上,对证古本咧。随后他又游了铜井山,记云:"铜井绝高,振衣山巅,四面湖山皆在目,而村坞梅花,参差逗露于青松翠竹之间,亦胜观也。"他这里所见,只是村坞间参差的梅花,已自绚烂归于平淡了。第八天上朱华岭,记云:"回望山麓梅花,其胜不减马驾山。过岭,至惊鱼涧,涧水潺潺有声,入山来初见也。道旁一古梅,苔藓斑驳,殆百馀年物,而花甚繁,婆娑其下者久之。路出花林中,早梅之将残者,以杖微扣之,落英缤纷,惹人襟袖。复前,则梅杏相半,杏素后于梅,春寒积雨,梅信迟,遂同时发花,红白间杂如绣。"因看梅而看到杏花,倒是双重收获,眼福不浅,原来他记中所记时日,已是古历的二月十九日了。第九天他才游玄墓山,这是今人看梅必到的所在,圣恩寺游侣如云,直到梅花残了才冷落下来。他记中只说:"途中所见,无非梅花林也。"又说:"遥望五云洞一带,梅花亦可观。"对于真假山一带梅花,不着一字,大约那时还没有种梅吧?第十天上蟠螭,至石壁,经七十二峰阁,至潭东,记云:"蟠螭者,在诸山之极西,梅杏千林,白云紫霞,一时蒸蔚。"又云:"潭东梅杏杂糅,山头遥望,则如云霞,至近观之,玉骨冰肌,固是仙姝神女,灼灼红妆,亦一时之国色也。"他在这里都是由梅花而看到杏花,杏花正在烂漫,而梅花已有迟暮之感了。第十一天他就出土墟而至光福,结束了他的邓尉探梅之行。归氏此行历十天之久,又遍游诸山,对于梅花细细领略,真是梅花知己。今人探梅邓尉,总是坐了小汽车风驰电掣.而去,夕阳未下,就又风驰电掣而返,这样的探梅,正像乱嚼江瑶柱一样,还有甚么味儿?来春有兴,打算约烟桥、小青二兄,也照归氏那么办法,趁梅花开到八九分时,作十日之游,要把邓尉四周的山和梅花,仔仔细细地领略一下,也许香雪海依然是香雪海呢。

对于邓尉梅花能细细领略如归玄恭者,还有三人。其一是清代名画师恽南田,他的画跋中有云:"泛舟邓尉,看梅半月而返,兴甚高逸,归时乃作《看花图》。江山阻阔,别久会稀。寤寂心期,千里无间。春风杨柳,青雀烟帆。室迩人遐,空悬梦想。"其二是名画师兼金石名家金冬心,他的画跋中有云:"小雪初晴,馀寒送腊,具鹤氅浩然巾,入邓尉山,看红梅绿萼,十步一坐,坐浮一大白,花香枝影,迎送数十里,虽文君要饮,玉环奉盏,其乐不过是也。"一个是"看梅半月而返",而尚有馀恋;一个是"十步一坐,坐浮一大白",而以梅花比之古美人要饮奉盏,他们都是善于看梅而领略到个中至味的。其三是清末名词人郑叔问,晚年自署大鹤山人,卜居苏州鹤园,日常以作画填词自遣。他的词集《樵风乐府》中,不少邓尉探梅之作,他自己曾说往来邓尉山中廿馀年,并因爱梅之故,与王半塘有西崦卜邻之约。他的看梅也与归玄恭一样,遍历诸山而一无遗漏的,但读他的八阕《卜算子》,可见一斑。其一云:"低唱暗香人,旧识凌波路。行尽江南梦里春,老兴天悭与。桥上弄珠来,烟水空寒处。万顷颇黎弄玉盘,月好无人赋。"这是为常年看梅旧泊地虎山桥而作。其二云:"瑶步起仙尘,钿额添宫样。一闭松风水月中,寂寞空山赏。 诗版旧题香,盛迹成追想。花下曾闻玉辇过,夜夜青禽唱。"这是为追忆玄墓山圣恩寺旧游而作。其三云:"数点岁寒心,百尺苍云覆。落尽高花有好枝,玉骨如诗瘦。 卧影近池看,露坐移尊就。竹外何人倚暮寒,香雪和衣透。"这是因司徒庙柏因社清奇古怪四古柏连想到庙中梅花而作。其四云:"枝亚野桥斜,香暗岩扉迥。瘦出花南几尺山,一坞苍苔静。 梦老石生芝,开眼皆奇景。大好青山玉树埋,明月前身影。"这是为青芝坞面西碛一小丘宜于看梅而作。其五云:"一棹过湖西,曾载双崦雪。踏叶寻花到几峰,古寺诗声彻。 林卧共僧吟,树老无花折。何必桃源别有春,心境成孤绝。"这是为安山东坳里古寺中寻古梅而作。其六云:"刻翠竹声寒,扫绿苔文细。四壁花藏一寺山,香国闲中味。 对镜两蛾颦,想像西施醉。欲唤鸱夷载拍浮,可解伤春意。"这是为常年看梅信宿蟠螭山而作。其七云:"云叠玉棱棱,琴筑流溅咽。漫把南枝赠北人，陇上伤今别。　　秀麓梦重寻，泉石空高洁。台上看谁卧雪来，独共寒香说。"这是为弹山石楼看梅兼以赠别知友而作。其八云："初月散林烟，近水明篱落。昨夜东风犯雪来，梦地春抛却。　　最负五湖心，不为风波恶。笑看青山也白头，一醉花应觉。"这是为冲雪泛舟，看梅于法华、渔洋两山邻近的白浮而作。原词每阕都有小注，十分隽永，为节约篇幅故，不录。但看每一阕中，都咏及梅花，而极其蕴藉之致，三复诵之，仿佛有幽香冷馥，拂拂透纸背出。

邓尉的梅花，大抵以结实的白梅为多，一称野梅，浅红色和绿萼的较少，透骨红已绝无而仅有。盆梅向来盛于潭东天井上一带，往年我曾两度前去，物色枯干虬枝的老梅，可是所得不多，苏州沦陷期间已先后病死，硕果仅存的只有一株浅红色的大劈梅，十年前曾在那老干的平面上刻了一首龚定盦的绝句："玉树坚牢不病身，耻为娇喘与轻颦。天花那用铃幡护，活色生香五百春。"这二十八字和题款，还是从有正本龚氏真迹上勾下来的。以这株老梅的本干看来，也许已有了五百年的高寿，而今冬已含蕊累累，胜于往年，开放时必有可观，真不愧是"玉树坚牢不病身"咧。如今花农因盆梅并无多大利益，多半已种田栽桑，岁朝清供，再也不能求之于邓尉的了。每年梅花盛开时，大抵总在农历惊蛰节以后，所以探梅必须及时，早去时梅犹含蕊，迟去时梅已谢落，最好山中有熟人，报道梅花消息，那么决不致虚此一行。

今春我因中国文化服务社吴县分社之邀,曾与各界名流同往探梅,有钱慕尹将军、立法委员吴闻天兄等一行五十馀人,共谋整理吴西风景区,而以邓尉探梅为吸引四方游客之计,我也被推为整理委员之一。鄙意以为第一要着,就得由公家在邓尉一带广种梅树,至少要在万株以上,梅为国花,应该有这般洋洋大观,一方面使"香雪海"不致虚有其名,而每年梅花时节,也自然宾至如归了。

(《旅行杂志》1948年第22卷第1期)

园居杂记(一)

"廿年涉世如鹏举,铩羽中天不便飞。平子工愁无可解,养鱼种竹自忘机。"

"虞初三百难为继,半世浮名顷刻花。插脚软红徒泄泄,不如归去乐桑麻。"

癸酉孟夏,予以虱处沪滨,备受刺激,悒悒致疾,遂引归吴趋故里,藉资息养。虽饥来驱我,月须赴沪四五度,而仍以家居之日为多。平日深居简出,读书写字外,第以莳花养鱼自遣而已。偶读宋人罗景纶氏《鹤林玉露》,中有一节云:"余家深山之中,每春夏之交,苍藓盈阶,落花满径,门无剥啄,松影参差,禽声上下。午睡初足,旋汲山泉,拾松枝,煮苦茗啜之。随意读《周易》、《国风》、《左氏传》、《离骚》、《太史公书》及陶杜诗、韩苏文数篇。从容步山径,抚松竹,与麛犊共偃息于长林丰草间,坐弄流泉,漱齿濯足。既归竹窗下,则山妻稚子,作笋蕨,供麦饭,欣然一饱。弄笔窗间,随大小作数十字,展所藏法帖、笔迹、画卷纵观之。兴到则吟小诗,或草《玉露》一两段。再烹苦茗一杯,出步溪边,解后园翁溪友,问桑麻,说秔稻,量晴较雨,探节敷时,相与剧谈一饷。归而倚杖柴门之下,则夕阳在山,紫绿万状,变幻顷刻,恍可人目。

牛背笛声，两两来归，而月印前溪矣。"此其所记，足见山间隐居之乐，若予则隐于市，不隐于山，以视罗氏，终觉相差一间耳。

园中有树二百馀株，春暮连枝接柯，众绿成幄，致可人意。晨起徐步绿阴中，衣襟似亦为之俱绿，诗人词客之所谓绿天者，仿佛似之。予因爱绿阴故，亦颇爱绿阴诗，如伍青望氏《绿阴》云："时有窥人双鸟下，忽闻隔水一蝉嘶。好风吹动参差影，半压疏篱半入池。"此诗所写，绝肖吾家弄月池畔情景。又史有光氏《绝句》云："窗外微云湿翠峦，熟梅天气雨漫漫。啼残好鸟不知处，门掩绿阴清昼寒。"杜隽氏《春游》云："岸曲莺声特地寻，麹尘低掩画廊深。卖花门巷临春水，二月家家有绿阴。"杨柱氏《溪上吟》云："兰舟乘风何处棹，杨柳渡头日返照，汩汩春流水一湾，绿阴深处童子钓。"断句如韦应物氏之"绿阴生昼静，孤花表春馀"；吴文溥氏之"春二月时红雨过，秋千院里绿阴多"；翁照氏之"夹岸绿阴垂柳渡，满篷红雨落花天"；吴宁氏之"傍楼画舫歌红豆，负郭渔家钓绿阴"。词中佳句，如无名氏之"桃花醉，梨花泪，终成空。断送一年春在绿阴中"；项廷纪氏之"清明过了，花朝过了，宿酒频中。几日小屏闲睡，绿阴更比愁浓"；谢章铤氏之"风渐暖。花下春忙人懒。无数绿阴吹欲满。流莺浑不管"。写暮春风物如画，可于绿阴罨画中盥薇读之。

入春以后，吾园红绿白梅花、紫罗兰花、迎春花、水仙花、兰花先开,继之以樱桃花、茶花、杏花、玉兰花、樱花,而桃花、李花、海棠花亦不甘示弱,烂然争放。桃李花未谢,碧桃花、杜鹃花、丁香花、绣球花与紫荆花复随之盛开。一时烂熳如锦绣谷,正春光大好时也。过此则紫藤花放于架上,月季花发于阶下,牡丹花、芍药花开于坛中,屋角篱边,复见玫瑰花、木香花、红蔷薇花、白蔷薇花、黄蔷薇花、十姊妹花争妍斗艳,对人作巧笑,于是绿叶成荫,而花事阑矣。予日处万花丛中,辄杜门不思出,丁叔雅诗所谓"不信吾庐在人境,万花如海闭门居"者,窃敢以此自负也。去岁避兵皖黟时,苦念故园花木不已,尝有一诗寄怀云:"吴中小筑紫兰秋,作客他乡岁月流。瞥眼春来花似海,魂牵梦役到苏州。"惜花心重,于此可见已。

"松关绝顶构精蓝,迤逦银屏杳霭山。啼煞杜鹃春不管,漫山开遍紫罗兰。"此老友陈小蝶赠画所题一绝句也,平日最爱诵之。惜买山归隐,宿愿难偿,脱能如画中所写,构精舍一椽于松关绝顶,漫山遍植紫兰,蔚为大观,宁非至善?不得已而思其次,则惟有植之园囿使遍而已。紫罗兰,英名Violet,原产北欧,叶圆,茎细,春秋两季开紫色小花,花萼外突,如小香囊。花初放时,作妙香,为西方化妆品中重要香料,凡制香皂、香粉、香水等,多取给焉。考希腊神话:"大神爱波罗,昵仙童海沁瑟士,琼宫珠阙中,未尝一日相离也。有司西风之神石夫勒斯者妒之。一日,爱与海方作投环之戏,石吹其环,中海胸,立死。爱大恸,呕血,血中有花灿发,作紫色,花瓣上隐隐有字,曰Ai,则悲叹声也。厥后此花散遍人间,即紫罗兰云。"又一说:"紫罗兰为女神葳娜丝(Venus,司美与爱者)眼泪所化,葳有夫远行,相与把别,泪珠入地,忽生萌蘖,入春花发,则紫罗兰也。"此说绝哀艳,大可入诗。西土之诗人文士,固有讴歌紫罗兰者,莎士比亚戏曲中,道及十八次,称之为至情之花;而尤著者,则为德国大诗人歌德氏(J.Goethe)之《紫罗兰诗》(*Das Veilchen*),与英国大文豪史各德氏(W.Scott)因失恋而作之《紫罗兰曲》(*The Violet*),娟娟此花,为之生色不少。予生平笃爱紫罗兰,二十年如一日,诗人秦伯未兄赠诗,有"一生低首紫罗兰"句,可谓一语道着,深获我心。予因赋三绝以示之云:"幽葩叶底常遮掩,不逞芳姿俗眼看。我爱此花最孤洁,一生低首紫罗兰。""开残篱菊秋将老,独殿群芳不畏寒。我爱此花能耐冷,一生低首紫罗兰。""艳阳三月齐舒蕊,吐馥含芬却胜檀。我爱此花香静远,一生低首紫罗兰。"昔予寓沪时,尝屡事栽植,顾终含苞不花,引为遗憾。不意返苏相宅,适得此花,洵与予大有缘法。初仅寥寥数丛,种于一素心蜡梅之下,几为旧居停掘取以去,临时亟为截留,移植于庭前一石花坛中,年来欣欣向荣,随处分植,几于遍地皆是。每年三月、十月,两度著花,妙香馣馣,随好风微度,予辄痴坐石花坛畔,细领色香,恋恋不忍去,真觉踌躇满志,快意平生矣。丙子暮春,复于园之北部,叠湖石为台,集黄山谷字勒之石,曰紫兰台,遍植紫罗兰于其上,尝有一绝句云:"故园春似画屏开,每到花时酌绿醅。不羡玉堂金马贵,自甘归卧紫兰台。"可以见吾志矣。

两年来饱经丧乱,郁伊寡欢,恒以吟咏自遣,而每一摇笔,辄及紫兰,如《伤风》云:"滔滔浊世薰莸杂,触臭无须辟秽方。一自紫兰花尽落,未妨掩鼻不闻香。"《杂忆》云:"娟娟一圃紫罗兰,神女当年血泪斑。(希腊神话,此花为女神葳娜丝思夫血泪所化。)百卉凋零霜雪里,好花偏自耐孤寒。"春初返里,见故园紫兰盛开,诗以宠之云:"荆棘丛丛行路难,归来喜看百花攒。琴书零落无须惜,瑰宝依然有紫兰。""燕子衣单寒意添,风风雨雨拗春天。紫兰耐冷齐舒蕊,为要留香不卷帘。"(盆盎中紫罗兰亦盛放,陈之梅屋中,一室皆香。)小词如《如梦令》云:"一阵紫兰香过。似出伊人襟左。恐被蝶儿知,不许春风远播。无那。无那。兜入罗衾同卧。"《一痕沙》云:"簇簇万花如海。日日常留春在。香满紫兰台。待卿来。 花落花开依旧。愿为玉人厮守。不见七香车。一长嗟。"《散馀霞》云:"紫兰香径行行止。奈积忧如水。花下几度裴回,苦情丝难理。 灯边写愁盈纸。吊病蚕痴死。没法安顿相思,化相思豆子。"《春日忆故园·转应曲》云:"难耐。难耐。泼眼春光如缋。万花婀娜争开。付与贪蜂去来。来去。来去。魂绕紫兰香处。"《紫兰宫·明月斜》云:"紫兰宫,梦中见。香雾霏微月色濛,偷看玉女似花面。""紫兰宫,接天路。王子登来御玉骢,银河把臂话心素。""紫兰宫,白云绕。容我安眠玉阙中,仙骸不受俗尘扰。"

吴兴王均卿前辈,筑庐北寺塔畔,塔影岿然,在指顾间,有高台一,可见虎阜眉黛,凭阑远眺,心目为豁。某日以书抵予,问何日在茗馆俾相约一谈,并索紫罗兰,有"从来赠花如赠妾"语,剧有风趣。予复以寸笺云:"损书敬承。晚与小青均无啜茗之习,故足迹鲜及茗馆。丈如有兴,曷惠临敝庐小坐?虽寒梅渐次萎谢,而馀香奄葼,尚可于花间作片刻留也。奉呈紫兰四丛,新出于土,希即植之尊圃,斯花极易发越,明年今日,当灿然可观矣。附上金鱼十尾,六红四紫,盖取嫣红姹紫之意,窃愿春光大好,长驻君家也。"予以紫罗兰赠人,自均丈始,可资纪念,故存之。今均丈墓草已宿,不知紫罗兰无恙否?"

(《健康家庭》1939年第4期)

园居杂记(二)

丁丑冬,予以避兵远走皖黟,回首故园,暌隔千馀里外,夜寐凤兴,相思如结,幸箧中携有摄影数帧,时一出视,聊以自慰。黟友见之,纷纷传观,予则口讲指画,为之说明,并填小词数阕示之,调寄《太平时》,作别裁体云:

"万绿丛中粉壁遮。是吾家。玉梅香送影横斜。自清嘉。　娇鸟鸣春蜂报衙。镇喧哗。篱边灼灼散朱霞。海棠花。"（其一）

"串串藤花挂一棚。紫云横。锦鳞来往戏银泓。似霞明。　桃杏争开辉绛英。映帘旌。绿阴深处莫鸣筝。且听莺。"（其二）

"带露玫瑰腻粉融，想娇容。杜鹃啼处杜鹃红，舞春风。　芳草铺茵似绿毼，碧茸茸。万花焰夜月溶溶。喜相从。"（其三）

"一圃猗猗竹百竿。碧琅玕。竹边堆石作层峦。听鸣湍。　松柏长春攒绿团。老龙蟠。幽芬最爱紫罗兰。胜沈檀。"（其四）

"曲径弯环簇柳枝。绿差差。白莲香发满清池。看仙姿。　偎石眠莎倾酒卮。赏花时。家人目笑唤花痴。漫应之。"（其五）

"菊有黄华挺晚芳。傲秋霜。愿邀彭泽共琴堂。泛壶觞。　临水芙蓉浓淡妆。想衣裳。一年常自为花忙。谢东皇。"（其六）

信手拈来，无当大雅，自怀鸠拙，未能秉生花之笔，状物写生，令故园花木生色也。

爱莲堂外之左偏，有隙地一弓，植天竹、蜡梅，围以书带草。岁时伏腊，蜡梅发花，天竹生子，鹅黄与猩红相映，藉为寒天点缀，不啻一大幅《岁朝清供图》也。二者栽植已久，殆均在十馀年外。天竹年有苗生，多至数十枝，高逾人首，入冬结子累累，如珊瑚之珠，惜园中鸟多，时来啄食，虽护以灯笼，仍不能保其完璧，为憾事耳。蜡梅一根而三干，高与檐齐，厥状如龙拏虎攫，别饶姿媚，花时烂开百千朵，花皆磬口而素心，色香兼妙，灿然如黄玉盈堆，浮香直入凤来仪室，熏人欲醉。蜡梅盆栽古木绝少，予于前岁得三本，花皆素心，两作半悬崖形，一则枯干半欹，一枝挺出而斜下，植之紫泥旧方盆中，古拙可喜，见者谓颇肖金冬心所绘老梅也。予最宝此本，尝宠之以诗云："蜡梅老树长双尺，斜下一枝力自强。纵有冬心橡样笔，能描花骨不描香。"

昔人咏蜡梅诗，自以宋代范石湖之"金雀钗头金蛱蝶，春风传得旧宫妆"，与元代耶律楚材之"枝横碧玉天然瘦，蕾破黄金分外香"，为最隽而最切。清代韩子苍氏有《蜡梅》一绝云："路入君家百步香，隔帘初试汉宫妆。只疑梦到昭阳殿，一簇轻红簇淡黄。"亦殊典丽可诵。天虚我生丈诗集中有七绝二首，俱及蜡梅，如《有怀》云："客窗扶醉梦还家，镜阁灯昏障薄纱。知道画眉人去久，胆瓶憔悴蜡梅花。"《无题》云："约梦相寻路每差，盲风吹落别人家。夜来想见红窗外，一树蜡梅都著花。"此中有人，呼之欲出，盖皆少时风怀之作也。

出爱莲堂，下吟凤廊，前趋十数武，有浅草之坪，春来蔚然一碧，如铺绿绒罽，致可人意。顾儿辈好为球戏，日事践踏，草多枯死，甲戌之秋，因重铺之，渐复旧观。画其北端一区，作梭子形，缭以青砖，壅以山土，供栽植牡丹之用。环坪皆树，除唐枫、春红枫三株外，得花树一十二株，春有海棠、玉兰、紫荆、碧桃，夏有红薇、白薇，秋有金桂、银桂，冬有红梅、白梅，四时花发甚繁，烂然如活绣，因锡以嘉名曰花院。风晨月夕，予辄徘徊其间，或小坐枫下，听鸟语看花笑以为乐。三五月明之夜，月影弄花，花影泻地，则尤飘飘欲仙矣。

老友但子杜宇，得捷克名雕刻家高祺氏女神捧花之像，像以水泥制，高丈馀，重五六百斤，竟体皆裸，骨肉停匀，得健美之致，尝数度摄入其所制影片中，用资点缀。辛未秋，但子举以见贻，予即倩海上俄罗斯技师傅以紫铜，三月而成，买舟运苏，立之花院左隅，俾以司花院之花，因戏称之为花神。其下承以花坛，作八角形，环植红白月季，春间群花密攒，灿如张锦，其右碧桃一树，红若火齐，似亦故为艳妆，以贡媚于此花神者。去春寓黔，时以故园花木安否为念，因赋一绝云："家亡国破花无色，泪眼看花不似春。归去花如依旧好，瓣香日日拜花神。"

粤中诗人黎二樵氏，有句云："世人望我，我方闭门，薜萝幽深，外有白云。"人能处此境地，奚啻神仙中人？前数年，予以寓苏之日为多，时复杜门不出，闲居习静，绰有"薜萝幽深，外有白云"之致。顾饥来驱我，辟谷无方，终不免作出岫云耳。

清代词人邹衹谟氏，字訏士，号程村，武进人，有《丽农词》之作，予最爱其《村居·风流子》，云："村居三亩地，东风暖、无数暗阴遮。见绿草方塘，些些睡鸭。白杨废圃，点点归鸦。况墙外、老藤方挂树，苦笋正抽芽。宜夏宜冬，几间茅屋。半村半郭，一带人家。　　主人个无事，正甆瓯酌酒，瓦铫煎茶。更课樵青数辈，自捕鱼虾。看拍手群儿，争驱黄犊，垂鬟小女，自插红花。只此闲中日月，暗度年华。"词中所咏，颇类吾园居情景，所不同者，老藤苦笋，均在墙内而不在墙外，且笋亦不苦而甘，足快朵颐。惟课樵青而捕鱼虾，殊病未能耳。予尝有《幽居》二绝，步苏东坡《南堂》诗原韵，可补此词之不足，其一云："枕石临流一晌眠，绿阴如梦柳如烟。蝉声却共茶铛沸，茉莉香浓月挂天。"其二云："灭烛垂帘枕手眠，秋心如水梦如烟。何当幻作庄生蝶，物外逍遥别有天。"嗟夫！今予局处海澨，欲归不得，追溯"枕石临流一晌眠"之乐，恍如隔世矣。

清代汤雨生将军，工书善画，以儒将名，尝自书一联云："平生独以文字乐，此日翛然水竹居。"予爱其语，而未由得其真迹。一日买书商务印书馆，见一影印之本，大喜过望，因购取以归，令匠人斫银杏木，制为硬联，悬之吟风廊下。客有见之者，谓予用之甚当，不啻夫子自道也。园中所有匾额及摩崖，如"紫兰小筑"、"凤来仪室"、"紫罗兰盦"、"且住"、"鱼乐国"、"梅屋"、"荷轩"、"亭亭"、"梅丘"、"紫兰台"等，均集黄山谷字为之，神韵宛然，遒逸可喜，盖予于黄字，有特嗜焉。前数年尝购得黄氏书帖多种，悉付精装，视若拱璧，且发宏愿，日必于莳花之暇，从事临池，顾以无恒心故，时作时辍，卒未有所成，为呼负负不置。

予喜作老圃，居恒以郭橐驼自命，而于盆栽尤所笃嗜。年来所置古盆，凡数十事，中如明末萧韶明氏之紫泥桂点长方形盆，褐公氏之白泥腰圆形盆，清代杨彭年氏之紫泥竹根形盆，暨白泥六角形盆，陈文卿氏之紫泥桂点长方形小盆，皆极古色古香之致，尤物也。其他虽无钤章，亦多旧物，或大逾一盂一钵，或小于一拳一掌，杂植花草或小型古木于其中，罗列吟风廊下，仿佛举行一盆栽展览会也。此类盆栽，四时不断，有花者，有不花者，而以古木为尚。入盆之际，躬自剪栽，一一整其枝条，务求入画。历年所得，无虑数百事，更替罗列，以资观赏。夜则悉以移置庭前，俾吸夜露，晨复返诸廊下，予每躬自为之，不假手于花丁。予妇凤君，见予之晨夕栗六也，则斥花丁之懒，而哂予之不惮烦。予笑曰："昔陶侃运甓，所以习劳，予也不敏，窃愿师法。矧四肢俱动，如作瑞典式柔软体操，可以强筋骨，长臂力，予又何乐而不为哉？"因栗六如故。一年来作客海上，无复园居之乐，而结习难忘，仍日以盆栽为伍，信有一日不可无此君之概。尝有一绝云："稚松文竹参差列，结习难忘意自闲。悄立危楼成独笑，门无冠盖即深山。"予有盆栽作胜友，于意已足，固不必冠盖盈门也。

园中多树,故鸟亦特多,啁啾之声,终日不绝。竹林中巢鸟尤夥,如百舌、画眉、黄鹂、白头翁、啄木鸟等,无所不有。春朝群鸟争鸣,令人有"春眠不觉晓,处处闻啼鸟"之感,春来竟日闻鸟声,吾园乃不啻一大鸟笼矣。去春侨居古黟南屏山下,春晓听鸟鸣,不期念及故园鸟声之美,一时怅触于怀,因填《献衷心》一阕寄慨云:"早蓬蓬客梦,宿鸟先醒。迎晓日,噪新晴。听啁啾小语,一一分明。是鸦啼,和鹊叫,杂鸠鸣。他呖呖,我嘤嘤。可怜终异故乡声。愿迅归兰圃,乐事重赓。调青雀,看紫燕,打黄莺。"

就竹林中除稚竹数枝,作盆供,位之窗间,晴日写竹影,摇入疏帘,娟娟如静女,令人胸次洒然,不复作食肉想。因忆清代吴中老诗人潘云亭氏有《漫兴》一绝云:"窗外清风来,岭上白云宿。翠影入疏帘,萧萧数竿竹。"此境仿佛似之,惜所居近市,不获见山岭耳。

(《健康家庭》1939年第5期)

园居杂记(三)

"数株映雪影横斜,衬出嫣红绿叶遮。画谱翻新删旧稿,岁寒图里写桃花。"此清代女诗人沈珂氏咏雪里桃花也。予初以为桃花开时,必在春风骀荡之候,安得有雪?殆诗人生花之笔,翻新花样,藉为桃花点染耳。甲戌春百花生日后二日,予方家居读书,晨起忽见微雪,薄暮天益寒,雪亦渐肥,亘一小时未已。时园中夭桃九树,花蕊已绽,百花坡畔奉化玉露桃一株,且放数花,如染闺人口脂,与雪花相为妩媚。于是诗人笔下之雪里桃花,予乃亲见之矣。

吾吴天平山以红叶著,枫柏多奇古,有巨数抱者,秋深经霜以后,满山红映,如张锦幄,昔人所谓"霜叶红于二月花"者,洵不我欺。吾园亦有枫树六株,有唐枫、春红枫之别,叶有五出者,有七出者,以七出者为上。菊花既败,枫即渐渐而红,中一株最巨,作圆形,亭亭似张盖,秋愈深而叶愈美,逾月始落,铺地如落红,疑是暮春三月也。因忆清嘉庆时,有崔瘦生者,作红叶词,调寄《如梦令》云:"为爱吴江晚景。渡口斜阳相映。点水似桃花,无数游鱼错认。风定。风定。一样落红堆径。"写红叶之美,历历如绘。名诗人洪北江氏最激赏之,称为崔红叶云。

小儿女辈雅爱枫叶,尝撷其完好者,夹之书中,别集其他缘墙草之红叶,得数十种,并列其间,翌年取视,鲜艳如故,较之荷瓣夹书,尤胜一筹。

且住轩南窗外有棕榈四,鱼乐国东窗外亦有三株,予以其过挤,去其一,今乃共存六株,年事均在十年以上,高可二丈,岿立如伟丈夫,叶叶似掌,终岁作翠绿色,开淡黄小花,攒簇成团,园林中绝妙点缀品也。清代有神童吴应保者,为孝丰吴竹巢进士子，当四五岁时，有父执知其能诗，即以庭前棕榈树试之，应保立曰："棕榈树，如狒狒。发之长，垂于地。"设想新奇，要言不繁，洵天才也。

某岁春，江湾小观园招宴，为赏花之会。有一种花，状如兔耳，俗称兔子花，有白色者，有深红色者，有浅红色者，花开后，历时颇久，花枝偶或微垂，溉以水，即挺立如前。是花源出德意志，厥名"西克来蒙"（Cyclamen），小观园主人以"兔子花"三字太俗，欲别易一名，予漫应曰："曷不以'仙客来'名之？似与原名为近，而以仙客称斯花，花亦当之无愧也。"主人以为善，名遂定。予既卜居吴中，以莳花为乐，因广罗名花种子，随时试植，邮购"仙客来"子于英伦三岛，月馀始至，寥寥仅五六颗，值银一圆半，播之苗床，久无所得。我期仙客之来，而仙客卒不来，亦杀风景事也。

海昌管庭芬氏，弱冠能诗，《立夏日散步口占》云："夕阳一抹挂林微，到处村庄掩竹扉。浓绿滴衣禽唤客，桑阴闲煞野蔷薇。"写村野春景甚美。予家屋后多桑，桑阴亦多野蔷薇，阳春三月，花开如雪，厥香绝冽。花丁知予爱此花，为锄取数枝归，植其三于鱼乐国墙外，又于百花坡下及石花坛中各植一巨株，越年而枝叶大盛，花开时，殊有奇香砭骨之致。花似蔷薇而小，皆单瓣，作白色，未谢时，即撷取之，以焙茶叶，兼以酿酒，亦俊物也。

癸酉春，忽发豢鸟之兴，花丁伐刺杉木多株，为建巨笼于竹林前之草坪上，网以铅丝之网。笼前有橘树、橙树，笼后及左右则植红蔷薇与白蔷薇花，以资点缀。笼中植冬青一株，伴以青石，用为群鸟栖息之所。部署既毕，自海上邑庙之鸟肆中市鸟三十馀头归，计有海南（鹦鹉之一种）、娇凤、芙蓉、相思、沈香等若干种。讵蓄之期月，或死或逃，似皆不愿帖然以听予之幽囚者，可见鸟虽小，亦知步武甘地，作非武力之抵抗也。予气沮之馀，亟取其孑遗出，一一纳以小笼，后则止存芙蓉一对，绿娇凤及黄娇凤各一，白蜡子一头而已。

予家终年不沽酒，酒俱以花制，如野蔷薇、代代、木樨、茉莉、玫瑰，均于花时撷以制酒，弥复芳冽，而以红玫瑰为尤美，春秋佳日，有嘉宾来，出以饷之，佥称其色香味并臻上上乘也。忆清代诗人曹古香氏，有《红酒歌》，大可借以宠吾玫瑰酒焉。歌云："瑶池踏翻王母觞，青天飞落九霞光。谪去人间作酒仙，罚令主掌桃花泉。桃花泉水流涓涓，桃花为酿醴且鲜。小槽溢出骅骝汗，阔瓮垂落樱桃涎。琥珀盏，珊瑚盘，一饮使我变白发，再饮使我返童颜。三饮颓然露赤髑，醍醐灌脑火生莲。扶桑温温开晓旭，海底骊龙珠昼眠。梦破软红虚世界，酣来便是大还丹。"

吾园有碧桃四树，高可三丈，其三作深绛之色，一则红白相间（俗称洒金），年事均在十年以上，暮春开花，入夏亦能结实，予尝撷其熟者啖之，味甘而微苦，亦尤柑类中之有苦柑也。厥花皆重瓣，硕大逾恒，盛开时，满树皆花，烂然如赤城霞,奇丽无匹。吾友小青,最为激赏,谓近赏固美,而遥观尤妙,就园外数百武外观之,但见万绿中红云一片而已。迨落花时节,狼藉满地,似铺红氍毹,履之良软,真如在氍毹上行也。予襄纂《百花集》,尝得昔贤七绝数首,均及碧桃,如刘晨《降乩》诗云:"茅茨零乱两三家,挑菜归来日已斜。洗脚前溪春水活,鬓边脱下碧桃花。"太清春《题画》云:"风前玉蕊濛濛写,天际浮云澹澹遮。小鸟枝头相睡稳,月明初上碧桃花。"袁枚《渔翁》云:"渔翁底事不归家,细雨濛濛立浅沙。生怕鱼竿惊不动,蓑衣吹满碧桃花。"费丹旭《东郊》云:"黄茅低盖两三家,白水塘坳一径斜。隐约疏篱红数点,雨馀开剩碧桃花。"又宋代词人王圣与氏有《露华》一词咏碧桃云:"绀葩乍坼。笑烂熳娇红,不是春色。换了素装,重把青螺轻拂。旧歌共渡烟江,却占玉奴标格。风霜峭,瑶台种时,付于仙骨。　　闲门昼掩凄恻。似淡月梨花,重化清魄。尚带唾痕香凝,怎忍攀摘。嫩绿渐暖溪阴,蔌蔌粉云飞出。芳艳冷,刘郎未应认得。"

张雨《湖州竹枝词》云:"临湖门外是侬家,郎若闲时来吃茶。黄土筑墙茅盖屋,门前一树紫荆花。"紫荆属落叶乔木类,一树歧出数干,春三四月间开紫红色小花,簇生于树干树枝之上,花心作黄色,而无花梗,花既谢落,叶始繁生,作心形,甚巨。此花在众香国中,可谓别开生面者。吾家亦有一树,挺生六巨干,甲戌春死其一,今花丁芟去之,而根尚活,截其尺许作盆栽，复取其细枝植之蔬圃中，未几，竟皆敷荣，于是一举而得四盆景，心窃喜之。紫荆桩尤可爱玩，予先后得二桩，一桩干巨而枯，厥状如小山阜，春来繁花簇簇，弥足惬我幽赏也；别一桩，高三尺许，袅娜有致，著花作白色，当为紫荆异种，闻老圃言，来自皖中，非三吴所有云。

予爱花如命，自幼已然，中怀抑塞时，恒借花以忘忧。每见花落，则凄然心动，往往掇拾其成朵者，贮以浅盎，注以清水，俾延其残生；其有不成朵者，则扫其残瓣，盛以竹筥，曝日中令干。一春所得最多，如梅、杏、桃、李、樱、碧桃、玉兰、紫藤、杜鹃、蔷薇、月季、海棠、绣球等，益以草花种种，悉曝而干之，倩闺人实之枕中，作百花枕焉。秋，菊始华，花丁固善艺菊，年必分植三四百盆，花谢，则亦集其残瓣，作菊花之枕，枕之入眠，云有清脑明目之功。

予因惜落花故，遂亦爱落花诗，得佳什，辄录存之，惜花心事，愿与诗人共之也。如张泌云："别梦依依到谢家，小廊回合曲阑斜。多情只有春庭月，犹为离人照落花。"张鉴云："安乐堂深断绣车，阑干十二曲廊斜。水晶弹子双双打，飞起黄莺踏落花。"赵棻云："才脱春衫换夹纱，东皇何事便思家。杜鹃声里斜阳暮，深闭幽窗避落花。"袁枚云："东海尘扬阿母家，年来勾漏少丹砂。有人手执青鸾尾，独立蓬山扫落花。"司空图云："故国春归未有涯，小栏高槛别人家。五更惆怅回孤枕，犹自残灯照落花。"袁机云："欲卷湘帘问岁华，不知春在几人家。一双燕子殷勤甚,衔到窗前尽落花。"何士颙云:"树底樽开笑语哗,残红几片点流霞。要留春在心头过,一口和香吸落花。"杨圻云:"金屋无人燕子斜,井阑重过薛涛家。艳阳如此闲庭院,付与春深闭落花。"陈蘧云:"山色空濛细雨斜,美人春睡隔轻纱。不知何处栽桃树,流出青溪带落花。"予亦有小令《赤枣子》一阕云:"星烂烂,月濛濛。冷照愁人小苑东。苦苦留春春欲去,独挥清泪吊残红。"盖深慨于春老花谢,盛年不再,不自觉其中心之凄惋也。

(《健康家庭》1939年第6期)

园居杂记(四)

予于花最爱紫色,舍紫罗兰外,如紫藤、紫薇、紫牡丹、紫丁香等,均所爱好。紫为青赤相间之色,表示高贵。吾国古有金紫光禄大夫,可用金印紫绶。西方则教皇每御紫色绒袍,紫宝石约指,其高贵可想。予尝有《虞美人》一阕,咏园中紫色花云:"生来酷爱花儿紫。看作良家子。最难忘是紫薇花。更有紫藤艳似紫云霞。 琼英玉蕊多娇姹。珍重千金价。关心最是牡丹栏。最是牡丹栏畔紫罗兰。"

予之爱紫藤,仅亚于紫罗兰。吾园有紫藤两棚,一在乐笑轩西窗外,夏日可蔽骄阳,仿佛一油碧之幄;别一棚则在鱼乐国前,布阴绝广,四隅各植一株,均十馀年物,干各粗于人臂。旧居停因陋就简,支以木架,后以年久失修,某岁为狂飙所摧,尽委于地,以十馀人之力,始牵曳以起,为一劳永逸计,即以水泥为棚,迄于今亦六七年矣。春暮发花,或单瓣,或重瓣,或浅紫,或深紫,紫云串串,如珠缨宝络,绝可人怜。四株均盛花,无虑数十百穗,予复伐刺杉作曲廊,直达鱼乐国门前,不一年,藤即满络其上,更一年,则树梢屋顶亦满,每年花时,烂烂漫漫,宛然一紫雪楼台也。别有盆栽老藤多本,姿态古媚,供之净几明窗,尤饶丽致,尝宠以诗云:"繁条交纠如相搏,屈曲蛇蟠擘不开。最是阳春明月夜,花光一片紫云堆。"昔人诗词中,咏及紫藤者亦夥,最录所见如下:"深闺千金女,何繇书到侬。紫藤高百尺,花在涧水中。"(吴骐《无题》)"名园迤逦开,山馆玲珑起。何处妙香多,一树藤花紫。"(邱炜萲《邱园八咏》)"乌云初绾一盘鸦,秋水斜明几缕霞。刚摘紫零星半串,髻根亲为缀藤花。"(黄任《戏作》)"紫藤香艳蕙兰清,一样芳馨两样分。却怨水流焚不得,罗衣欲换倩花熏。"(袁绶《偶成》)"一溪深锁绿烟斜,两岸浓阴护落霞。未识中通何处路,隔桥流出紫藤花。"(袁树《小溪》)"绿蔓秋阴紫袖低,客来留坐小堂西。醉中掩瑟无人会,家近江南罨画溪。"(许浑《紫藤》)"一棚千穗缀繁香,蔓引阑干叶接墙。谁散徐霞天尺五,紫丝步障紫云娘。"(黄任《紫藤》)"内家结束庄严相。不是慵来样。水晶帘卷半闲时。正好炷香亲校晚唐诗。

鸳缄忽接郎边信。为道欢期准。寄声青翰早飞回。约共紫藤花下送春归。"(顾贞观《虞美人》)陈栩园丈词集中亦有《喝火令》一阕云:"麝脑销金鼎,蛛丝罥玉钗。小鬟楼上拥双丫。独向水晶屏背弄琵琶。　　修竹千竿直,垂杨万缕斜。画帘和雨织轻纱,纱外一重窗子,窗外紫藤花。花外一双飞燕,飞向别人家。"紫藤之见于笔记杂纂中者,如明季张大复氏《梅花草堂集》云:"藤花腻紫而清芬,蟉屈善丽,其状为攫为挐,为窜为偃,为盖为凳,因高为幢,遇俯为虬饮,蔓野骈罗,所在都有。李云杜言,金陵刘村有雪坡墓,其地忽产藤,紫色而枝相纠,荫广亩许,子孙岁时展墓,不知所在,望藤罗拜而已。"清高士奇氏《北墅抱瓮录》云:"紫藤缘木而生,久之条蔓纠结,与树连理,屈曲蜿蜒之状,不异蛟龙出没。二月花发成穗,色紫而艳,披垂摇曳,一望煜然。采供盘飧,更属佳品。"高氏谓二月花发成穗,似乎过早,若吾园紫藤,则恒以农历五月初始花,天时地利,今昔不同欤?至以紫藤供盘飧,予亦尝数数为之,花时撷其数穗,敷以面浆,入油略炸,即可供食,殊有嚼蕊吹香之妙。藤花亦有不紫而白者,曰银藤,吾家大门之次,植有一株,纠结满檐,著花累累然,诗词中所谓花檐,差堪当之无愧矣。又尝从邓尉山中,得一银藤盆栽,绝巨,作半悬崖状,每年著花亦繁,花光煜煜,一白如雪,亦佳品也。

年来爱古物,浸成癖好,又以爱花之故,凡栽花之盆盎,浇花之器皿,亦无不以古物为尚,惜不可多得耳。昔人于浇花之器,简称花浇。尝得一明代陶质花浇,有柄,厥嘴微扁,适可注水,体较酒壶略大,故容水不多,以浇小盆栽,可供十馀盆之需。又得一清代瓷质花浇,粉彩绝美,一面为绿梅孔雀,一面为红梅孔雀,工致可喜,有盖,上有浮雕之折枝绛桃一颗,并绿叶二片,揭盖时即持此桃实,良便;一端有柄,一端则为扁形之嘴,其内部近嘴处,隔以瓷片,凿小孔数十,水由孔中过,而由嘴出,水中如有杂物,为瓷片所阻,不能外流,俾水仍得保其澄清,亦巧制也。惟喷水之器,未见古制,仍不得不乞灵于新型之洋铁喷壶,为憾事耳。浇花喷花,皆为爱花者之日常雅课,顾昔人诗词中,未有咏及之者。近读清咸丰时吾吴词人潘麟生氏之《香禅精舍集》,得《花心动》一阕,咏花喷,大喜过望,录之,亦花间雅故也。词云:"三径斜阳困,炎歊秋容,几枝愁损。捧出哨壶,忙课园丁,满注井华馀润。峡流翻入天瓢泻,早醉态醒然一喷。转愁那啼妆,日夕粉销香褪。莫是秋霖信准。倘覆手、能为晚来成阵。凉警暗虫,避向墙阴,添染几分苔晕。乍听错落珍珠滴,误认作、小槽芳酝。渐声歇。栏边又啼瘦蜺。"旋读祥符周稺圭氏《金梁梦月词》,又得《玲珑玉》一阕,咏瓦喷壶,可谓二难并矣。词云:"清暑帘阴,晚风送、枕簟潇潇。陶家制出,买春不是诗巢。几阵阶前递响,早千丝玉溅,一白珠跳。凉宵。还相催、金井桔槔。未拟官哥样好,但瓶长较颈,鼓细量腰。贮腹泉甘,尚亏他、浅润堂坳。壶公仙踪曾托,更休把、冰清心迹,瓦合轻嘲。雨来也,扫烦襟、如意漫敲。"

十姊妹属蔷薇类,枝叶俱类蔷薇,花视蔷薇为小,一簇生数朵,有单瓣者,有重瓣者,色泽绝鲜艳。吾家墙边篱角,栽植綦夥,有红色、白色及浅红色三种,盛开四月间,烂熳可爱,仿佛兰姊琼姨,竞斗新妆焉。清人吴蓉斋氏,尝有诗咏之云:"袅袅亭亭倚粉墙,花花叶叶映斜阳。谁家姊妹天生就,嫁得东风一样妆。"又明人张大复氏小品文,有一则云:"十姊妹,花之小品,而貌特媚,嫣红古白,袅袅欲笑,如双环邂逅,娇痴篱落间,故是蔷薇别种。伯宗云'折取柔枝,插梅雨中,一岁便可敷花。'故知其性流艳,不必及瓜时发也。"甲戌春,予于申庄前一花圃中,得十姊妹桩一,枯本黝黑如块石,新枝旁出,叶繁密,结为一片,状若绿羽之扇,著花作浅红色,得数十朵,皆重瓣,姿致绝妙,爱玩十馀日,如对娟娟好女儿也。

百舌为鸣禽之一,喙锐而体黑,属伯劳类,而较伯劳为小。清代词人陈见珑氏有《调笑令·春闺》云:"百舌。百舌。飞上花梢啼急。一声声似多情。搅得鸳衾梦惊。惊梦。惊梦。鸟也把人调弄。"又沈时栋氏有《深闺闻百舌》,调《隔帘听》云:"唤起羞蛾频簇,春睡偏教醒。如啼似诉还详听。却懊恼东风,落红无定。花短命(桃为短命花)。伴妆台、断魂零影。秦箫应。　神游仙岭。倚玉兼葭并。惊心残梦纱窗冷。春光何处,欲留难倩。声何侫。嘱伊絮郎须罄。"吾园一高梧上,向有一鹊巢,去秋鹊率其雏他去,巢遂中空。入春忽来一百舌,巢其中,予清晓梦回,鸣声到枕,圆润如珠走玉盘,历一时许始去,薄暮,鸟复归,百啭夕阳中,与远寺晚钟声相应和。予每跂足吟风廊下,听之忘倦,如赴时流音乐会也。

吾园蔷薇最盛,四五月间,烂然如花海,紫罗兰盦壁上,有红白黄三种,初植时,各三四尺许,而两载以后,接柯连枝,已高于檐齐,暮春花发,奇丽不可方物。其白色者,有妙香,俗称香水花,花心晕为微红,淡至欲无,如美人素靥,不施脂粉,得天然之美。其旁为红蔷薇一株,花作深绛色,则如美人艳妆,搔首弄姿,与白蔷薇相映,殊有"娇滴滴越显红白"之妙。惜易开易谢,不句日而落红满地矣。与红蔷薇相毗接者,则有黄蔷薇一丛,占地尤广,络三壁都满,窗为之蔽,著花最迟,为众芳殿,香甚洌,略如野蔷薇,而娇艳过之。花时累累数百朵,招展风日中,政如美人列队,著嫩黄衫子,自饶逸韵也。斯花闻系西种,非吴中所有,予盖得之海上西花肆者。黄梅时节,令花丁扦插十馀盆,皆活,亦一快事。蔷薇之见于诗中者,不胜枚举,兹就所忆者存之,如樊樊山氏《忆羞》云:"把郎书字映窗纱,笑指蔷薇说到家。含睇卷帘娇不语,春风羞落满庭花。"杨光溥《集唐》云:"细草春沙没绣鞋,闲寻女伴过西家。春风不管人憔悴,开遍蔷薇一树花。"又旌德女诗人吕美荪氏,笃爱蔷薇,见之吟咏,如《口占》云:"蔷薇折枝怜微靡,蔷薇坠手亦忘言。不冠不履谢天地,被发独上西昆仑。"《绝句》云:"镜里黄锦整小冠,起披偏袒半肩丹。蔷薇花落心微著,又费珠帘自卷看。"似此佳作,宜以蔷薇露盥手诵之。

蔷薇古作墙蘼,曼殊上人有《颖颖赤墙蘼》四首云:"颖颖赤墙蘼,首夏初发苞。恻恻清商曲,眇音何远姚。""予美谅夭绍,幽情申自持。仓海会流枯,相爱无绝期。""仓海会流枯,顽石烂炎熹。微命属如缕,相爱无绝期。""掺袪别予美,离隔在须臾。阿阳早日归,万里莫踟蹰。"诗系译苏格兰大诗人彭斯氏(R.Burns)所作 *A Red Red Rose*,盖赠其恋人某女士,而以红蔷薇喻之也。

(《健康家庭》1939年第7期)

园居杂记(五)

"翠条多力引风长,点破银花玉雪香。韵发自知人意好,隔帘轻解白霓裳。"此明代名画师沈石田氏咏玉兰诗也。玉兰花时较早,桃尚含苞,而玉兰已放。吾园有二株,一为双干,植于花院花神之后;一为单干,粗可两握,在百花坡上。每岁两树各著花百馀,自丛绿中遥望之,洵有"隔帘轻解白霓裳"之妙。惜易开易落,不崇朝而落英狼藉,恨不能乞金铃十万,护此薄命花也。吾友烟桥,以玉兰花开如雪,因美之曰圣洁,予尝有一绝云:"大地春回风日好,嫣红姹紫满园攒。桃花轻薄李花贱,圣洁端推白玉兰。"白玉兰得此佳评,当亦色喜,惟郁李夭桃,未免抱屈矣。清诗人钱塘高士奇氏,亦酷爱此花,谓"玉兰乔柯上耸,绝无柔条。花开九瓣,著于木末,其白如玉,其香如兰。花落后,叶从蒂出,绿荫阴浓,极娱春昼。余武陵旧居楼前玉兰一本,大可拱抱,花时倚槛吟赏,俨对藐姑冰雪之姿。自浮沈京洛,二十馀年,己巳春,扈跸南巡,始得重过旧里,而树已不存矣。时作怀旧数篇,中有'吟罢翠螺当槛入,妆成香雾卷帘看'之句,盖意之所耽,不忍忘也。今园中所植,亭亭明艳,不异旧观"云云。当其花时,闺人尝撷嫩瓣若干,和以面粉,入熟油炸之,松脆可食,谓之玉兰片,厥味虽似微苦,而清芬洒然,亦自可喜。玉兰盆栽绝少,某岁予携花丁买梅邓尉,偶于农家篱角见一古干,高尺有半,干已半枯,上有二蕊,作摇摇欲坠状。予喜其苍老,以二饼金易之归,植之古盆中,亭苔有致。"八一三"事变猝发,予挈家出走,半载未归,翌春竟发六花,未克亲赏。今春亦得五花,而归时花时已过,仍未获见其圣洁之姿,为呼负负不置。又有所谓广玉兰者,俗称洋玉兰,著花五月间,叶与花均大于玉兰,有二种,一为尖叶,一为圆叶,闻以圆者为贵。吾园二株,各占其一,花时浓芬四溢,撷一二朵陈之室中,四壁皆香。

高士奇氏记辛夷云:"辛夷绝似玉兰,有浅红及紫二种,含苞未坼,尖锐有茸,俨然秃笔,江南以木笔呼之。黄鸟试鸣,晓英乍吐,褰帘坐对,春色正在此中。"辛夷俗称紫玉兰,吾园百花坡上植有一株,依依白玉兰侧,如姊妹行。别有盆栽一,古干块然如顽石,年发二三花,与玉兰盆栽,堪称二难。

白玉兰亦有称辛夷者,如清代词人王时翔氏《减字木兰花》云:"广庭清绝。几树辛夷开白雪。看到更深。一色惟应待月生。　　衣裳淡素。却立风前香暗度。悄忆前欢。如玉人人也唤兰。"因玉兰而忆及意中人小字,艳绝。

西方香豆花(Sweet Peas),产于热带诸地,如美国之南方诸州及澳洲、南非洲等,厥形略如吾国扁豆花,而色泽较艳,香亦较美。吾园有深红、浅红、紫红、银红、纯白及白地红纹六种,当其生长尺许时,即植之梅丘下矮篱畔,豆蔓缘篱而上,逾月达三尺,花亦先后怒放,有若五色云锦,绚烂夺目,不审天上织女,亦有此丽制否?闻尚有黄、蓝二种,亦美亦香,容罗致之,则吾家香豆花,悉灿然备矣。近人刘慎诒氏有《豆花》诗云:"雪艳红香不到眼,纵横野水几人家。可怜蜂蝶生涯小,尽日成团上豆花。"此系指吾园野生之豆花而言,花时不为人赏,徒供蜂蝶之攒聚。若香豆花者,则雪艳红香,固一一到眼也。

读太史公《项籍世家》,观梅畹华《霸王别姬》,即有一虞美人影子,萦回脑际不能去,偶一合睫,恍见彼美式歌且舞,宛转就死之状,自是人间可哀事也。花中有虞美人者,云即彼美碧血所化,殆以其色泽猩红如血,故附会之耳。清人袁嘉诗云:"甲帐歌残化碧烟,彩衣零乱舞仙仙。临风似诉兴亡感,怨绿愁红娇可怜。"亦是此意。花止四瓣,以猩红色者为多,予家得异种,有白色者,有红地而白缘者,有浅红与白色相间者,别有重瓣者一种,厥色非红非紫,杂以黑星,而四缘皆白,极姚冶瑰丽之致。设此花而果为虞美人碧血所化者,是无怪一代英雄之西楚霸王,为之缠绵歌泣,颠倒至死矣。

后庭有大水缸一,隆冬冱寒,水结为冰,儿子铮,以巨梃击之,冰与缸俱碎。入春,令花丁络以铅丝,移置园中竹林之次,埋之地下,半实以泥;召圬者至,以水泥墁其上;留一隅植巨石,石作紫色,略具峰峦意,予因锡以嘉名,曰"紫云圃";一陶制之猴踞其巅,方啖桃;石之后,薜荔蒙之,葱翠可爱;石之前,植以十姊妹一丛,著花作猩红色,甚艳;石之右,植黄杨一株,高二尺许,亭亭如张盖;缸中盛水满之,居中平置一石,以代岛屿,小金鱼如干尾,出没其间,游泳自如,鱼之乐可知也。缸之四周,氉以碎石,画为四区,遍植紫罗兰,阳春三月,花香可挹焉。缸之所在,架竹为笼,高丈许,周可四丈,有葡萄三株,蔓生其上,其二尚稚,一则已长,叶覆笼顶,掩其半,去岁已有葡萄累累,快我朵颐矣。

鸟中有名娇凤者,体量与寻常芙蓉鸟同,惟厥喙钩曲,则又绝肖鹦鹉,羽绝美,有白、黄、绿、深蓝、浅蓝诸色,食谷,而不饮水,虽盛暑弗渴,虽不能歌,而作声细碎,如喁喁儿女子语,亦殊可听。予初蓄有三对,纳以巨笼,不一月,或死或逃,仅馀黄色及绿色者二头,则亟以铜丝小笼蓄之,未几,以女奴洗刷不慎,其绿色者复亡去。予大懊丧,旋即物色得一浅蓝色者,与黄色者为配,黄为雄而蓝为雌,黄较巨而蓝较小,日夕共处，亲昵如伉俪。予恒坐吟风廊下，静焉观之，见二鸟时以双喙相接，如接吻然，时复相对啁哳，似作情话，雄者好动，每鸣踊上下，贡媚于雌者，或为理羽，或衔谷粒以哺之，而雌者则恬静如好女子，不恒动，第俯仰其首，作娇怯状。予每见二鸟调情，为之忍俊不禁，尝语予妇曰："此情鸟也，吾人其善视之。"一日，笼顶之铜丝微豁，雌者得间逸去，旋见之于乐笑轩外枣树上，弋之不得，为怅然者累日。返顾雄者鳏处笼中，似亦惘惘作可怜之色，不复如平日之活跃矣。他日过鸟肆时，当再物色一雌，以慰此夐夐独处之鳏鸟也。

幼子莲，活泼可喜，镇日跳跟小园中，捉蚱蜢，缚螳螂，追蜂蝶，摘花果，好弄如村童。索居无俚，辄与之共嬉，亦足解颐，恨不能以绝妙好辞，写其憨态也。偶读《梁溪诗钞》，得清诗人黄晓岑氏《幼子》五律二首云："颇能工笑语，渐渐说生年。竹马呼乘传，茄牛学种田。小名频自唤，新履不胜怜。故赚双鬟觅，潜身绣榻边。""双髻簪红杏，纱㡆搅昼眠。据梧先窃笔，唾砚忽污笺。赌笑低星眼，微嗔出小拳。寻花亭下过，犹是弄清泉。"信手拈来，历历如画，的是写生妙手。今莲已十龄矣，虽跳跟如故，而爱花草，爱鱼鸟，雅有吾风。时撷野花植小盆中，躬自灌溉，供之小书案上，观赏以为乐。偶得一麻雀，立以竹笼笼之，珍若拱璧，朝夕饲食不敢忽；鸟死，则啜泣不已，至废寝食。予妇每笑之，谓此儿颇有乃父遗传性也。

(《健康家庭》1939年第8期)

园居杂记(六)

夏秋之交,花树绝少,其顾盼生姿,足以称雄一时者,其惟紫薇乎?吾园花院中,原有红薇、白薇二树,年事均在二十龄以上,孟夏花发,历时颇久。厥苞状若青豆,已而中裂,花五出如小轮,而花瓣初不均列,相其容积,可容六瓣,兹缺其一,乃如缺一轮齿,花花皆然,亦一奇也。花时旧皮渐次剥落,更生新皮,试以手搔之,则花叶俱作微颤,故有怕痒树之称。花一簇或十馀朵,或二十馀朵。红薇作猩红色,如姹女稔妆,奇艳夺目;白薇则如虢国夫人,蛾眉淡扫,别具丰神,月夜观之,皑皑若堆雪,尤饶丽致。昔人诗中之咏紫薇者,有宋代杨万里氏一绝云:"晴霞艳艳复檐牙,绛雪霏霏点砌沙。莫管身非香案吏,也移床对紫薇花。"清代袁绥氏一绝云:"梧竹幽深石径斜,可人烟景似山家。紫薇不畏骄阳影,艳煞墙头一树花。"二诗写紫薇之妙,可谓紫薇知己。予雅好斯花,年来所得树桩盆栽,大小凡十馀株,有紫色者,有红色者,有白色者,有浅红色者,枝干为态不一,而各极其妙。为之魁首者,则为一绝巨古桩,枯干如顽石一堆,亦擅瘦透皱漏之长,而著花嫣红,乃如十七八好女儿,夙以花卉名满江南之陈迦盦画伯,绝爱赏之。予尝宠以诗云:"霜皮枯干如顽石,石上奇葩似锦霞。人道紫薇郎已贵,此心却爱紫薇花。"别一株较小,厥状如船,矮枝四张,著红花,古媚可爱。予尝以达摩瓷像置其上,取达摩渡江意,亦吾盆栽中一俊物也。

梁溪诗人邵园客氏,客芮城县署,见白木香而爱之,得七律二首,中有"云屏夜簇真珠艳,翠被春笼小玉香,刺眼风光千点白,牵人情绪万条长";"宛披鹤氅人如柳,恍舞霓裳月满轮,昼倦玉钗慵徙倚,暮寒珠被自横陈"诸语,是洵能曲写白木香之妙者。吾园吟风廊前竹篱之次,有大木香二株,为旧居停何氏所植,垂十馀年矣,厥干粗如儿臂,暮春花发,硕大如白玫瑰,真有"宛披鹤氅"、"恍舞霓裳"之致。乐笑轩北窗外,又有小木香一架,亦历年已久,长条袅袅出墙外,牵人衣袂,著花尤繁茂,花时白如积雪,所谓"刺眼风光千点白"者,信哉!

三色堇,西名曰Pansy,因一花多三色,故名;又以其下三瓣状如人面,亦称人面堇;而吾国花丁,则统称之曰蝴蝶花,以其花瓣秾艳,良肖蝴蝶也。斯花性颇耐久,续续发花,自仲春至仲夏,可亘数月之久;种类繁夥,有"黑王"、"火王"、"金谷"、"雪谷"、"维多利亚"、"潘兰夫人"、"嘉诺总统"等十馀品,极光怪陆离之致。予尝邮购种子于新大陆,得数名种,有初作黑色而转为深紫色者,有上二瓣作鹅黄而下三瓣作火黄者,有紫色地而间以白色细纹者,有上二瓣作浅紫而下三瓣作浅黄者,有通体作白色而下三瓣缀以紫纹四五者,有通体作浅黄而缀以黑纹五六者,有通体作深紫而下三瓣有白地黑斑宛然如人面者,形形色色,不可殚述,花光浮昱,若天鹅绒,洵西卉中之移人尤物也。予尝乘其嫩叶初茁时,戏植一枝于四五寸长之黑沙小花盆中,未几即连翩著花,一花乍萎,一花继发,花小如一小银圆,通体作浅黄色,而下三瓣则缀以紫斑三,花旁置石卵二三,以为之伴,用作案头清供,自觉玲珑娇小,我见犹怜焉。

以九华山沙石三,同置一椭圆形之白瓷盆中,石上均已生苔,作黯绿色,形式与大小各异。一石有小洞,中供小铜佛一尊;其他二石上则各植紫罗兰一丛,方春著花,幽香可挹,佛亦蔼然似有笑容。或有以命意见询者,予曰:"此蓬莱、方丈、瀛洲三神山也,吾将于此求不死药焉。"盆中注以水,杂陈贝壳及雨花台石子,并蓄小金鱼三四于其间,往来游泳,喽喋有声。逾月鱼死,则易以蝌蚪十馀尾,活泼泼地,生趣盎然,已而一一生足,渐次蜕变。一日,遂见小青蛙三数,自三神山下曲踊距跃而出,不一月,十馀蝌蚪,无一存者,盖皆蜕变为蛙,长辞此三神山而去矣。

白兰花为吴中特产,虎丘花丁最善艺此,竟有一树高及屋檐而著花千百朵者。吾母、吾妇及吾女均喜此花,故年必购取数盆,日辄撷花以压鬓或缀之衣襟,殊可人意。顾以培养未善,越年辄死。某岁尝于神仙庙花市中得二株,高于人等,花蕊累累然,多至百馀,而盆甚小,一日为风所袭,仆于地,折其巨枝一,因令花丁易以绿瓷巨盆,讵未及匝月,两树皆憔悴以死,为之惋惜不置。据老圃言,白兰性喜燥,宜植之泥盆,以其易于泄水故；瓷盎不易泄水，树根易腐，此两树之死，盖即瓷盎杀之也。白兰绝无典实，即昔人诗词中亦未之有，殆古代初无此花欤？近人诗中亦不多见，浏览所及，仅见故南社社友李煮梦氏《阑干》云："闲课双鬟种白兰，支颐斜倚小红阑。有心遮却销魂处，不许檀奴子细看。"又天虚我生丈《题画》云："小园长日静无哗，墙角芭蕉绿渐加。爱趁豆棚阴底下，玉盆亲种白兰花。"予亦有《浣溪沙》一阕云："生小吴娃脸似霞。裁红剪绿度年华。长街唤卖白兰花。　借问儿家何处是，虎丘山脚水之涯。回眸一笑髻鬟斜。"此词盖咏吾苏卖白兰花之女郎，率皆来自虎丘，而当其手挽筠篮，沿街唤卖时，娇声呖呖，如黄莺啭花外，春晓梦回，倚枕听之，弥足令人神往也。

一日，园中飞来一画眉，止于矮篱上，殆逸自他家雕笼中者，家人欲得之，初覆以衣，不得，继沃以水，湿其羽，仍扑翅飞去，已而复来，飞鸣樱桃树上，厥声甚美，如小儿女作宛转歌也。时予方检读前此所纂《情词》一卷，得小令二阕，均及画眉，因并录之："同心花，合欢树。四更风，五更雨。画眉山上鹧鸪啼，画眉山下郎行去。"（计南阳《花非花》）"翠翘偏侧瑶钗溜。春葱低剔鞋尖瘦。扶影下苍苔。闲愁何处来。画眉元小鸟。却爱名儿好。欲比住雕笼。锁郎香阁中。"（王时翔《菩萨蛮》）此两词如得一美人曼声诵之，当亦呖呖动听，如画眉歌声也。

园中有桃树多株，春来花发，灼灼如绛云一片，上映霄汉，令闺人衣缟衣，小步其间，衣袂俱殷。斯花虽负轻薄之名，而点缀春光，政不可少。古今来诗人词客，亦多宠以佳什，唐代之《桃花行》，其最著者，他如张旭《桃花溪》诗："隐隐飞桥隔野烟，石矶西畔问渔船。桃花尽日随水流，洞在青溪何处边。"亦复脍炙人口。降至近代，则妃青丽白，尤不胜枚举，浏览所及，如邓寿诗云："闲拨晴云出郭西，垂杨新绿正莺啼。不辞十里红桥远，为有桃花弹隔溪。"汪睞诗云："荻港回环画阁深，轻舟缭绕出波心。桃花落尽胭脂雨，载酒重来看绿阴。"汪琅诗云："轻寒如水逼熏笼，破晓犹吹料峭风。觉道夜来微有雨，桃花红入小楼中。"徐潚诗云："行尽深深绿水湾，分明望里弹烟鬟。翻嫌画橹催归急，一路桃花过半山。"姚栖霞诗云："春隔天台水石清，当年谁说遇云英。桃花满地无人迹，落日千峰鹤一声。"均有神韵。桃花树桩绝鲜，苏州诸花圃中，俱未之见，窃以为憾。某岁清明，挈花丁赴七子山祭祖茔，既毕，登山一游，忽于山坡上见一白桃花树，枯干槎枒，殆数十年物，而著花甚繁，一白如雪，予大喜过望，恋恋不忍去。花丁知予之爱此也，立以所携鹤嘴之锄，就根下掘，粟六可一小时，卒掘之起。归后尽芟其枝条，植之盆盎，两年不见一花，予懊丧殊甚，以为从此不复花矣。讵去岁之春，著花累累，惜予方辟居海上，未获归赏，花丁驰书相告，心窃然喜，度明岁春光好时，必可归就故园，恣赏其高华皎洁之姿矣，志之以当息壤。今春，花丁又于玄都观花圃中为予购致一古桃，古干亭亭，如西湖三潭印月之美人峰，惜尚未花，如花发而为绛桃，则与白桃花桩红白相映，堪为花中佳偶矣。

（《健康家庭》1939年第9期）

园居杂记（七）

读昔人"红了樱桃，绿了芭蕉"句，顿觉绿阴如幄，映眉宇间，神志为爽，初夏庭园中俊物，要以此君为最。尝于南浔刘氏小刘庄中见一轩，榜曰"绿天"，琉璃之窗，缀以图案，刓木作蕉叶状，庭前尽植芭蕉，殆数十百窠，一庭皆绿，蕉叶分绿映窗上，则一轩皆绿，予徙倚其间，为神往久之。吾园鱼乐国东窗外，初植芭蕉一，翌年长及檐际，根次并茁新芽二，不一月亦怒长，遂成鼎足。凡涉足鱼乐国观玻缸中金鱼者，辄见东窗外新绿窥人，亭苕有致焉。入冬，令花丁删其败叶，裹以稻草，春则去之，阅三年，开花结甘露，摘而饮，其甘如饴。三蕉既长，根际年必茁新芽三四，予以窗外尚有杏树及樱桃树，地窄无可展拓，因不令繁殖，以小刀剜之起，取其二作盆栽。盆为宜兴紫泥旧制，作长方形，狭且长，于其右端并植二蕉，以一旧沙石列其次，左端则以洋铁为浅池，缭以小石并细种书带草，而蓄小金鱼于其中。冬季移之温室，春暖始出，二蕉历三年不败,亦不复长。某岁尝参加苏州公园之春季莳花会,观者佥以为异,盖人皆习见庭园中之大芭蕉,初不知可作小盆栽,疑自矮人国中移植来也。由是予年必以小芭蕉为盆栽资料,尝以断裂之大汉砖半方,就其中空处植三蕉,古雅绝伦;又尝于一方形明代旧泥盆中植九蕉,高低不一,而立一达摩红色磁像于其间,亦饶有画意。"八一三"事变前,予复以唐六如之《蕉石图》为范本,取一三四寸高之小芭蕉,植于紫泥小长方盆中,而于其前置一小沙石,并于石根植细菖蒲少许。既成,以示吴中诸画友,佥谓绝肖唐氏丹青妙笔也。厥后予避地他乡,花丁怠于灌溉,卒致憔悴以死,至今惜之。

芭蕉始于何时,殆不可考,李后主《长相思》词下半阕云:"秋风多,雨相和。帘外芭蕉三两窠。夜长人奈何。"是则南唐即已有之矣。昔人画夏闺美人,亦往往以芭蕉为伴,弥觉雅丽可爱。尝见清代李重华氏《题芭蕉美人》云:"目展轻绡障绿阴,晓妆初罢更沈吟。无人与破东风恨,正似芭蕉一片心。"又庄礼本氏《题芭蕉美人画扇》云:"海棠零落桃花飞,断肠红影烘春曦。闺中有梦做不得,枝头啼杀黄莺儿。""眉间阁得离愁住,无赖春风自来去。春风一去梦无痕,待到来时又何处。""倦倚蕉阴抱石眠,砑罗衫子泪痕鲜。郎心似石不可转,妾心如蕉向郎展。"

芭蕉与荷,自是夏令二俊,得其一,已足消暑而驱热,脱得此二者而兼之,则直是一片清凉世界矣。明代李日华《紫桃轩杂缀》云:"种荷万柄,荫蕉半亩,日夕起居其间,能令魂梦馨香,肌肤翠绿。每六月思逃暑不得,辄兀兀坐,作此观。"吾园虽止蕉十馀窠,荷百数十柄,而高卧北窗作羲皇上人时,亦足令魂梦挟微香、肌肤带浅绿也。

　　清代诗人仁和王丹麓氏,尝于其乡小构数椽,颜之曰"墙东草堂",终岁偃仰其中,恣想清福。尝纪《草堂十六宜》云:"自堂而南,有楼翼然,窗几明净,笔札具存,宜登楼作赋。回廊之外,绿上平阶,兴至分题,想来天外,宜绕砌寻诗。小山层叠,丛桂生香,苟无绿绮,何以写情,宜坐树弹琴。花气当轩,侵衣沾袂,引人著胜,此处难忘,宜当花饮酒。东墙生白,树影频移,徙倚雕阑,正堪延伫,宜凭阑待月。面北极望,云海苍茫,奇峰妙鬟,变无常态,宜倚阑看云。天气骤寒,六出飞布,起视树林,都成琼玉,宜围炉赏雪。阳乌肆焰,溽暑郁蒸,洞窗乍开,清风徐至,宜拂簟迎凉。杜门无事,不异空山,已却尘氛,顿除妄想,宜挥麈谈禅。疏雨忽过,草木皆新,偶有会心,初不在远,宜焚香读易。堂前旧垒,久绝乌衣,下上于飞,似怜故主,宜开帘引燕。山下出泉,清莹秀澈,游鱼可数,荇藻依然,宜抚石观鱼。火树星桥,良宵胜事,周遭曲曲,尤为异观,宜循檐放灯。酒后耳热,烛光莹莹,每说不平,便欲斫地,宜踞床说剑。春睡初醒,日映窗纱,枝上好音,睍睆悦耳,宜晓窗听鸟。天街人静,万籁无声,百岁荣枯,等闲惊觉,宜静夜闻钟。"林西仲氏跋语谓:"秦太虚以辋川图愈疾,予谓今世患热病者多矣,何不以此篇悬之座右,当一服清凉散耶?"林氏之语良确。予园居七载,遂不复有热病,凡王氏所谓十六宜者,予亦尝领略过半,惜所居在市,所谓北望奇峰及山下出泉者,均不可得。惟春赏梅,夏赏荷,秋赏菊,暨平居种竹栽花之乐,王氏未尝道及,则终输我一著耳。予有《四时词》,调寄《浣溪沙》云:

"曲水涟漪碧似罗。水边依约见新荷。紫兰台上占春多。　花影罨头添窈窕,柳丝撩鬓笑婆娑。绿衣翡翠立虬柯。"(春)

"溽暑浑忘暑气侵。绿云霭霭昼沈沈。喜分浓绿染衣襟。　池上莲花涵玉露,窗前蕉叶布清阴。碧桐高处一蝉鸣。"(夏)

"秋雨秋风剪晚芳。东篱丛菊傲秋霜。丹枫偏学美人妆。　病蝶有情依曲槛,冻萤无力驻雕墙。伴人愁里听寒螀。"(秋)

"梅屋峨峨一丈高。梅丘兀兀出花梢。梅边顽石亦岩峣。　映日绮梅何艳艳,吟风修竹自萧萧。邀松来结岁寒交。"(冬)

读此词者,可知予之所欣赏所吟味者,均为自然景物,不若王氏之作赋寻诗,弹琴读易,仍未忘书生结习耳。

园居七阅寒暑,如处众香之国,乐乃无艺,虽南面王不与易。园之东北隅,有池一泓,深二丈许,三五月明之夕,月堕池心,厥景奇丽,予因名之曰弄月池。民国二十六年三月十七日,次儿榕,以自由车游园中,堕池而殒,此为吾生命史中最惨痛之一页,腐心蚀骨,迄莫能忘。伤哉此儿,彼殆预知五阅月后,将有河山破碎之痛,用特草草结束其十六年有涯之生,先向弄月池中弄月去耶?榕儿亦爱花如予,能治盆栽,别出机杼,尝以树瘿、瓦片、沙石、北瓜壳等雕作盆盎,而植花草于其中。是年五月,苏州公园举行莳花展览会,予即检其遗作六点陈列其间,见者咸为叹息。平居颇喜涂抹,所绘铁骨红梅,楚楚有致,予至今宝之。儿殒后一月,予葬之灵岩山下,拟于冬间为植梅树于墓周,藉为之伴,尝有《点绛唇》一阕云:"窈窕灵岩,春来绿遍空山路。谷中云护,有我亡儿墓。 地下孤眠,寂寞和谁语。休惊怖,种些梅树,好伴儿同住。"讵"八一三"事变猝发,举家出走,植梅遂不果。顾有一事差堪自慰者,则予因纪念榕儿而以重金购置之榕树盆栽,至今无恙,且欣欣向荣,尤胜于昔。树生石上,作悬崖形,枝垂三尺馀,下承一红砂浅圆盆,根须四张,蒙络几遍,厥叶常绿,且煜煜多光泽,令人对之忘倦。因咏以诗云:"一树绿榕生石上,繁枝倒挂叶扶疏。思儿不见权为代,月夜魂归好与俱。"考榕本为常绿乔木,有高至四五丈者,产于闽粤一带,清代凌登名氏《榕城随笔》记之綦详,文云:"闽中多榕树,因号榕城,闽以北无此,其在江南,则冬青之属也。而枝干柔脆,干既生枝,枝又生根,垂垂若流苏,少着地即紧系,或就本干自相依附,若七八树丛生者,多至数十百条,合并为一,连蜷樛结,柯叶荫茂,其偶成章者,垂若偃盖,曲若虬龙,似亦可观。"夫榕为大树,而吾家一本,独侗处于一直径尺许之浅圆盆中,虽历劫而犹敷荣,殆吾榕儿之魂,于冥冥中为之呵护耶?

岁事更新,例有日历,众香国里,自亦不可无历,一年十二月,月月有花,即月月有花开花落时,花历之制,正不可少。明人练江程羽文氏尝作《花历》云:"正月,兰蕙芳,瑞香烈,樱桃始葩,径草绿,望春初放,百花萌动。二月,桃夭,玉兰解,紫荆繁,杏花饰其靥,梨花溶,李花白。三月,蔷薇蔓,木笔书空,棣萼韡韡,杨入大水为萍,海棠睡,绣球落。四月,牡丹王,芍药相于阶,罂粟满,木香上升,杜鹃归,荼蘼香梦。五月,榴花照眼,萱北乡,夜合始交,篷蕌有香,锦葵开,山丹赪。六月,桐花馥,菡萏为莲,茉莉来宾,凌霄结,凤仙降于庭,鸡冠环户。七月,葵倾赤,玉簪搔头,紫薇浸月,木槿朝荣,蓼花红,菱花乃实。八月,槐花黄,桂香飘,断肠始娇,白蘋开,金钱夜落,丁香紫。九月,菊有英,芙蓉冷,汉宫秋老,芰荷化为衣,橙橘登,山药乳。十月,木叶脱,芳草化为薪,苔枯,芦始荻,朝菌歇,花藏不见。十一月,蕉花红,枇杷蕊,松柏秀,蜂蝶蛰,剪彩时行,花信风至。十二月,蜡梅坼,茗花发,水仙负冰,梅香绽,山茶灼,雪花六出。"程氏为花制历,典雅可喜,而一年好花,几尽于此,历历如数家珍,非癖花者不能置一辞。惟天时地气,各地容有不同,花落花开,有时亦因之而异。若吾园之梅,须于正月中旬始放,而樱桃始葩,亦在二月,盖即由于天时地气不同故耳。至若上海温室中花卉,则往往于正月中即见杜鹃烂漫者,是当作为别论矣。

(《健康家庭》1940年第10期)

园居杂记(八)

梅花耐冷,挺生严风雪霰中,天愈寒,气愈肃,而花发愈艳,故岁尾年头,实为梅之季节;亮节高风,足为世法,尊之为中华民国之国花,谁曰不宜?尝有人推重菊者,谓菊能傲霜,独矜晚节,不知菊为草本,一年一度,以视梅之为木本而有自唐宋递嬗至今者,宁能同日而语。且菊仅可傲霜,而梅可傲雪,菊之香淡至欲无,而梅则香远益清;矧乔柯虬枝,直能干云而碍日,菊则局处东篱之下,甘拜下风,故予与其为陶渊明,毋宁为林和靖耳。前数年,民间纷纷传说,佥认梅为国花,且尝播之歌唱,顾教育部未有明文规定,实为憾事;脱他日重提国花问题者,予当九顿首以请,务尊梅为国花,盖众芳国中,舍梅外,实无一具有国花资格者也。或曰:子生平非笃爱紫罗兰者乎?予答曰:然,爱之垂二十年矣。尝名吾居曰紫兰小筑,名吾斋曰紫罗兰盦,名吾所纂半月刊曰《紫罗兰》,又名吾个人之小杂志曰《紫兰花片》,则予之爱紫罗兰也可知。顾紫罗兰之色香味虽臻上乘,虽亦耐冷傲雪如梅花,惜产自西土,非吾族类,且系草本,初非木本,是以吾爱紫罗兰,而尤爱梅花耳。尝有一绝句云:"廿载爱花情未变,紫兰香色最清嘉。年来忽抱逋仙癖,只为梅花是国花。"读者至此,可以知吾心矣。

故园花木盆栽,凡四五百本,而梅居四之一,予恒目为至宝,爱护不遗馀力。梅之种类不一,有硃砂红、铁骨红、紫红、浅红、绿萼、玉蝶、单瓣红、单瓣绿、单瓣白诸品,所谓单瓣白者,盖野梅也。吴中人士之莳梅者,向重红绿重瓣,不喜野梅,而予与陈迦盦、朱犀园二画师,则等量齐观,且以野梅为古雅。盖昔人画梅,多画单瓣,鲜有重瓣者,惟于双钩画法,偶一见之,野梅生山野间,枯干虬枝,悉出自然,不须人工雕琢,自饶画意。故吴人多有以野梅之干,贴接红绿重瓣梅者,而予则听之,盖郊寒岛瘦之致,惟野梅有之耳。

梅以四川所产者为最,以川中山泥作赤色,故梅亦赤干,与他处梅干之作黑色或黄褐色者迥异;且川中绿梅多绿萼,洵不愧萼绿华之称,而他处绿梅,则以红萼为多。前岁吴中佘氏,尝于川中罗致红绿梅、玉蝶梅等数百本,几费心力,始自万里外转辗运苏,佳本绝夥。主人除自留若干本外,本拟标价公诸同好,不意战祸猝发,园居被占,梅亦荡然无存,爱梅如予,为之扼腕太息不已。皖中歙县之洪村,亦产梅,干多柞黑色,枯干较少,而枝条苍老,亦自可取。花似硃砂红梅、玉蝶梅、送春梅为上,花农多有于其幼时矫揉造作,揿干作蛇游之状者,与吾苏之屏风梅、淮扬之疙瘩梅,同为恶札。吴中蓄皖梅最夥者,允推俞蕴兰氏,前岁俞氏作古后,后人无意培养,廉价出让,予购得二十馀本,有绝巨者,中有硃砂红梅三本,弥可矜贵,因植之古盆,置梅屋中,欣赏旬日,依依不忍舍手去,尝填《忆真妃》词宠之云:"翠条风搦烟挖。影婆娑。仿佛灵媛蜕化、作虬柯。　　薰风暖,琼英圻,色香多。约略太真娇醉、玉颜酡。"去岁黄梅时节,中一本困于蠹,竟恹恹以死,花丁张锦飞函相告,予如获良友讣报,为悒悒不欢者久之。

　　吾苏邓尉梅花名天下,悉为单瓣结实之种,岁首花发,香雪海一带弥望皆白,香闻数里外,肇锡嘉名曰"香雪海",允无愧色。惜花农因梅之收获不多,未能生利,多有去梅植桑者,故梅已日少一日,诚恐他日海缩为江,江缩为溪,不能更僭香雪海之称矣。盆栽红绿梅,多产光福天井上一带,所有古干佳品,若干年来已为人搜购殆尽,所遗者多为劈梅、屏风梅等凡下之品,令人不屑一顾,龚定公《病梅馆记》中所记之病梅,惟此足以当之耳。五年前,予尝挈花丁诣天井上求佳梅,奔波累日,仅得小本八九,幸于一村舍之外,得一巨本野梅,粗可两握,干微欹,中空,亦如佳石然,兼皱瘦透漏之长,有粗条三,位置得宜,归而植之明代浅黄泥方盆中,益见古雅,是年即著花数十,大喜过望。后尝参加可园苏州文献展览会暨公园梅花展览会,四方来观者,靡不啧啧称之。此梅虽属野梅,而予所以宝之爱之者，殊不在绿萼、硃砂、铁骨、玉蝶之下，窃谓冬心、两峰，虽称画梅高手，顾欲为此梅写生，力似未逮，还当让之金俊明、邵僧弥二公耳。

予因爱梅者深，思有以张之，爰于园北拓地半亩馀，堆石为山，高二丈馀，中一峰，状若婴武，镌"梅丘"二大字于其上，由吴中刻石专家张友石氏奏刀，而字则集之黄山谷法帖中，盖予夙好黄字也。丘上植绿萼、铁骨红及野梅数本，皆数十年物，得之光福山野间者。丘之最高处，构小屋一椽，额曰"梅屋"，亦集黄字为之，所有窗户玻片之上，均有老友陈涓隐画师为制梅花图案，而以两圆窗为最美。屋中置吴宫旧物九狮石圆凳二，汉砖一，刻红梅木矮几一，树根几二，盆梅既发花，即择优陈列于此；壁间则张银杏之板，其一巨如中堂，刻王元章画梅，其四小如册页，则分刻杨补之画梅，此二人固画梅圣手，著称今古者也。梅丘、梅屋虽新构，实为吾园最胜处，每岁春初，辄招邀胜友小叙于此。丙子春，易君左兄自铁瓮城来，与梁溪侯保三前辈探梅邓尉，相约见访，适吾园盆梅亦怒放，因设宴款之，并邀老诗人陈石遗丈、老画师陈迦盦丈为伴，赏梅讫，君左题诗一绝于册云："仙姿玉骨绝人寰，换得轻颦是嫩寒。红粉新妆穿绣袄，梅花香里紫罗兰。"保三前辈亦题一绝云："山梅看后看盆梅，百态千姿画不来。最是置身鱼乐国，点尘涤尽笑衔杯。"（按鱼乐国为予陈列金鱼之室。）石遗丈亦录其旧作一绝云："绕屋吹香并是梅，孙康中有读书台。想当快雪时晴后,乱插繁花一卷开。"

园中除梅丘植梅多本外,他如花院、百花坡及紫兰台上亦均植梅,计共二十馀本,合之盆梅百馀,花事遂不寂寞。每当花时,坐卧其间,魂梦俱为恬适,岂让孤山老林逋妻梅子鹤,独有千古哉!予尝有《爱梅》一词,调寄《望梅花》云:"我爱梅花高洁。老干居然如铁。枝上珠胎齐绽裂。绿萼绛葩幽绝。好待良宵邀素月。树树飞来香雪。"旅皖时因苦忆园梅不已,慨赋一绝云:"疏枝老干影横斜,百树寒梅绕屋遮。苦忆银屏珠箔下,一丸冷月照幽花。"又《梦盆栽老梅》二绝云:"杖藜日日走山隈,每见苍松便忆梅。愿似罗浮能入梦,月明林下一归来。""雪晴想见梅花哭,何日言归难自卜。痴心愿化翠禽还,长共梅花一处宿。"又《山居言志》云:"自怜劫后如禅定,恬退为怀愿不奢。那得一驴并一笠,雪中随处看梅花。"嗟乎,吾志如此,其如不易偿何!

梅之故实,有可得而述者,予爱梅,不惮辞费也。○南北朝,武帝女寿阳公主,人日卧于含章殿檐下,梅花落额上,成五出之花,拂之不去,宫中效之,作梅花妆。○何逊为梁法曹水部员外郎,扬州廨宇有梅盛开,逊常吟咏其下,后居洛阳,思梅不得,请再任扬州,既至,适花盛发,大开东阁,延文字交,啸傲终日。○隋开皇中,赵师雄迁罗浮,一日天寒日暮,在醉醒间,因憩仆车于松林间酒肆旁舍,见一女人淡妆出迓,时已昏,残雪未消,月色微明,师雄喜之,与之语,但觉芳香袭人,语言极清丽,因与之扣酒家门,得数杯相与饮,少顷,有一绿衣童来,笑歌戏舞,亦自可观,时东方已白,师雄起视,乃在大梅花树下,上有翠羽,啾嘈相顾,月落参横,但惆怅而已。○唐孟浩然性爱梅,尝乘驴踏雪寻之。○梅妃善属文,自比谢女,性爱梅,所居阑槛,悉植数株,榜曰"梅亭",梅开赋赏,至夜分,尚顾恋花下不能去。○宋林逋隐居孤山,征辟不就,构巢居阁,绕植梅花,吟咏自适,徜徉湖山,或连宵不返,客至,则童子放鹤招之。○何铸性喜梅,常作乌木瓶,簪古梅枝,缀像生梅数枝置座右,欲左右未尝忘梅。○元周之翰寒夜拥炉爇火,见瓶内所插折枝梅花,冰冻而枯,因取投火中,戏作《下火文》,有"寒勒铜瓶冻未开,南枝春断不归来,这回勿入梨云梦,却把芳心作死灰"之句。○明袁丰居宅后,有六株梅,开时为邻屋烟气所烁,屋乃贫人所寄,丰乃涂泥塞灶,张幕蔽风,久之,拆去其屋,叹曰:"烟姿玉骨,世外佳人,但恨无倾城笑耳。"即使妓秋蟾出比之,乃云:"可与比驱争先,然脂粉之徒,正当在后。"○陈郡庄氏女,好弄琴,每弄《梅花曲》,闻者皆云有暗香。以上云云,虽已年久代远,而雅韵欲流,犹足令人神往也。

梅以绿萼梅为上,如淡妆美人,亭立月明中,最有幽致。予历年所得盆栽老绿梅,凡七八本,其最大一本,为皖产,枯干蟠曲,作三折,有如虬龙腾拏而欲破壁飞去者;其最小一本,高不盈尺,干粗如小儿腕,著花疏落有画意,至可爱玩。

花时并陈梅屋中,恣抱清芬,将谢,则撷其若干朵,和以碧螺春少许,瀹茗细品,香沁心脾。予尝有二绝句云:"玉蝶淡妆如玉琢,硃砂浓艳似堆霞。平章花品谁居首,高洁应推萼绿华。""卢仝七椀浑闲事,龙井狮峰未足夸。却喜奚僮能解意,新烹一盏绿梅茶。"昔人咏梅诗中,专咏绿梅者,似不多见,尝见范玑《绿萼梅》一绝云:"细波展縠弥弥远,芳草欺裙缓缓鲜。怕向江头吹玉笛,夜寒愁绝九疑仙。"吴嵩梁《坐月》一绝云:"林塘幽绝似山家,坐转阑阴月未斜。仙鹤一双都睡着,冷香吹遍绿梅花。"邵曾鉴《拗春》一绝云:"拗春天气酒难赊,微雪初晴日易斜。今夜瓦炉停药帖,细君教煮绿梅花。"三诗韵清隽,如绿梅花。

(《健康家庭》1940年第11期)

园居杂记(九)

予七年园居生活中,不乏赏心乐事,而其最可玩味着,则为民国二十六年春正月梅花之宴。时则花院、梅丘、紫兰台、百花坡上诸老梅均已发花,盆梅亦怒放,暗香疏影,弥复清嘉,盖吾院此时,亦差可与孤山放鹤亭畔争妍斗丽矣。予以梅为国花,理合称庆,因折柬招邀胜友,谋一日欢。及期,风和日丽,宛然阳春三月,日照梅花,香乃愈烈。予为别开生面计,特设宴席于花院草坪之上，下承氍毹，以示华贵，席凡二，适位于四老梅之间，其二为单瓣白梅，一则重瓣红梅，一则重瓣玉蝶梅也。亭午，嘉宾络绎来，计二十有二人，分列二席，入座时恐其相互推让也，因倩柳君然画师预制名签二十二枚，分置座前，一签绘一梅，梅不一状，笔致娟秀，绝妙小品也。客见此名签，爱不忍释，有欲纳之于怀者，则以折枝梅花为赎，于是二十二签得一一原璧归赵焉。叶誉虎先生茹素，因由凤君别制素肴，盛以梅鼎，鼎为前代旧器，以锡制，中一瓯略巨，周以五瓯较小，宛若梅花一朵。菜多不能尽容，则后佐以道光三峰园监造之瓷胆旧锡器四，上有朱石梅氏所刻铭，且有刻梅花者，殊饶古色古香之致，叶先生欣然下箸，似不以菜劣为憾也。宴毕，登梅丘，观邓尉移植之百年老梅，梅作半悬崖形，苔封其干，苍翠欲滴，花单瓣，其白如雪，盖野梅也。继入梅屋，观盆梅，凡绿萼、硃砂、玉蝶、铁骨红，靡不具备，盆盎亦多旧物，盖予以数载之力，百方搜求得之者。诸君子流连欣赏，不忍遽去，会吴汝兰画师携有摄影机，因就梅屋前摄一影，以留纪念。吴待秋、赵子云、樊少云、陈迦盦、顾墨畦、邹荆盦、蔡震渊、吴冰畦、柳君然、俞蕴兰诸先生，均吴中名画师，复于梅丘下之荷轩中为予写梅花册子，杀粉调铅，逸情云上，梅瓣因风，时辄飞入砚池，真觉笔墨俱香矣。既毕事，誉虎先生泼墨挥毫，为题其端曰"梅花喜神谱"，虽沿袭宋代宋伯仁氏，然以此名吾梅花册子，固亦当之无愧也。日将下春,诸君子始兴辞,各于衣襟间簪梅花而去,一时胜会,迄莫能忘。讵是年三月,即有吾榕儿堕池殒生之变,八月而中日血战作,家忧国恨,萃于一身,予乃挟梅花册子与梅花名签,仓皇出走,由苏而浙,由浙而皖,由皖而复止于沪。回首前尘,怳焉若梦,顾于此梅花之宴,犹觉醰醰然回味不尽。去岁沪上名流有展览古今柬帖之举,予即出梅花签参列其间,盖亦所以示吾惓念之意耳。

年来爱盆栽,而尤笃爱盆栽老梅,年头岁尾,诚有一日不可无此君之概。故园中历年所置,大小凡百馀本,枯干灵根,目为瑰宝。虎丘邓尉,搜求既尽,则走西洞庭山物色之。亡友吴子雅非,本山中土著,力为我助,卒得野梅数十本,买舟运归,间有百年外物,枯干透漏如嘉石者,归则删其繁枝,植之盆盎,较差者则植之于地,竟一一得活。当避兵皖黟南屏村时,遍走村中觅盆梅不得,但于叶子寿卿家见二本,一绿一红,干虽未枯,而尚苍老,绿梅已结十馀蕊,寥寥可数,主人殊不之喜,因假之归所居对山草堂,会居停置有明代粗砂旧盆,作长方形,殊可用,因斸取小园中方竹一株,并雏松一本,与所假绿梅合栽盆中,结为岁寒三友,置之南窗之下,顾而乐之,迨春初花放,则仅剩十朵耳。尝填《谒金门》一阕咏之云:"苔砌左。翠竹青松低弹。借得绿梅枝矮婧。一盆栽正妥。　　旧友相依差可,梅蕊弄春无那。计数只开花十朵。瘦寒应似我。"自念家有盆梅盈百,总总林林,当次岁首,亦正舒蕊发香时也,而我乃蓬飘一千里外,未能归赏,徒恃此十朵寒花,聊餍馋眼,可怜亦复可笑!因填《酷相思》一阕,以志思归之切:"曾记梅开长至节。常独坐、花间逸。看古干、幽葩真峻洁。春到也、霏香雪。春去也、飞香雪。　驿使而今消息绝。便诉也无从说。待归去、和花同度日。船上也、梅花月。马上也、梅花月。"邻女窥知予意,即撷其家后园中红梅为赠,予大喜过望,亟养之榻畔陶瓶中,以伴天竹,并赋《好事近》两阕为谢云:"昨夜转东风,社燕带来春信。日坐愁城愁绝,与国香无分。　乱山谷里梦梅花,倐觉暗香近。难得玉人情重,送一枝清韵。""傍榻列陶瓶,天竹殷殷红透。好与缃梅做伴,喜两相竞秀。　梦回夜半忽闻香,冉冉袭罗袂。晓起检看衣带,又一花黏袖。"词虽不工,而抒写当时情事,语语纪实,即末二句亦非虚构,盖我卧处适在瓶梅之下,时有梅蕊、梅瓣堕衾裯间,晨起振衣,往往有花朵簌然,自袖底出也。予以梅花时节,不克归卧故园,相思如结。一日外出小步,偶于山坡上见古梅一株,繁条四张,花开如雪,闲眠其下,可接清芬,殊不输孤山老逋仙也,因赋《鬲溪梅令》美之云:"傍溪偎石老梅蟠。玉团团。负却几重香雪、没人看。狂蜂成队攒。　寒葩与我两相欢。共盘桓。镇日闲眠花底、梦魂安。琼英真可餐。"每日午后风日和煦时,予辄携诗词一二卷往,坐卧其下,检取清辞丽句,对花读之,日晡始归。如是十馀日,几于排日往就,至于花谢乃已。

吾吴张元长氏，名大复，为明代小品文第一作手，陈眉公与之善，亟称之。眉公虽亦以小品文鸣于时，顾名隽不如张，故吾爱张文，犹在陈文上也。张氏殆亦爱梅花，因名其小品文集曰《梅花草堂集》，集中品花之作，亦以梅花为多。如《庭梅》云："庭中梅花为阴雨所勒，半妆辄止。朝来霁色可喜，花亦烂开如雪，阵阵游蜂，作深夜筌篌声。戏取昨岁赠语，令倩亟杂歌之，命酒再酌。僧孺夸吾山头万树，何如此三尺地一番香雪也。"《梅》云："庭梅将开，有一枝偃蹇欲披，其上小枝萼正繁。予不忍，或云宜亟剪，以专其气。童子戏投腴水中，花烂开，硕而圆，泽于本根者，毛嫱、西子之入后宫也。曜朝日，焕浮云，设老于江皋，独存标格耳，嗟夫。"《老梅》云："老梅悴悴欲尽，尔尊移玉蝶一株，将易之，予低徊不忍。既数日，条有勾萌，乃植玉蝶于北，刚一步许，意虽萌不悴也。今忽成荫，敷花如雪，交枝布叶中作绿龛。夏雨洒洒，移时不漏。予伫立良久，飘风送湿，乃去。"《北亭梅花》云："宋广平作《梅花赋》，清便艳发，得南朝徐庾体。皮鹿门怪之，谓此老铁心石肠，与赋不类，是不知梅花者。世无铁石人堪作《梅花赋》否？谭公亮北亭外有梅一枝，倚窗敷花，白如拥雪。恨脚痛不能坐卧其下，时候消息于童子而已。今日奇香破窗而入，而侍者来报，雨意垂垂，岂梅将别我乎？令桐快读宋赋酬之。梅哉，梅哉，应不恨我隔断窗前月也。"《千叶绿梅》云："梅之品，萼绿者最，然予故未见千叶绿梅也。昨岁正月二十九日，遇于魏孝廉书舍之南，奇香鲜绿，英英逼人，燃灯照之，光态浮莹。时有吴生挝弹，沈生吹箫，李生度曲，予素不解饮酒，竟沉醉。今忽一年矣，寒威且转，梅萼再敷。偶想见其处，以语虞山王维烈，辄写一幅见投，命儿子挂息舫中，泼洞山岕赏之，觉香气馥馥从壁间出。盖丁未之元日也。"淡淡写来，政如月下寒梅，自饶清丽馨逸之致。

十馀年前，吴中有吴辉章氏者，善治盆梅，取干之不枯者，雕之琢之，使成枯干，而绝无斧凿痕，即枝条亦处理得当，自然入画。予移家吴中时，吴氏已作古，不克一见其人，闻艺花诸前辈啧啧称其技，心向往之。某岁，公园举行梅花展览会，予亦以盆梅二十馀事与焉，蔡震渊画师见之，谬加赞许，谓绝肖吴辉章氏当年作品，因归检旧藏摄影数十帧见贻，并亲为题跋，以示珍异。予得之狂喜，细加揣摩，则佳制居其强半，纯任自然，果不类曾加雕凿者，间有数本，竟如明末金俊明氏画梅逸品，了无一丝烟火气，可谓难矣。后闻叶誉虎先生曾得吴氏作品十馀事，云以善价购自吴氏后裔者，亟往观之，则佳品仅三之一，可决其为吴氏手泽，惜以历年已久，枯干多已朽腐。其三之二，则殆为他人所制，而滥竽充数者，因有劈梅数本厕其间，殊不足取也。所谓劈梅者，以寻常巨干之梅，截之使短，而中劈之，虽二者均得活，而伧俗至不可耐，梅蕊既放，乃如柴爿开花，无当大雅。二十年前，吴人多好劈梅，成为一时风尚，近数年来，则直以粪土视之矣。予于四年前，曾得劈梅二，则与寻常劈梅异。其一为红梅,得自虎丘,作淳于髡仰天大笑冠缨索绝状,一根外展,如人伸足,上有粗条三,位置自然,繁枝既挺生,则删存其七,花亦不令多,每枝仅留数蕊,盖欲盆梅脱俗,枝必求其疏,不求其密,花必求其少,不求其多也。此本尝参加吴中文献展览会,予集黄山谷碑帖中"高韵"二字锓其上,见者称之。别一本亦红梅,粗可两握有半,得之邓尉,初殊冥顽不灵,不加重视,归而加以雕凿,复整其枝条,始觉楚楚可观,予复于其平面锓刻龚定盦诗一绝云:"玉树坚牢不病身,耻为娇喘与轻颦。天花岂用铃幡护,活色生香五百春。"诗为龚氏手书真迹,奏刀者则吴中金石家薛念椿君也。梅干题字题诗,未之前闻,自问此举尚非蛇足,政不妨自我作古耳。

(《健康家庭》1940年第12期)

园居杂记(十)

园中古本盆梅,黟颐沈沈,极光怪陆离之致。前岁冬仲,复得故俞蕴兰氏遗物皖梅二十馀本,遂益蔚为大观。去岁春初,特自沪渎遄返观赏,令人如入山阴道上,目不暇接。小住旬许,下榻梅屋中,屋外即梅丘,所植红绿梅、野梅、铁骨红梅等俱灿发,屋中复陈以硃砂红、萼绿华古梅各一本,植之青花旧瓷盆暨紫砂古盆中,古雅无匹,日夕坐卧暗香疏影间,为之欲仙欲死。一时兴到，因发之于诗，两日得三十绝，差可博冰魂一粲矣。兹录十绝如次："家报平安可解忧，梅花招我到苏州。向人檐下低头过，为了梅花作楚囚。""海角归来裋褐甚，梅花笑我负平生。俗尘扑去三千斗，我与梅花一样清。""玉骨冰肌迥出尘，梅花开后始知春。幽香冷艳称无敌，劲节还当愧贰臣。""梅屋周遭尽是梅，横窗一树已先开。胡床卧看亭亭影，何必巡檐索笑来。""自怜历劫走天涯，随俗浮沈计已差。那得抽身人海外，杜门却扫看梅花。""萼绿硃砂双挺秀，小窗对我笑颜开。孤眠夜夜温麽甚，为有花魂入梦来。""老梅花发多姿媚，伴我悠悠入睡乡。闭了文窗关了户，罗浮梦里亦闻香。""逋老当年馀韵在，效颦我亦欲妻梅。凝香燕寝周旋久，不怕蛾眉见嫉来。""但有梅花心便足，何须绮席与金尊。管他风雨萧骚甚，我自闻香不出门。""骊歌将唱惜馀芳，花底徘徊泪数行。白日还嫌看未足，深宵秉烛看残妆。"今春元宵节后，仍循例归赏，惜以春寒料峭，盆梅泰半未放，惟梅丘及花院诸梅，则已盛开，烂烂漫漫，仿佛孤山一角，且连夕得于月下观赏，尤惬幽怀，诵"月明林下美人来"之句，为回肠荡气久之。

往岁园居多暇，尝手辑《花事小简》一卷，多为昔人借花寄怀或招邀胜友观花及品评花木之作，鱼鱼雅雅，隽妙绝伦，雒诵一过，正如嚼蕊吹香，沁人心脾也。其关于梅花者，如王焯《与何吾御》云："满头风雪归来，似孟襄阳灞桥驴背，曾带一枝春到否？即欲躬候，泥涂阻之，俟稍爽即图就教。"毛文焕《与友人》云："南枝窈窕横斜，态似玉人醉倚，遗半偈庵前居士。推窗香雪满林，花底流莺搅梦，此中佳致十倍，当有琼瑶报我。"王世贞《与周公瑕》云："梅花屋两日当甚佳，翠禽啁啾，恼足下清梦，莫更以为绿萼华否。"史启元《报友》云："想兄拥双荷叶，歌八御之曲，芙蓉帐暖，金谷风生。若弟兀坐寓斋，枯禅行径，朝来浓雪披绿萼，稍有晋人肠肺。"许君信《复张孝廉》云："迎朝风雪苦人，昨承佳咏，阳春忽布，特向床头读之，不觉冻梅放白矣。"归有光《与徐道潜》云："向云万树梅花，徒见其枝条。山中犹寒，即今多未破绽，日令慎奴探之。居人云：'年尝到二月中，花始齐。'鲁叟乘此时来，且有月益奇耳。"汤传楹《与尤展成》云："庭前小梅数株，绿衣素妆，娟好如汉宫人。幽斋无事，静对忘言，或时移书吟咏其下，攀条摇曳，暗香入怀。每当惠风东来，飘拂襟袖，挹其清芬，宛然如见故人。今虽飞琼碎玉，点点青苔，然片光孤影，犹仿佛荀令风流，缭绕左右耳。倘罗浮主人能乘兴而来，巡檐一索，便可吟楚些，共招落梅魂也。"盛此公《寄杨心一》云："墙外梅花，横出一枝，直透窗前，犯檐而发，生香扑鼻，大可佐酒。足下当携新制数篇，向花前读之，以领略此一段春光也。"钱文荐《寄黄贞父》云："湖上一别，不知几寒暑，岁聿云暮，江光雁影，寂寥堪悲，不得素心人共数晨夕，我怀何如也。陇头梅花杳无信，末由折一枝相敬，奈何。"刘玉受《柬友》云:"二月十五日得弟辈书,见灯夕畅酣,探梅邓尉及笔墨相亲种种撩人语,使人妒绝。俗吏既与笔墨为仇,遂不知十年前邓尉,仍在世间耶?亦复不省梅为何物?云何为探?"宋琬《约王仲昭张邺仙看花》云:"永兴寺老梅,花中之鲁灵光也。仆亟欲一往,而门下以花信尚早为辞,不知花之佳处,正在含苞蓄蕊,辛稼轩所谓'十三女儿学绣时'也。及至离披烂漫,则风韵都减。故虽怪风疾雨,亦当携卧具以行,仆已借得葛生蹇驴,期门下于西溪桥下矣。"蒋斌《寄家旷生》云:"忆浣花园里,三径幽深,梅花大开,坐卧其下,若置身仙境矣。此际尘中人观我辈,不啻云天笙鹤,飘飘太虚,快也何如?今春间阻,不得共此为恨。聊裁短札,以叙往怀。"胡缵曾《与桢庵侄》云:"园梅正绽,午馀敢屈过赏,须眉相应,如坐瑶林琼树中,罗浮醉梦,无过于是矣。望之,望之。"史鉴宗《招方古云啜茗》云:"鹿鹿愿酬,葛襟尘积,拂之不去,意久不见叔度耶。幸春风还,认柴扉,向短砌,又催梅绽。因思得一二素友,茗饮花间,而屈指知交,多食肉者。东林白社,遂寥寥欤。惟狎鸥矶,独有两珍,白函与君耳。倘即惠然,奚啻正渴忽泉,望晴忽日耶。"张之纲《与陆近鸥》云:"东风撩人,群卉争秀,草绿裙腰一带斜矣。敬移小舫,迟君于云山深处,愿言今夕,不醉无归,笑看梅花月上也。"宋懋澄《简袁先生》云:"梅花百树,枝枝善眼仙人,遥礼佳城,恍然净土。玉壶在艇,功德淋漓,敢不稽首以谢。"莫廷韩《与友人》云:"古梅放花时,以磐石置彝鼎器,焚香点茶,开内典素书读之,正似共百岁老人,捉麈谈尘外事。"丁雄飞《与张行秘》云:"煮冰烧荚,嚼胆瓶梅花,造物到底以清福畀人,断不为岁残,遂草草了事也。因念去冬薰长于塔,坐徙南丈室,吃粥作诗,天地冷如冰,吾辈意气热如火,今不能续,叹叹。"陈继儒《答许方谷》云:"张尔含使者,风饕雪虐时入山,授以瑶篇,重之冰俸,种种皆可辟寒,已与二三友人展读于梅花晴雪之下,又香又艳,又清又绮,不觉跃入许使君冰壶中,快爽不可言喻。读竟,题数行作叙,苍苍莽莽,恐季重王使君见之,笑其才尽耳。"张鹿徵《答姚寒玉》云:"玄墓十里,西溪千树,时时不去胸臆,不谓从寒道人十指幻出也。一春花信二十四,纵有此香无此格,高人定不能为写照耳。茶熟香清,老衲在座,来听无生话,何如?"翁同龢《与彦清》云:"危坐观空,静中乐事,山庐梅花如椒,其元气在根耳。"王溥《与邵逸士》云:"名远来,反覆述君雅意,云小园梅花渐吐,又得居停主人移植数本,使我数十年诗狂酒癖,一旦勃然。闻之非不欣欣欲动,但束于两严君命,奈何!目下敷英擢秀,枝头复将阑珊矣。遥思爱日烘晴、明蟾冻夜时,仿佛见君微吟浅醉状也。所恨弟肺素畏寒,不能和雪吞数百片以沁之。惟晨起读宋广平赋两遍,午后与儿曹辈课书,得暇即搦管伸纸研墨,仿梅道人笔意,任写几十干。抵晚,共老亲暨山妻幼女欢饮,饮半酣,辄细味中峰百律,连浮十大白,不觉酩酊。随升小楼,投床少憩,而枕上恍惚所遇,俨然如赵师雄故事。目中口中手中梦中,俱可作此想,逋仙、何逊而后,肯遽让君独占风流耶?"诸简吐属名隽,自是绝妙小品。吾园梅花时节,予尝仿其体折简招友好共赏,惜功力未至,政无异东家施效西子颦耳。

予以爱梅花故,兼爱画梅。朋好中如吴湖帆兄,为予画古红梅,题曰"悄无言相对沧浪水";张大千兄为予画古绿梅,题曰"梅花小寿一千年",均浸浸入古。他如吴待秋、赵子云、樊少云、陈迦盦、顾墨畦诸前辈,暨张善子、彭恭甫、王选青、徐邦达、江小鹣诸兄,亦均斐然有作。予识小鹣垂二十年,小鹣尝累许予画,而卒未得之。一日翩然过吾园,见盆栽诸古梅,欢喜赞叹,立索纸走笔,为梅花写生,气韵生动,不同凡俗,小鹣亦沾沾自喜,云为生平得意之笔。今此画犹在故箧,而小鹣已作古人,思之腹痛。至昔人画梅,亦尝罗致一二,顾以限于资力,所得无几。金冬心、汤雨生之俦,虽以画梅名,而市上多赝鼎,迄犹未获真迹。其差可称为梅屋中长物者,则有明代周服卿梅雀,陈眉公老梅,李因女史梅花鸳鸯;清代王石谷、杨西亭、徐粲若师生合作梅竹寒禽,黄瘿瓢梅花冻雀,吴窬斋香雪海,高其佩指画探梅图,任立凡"一树梅花一放翁",俱投予之所好,而什袭珍藏不遑者。去岁又得吴毅祥扇箑四事,一曰"万山香雪图",一曰"独坐空山里,寒梅鼻观香",一曰"待月成孤坐,诗心堕杳冥,梅氛侵鼻观,鹤梦道人醒",一曰"茆堂客到共谈心,喜有梅花发远岑,莫道空山常阒寂，联吟把臂是知音"。四笺均泥金笺，大小相垺，而于一年间先后得之，适成一堂，可喜也。今春又得彭刚直梅花真迹一轴，刚直画梅，实寓有一可泣可歌之情史在。据笔记所载，刚直微时，与邻女曰梅仙者昵，订啮臂盟，梅仙家素封，其父母已为之许聘乡人某氏之子，刚直以家贫不能与争，遂舍去，而中心固未尝一日忘梅仙也。公既显贵，梅夫亦官至副将，梅仙出入军中，间一谒公，道及前事，辄复怃然。公终亦不能忘女，因画梅寄意，尝有"狂写梅花十万枝"之句，可见其一往情深矣。刚直画多赝鼎，予所得一轴，初亦疑之，以示吴湖帆兄，审为非赝，云其生平所见真迹，并此而三，因题其端云："上将豪气，藐姑仙姿，千古美谈。彭刚直画梅印章曰'狂写梅花十万枝'，又曰'儿女心肠，英雄肝胆'，可知其别有怀抱，因此为文苑重视，而影射者亦狡狯叠出。此图乃瘦鹃道兄所得，洵刚直真迹中杰构也。愿天下同心人，勿以等闲视之。"刚直此画，笔笔挺秀，可以见其个性，且系以诗云："风雨空山频落寞，春回阳转待天时。梅花具有清刚气，不怕江城玉笛吹。"书法亦刚劲不凡。予于公之不忘旧爱，夙寄以无限同情，今乃于无意中得其墨宝，喜可知已。

(《健康家庭》1940年第2卷第2期)

园居杂记(十一)

曩游梁溪荣氏梅园,见诵幽堂之旁轩中,有杨楚孙氏一联云:"有客题诗,问寒花开未;呼童煮酒,趁梅子青才。"雒诵一遍,即剧赏之,觉全园联语中,以此为最。读"梅子青才"四字,便可想象梅树结子时累累枝头之妙,洵可望而止渴者,且回忆及于儿时竹马青梅情景,犹醰醰有馀味焉。吾园花院中,有四梅树均结实,一春所得,凡千百颗,而梅子黄时,尤艳冶可喜,金丸攒簇,与枇杷相为妩媚,读贺梅子"梅子黄时雨"句,但觉黄梅子之可爱,不复觉黄梅雨之可憎矣。凤君酷嗜黄梅,恒采撷盈筐,市糖霜渍之,辅以霜梅若干颗,入夏取少许,以冷开水冲饮,厥味隽妙绝伦,其开胃解渴之功,尤在柠檬水、鲜橘水之上,而亦非市售之酸梅汤所可企及也。

吴中红梅,多作淡红色,几于淡至欲无,即铁骨红似亦减褪,不若前此之秾艳。予于五年前得胭脂红一本于邓尉山下,则秾艳如胭脂,虽非枯干,而树姿绝美,岁首著花亦繁,植之白瓷古盆中,有亭亭玉立之致,且梅红瓷白,相互映辉,信如说部中形容美人颜色,"娇滴滴越显红白"也。昔人画梅,亦有以胭脂为之者,如钱塘金冬心氏画梅题记云:"客窗绯梅半树,用玉楼人口脂画之。彼姝晓妆,毋恼老奴窃其香奁,而损其一点红也。不觉失笑。"此画予尝见之,以其用玉楼人口脂所作,鲜艳如新,初藏故词人朱古微氏家,四周题咏殆满,朱殁,归之潘博山氏,珍若拱璧,已而赠其姑丈吴湖帆氏,遂为梅影书屋长物,尝参加可园之梅花展览会。予于健羡之馀,窃欲罗而得之,顾终不可得也。又昔之九九消寒图,亦以胭脂点梅蕊,蕊凡八十有一,即点胭脂八十一点,其艳冶可想。清词人青浦王兰泉氏昶,尝以《一萼红》咏之,系以序云:"此图始于宋代,画梅一枝,上有空白八十一蕊。法以长至日晓起挂妆台左,取胭脂片点唇后,则加一点于蕊中。迄春分尽,凡八十一日,则寒消春满,红梅烂然,与窗外梅花隐隐相对,故为九九消寒图。明弘治年间,秦藩青阳子刻在兰州,岁久渐泐,吴中女士吴楚霞等重刻此图,且各系七言一绝,真闺襜佳话也。"词云:"展吴绡。见南枝绽雪,珠蕊发春朝。粉蝶谁知,翠禽欲语,罗浮远梦初销。胭脂匣、妆台乍启,将玉指、微注小樱桃。爆竹声中,传柑节里,日日亲描。　　惆怅西秦遥远,但研朱滴翠,画笔谁调。云鬟梳成,银鬟理罢,重摹韵事偏饶。更相约、瑶京仙侣,霱香麝、揎袖染纤豪。留得岁寒风景,常对眉梢。"今之女画家如吴青霞、陈翠娜、顾青瑶、周炼霞、谢月眉诸女史,均能画梅,何不于岁寒效宋人所为,各作一九九消寒图,于八十一日中,膏沐之馀,日以胭脂点梅蕊,俾成丽制,而为闺襜添一佳话耶?

考之古籍,梅之种类绝夥,其较著者,如绿萼梅,凡梅附蒂皆绛,此独纯绿;玉蝶梅,花头大而微红,色甚妍丽;朱梅,色深红而艳;重叶梅,花头甚丰,千叶,开如小白莲;鸳鸯梅,重叶数层,红艳轻盈,一蒂双实;品字梅,一蒂结三实,但其实小,不堪啖;江梅,白花檀心紫蒂,王荆公称为花御史;照水梅,花开朵朵向下,香颇浓郁;黄香梅,一名缃梅,花小而心瓣微黄,香尤烈;冰梅,实生叶罅而不花,色如冰玉,无核,口含自融;墨梅,系楝树所接江梅,花色淡墨;台阁梅,花开后,心中复有一小蕊待放;丽枝梅,花繁而蒂紫,但结实不甚大;鹤顶梅,花如常梅,惟实大而色红。以上所列,凡十馀种,今多失传,弥复可惜,若墨梅、缃梅、照水梅等,均为异种,固予所寤寐求之而不可得者也。今之墨梅,惟见之于画中,非盆盎间物。考画谱,谓墨梅始自宋代华光仁老,其方丈植梅数本,每花放时,辄移床其下,吟咏终日,莫知其意。偶月夜未寝,见窗间疏影横斜,萧然可爱,遂以笔规其状,凌晨视之,殊有月下之思,因此好写,得其三昧,标名于世。山谷见而美之曰:"嫩寒清晓,行孤村篱落间,但欠香耳。"往往士大夫有索数年而未下笔者,有不求而自得者。华光每写时,必焚香禅定,意适则一扫而成,人或戏之曰:"昔王子猷爱竹,何癖于梅?"华光正色曰:"其趣安有轻重哉?"闻者肃然。

晚近梅种之夥,端推扶桑三岛,有野梅性、丰后性、绯梅性、杏性、难波性、摩耶红性、红笔性之差别;花朵有八重、单重之判;题名多至数十百种,间有颇饶诗意者,如夜光玉、珊瑚之光、玉台、龙眠、满月、初霜、残雪、飞燕、沧溟之月诸品,均可采作诗料。往岁老友徐卓呆、范系千二兄自扶桑归,尝以鹿儿岛、红单重、绿单重等数本见贻,中以鹿儿岛为最,色浓红,尤过硃砂,植之园中,岁岁作盆供,至今无恙。顾以非我族类,予亦等闲视之耳。

梅花折枝,以插供古铜尊罍,最为古雅,或以陶质古瓷贮之,尤有高致。先将梅枝折处燃火烧之,固渗以泥,更于水中投以硫黄少许,则花可耐久,而寒夜凝冰,瓷亦不致破裂。予尝得一古陶瓷,上有题字四,均奇古,梅花发时,即如法插贮梅花一巨枝,经旬不败,陈之梅屋中,自尔入画。忆清代罗两峰氏,尝有一画,仿佛似之,题其端云:"床头古瓷,插春梅一枝,日高三丈,犹偃仰于横斜疏影间也。"系之以诗:"翠幄低垂夜漏分,博山何用水沈熏。梅花在我床前笑,自说仙人卧白云。"又安吉吴昌硕氏,亦喜插梅于缶,而以丹青图之。去岁尝见其一画,黄泥缶中,插红梅一枝,题其端云:"折梅花,酿春酒。歌白云,扣士缶。山中人,自长寿。"寖寖入古,雅与画称。老人生平似亦爱梅成癖者,故画梅特多,而身后长眠之地,复在超山万梅花中,意其一身雅骨,殆亦挟有梅花香矣。嗟夫!我终输此老一着也。

昔人五言绝梅花诗,自以王摩诘之"君自故乡来,应知故乡事。来日绮窗前,寒梅著花未"一首为最。园居多暇,选古今人梅花诗,得绝句百馀首,凡兹文字之美,金足为寒花增其色香者也。五言如李白云:"羌笛梅花引,吴溪陇水情。寒山秋浦月,肠断玉关声。"王适云:"忽见寒梅树,花开汉水滨。

不知春色早，疑是弄珠人。"黄庭坚云："梅蕊触人意，冒寒开雪花。遥怜水风晚，片片点汀沙。"王安石云："墙角数枝梅，凌寒独自开。遥知不是雪，为有暗香来。"杨万里云："篱落深深巷，茅茨小小家。冬晴好行脚，何处不梅花。"赵葵云："酒力欺寒浅，心清睡较迟。梅花擎雪影，和月度疏篱。"刘文晦云："佳人天一方，岁暮音书绝。一枝持赠君，犹带去年雪。"刘克庄云："手种梅无恙，苍苔满树身。可怜开较早，不待远归人。"翁照云："静坐月明中，孤吟破清冷。隔溪老鹤来，踏碎梅花影。"张起云："画阁馀寒在，新年旧燕归。梅花犹带雪，未得试春衣。"蒋锡震云："竹屋围深雪，林间无路通。暗香留不住，多事是春风。"戴敏云："三杯暖寒酒，一榻竹亭前。为爱梅花月，终宵不肯眠。"高启云："惆怅望山里，寒梅应自开。云中何处觅，须待雪晴来。"陈继儒云："月白人吹笛，山青鹿叩门。梅花新压酒，迎取眼前春。"魏熙瑞云："冬山清似秋，晓月明如夜。山鸟月中寒，梦醒梅花下。"释贯休云："霜月夜徘徊，楼中羌笛催。晓风吹不尽，江上落残梅。"释道源云："万树寒无色，南枝独有花。香闻流水处，影落野人家。"释敬安云："垂钓板桥东，雪压蓑衣冷。江寒水不流，鱼嚼梅花影。"洪亮吉云："寒深香意迟，梦破花枝小。无数鹤飞来，江南春正晓。"六言如杨简云："净几横琴晓寒，梅花落在弦间。我欲清吟无句，转烦门外青山。"陈与义云："荆楚岁时经尽，今年不见梅花。想得苍烟玉立，都藏江上人家。"予亦有一首云"寒梅一树两树,远岫三重四重。枝定冻禽睡熟,淡云和月朦胧。"七言绝如李白之"一为迁客去长沙,西望长安不见家,黄鹤楼中吹玉笛,江城五月落梅花",固已脍炙人口,户诵家弦,而其他为予所爱好者,如李进云:"蹇驴冲雪岸乌纱,夜醉西湖卖酒家。十六吴姬吹凤管,卷帘烧烛看梅花。"谢枋得云:"十年无梦得还家,独立青峰野水涯。天地寂寥山雨歇,几生修得到梅花。"乔望仙云:"萧萧风起月痕斜,露重云鬟压玉珈。望断行云凝立久,手弹珠泪湿梅花。"陈文述云:"玲珑玉树冷栖鸦,多少红楼近水涯。一路画帘寒不卷,隔墙香出白梅花。"平素娴云:"扫将晴雪试烹茶,暖阁沈沈翠幔遮。小饮助郎诗思好,一盘生菜是梅花。"释慧月云:"西湖几度宿金沙,踏遍孤山处士家。野鹤不归春寂寞,一钩新月冷梅花。"太清春云:"苍皮压雪龙鳞古,细篠临风凤尾斜。应是玉堂人寂寞,巡檐呵手写梅花。"黄任云:"寒天翠袖照明霞,倚竹伶俜日又斜。瘦到骨时香到骨,只因薄命是梅花。"卓敬云:"风流东阁题诗客,潇洒西湖处士家。雪冷江深无梦到,自锄明月种梅花。"叶恭绰云:"丹房云帐锁烟霞,色界人天认未差。我厌仙踪还扰扰,独骑孤鹤踏梅花。"梅花诗七绝佳什,不胜枚举,以上所选十一首,均以梅花作结,以示限制,恨不能得一百首,俾于钱塘陈叔通氏所纂画中《百梅集》外,更成一诗中《百梅集》,为梅花张目也。

(《健康家庭》1940年第2卷第3期)

园居杂记(十二)

明末归玄恭氏庄,昆山奇士也。明鼎既革,佯狂遁世,与顾亭林氏并负盛名,以"归奇顾怪"闻于时。平居笃爱梅花,花时不辞跋涉,四出探访,尝有《寻花日记》之作,中有《洞庭山看梅花记》、《观梅日记》二篇,足见其爱梅之深,盖有鉴于梅之劲节高风,不同凡卉,政可引为同调也。《观梅日记》中有云:"以二月十二日,自昆山发舟,晡时至虎丘,遍观花市。舟小,寓梅花楼,盖旧观也。夜独酌,薄醉,步虎丘石台,时月方中,有微云翳之,欲待夜深云净,遣童子取氍毹,寓僧以早闭门请,遂不能久留,吟二绝句而入卧。"其第一绝云:"邓尉山梅是胜游,东风百里送扁舟。更爱虎丘花市好,月明先醉梅花楼。"十馀年来,予尝数数游虎丘,而不知有梅花楼,即导游小贩,能说山中故事,缅缅如贯珠,而叩以梅花楼所在,亦瞠目不能答。今山中梅花,惟冷香阁有数十株,干粗才盈一握,盖晚近新植者,意者今之冷香阁,殆即昔之梅花楼乎?吾园既有梅丘、梅屋,似亦不可无梅花之楼,他日堂宇新构,当以梅花楼名吾楼,而遍张年来所获梅花书画于其中。果天假吾年,得见日月之重光,则国花时节,决将招邀胜侣,作平原十日之饮,"月明先醉梅花楼"之句,不啻为我咏矣。

宋代名臣张功甫氏镃,于淳熙岁乙巳得曹氏荒圃于南湖之滨,有古梅数十,散漫弗治,爰辍地十亩,移种成列,增取西湖北山别圃红梅，合三百馀本，筑堂数间以临之。又挟以两室，东植千叶缃梅，西植红梅，各一二十章，前为轩楹，如堂之数。花时，居宿其中，环洁辉映，夜如对月，因名曰玉照云。其品梅也，谓标韵孤特，若三闾、首阳二子，宁槁山泽，终不肯俯首屏气，受世俗湔拂。间有身亲貌悦，而此心落落，不相领会，甚至于污亵附近，略不自揆者。花虽眷客，然我辈胸中空洞，几为花呼叫称冤，不特三叹而足也。谈言微中，自是寒葩知己。氏于爱梅之馀，复审其性情，思所以为奖护之策，疏花宜称、花憎嫉、花荣宠、花屈辱四事，总五十八条。如花宜称凡二十六条云："为澹阴，为晓日，为薄寒，为细雨，为轻烟，为佳月，为夕阳，为微雪，为晚霞，为珍禽，为孤鹤，为清溪，为小桥，为竹边，为松下，为明窗，为疏篱，为苍崖，为绿苔，为铜瓶，为纸帐，为林间吹笛，为膝上横琴，为石枰下棋，为扫雪煎茶，为美人淡妆簪戴。"花憎嫉凡十四条云："为狂风，为连雨，为烈日，为苦寒，为丑妇，为俗子，为老鸦，为恶诗，为谈时事，为论差除，为花径喝道，为对花张绯幕，为赏花动鼓板，为作诗用调羹驿使事。"花荣宠凡六条云："为烟尘不染，为铃索护持，为除地镜净、落瓣不淄，为王公旦夕留盼，为诗人搁笔评量，为妙妓淡妆雅歌。"花屈辱凡十二条云："为主人不好事，为主人悭鄙，为种富家园内，为与粗婢命名，为蟠结作屏，为赏花命猥妓，为庸僧窗下种，为酒食店内插瓶，为树下有狗屎，为枝下晒衣裳，为青纸屏粉画，为生猥巷秽沟边。"

所举诸条,均有见地,可见其体贴入微。惟花荣宠条中有"为王公旦夕留盼"一语,以张氏身为王裔,未免阿私,如易王公为高士,则我无间然矣。予于四事中,最爱其花宜称二十六条,容倩友好中之善书者,书以梅花之笺,俾他日张之梅花楼中,更为梅花生色,花而有知,其亦以为宜称否乎?

梅花放于正月,居百花之先,而傲雪耐寒,尤足代表吾国之民族性,被尊为国花,允无愧色。世俗向有十二月花神之传说,殊有未当,德清俞曲园氏因为更定,推何逊为正月梅花之神,附以释义,谓:"梅花为林处士所专久矣,原议以处士为梅花之神,允符公议。然考梁何逊作扬州法曹,廨舍有梅一枝,逊常吟咏其下,后居洛思之,再请其任,抵扬州,花方盛开,逊对树旁皇,终日不能去。然则爱梅成癖,首推此公。杜诗云:'东阁官梅动诗兴,还如何逊在扬州。'唐以前言梅花事,所艳称者,固无如何水部矣。宋赵蕃诗云:'梅从何逊骤知名。'孤山处士,尚其后辈,以俎豆让之,或亦首肯。"俞氏之议,固亦言之成理。顾予以为林和靖隐居孤山,征辟不就,构巢居阁,绕植梅花,且以梅为妻,足见其爱梅之挚,岂何逊之恋恋于一树梅花所可及,而"疏影横斜水清浅,暗香浮动月黄昏"二名句,亦为千古咏梅诗中绝唱,非爱梅成癖者,奚能体会及此。故予于俞氏之崇奉何逊,未敢苟同,梅花之神,仍当属之逋仙,异日拟倩名手以银杏木镌其造像,供奉之于梅屋中也。

明代陈眉公弟子李日华氏,作《紫桃轩杂缀》,每道花事,颇多隽语,予爱其记梅雪一则云:"岭南有梅无雪,塞北有雪无梅。梅雪相遭,空明妙丽,周遮仅千馀里地界得之耳。然能拈条嗅蕊,挹爽吸清,令寒香沁肺,而又能为梅雪吐一转语者,宇宙以来,竟几何人耶?余昔倅江州,摄瑞昌邑,在荒江邃谷之中逢迎绝少,衙退,即手杜诗一编,坐后圃亭中,作诗人矣。雪中一绝句云:'云来亭树暗栖霞,铃索无声吏散衙。独立虚檐人不见,自团残雪咽梅花。'今余解组,日盘桓百树梅中,而苦为俗务所婴,翻忆尔时意味,为不易得也。"意境清绝,读之,亦不啻团残雪咽梅花也。李氏又有《味水轩日记》八卷,吴兴刘氏嘉业堂尝刊其残本四卷,中亦有记梅者,录其数则如下,其一云:"(万历四十年正月)十九日,小雨,盆梅尽开。沈翠水又携一本至,作樱桃花色,名照水玉蝶,嫩红繁萼,梅之老格几变,正是绮疏中物耳。"其二云:"二十日,至西津送岳之律,泛马颊湖。寒条刺天,而黄碧之色已动。野人篱落间,梅梢点白,尤有清兴。"其三云:"(六月十四日),马衡皋携示沈石田《探梅图》,山石巉露,林樾纵横,一蹇独跨于风雪中,题云:'雪中羸骑冲寒至,为问梅花开未开。赖将南枝撩半蕊,不然空作子猷来。'"其四云:"(七月)二十六日,杭客携示唐伯虎雪景一幅,题云:'雪霁溪山白渺茫,一编斜倚映寒光。勤劬不是孙康意,要傍梅花一树香。唐寅为爱梅老友作。'谭孟恂来,留数酌,与晚步湖塘而别。"其五云:"十二月朔日,寒甚,始见坚冰。前日煦暖,梅几吐白,得寒又复葆固,因忆袁中郎'寒勒梅花未放香'之句,乃实录也。"予于今岁元旦始,亦排日作日记,顾以无恒心故,甫逾一月即中辍,尔时适在梅花时节,故所记亦多及梅花,字里行间,仿佛有暗香疏影也。

地理志载有梅湖者,昔人以梅为筏,沈于此湖,有时浮出,至春则开花,流满湖面,后有人题之曰浮梅槛。明季许玄祐氏家于甫里,有梅花墅。张大复氏家于苏州,有梅花草堂。凡此皆与梅花有夙缘,而为梅花点缀风光者。予于歆羡之馀,每涉遐想,惜吾园地窄,不敷展布,未能一一效颦,为呼负负!

岁寒清供,自以盆梅、瓶梅为最雅。盆梅必种以古泥古磁盆,瓶梅必插以古铜古陶瓶,陈以棐几,配以佳石,窗下静对,细领色香,真可粪土蛾眉,三月不近房闼。昔人咏梅诗,率为山梅、园梅或梅林之属,其咏盆梅、瓶梅者盖寡。日者偶读旧籍,乃得清代雍正时名诗人冯大木氏《盆梅》七古一章,继又得阳湖吴翙寅氏《瓶梅》七古一章,命意遣词,均深得吾心,一时欢喜赞叹,如获双璧,是不可以不录。冯诗云:"盆山梅老花气重,树压山尖森欲动。新蕾作色猩点斑,老干屈铁龙垂洞。茅斋四壁雪花白,地炉着火春破冻。坐见南枝开五分,自拨床头雪一瓮。斗帐拥书香乍浓,双颊潮红酒初中。醉倒花前花不知,我与梅花均一梦。记得长安许史家,夭红艳紫人争贡。梅花蹇偃不遇时,岑寂荒山了无用。但共水鹤夸妻子,聊与山礬呼伯仲。幽姿逸韵持向谁,幸有香名识者众。全胜桃李太俗生,迎暖风前自炫弄。"吴诗云:"雪中折梅入瓶里,寒香作魂冰作髓。湘波蛟脊帝子立,洛浦翠蕤神女倚。烟际长鬟绰约开,风前独笑伶俜起。疏窗韵与梦相宜,灯影一龛淡于水。"

世乱纷纷,莫知所届,往往忧来袭人,卒卒不欲有明日,不得已,则以寻章摘句为事,拈韵倚声为乐,俾心有所注,藉以忘忧。自民二六避兵古黟以迄于今,成《乱离草》二卷,得诗三百馀首;《红鹃词》二卷,得词二百馀阕。因爱梅者深,故恒以梅为题材。一昨偶检词稿,除有数阕已见前记外,又得数阕,掇录一二,亦足见此香国第一花,系我之情为何如也。《南歌子》云:"天冻云凝厚,楼高雪聚多。孤衾如铁夜如何。为问梅花香梦,怯寒么。"《浣溪沙》云:"跂脚西窗读故书。春光如画画难如。梅花枝上月来初。 但使有梅兼有月,何妨日日闭门居。无须玉佩与琼琚。"《误佳期》云:"深院一窗帘静。月替梅花描影。只因常自病相思,辜负清虚境。 夜雨声偏骤,恍向心头打。此心原已冷于冰,却恐梅花冷。"《清平乐》云:"莺娇柳嫩。只觉春来闷。春不困人人自困。难遣一襟离恨。 怜伊独客天涯。孤灯对影谁家。仙鹤夜深未睡,烦他去伴梅花。"

(《健康家庭》1940年第2卷第4期)

园居杂记（十三）

　　吴中怡园旧主顾子山氏，为故名画师顾逸鹤氏先人，所著《眉绿楼词集》中，有《水调歌头》一阕，乙丑人日，何子贞、吴平斋饮潘敉闲斋中赋盆梅，用东坡原韵云："一树一轮月，别有古梅天。山中拳曲臃肿，花寿不知年。也称竹篱茅舍，也称华堂金屋，风骨总高寒。料是藐姑射，小谪住凡间。　　横斜影，孤鹤立，瘦蛟眠。矮屏曲几清供，瓶钵列方圆。琢过吴刚仙斧，移傍真娘香冢，历劫得天全。媵以耿庵画（余藏金耿庵画梅册，属同人各书题词于后），缟袂更娟娟。"附注谓："吴中盆梅，以顾仲安手植者为胜，庚申之变，园丁移匿虎丘僻处，得以无恙。今敉闲、平斋斋中所供，凡轮囷苍古者，皆顾氏旧物也。"顾子山氏为清道咸间人，则仲安至少必生于同一时期，予生也晚，恨未能见其手植之品。惟上词中有"琢过吴刚仙斧"云云，殆亦假手于斧凿。予于盆梅枯干，夙喜自然，其以人工为之者，终不免有斧凿痕耳。此词对于盆梅佳处，可云刻画入微，即移咏吾园盆梅，亦复相称也。子山固风雅中人，其怡园中所植梅，至今尚有一二佳本，惜盆梅已不可得矣。《眉绿楼词》中，有《跨鹤吹笙谱》一卷，倚《望江南》调，专咏怡园四时风物，都六百阕，刻翠镂红，正复非易，其对于梅之吟赏，亦有多首，其一："怡园好，吟客醉为家。十斛酒材新竹叶，双钩画本老梅花。横幅小窗纱。"其二："怡园好，林暗冻云遮。栖树晚鸦浓似叶,守梅寒鹤瘦于花。疏影月横斜。"其三:"怡园好,冻日出林迟。落叶侵床僮拥帚,古梅当户鹤窥棋。冰溜结铜池。"其四:"怡园好,围坐地炉温。风扫榻尘邀茗战,月移窗影写梅真。吟苦一灯昏。"其五:"怡园好,粘壁有枯蜗。墙仅及肩绿薜荔,室才容膝让梅花。雪树玉丫叉。"其六:"怡园好,雪客拥炉谈。参麹生禅将进酒,索梅花笑独巡檐。帘月浸冰蟾。"其七:"怡园好,呵笔染溪藤。诗草就誊窗眼日,瓶梅寒浸井眉冰。花影上云屏。"其八:"怡园好,沽酒过邻家。双屐声干穿檞叶,一灯影淡画梅花。险韵斗尖叉。"其九:"怡园好,落日促归鸦。目送飞云扶竹策,手团残雪嚼梅花。冰柱和刘叉。"其十:"怡园好,丈室鸟窥禅。爱敬老梅如古佛,推寻瘦石作癯仙。曾记会灵山。"夫以梅之玉骨冰肌,不同凡卉,其得词客之一唱三叹也,亦宜。

　　盆之于花木,犹衣饰之于人,足以增益其美观者也。故梅将放花之候,亦必易一佳盆,始有相得益彰之妙。盆之质不一,或磁,或砂,或铜,或石,而以砂为上,砂有紫、红、白、乌之别,而以旧为贵。盖枯干老梅,古色古香,自非植以旧盆不可。年来吾国旧砂盆,多为扶桑爱花之士斥重资搜购以去,不知其几千百具,佳品因以日尠;骨董肆中偶得一二,即居为奇货,索值綦昂,每令揩大为之舌挢不下。大抵旧盆多出于如皋、泰州、维扬、苏州诸地,以向日父老多爱花木,故盆亦特佳,子孙不知珍惜,闻旧盆之可得善价也,则纷纷出以易钱,十馀年来，罗掘几尽。予爱花兼爱盆，鉴于旧盆外流，日少一日，心焉伤之，故亦竭数载之力，从事搜求，上溯明季，降至光宣间物，无不悉索敝赋以致之，顾堪称为佳制者，亦止数十事而已。

凡兹砂盆，悉出宜兴，以其特殊之砂土，为他处所无，扶桑巧匠尝百计仿制，终不能及。明代旧制，以粗砂为多，式亦古拙，间有细砂者，殊不易得，抚之，滑润如美人肌肤，洵俊物也。昔人之以制盆名者，有萧韶明、陈文卿、杨彭年、爱闲老人诸家，盆上多有名钤，偶刻花鸟诗词，亦高雅不俗。砂中有羼以浅黄斑点者，扶桑人称之为梨皮，而吾国人则称之曰桂花点，宜兴新砂盆亦有仿制者，而犷俗之气毕露，不堪寓目矣。萧韶明予得其一，即紫砂而有桂花点者，盆底名钤绝古朴，拓之可入印谱，吴中名骨董家孙伯渊、仲渊昆仲得之故名画师顾若波家，举以见让，几座亦旧制，雕镂弥精，此于予所藏诸盆中可居首席，当永宝之。陈文卿得其三，二小而一大，惜小有损伤，足为白圭之玷。杨彭年得其三，一紫砂竹根形，手捏而成，一面刻竹与菊，一面刻诗，竹叶数片与竹节突出盆面，工致绝伦，与萧韶明之朴而不华，堪称二难；一白砂作六角形，一面刻山水，一面刻诗句；一紫砂作长方形，一面刻残菊诗一律，一面刻竹与小菊。三盆均有彭年名钤，刻于盆角，亦吾家长物也。爱闲老人得其一，紫砂作椭圆形，亦有诗镌刻其上，浅殆不及二寸，以植小型老梅，古雅可喜。其他方、圆、长方、椭圆、海棠诸形,应有尽有,平时什袭珍藏,第于梅花时节,作移植一月之用。凡此旧制佳盆,植以枯干老梅,更佐以英石、石笋或松竹,虽金俊明、邵僧弥丹青佳本,无以过之。迨梅蕊既坼,即分陈于梅屋或吟风廊下,更以红木高几或树根几为配,益见雅致。此一月中,吟赏暗香疏影间,几不复涉想及于闺襜矣。花时既过,尽芟其枝,即移植于粗泥盆中,为一年培养之计,以期明春好花之复发。予以宝爱旧盆故,非梅花不轻用,他日拟辟一专室贮之,颜之曰"盆斋",顾子山词中所谓"矮屏曲几清供,瓶钵列方圆"者,斯得之矣。

前录梅花七绝,但以"梅花"二字作结者为限,遂使其他佳什,有沧海遗珠之憾,毋乃不当。爰更择予之所爱者,录之于此,俾字里行间,长此馥馥作梅花之香,足供四时之吟味,不须延伫岁尾年头花开时节矣。姜夔《除夜自石湖归苕溪》云:"细草穿沙雪半消,吴宫烟冷水迢迢。梅花竹里无人见,一夜吹香过石桥。"鲍桂星《孤山探梅》云:"皓然林岫玉鸾环,乞与劳人半日闲。一树梅花一篷雪,自携尊酒上孤山。"杨万里《钓雪舟倦睡》云:"小阁明窗半掩门,看书作睡政昏昏。无端却被梅花恼,特地吹香破梦魂。"陈允平《江南谣》云:"柳絮飞时话别离,梅花开后待郎归。梅花开后无消息,更待明年柳絮飞。"张道洽《对梅》云:"秋水娟娟隔美人,江东日暮几重云。孤灯竹屋霜清夜,梦到梅花即见君。"黄景仁《冬日过西湖》云:"湖上群山对酒尊,无山无我旧吟魂。不须剪纸招魂去，留伴梅花夜月痕。"席佩兰《题画》云："细嚼梅花可疗饥，花香兼可当熏衣。几生修得中间住，扫尽闲云不启扉。"孙云凤《梅花》云："寒梅点点写秋釭，忽忆孤舟泊大江。夜半断崖霜月白，一枝疏影落篷窗。"费丹旭《梅花美人》云："姗姗倩影月来迟，仿佛罗浮梦醒时。一片春痕何处觅，和香挽雪入新诗。"孔传铎《山中》云："山居尽日无膏沐，侍女牵萝补茅屋。芳草春时深闭门，月明自伴梅花宿。"王文治《梅花村》云："邓尉孤山总莫论，梅花随意便成村。春风千本浓于雪，淡月黄昏欲到门。"蒋廷锡《看梅》云："横列春山翠帐开，几株相映白皑皑。轻烟未散月未上，放鹤亭边雪欲来。"陶琯《自题画梅》云："东风昨夜入山馆，忽忽春情梦与通。踏遍罗浮最高顶，冰魂清到鹤声中。"冯郁雨《闺中送别》云："轻装又上木兰舟，不奈萧郎爱远游。好载梅花过江去，免教红粉一时愁。"

　　既选梅花诗，不可无梅花词，词之咏梅花者，以长调为多，宋代姜白石氏石湖咏梅，创为《暗香》、《疏影》二曲，张叔夏氏评为"前无古人，后无来者，真为绝唱"。后人咏梅，因亦竞倚二调。顾予夙爱小令、中调，故于此白石道人之咏梅绝唱，亦不得不恝置之矣。兹于所编《梅花词选》中摘录如干阕，如有解事双鬟，挡风筝，撚玉笛，作小红低唱，则心旷神怡，不啻坐江城梅花引中矣。林逋《霜天晓角·梅》云："冰清霜洁。昨夜梅花发。甚处玉龙三弄，声摇动、枝头月。　　梦绝金兽爇。晓寒兰烬灭。要卷珠帘清赏,且莫扫、阶前雪。"朱翌《点绛唇·梅》云:"流水泠泠,断桥横路梅枝亚。雪花飞下。浑似江南画。　白璧青钱,欲买春无价。归来也,风吹平野,一点香随马。"辛弃疾《丑奴儿》云:"年年索尽梅花笑,疏影黄昏。疏影黄昏。香满东风月一痕。　清诗冷落无人寄,雪艳冰魂。雪艳冰魂。浮玉溪头烟树村。"范成大《霜天晓角》云:"晚晴风歇。一夜春堪折。脉脉花疏天淡,云来去、数枝月。　胜绝愁更绝。此情谁与说。惟有两行低雁,知人倚、阑干雪。"真德秀《蝶恋花·红梅》云:"两岸月桥花半吐。红透肌香,暗把游人误。尽道武陵溪上路。不知迷入江南去。先是冰霜真态度。何事枝头,点点胭脂污。莫是东君嫌淡素。问花花又娇无语。"周邦彦《品令·梅花》云:"夜阑人静。月痕寄梅梢疏影。帘外曲角阑干近。旧携手处,花雾寒成阵。应是不禁愁与恨。纵相逢难问。黛眉曾把春衫印。后期无定。断肠香销尽。"楼槃《霜天晓角·梅》云:"月淡风轻。黄昏未是清。吟到十分清处,也不啻、二三更。　晓钟天未明。晓霜人未行。只有城头残角,说得尽、我平生。"又云:"剪雪裁冰。有人嫌太清。又有人嫌太瘦,都不是、我知音。　谁是我知音。孤山人姓林。一自西湖别后,辜负我、到如今。"陈先《好事近·石亭探梅》云:"寻遍石亭春,点点暮山明灭。竹外小溪深碧,倚一枝寒月。　淡云疏雨苦无情,得折便须折。醉帽风鬟归去,有馀香愁绝。"黎廷瑞《秦楼月·梅花》云:

"罗浮暮。青松林下相逢处。相逢处。缟衣素袂,沈吟无语。行云飞入瑶台路。梦回飘渺香风度。香风度。参横月落,几声翠羽。"朱淑真《菩萨蛮·咏梅》云:"湿云不渡溪桥冷。蛾寒初破霜钩影。溪下水声长。一枝和月香。 人怜花似旧。花不知人瘦。独自倚阑干。夜深花正寒。"沈谦《鹊桥仙·早梅》云:"粉痕微圻,檀痕尚浅,迤逦因香寻着。一枝偷采雪中春,敢燕莺、全然未觉。 银瓶水暖,翠鬟手腻,又把软帘垂却。溪桥烟冷月初斜,怎消受、五更寒角。"

(《健康家庭》1940年第2卷第5期)

园居杂记(十四)

予有子女六,其三均以花名名之,如次女以正月生,名之曰梅;三女以二月生,名之曰杏;幼子以六月生,名之曰莲。盖三儿诞生之际,正此三花烂开时节也。次女梅,幽娴贞静,落落寡言笑,秉性雅与梅类,其在兄弟姊妹间,未尝有违言,有忤之者,亦不与争,但展靥微笑而已。前岁避兵古黟南屏山下,适值梅十五岁诞辰,流离颠沛中,愧无以为吾女寿,因填《生查子》小词一阕赠之云:"心爱玉梅花,幽馥萦襟带。生个女孩儿,小字梅花配。 三五月圆年,不解春光媚。应是为名梅,性与梅相类。"今者梅已十七龄矣,就读于振华女中。老友张益君名医师，有子曰镜人，年十八，亦习医，闻梅贤，今春特挽陈栩园丈来乞婚，予以此子诚厚如其父，立许之。文定之日，贻以文房四宝，媵一紫檀刻梅笔筒及一扇箑，倩陈蝶野兄书吾词于其上，吴湖帆兄则为绘梅花，橅宋伯仁氏《梅花喜神谱》之喜鹊摇枝，书既遒逸，画亦高雅，可宝也。

往岁园居时，每值梅花时节，辄有一月观赏之乐，而终日所栗六不辍者，亦无非为梅花忙耳。晨兴，以隔宵露置之盆梅，略喷清水，移入室中或廊下，分陈于几案之上；或剪梅树折枝，插于铜瓶陶瓷之中，枝不求多，花不求繁，整其姿致，务求入画；位置既毕，则就书案小坐，出昔人梅花画册读之，择其简朴高古者，临橅一二幅，工拙非所计也。午饭后，无所事事，登梅丘，入梅屋小憩，仿因是子静坐法，静坐梅花香里；邓尉孤山，罗浮庾岭，悉为我神游之所，而恍与林和靖、赵师雄辈，把臂入梅花林矣。傍晚趺坐花院红梅老树下，为儿女辈说梅花故实，闺人瀹茗来，啜之，香沁肺腑，则绿梅花茶也。月明之夜，微步梅丘梅丛间，观月映梅花，皑皑如雪，默诵王荆公"遥知不是雪，为有暗香来"之句，不期作会心之微笑焉。

往有《花间致语》之辑，碎玉零金，多名隽可诵，积久，裒然成秩。其有涉及梅花者，尤惬予心，百无聊赖时，偶一披读，无异细嚼梅花、香留齿颊矣。兹录若干则于下，如姜夔云："甲寅春，予与俞商卿燕游西湖，观梅于孤山之西村，玉雪照映，吹香薄人。已而商卿归吴兴，予独来，则山横春烟，新柳被水,游人容与飞花中,怅然有怀,作《角招》一词寄之。商卿善歌声,稍以儒雅缘饰,予每自度曲,吟洞箫,商卿辄歌而和之,极有山林缥缈之思。今予离忧,商卿一行作吏,殆无复此乐矣。"蒋坦云:"秋芙病一月矣,闻孤山梅花,渐次零落,日暮天寒,得毋等杀翠禽耶。"王穉登云:"筑室山中,梅花如白云笼屋,世界都成缟素,鸣泉虢虢然,作高渐离击筑声。"李慈铭云:"买红梅两盆,香色颇佳,庋于窗下书几之右,时几上水仙盛开,有一丛作花数十,嫩黄艳白,翠烟亭苕,与红梅相映发,交香扇馥,清而益幽。据几校《战国策》,烹碧螺春茗,时啜对之,亦人生之极乐矣。"徐达源云:"疏影横斜,暗香浮动,山斋一夕,化为玉堂,诚江南别样春也。"恽格云:"泛舟邓尉,看梅半月而返,幸甚高逸,归时乃作看花图。江山阻阔,别久会希,窭寐心期,千里无间。春风杨柳,青雀烟帆,室迩人遐,空悬梦想。"金恭云:"小雪初晴,馀寒送腊,具鹤氅浩然巾,入邓尉山,看红梅绿萼,十步一坐,坐浮一大白,花香枝影,迎送数十里。虽文君要饮,玉环奉盏,其乐不是过也。"又云:"梅有名西施者,色轻红而蒂绿,余画之,题曰:'琴台石,脂井水,灵岩苔,写此纸,画三分颦,无一分似,只作梅花骨相,殊为唐突西子。'赠虎丘小玉。"又云:"梅有欹奇历落之概,如胜士;有萧然自得之趣,如名士;有颓然自放之怀,如高士;若夫落落莫莫,悠悠忽忽,则又如吾辈矣。然吾辈时或边幅不修,风流自得,在山在水,野梅一种尤似之。"张文淦云:"梅清而竹瘦,佐之以石则寿。"又云:"梅枒三岁始花,仿佛空谷美人,丰神窈窕;或瘦枝老干,时著小花,从水边篱落见之,则如月明鹤影,使人意消也。"又云:"曾月夜登香雪坞,丛枝繁萼,写影衣袂间,冷香逼人,沁入肌骨,徘徊久之不能去。病后足不能步,即坐篮舆穿花径,岂有此自适之趣。"又云:"世称桐江十万梅花,绵亘数百里,深林邃谷,进而愈妙者,复不知凡几;而严陵钓台一带,则巉岩绝岘间,横枝吐萼,下瞰江水,令人望而莫即,其妙尤不可思议也。"

地之以梅名者,虽似寻常,而在爱梅如予者视之,亦觉有一种好感,油然而生焉。浏览所得,如广东有梅县,在宋代则名梅州。河南新郑县与湖南新化县,各有山曰梅山。安徽之庐江县亦有梅山,山多梅,俗传即曹操行军望梅止渴处;又一梅山则在舒城县,上有梅仙洞,为汉代梅福弃官后隐居处。江西有梅岭,即大庾岭,其上有石壁对峙,介于赣粤之间,是为梅关。浙江普陀之落迦山,一名梅岑,梅子真尝炼药于此。江苏无锡县东南三十里有梅里,亦曰梅李乡,昔为泰伯所居。浙江兰溪县之龙门山,亦名梅花门,大梅溪绕其下,明太祖败元兵于此,随陷婺州,则此梅花门者,谓为民族战争之凯旋门可也。江苏江宁县之牛首山南,有梅雪岭;幕府山云窝石旁,有泉沸起水面,如散花,曰梅花水;灵谷寺旁有梅花坞,花时游人络绎而来,如麇集,如蚁聚。江苏江都县广储门外,有梅花岭,明州守吴秀浚河积土而成,因以树梅,故名;明末史可法殉国后,人葬其衣冠于此。甲子秋,予尝偕凤君往谒,读壁间"数点梅花亡国泪,二分明月故臣心"、"生有自来文信国,死而后已武乡侯"二联,为之肃然起敬,惜时值深秋,梅花犹含苞未放耳。福建泉州郡城内承天寺山门,有梅花石,俗名梅花碑,乃一石仆地如碑,长丈馀,上有梅花一株,若刻镂,以手抚之,则平滑无痕。寺僧言,每春时有香闻数武,若花开然,亦奇迹也。又吾友郑子逸梅言,杭州留下镇之百家园,近忽发见梅花泉,泉水澄清,深可见底,泉中有小孔五六,泉源自小孔中涓涓而出,形似朵朵梅花,照以日光,色彩耀目,遐迩来观者,途为之塞云。

凡咏梅之诗,多五绝七绝,五律七律,而古风绝少,搜求久之,仅得二章,一为冯雪垞氏之《梅花吟》,一为龚定盦氏之《桐君仙人招隐歌》,并录之,以示矜贵,吟赏之馀,觉字里梅花之香,缕缕不绝,较之五七绝律,为味尤永也。冯诗云:"梅花梅花尔能空山偃蹇雪里开,雄蜂雌蝶何曾来。疏篱矮屋林君复,巡檐索笑相追陪。何不置之移春槛中,四香阁里,白玉为墙,珊瑚作几,燕许赋诗,二张娇倚。胡为乎猿狖之所叫,鹳鹤之所巢。一枝斜出白云梢,酸风射眸声刁刁。梅花低头笑不答,蹇驴残雪何人踏。"龚诗系以小序云:"吴舍人嵩梁,尝与妇蒋及两姬人,约偕隐桐江之九里梅花村,不能果也,颜京邸所居曰九里梅花村舍,以自慰藉。尝以春日,軿车枉存道观,因献此诗,盖代山灵招此三人也。"其诗如下:"春人昼梦梅花眠,醒闻杂佩声璆然。初疑三神山,影落窗户何娟娟。又疑三明星,灼灼飞下太乙船。三人皆隶桐君仙,山灵一谪今千年。胡不相逢桐江之滨理钓舷,又胡不采药桐山颠。乃买黄尘十丈之一廛,殳书大署庭之楣。梅花九里移幽燕,毋乃望梅止渴梅所怜。过从谁欤客盈千,一客对之中惆惆。亦有幻境胸缠绵,心灵构造难具宣。乃在具区之西、莫釐之北,大小龙渚相毗连。自名春人坞,楼台窈窕春无边。俛临太湖春水阔,仰见缥缈晴空悬。中间红梅七八九,轮囷古铁花如钱。两家息壤殊不远,江东浙东一棹堪洄沿。相嘲相慰亦有年,今朝笔底东风颠。请为莫釐龙女破颜曲,换我桐君仙人招隐篇,相祈相祷春阳天。开帘送客一惝悦,帘外三日生春烟。"按张文浲氏尝有一文,为曩渡桐江,访世所称十里梅花者,弥漫山谷,香雪无际,行行十馀里,梅林止息,丛石荦确,湍水潆洄,疏疏一树,窥人竹篠间,为留连久之。张氏所记十里梅花所在地,殆即龚氏所谓九里梅花村乎? 往岁予尝溯富春江而上,访严子陵钓台,先一夕宿桐庐,登桐君山,顾未见梅树,殆今已荡然无存欤? 或则九里梅花村之十万梅花,尚在山下一带欤? 他日有缘,当于梅花时节一往探之,有江山船在,殊不必蹇驴踏雪寻也。

吾园有梅屋,为予平日静坐息养之所。屋中以汉砖为几,置古树根几与九狮磴各一对,以供陈列盆梅之用,中陈旧楠瘿木矮方案一,以庋茗椀香炉,而不设座,仅备梅花形之蒲团五事而已。四壁悬银杏木所刻王元章、杨补之画梅,与琉璃窗上木雕之梅花图案相为妩媚。其址适在梅丘高处,绕屋均梅树,梅花时节,四壁皆香,名之曰梅屋,似为不僭。近读宋人许棐氏《献丑集》,知许氏亦有梅屋,并作《梅屋记》云:"予小庄在秦溪极北,屋庳地狭,水南别筑数椽,为读书所,四檐植梅,因扁梅屋。丁亥震凌,屋仆梅压,移扁故庐。客顾扁而问曰:'昔吟逋爱梅,未尝一日去梅,尔爱梅无梅,屋扁梅屋,犹饥人画饼,奚益?请去扁。'予曰:'向也以梅为梅,今也以心为梅,扁何问焉?扁可以理观,不可以物视,片木二字而已。理观四壁天地,万卷春风,庾岭香,孤山玉,岂襟袖外物哉?断断以争其无,喋喋以衒其有,皆非物理之平也。请别具只眼。'客曰:'唯。'"读此,知许氏之梅屋,已为地震所毁,并梅树亦死,第存一扁。以视吾梅屋虽历玄黄之劫,而岿然犹存者,终输予一着矣。顾其移扁故庐一端,则与予之移扁来沪,正复相似。盖"八一三"事变以后,举家避兵他乡者半载馀,既间关来沪渎,亟归省故园,徘徊梅屋中,觉无可移者,则移扁悬之沪寓,亦望梅止渴之意。沪为寸金地,无园圃可享,寓前止有隙地一弓,植松竹梅聊资点缀,于"梅屋"二字,殊不相称,亦惟有从许氏之说,以心为梅耳。此两年来每值岁首,虽遄归探梅,流连浃旬,而终以不能长住梅屋为憾,此心所耿耿属望者,端在将来。尝集龚定公句见志云:"斜阳只乞照书城,玉想琼思过一生。从此周郎闭门卧,梅花四壁梦魂清。"此诗实现之日,殆即我长住梅屋中静坐息养时矣。

(《健康家庭》1940年第2卷第6期)

园居杂记(十五)

单瓣白梅必结实,其重瓣者曰玉蝶梅,则不结实;厥花烂开时,一白如雪,真有姑射仙人冰肌玉骨之观,月明之夜,尤有幽致。吾园白梅最多,花院、梅丘及百花坡上均有之,而盆梅之中古干轮囷者,亦多为白梅。清代诗僧敬安寄禅上人,一号八指头陀,诗才清绝,有《咏白梅》诗云:"了与人境绝,寒山也自荣。孤烟淡将夕,微月照还明。空际若无影,香中如有情。素心正宜此,聊用慰平生。"又一绝云:"寒雪一以霁,浮尘了不生。偶从溪上过,忽见竹边明。花冷方能洁,香多不损清。谁堪宣净理,应感道人情。"其咏白梅之色香,可谓探得骊龙颔下珠者。上人平生爱梅,其集中咏梅之作,类多佳句,如"先师东翁,夜过洞庭,偶得句云:'不知何处仙人笛,吹落梅花满洞庭。'诚仙籁也,惜未成章,病中无事,为足成之",云:"湖面君山一点青,黄陵月上睡初醒。不知何处仙人笛,吹落梅花满洞庭。"断句如"梅花寒不放,明月冷相窥"、"江寒水不流,鱼嚼梅花影"、"雪重梅初放,风微鹤到迟"、"万树梅花色,千家明月光"、"梅花香别酒,柳色映行旌"、"苦吟终见骨,冷抱尚嫌花"、"本来无色相,何处著横斜"、"自写清溪影,如闻白雪吟",刻画入微,洵梅花知己也。上人生前,营生塔于天童山,额曰"冷香",自撰铭志,并题一诗,有"传心一明月,埋骨万梅花"之句,年六十馀坐化,即埋骨于此。缁流中有此雅人,可以传矣。他日游天童,当一访之,不知此和尚一身雅骨,果埋在万梅花中否?

咏叹梅花之诗词文章,予均已采撷及之,而于曲犹付缺如,窃以为憾。顾以平昔于此道初无研究,故藏书亦少,愧未能广事搜求,为梅花张目。偶读明本《南北小令》,得元人景元启【殿前欢·梅花】云:"月如牙。早庭前疏影印窗纱。逃禅老笔应难画。别样清佳。据胡床再看咱。山妻骂。为甚情牵挂。大都来梅花是我,我是梅花。"又明人施子野氏《花影集》中,有【南南吕·懒画眉·梅花】一曲云:"一枝花发粉墙西。向云洞风帘深见伊。琼枝玉蒂一时肥。针窦窗香细。只见疏影中间独鹤栖。"【不是路】:"秀骨冰肌。占断江南第一枝。丹青意。天然标格瘦离披。伴人儿,和烟冷淡空园里。伴月微茫浅水时,魂容与。春寒小阁迷香雨。茗炉诗句。茗炉诗句。"【皂角儿】:"冷春心寂寂和泥。蝶来迟要寻无计。闭朱门空老残香,与楼头那人憔悴。况更是压溪桥、横古路、点宫妆、黏驿信也总无情思。霜欺雪妒,风筛露啼。还有个清明细雨,酸子黄时。"【尾文】:"樽前一瓣风吹至。重向灯前瞧认你。原来是幻出林逋无字诗。"别有【南仙吕·桂枝香·感梅】一曲,予最爱【皂角儿】一节云："瘦伶仃竹外斜时。白零星夜香深处。乍看来似个人儿,猛忆着故人今去。怎禁得老支离、清落寞、雪模糊、魂荡漾总朦胧地。朱门又闭,西风又吹。猛可里花飞似雨,人在楼西。"顾彦容氏评云:"昔人谓梅花如三间、首阳,不受世俗煎沸,又谓烟姿玉骨,世外佳人,但恨无倾城笑耳。今有子野妙曲,当令孤屿一枝,嫣然独哂,罗浮万树,纷然发粲矣。"评语亦殊隽妙。予谓此类梅花妙曲,应于梅花燦发时,令记曲红红,坐海红帘底,作小红低唱,则梅花有知,亦当作倾城笑矣。

曩刊《紫罗兰盦小丛书》,尝选《影梅庵忆语》、《香畹楼忆语》、《秋灯琐忆》等,汇为一编,曰《忆语选》。《影梅庵忆语》为如皋冒辟疆氏纪念其姬人董小宛而作,词旨凄婉,其记小宛在日燕居之乐,亦有涉及梅花者。其一云:"余家及园亭,凡有隙地皆植梅,春来早夜出入,皆烂漫香雪中。姬于含蕊时,先相枝之横斜,与几上军持相受,或隔岁便芟剪得宜,至花放恰采入供。"其二云:"楼下黄梅一株,每腊万花,可供三月插戴。去冬姬移居香俪园静摄,数百枝不生一蕊,惟听五鬣涛声,增其凄响而已。"《香畹楼忆语》为钱塘陈朗玉氏纪念其姬人王紫湘而作,中有一节云:"莲因女士,雅慕姬名,背橅惜花小影见贻,衣退红衫子,立玉梅花下,珊珊秀影,仿佛似之。时广寒外史有《香畹楼》院本之作,余因兴怀本事,纪之以词曰:'省识春风面。忆飘灯琼枝照夜,翠禽啼倦。艳雪生香花解语,不负山温水软。况密字珍珠难换。同听箫声催打桨,寄回文大妇怜才惯。消尽了,紫钗怨。　　歌场艳赌桃花扇。买燕支闲摹妆额,更烦娇腕。抛却鸳衾兜凤舄,髻子颓云乍绾。只冰透鸾绡谁管。记否吹笙蟾月底,劝添衣悄向回廊转。香影外,那庭院。'"《秋灯琐忆》为钱塘蒋蔼卿氏纪念其夫人关秋芙而作,伉俪均工韵语,唱随弥乐,中有二节亦关梅花,其一云:"余为秋芙制梅花画衣,香雪满身,望之如绿萼仙人,翩然尘世。每当春暮,翠袖凭栏,鬓边蝴蝶,犹栩栩然,不知东风之既去也。"其二云:"开户见月,霜天悄然。固忆去年今夕,与秋芙探梅巢居阁下,斜月暧空,远水渺弥,上下千里,一碧无际。相与登补梅亭,瀹茗夜谈,意兴弥逸。秋芙方戴梅花鬓翘,虬枝在檐,遽为攫去,余为摘枝上花朴之。今亭且倾圮,花木荒落,惟姮娥有情,尚往来孤山林麓间耳。"以梅花孤高之性,幽居山野,无言自芳,原不欲人知,亦不求人赏。顾名士美人,身无俗骨,来与梅花相周旋,梅花有知,当亦不以为忤也。

昔时卧床,有七宝、沈香、玳瑁、白玉、紫金诸称,其富丽斋皇可知;床必施帐,帐亦有翡翠、芙蓉、金丝、九华之别,可谓穷侈极妍。寻常人家,虽以薄罗轻绡为帐,而帐必有额,多加藻绘,其较高雅者,则绘以梅花,二十馀年前,犹及见之,即予家亦藏有一梅花帐额也。昭文孙原湘氏,尝有《帐檐梅花》二绝云:"一重雾縠一重纱,写出全身绿萼华。毕竟帷中看不见，依然暖玉当梅花。""罗帐春风偷揭开，寿阳妆额尚慵抬。玉钩挂起分明看，也当巡檐索笑来。"又长白承龄氏有《虞美人》词一阕咏梅花帐额云："含章莫唤春云醒。个是东风影。银屏一枕小游仙。收拾万重香雪散诸天。　风离雨合罗浮路。翠羽深深护。更揾玉笛大江隈。待看云中丹顶鹤飞回。"

往尝发一宏愿，欲于吾园中构一梅花楼，以临梅花，以贮盆梅与画梅，顾以世乱未已，此愿难偿，徒呼负负而已。近读明代陈眉公集，则知时人有范象先者，于其横涝野塘之园中，建一梅花楼，备享登临赏梅之乐，此君先我着鞭，曷胜健羡！眉公为作《梅花楼记》云："（上略）吾友范象先，有园在横涝野塘之南，去城十里而近，喧寂半之。四面榆柳阴翳，小池上梅花两树，婆娑相对，苍枝老骨，纵横屈曲，排檐而上，其干可抱，其叶可荫一亩馀，其子可得五石。范子谓吾见梅多矣，未有如此君之老而奇者。乃结高楼以临之，独与一二野衲，摊虎皮，爇猊鼎，倚楼而歌之曰：'雪满山中高士卧，月明林下美人来。'已复笑曰：'如李迪诗，不过得花之幽韵闲淡而已。吾家老梅，政如碧眼胡僧，修眉露额，又若毒龙怒虬，纷拏媾斗于广莫之野，攫爪迸鳞，鬼怪万状，度他梅讵足与此君争胜，庶几锺贾山之嘉树，四贤祠之紫藤，差鼎足耳。'范子楼既成，于是广莳霞桃、芙蓉、来禽之属，以映带之发。池加辟，竹加徙，梅之为观，日闲以敞。而陈子适来，陈子曰：'吾尝闻往年探梅者，过寿安寺中，寺僧为游客所困，至折而为薪。而其次惟光福玄墓之傍，薄雪轻云，漠漠数里，一快生平，然村人率以种梅为业，不复有品题护持，与梅花两相韵者。古今梅花之知己，仅得林逋君复，迄三百年而有范子，范子于此中块焉野处，白板赤栏，朱帘碧幄，依微独立于暗香疏影之外，何异处士孤山，所少者童子开笼放鹤耳。他日抱鹤上扁舟，送之花下，烟沙星渚，短笛悠悠，有巍然破轻浪而出者，则陈先生至也，子其报梅花吐一枝以候我。'"眉公又有胜友周逸人，与予同姓，亦与予有同癖，自号周梅颠，眉公尝题其梅墟屋壁云："昔铁脚道人，狂吟披发，手抟白雪，和梅花大嚼，曰'欲寒香沁吾肌骨'。予拟其三生，岂与梅花作无姻夫妇耶，往往抚掌对人谈笑其事。晚得周逸人，逸人故有梅癖，亦自号梅颠，所居环植一二百树，杂以海棠丛桂、松萝竹石。盖梅花狎主夏盟，而诸卉纷错如绣，为兄弟之国，逸人则周天生也，坐拥花城。其与游观者，率羽衣缁衲及茶魔酒士，花开酬以壶觞，花谢予以诗句，至于雨时花夕，以短箫老鹤助之，相与酣歌长啸，或箕踞嘲谑其下，不知罍尽烛空，橐橐如扫。其今之贫孟尝、富伯夷乎？不然，终亦铁脚道人小化身耳。"通篇妙语如珠，名隽独绝，自足以传梅颠。予爱梅日深，去颠不远，其能传予者谁乎？当期之蝶野。

宋代词家辈出，声华藉甚，而周美成、周公谨二大家，要为此中龙象；明代词学已替，虽有周行之、周叔夜、周青士诸家，无藉藉名；降至清代，则有周止庵、周稚圭、周自庵、周叔云诸家,有声于时。数百年来,有如许姓周人掉鞅词坛,弥足为吾家光宠也。诸家之佳作多矣,不能毕举,兹但选其咏梅之作,以实吾记,俾世之人藉知吾家濂溪翁虽以爱莲闻,而其宗人则不特爱莲,兼为梅花知己也。

美成名邦彦,钱塘人,有《清真集》二卷,如《丑奴儿·梅花》云:"肌肤绰约真仙子,来伴冰霜。洗尽铅黄。素面初无一点妆。　　寻花不用持银烛,暗里闻香。零落池塘。分付馀妍与寿阳。"《菩萨蛮·梅雪》云:"银河宛转三千曲。浴凫飞鹭澄波绿。何处是归舟。夕阳江上楼。　　天憎梅浪发。故下封枝雪。深院卷帘看。应怜江上寒。"《品令·梅花》云:"夜阑人静。月痕寄、梅梢疏影。帘外曲角栏干近。旧携手处,花发雾寒成阵。　　应是不禁愁与恨。纵相逢难问。黛眉曾把春衫印。后期无定。断肠香销尽。"

公谨名密,济南人,有《草窗词》二卷,中如《柳梢青·梅》云:"约略春痕。吹香新句,照影清尊。洗尽时妆,效颦西子,不负东昏。　　金沙旧事休论。尽消得、东风返魂。一段清真,风前孤驿,雪后前村。"又云:"映水穿篱。新霜微月,小蕊疏枝。几许风流,一声龙竹,半幅鹅溪。　　江头怅望多时。欲待折、相思寄伊。真色真香,丹青难写,今古无诗。"又云:"夜鹤惊飞。香浮翠藓,玉点冰枝。古意高风,幽人空谷,静女深帏。　　芳心自有天知。任醉舞、花边帽欹。最爱孤山,雪初晴后,月未残时。"

止庵名济，荆溪人，有《味隽斋词》一卷，中如《浣溪沙·初归见绿梅正盛》云："风约歌珠颗颗圆。雪香春蕊泛湖烟。客怀萧散是今年。　　三日轻舠浮醉醒，一枝疏影立婵娟。这番真到玉人边。"《临江仙·陆丹山工墨梅索词赋赠》云："手种春英过尺五，年年误却花期。越罗初试月生衣。画眉窗下，香屑散霏微。　　化蝶还怜珊玉骨，纤纤又见横枝。晓风吹面酒醒时。一双翠羽，无处寄相思。"

穉圭名之琦，祥符人，有《心日斋词》四卷，中如《四字令》云："吟香绮栊。传诗翠筒。玉梅才识春容。酿春光未浓。　　虹梁半空。鱼波万重。旧时月色相逢。话家山梦中。"《清平乐·忆梅》云："寻寻觅觅。竹外人孤立。矸粉银笺题又湿。冷却翠禽消息。　　旧时芳讯依然。而今幽恨年年。一笛绮窗归梦，故山无奈春寒。"

自庵名寿昌，长沙人，有《思益堂词》一卷，中如《南歌子·独酌梅花下有忆》云："木落霜清后，云寒月上初。玉梅花下试提壶。知道梅花得似、个人无。　　鹤守三更梦，鸦含一寸锄。种花不惜费工夫。记得去年开到、第三株。"

叔云名星誉，祥符人，有《东鸥草堂词》一卷，中如《虞美人·题王双喜女郎梅花双鹊纨扇》云："退红帘外香云晓。啼得春都笑。鹊儿还比个人痴。唤起绿窗残梦说相思。　　泥金喜字偷描遍。画出声声艳。渠侬怎道忒多情。便是玉梅花也学双身。"又《浣溪沙》云："跕跕轻寒度画楼。重帘如梦鹊声柔。落梅双笛韵苏州。叶角花梢题遍了,新词密密写银钩。更无些地著春愁。"

(《健康家庭》1940年第2卷第7期)

园居杂记(十六)

宋广平《梅花赋》,传诵人口久矣,刻翠镂红,允为一代作手,后之作者,难乎为继,盖美玉在前,非碔砆所能比拟也。偶读吾吴潘时轩氏《听香室遗稿》,得《寒与梅花同不睡》一赋,心窃爱之,虽未必能上追广平,要亦足为寒花生色,赋以题为韵,最录于此:"夜深篱落,人静阑干。醒催笛弄,瘦怯衣单。引梅香兮悄悄,分花韵兮珊珊。听数声翠羽啼烟,凉真如水;笑一样黄昏伴月,清不知寒。时也积雪无声,冻云如许。探庾岭之新枝,访孤山之别墅。寒料峭而频侵,花惺忪而不语。却笑卧同高士,罗浮之梦境迷离;本来瘦似诗人,缟袂之丰神容与。人影徘徊,花香自来。霜清纸帐,月澹瑶台。春嫩而逗将红萼,夜凉而立尽苍苔。窥半面兮寒生,倚来隔竹;耸双肩而寒共,吟到探梅。寒偎镜槛,寒逼窗纱。斗仙姿于今夕,索芳讯于谁家。地半弓兮匼匝,枝三径兮横斜。忆曾带月携锄,呼酒助消寒之会;不是寻春烧烛,卷帘看解语之花。第见水边疏影,林下高风。耐诗心兮淡远,傲仙骨兮玲珑。别院之霏香不断,巡檐之索笑偏工。异画屏无睡之秋,牵牛有约;咏翠袖将寒之句,守鹤应同。蝶枕初抛,猩帘乍拂。醒眼摩挲,孤怀仿佛。倚窗则梅格偏高,破腊则梅枝可乞。唤起南柯幻梦,忍凉而觉亦蘧然;催成东阁新诗,待晓而吟翻鄂不。彼其柳倚风眠,棠含雨醉,桃艳方酣,梨云欲坠。孰若此挺绕屋之孤标,佐围炉之清思。尽许临风写出,笔亦呵寒;倘教冒雪寻来,山宜破睡。待当玉宇微明,银河斜度。探春而驴背将骑,破晓而鼍更渐住。修仙果于三生,证化身于一树。伴到香消睡鸭,请赓务观之吟;怜他影共寒蟾,为咏广平之赋。"

予于园之北区构成梅屋、梅丘后,即物色老梅于邓尉与洞庭西山,得绿梅一、白梅二十馀本。择其老干轮囷、姿致入画者,植之盆盎。其较差者,则植之梅屋、梅丘之次。间有苔藓满干者,著雨即浓翠欲滴,尤可人意。其有挟野竹根与藤蔓俱来者,未几新篁挺生,以梅为伴,藤叶络梅干而上,因风披拂,雅有幽致。予每不忍去之,特时加修芟而已。以言老梅,则端推金陵隐仙庵之六朝梅为最古,庵在清凉山虎踞关侧,南北朝时高士陶弘景通明尝隐居于此,故名隐仙。庵中有古梅一本,相传为六朝时物,清代孙星衍氏有诗一律咏之云:"六朝山里一枝春,瞥见繁花照眼新。历劫不消香骨格,几生修到玉精神。年深未必求知己,梦好常疑对古人。不是隐仙狂道士,空山谁与辟荆榛。"今庵已废,不知此六朝梅尚无恙否?临平某废寺中,有唐梅一本,予于六七年前,偕陈子蝶野探梅超山道出临平时,尝入寺一访之,主干虽老而精力犹健,著花累累然,一白如雪,梅花多五瓣,而此树多六瓣,亦一奇也。超山吴昌硕氏墓侧,有宋梅一本,古干敧斜,有弱不禁风之概,因周以铁阑,爱护甚至。往岁吴昌老等特建宋梅亭以张之,亭中楹联诗词萃夥,宠锡有加,凡游超山者,必先一访此梅焉。吾苏沧浪前之可园中,有铁骨红梅一本,植于池畔,殊有"疏影横斜水清浅"之致,干非苍古,而竟有人称之为明梅者,予以为止数十年物,惟著花红艳,斯难得耳。至探梅之地,如苏之邓尉、龙蟠,浙之孤山、超山,赣之大庾,粤之罗浮,均著称于世,若无锡之梅园,则等而下之矣。老友贺天健画师,尝加以品评,谓枯秃如老桑,苏州邓尉之梅也;敧瘦如剥皮松,江宁龙蟠之红梅也;攒处交错如荆榛,杭州孤山之梅也;放旷高骞如散人,江西大庾之梅也;排列成行如瓜豆,无锡梅园之梅也。其语颇名隽可味。予谓超山之梅,亦略如梅园,惟占地甚广,漫山遍野,与梅园有大小巫之别矣。罗浮之梅,以赵师雄一梦而显,微闻今已不多见,以意度之,当亦与大庾梅花相媲美,同为放旷高骞之散人一流欤。

松、竹、梅夙称岁寒三友,治盆景者,恒以此三者并栽一盆,自饶馨逸。予尝于庭前植一红梅,而以矮松一本及紫竹数竿为左辅右弼,并树二石笋于其间为之点缀,咏之以诗云:"平生雅爱松梅竹,隽侣婆娑伴岁寒。借得庭前三尺地,栽来好向月中看。"盖予愿甚奢,觉此三者并植一处,尚非甲观,必于月明如水中观之,始足以餍馋眼耳。此三友中,尤以梅竹为莫逆,故昔人画梅,多以竹为伴,"竹外一枝斜更好",恒于题语中见之。明代云间陈眉公氏,有《澄鉴寺咏十二绝》,天开异想,令梅竹相别相送,相怨相嘲,卒乃与寺僧共为解纷,读之令人忍俊不禁。《九月过泖桥僧舍移竹里梅花种之小阁前》云:"竹压梅花鹤不来,呼童锄出傍僧台。花神若解移花意,好向小春先借开。"《竹留梅花》云:"莫教荷锸入林来,留取疏花香满台。别后情知无百步,迢迢如隔陇头开。"《梅花答竹》云:"归去众香国里来,潇湘化作望乡台。若逢驿使书堪寄,得报平安信早开。"《梅花别竹》云:"侬出筼筜谷里来,独怜君立妙高台。到门看竹知谁意,不是子猷休浪开。"《竹送梅花》云:"清风送汝出林来,独领群芳最上台。汝有素心侬有节,晚香珍重岁寒开。"《竹怨梅花》云:"香风冷淡月空来,清影萧萧独倚台。剪取竹枝裁作笛,落梅吹散也难开。"《梅花答竹》云:"分携何处梦重来,回首清阴尚满台。有日弹琴修竹里,为君弦上落还开。"《竹嘲梅花》云:"相依相傍此君来,绿萼仙人绿玉台。素质红颜总非昨,巡檐却索老僧开。"《梅花嘲竹》云:"谁向此君医俗来,共谁啸咏共登台。渭川千亩侯千户,醉日知花开不开。"《僧为梅解》云:"一枝春信出墙来,留伴山僧旧讲台。梅有暗香吹不断,何曾与竹两分开。"《眉公为竹解》云:"笑将梅竹小参来,非色非空共一台。竹影不辞窗月冷,光生帐底有花开。"《眉公又为梅竹解》云:"梅花道人一笑来，为尔写竹清凉台。更添长松十万树，雪里月明相对开。"

宋代诗人许棐，字忱父，海盐人，有《梅屋稿》及《献丑集》，因家有梅屋，即以梅屋为号，其《献丑集》序文，末署"嘉熙丁酉中秋日梅屋许棐自序"云云，可以为证。又如《送张南窗序》云："南窗张君，雁山片玉也。一日抱琴过予，酒三行，起而解曰：'梅屋，吾与琴相好，江湖二十年，程山行水，不忍一日弃，月驿凉宵，雪店寒晓，手不释弦，弦亦不释手，但未能如阮千里无贵贱长幼，使之弹而无怍色也。将卜居西湖，与琴终老，因过子以献一曲。'曲曰：'抱琴来兮雁山低，抱琴归兮雁山崔嵬。卜居兮西湖之厓，身伯牙兮心子期。'予谢之曰：'人琴俱清，又居西湖，孤山之梅添香矣。他日予到西湖，见鸥鹭当门，花竹绕屋，而中有琴声者，必君之居也。访君，君能罢琴而接之乎？'"读此，则知其友好平日，亦有以梅屋称之者。予少日治小说家言，多缠绵哀感之作。一日过书肆，翻阅海盐黄韵珊所作《帝女花传奇》，见一曲结尾，有"鹃啼瘦"句，爱其哀艳，因以瘦鹃为别署，每有所作，即署此，已而友好亦以此呼予，寖乃成为号矣。今者马齿加长，觉此"瘦鹃"二字，似含脂粉气，日常拟屏去不复用，而以梅屋为号，予家亦有梅屋，或不以为僭乎？

古今来骚人墨客，其堪为梅花知己者，殆无过于有宋一代，但觇其诗词中，独多咏叹梅花之作。和靖先生林逋氏，自是此中魁首，当其高隐孤山时，手植梅花无数，妻梅子鹤，播为千古佳话,而其咏梅七律二首,遂亦传诵于世,目为梅花诗中之代表作。如《山园小梅》云:"众芳摇落独暄妍,占尽风情向小园。疏影横斜水清浅,暗香浮动月黄昏。霜禽欲下先偷眼,粉蝶如知合断魂。幸有微吟可相狎,不须檀板共金尊。"《梅花》云:"吟怀长恨负芳时,为见梅花辄入诗。雪后园林才半树,水边篱落忽横枝。人怜红艳多应俗,天与清香似有私。堪笑胡雏亦风味,解将声调角中吹。"苏东坡《红梅》云:"怕愁贪睡独开迟,自恐冰容不入时。故作小红桃杏色,尚馀孤瘦雪霜姿。寒心未肯随春态,酒晕无端上玉肌。诗老不知梅格在,更看绿叶与青枝。"自注:"石曼卿红梅诗云:'认桃无绿叶,辨杏有青枝。'"又断句如"去年今日关山路,细雨梅花正断魂",亦耐人寻味也。朱熹氏《叔通老友探梅得句垂示且有领客携壶之约》云:"迎霜破雪是寒梅,何事今年独晚开。应为花神无意管,故烦我辈着诗催。繁英未怕随清角,疏影谁怜蘸绿杯。珍重南邻诸酒伴,又寻江路探香来。"杨万里氏《怀古堂前小梅渐开》云:"梅边春意未全回,淡日微风暗里催。近水数枝殊小在,一梢双朵忽齐开。生愁落去轻轻折,不怕春寒得得来。肠断故园千树雪,大江西处乱云堆。"又有张道洽氏者,诗不多见,予仅见其五言绝一首、七言绝二首、五言律一首、七言律二首,尽为咏梅而作,一若梅花诗外更无诗者,诚可谓梅花真知己矣。五言律咏梅云:"村墅苔为径,茅檐竹作篱。神清和月写,香远隔烟知。老树有馀韵,别花无此姿。诗人风味似，梦寐也应思。"七言律咏梅云："才有梅花便绝尘，霜铺月冷倍精神。风流晋宋之间客，清逸羲皇以上人。年后腊前无尽意，水边林下自然春。万花锦绣东风闹，难浼翛翛玉雪身。"其二云："才有梅花便不同，一年清致雪霜中。疏疏篱落娟娟月，寂寂轩窗淡淡风。生长元从琼玉圃，安排合在水晶宫。何须更探春消息，自有幽香梦里通。"宋人咏梅之词，更为繁夥，采不胜采，姜白石石湖探梅自度曲《暗香》、《疏影》二阕，曩以其为长调，屏而不录，顾大词家张玉田，尝评之为前无古人、后无来者，真为绝唱云云，推重如此，直可目为古今人梅咏词中之代表作矣，爰录之，以实吾记。《暗香》云："旧时月色。算几番照我，梅边吹笛。唤起玉人，不管清寒与攀摘。何逊而今渐老，都忘却、春风词笔。但怪得、竹外疏花，香冷入瑶席。　　江国。正寂寂。叹寄与路遥，夜雪初积。翠尊易泣。红萼无言耿相忆。长记曾携手处，千树压、西湖寒碧。又片片、吹尽也，几时见得。"《疏影》云："苔枝缀玉。有翠禽小小，枝上同宿。客里相逢，篱角黄昏，无言自倚修竹。昭君不惯胡沙远，但暗忆、江南江北。想佩环、月夜归来，化作此花幽独。　　犹记深宫旧事，那人正睡里，飞近蛾绿。莫似春风，不管盈盈，早与安排金屋。还教一片随波去，又却怨、玉龙哀曲。等恁时，重觅幽香，已入小窗横幅。"

（《健康家庭》1940年第2卷第8期）

园居杂记(十七)

园居数载,备享清闲之乐。晨兴盥洗既,即学陶侃运甓,将昨宵露置之盆栽,一一移置廊下或室中,即循行园径,以吸清气而舒筋骨。寻就廊下进晨餐,咖啡一盏,面包二片,佐以牛油、甜酱,或鸡脯、鸭脯少许。舖啜既毕,则从事灌园,并整理盆栽,饲鸟,观金鱼,倦则返廊下小憩,读日报,未几而日已亭午矣。午饭后,作昼寝,历一时许始起。出观西方电影,归则仍就园中盘桓,为花草服劳,比归鸦噪树,而日之夕矣。小坐花院磐石上,送夕阳,迎新月。迨家人传餐,始返室处。晚餐既罢,与儿曹团座笑语,嗑采芝斋玫瑰、白盐瓜子,啖脆松糕、桂花糖,听无线电中歌唱暨《西厢记》、《珍珠塔》诸弹词,复出昔人诗词与小品文读之。十时就寝,往往得佳梦。自谓似此生活,亦小品生活也。予于小品文中,竺爱明代张大复氏《梅花草堂集》、明末龚芝麓氏《定山堂古文小品》及清代史梧冈氏《西青散记》,而于抒写梅花之作,尤三致意焉。张氏诸篇,予曩已录之,定山集中,最爱其《晴窗书事》云:"月来阴雨黯晦,檐溜滴沥,如远公山房莲漏,丁丁吉吉,使人春愁暗长。今午风日稍霁,取架上书一卷,伏几读之。瓶梅细细作寒香,从鼻间度去,急追之,如炉烟因风,一丝散漫,已复再来袭人。因念此数点幽花,入吾碧纱净榻间,已十许日;仆兵事冗沓,跌尘土坑堑中,披衣晨出,夜不得息,才支枕小卧,衙鼓一声，好梦又敲断矣。彼冰魂淡淡，孤芳自怜，从开至落，仅博吾半晌幽赏。莺花九十，忽忽焉虚掷其三，人生百年，为茫劫驱迫如此，清福难享，信哉！"《西青散记》好语如珠，几可随处掇拾，惜于梅花不多及，兹摘录二则如下："二月五日，雨，识见瑞香。明日，与梦觇、仁趾泛舟访王月虹于澹园。入古寺，与老僧弈，僧棋颇劣，好胜，脱之围中，僧喜，呼其徒煮茗来；三弈，余三北，益喜，更呼进佳茗；复请弈，佯输且尽，僧开口笑，奉茗益佳。澹园先生微笑观之，无言也。明日至澹园，先生妇藉草坐梅花下，择菠薐菜，梅花落髻上，积肩背，满襟袖间。揖之而退，乃泛舟归西山。""二月初一日，游琴溪。二十四日，自琴溪南访拙园，将归瓜渚，留诗云：'别院芳华渐欲阑，远游难定偶然闲。半楼明月诗中酒，十亩梅花梦里山。事业荒凉君莫笑，文章狼藉我频删。年来始信愁无益，试问伤春鬓可斑。'拙园曾速余看梅花，至是梅已残，赋诗曰：'南雁归迟唳尚闻，晓天清嫩淡留云。寒香已谢成春怨，不见梅花喜见君。'"《散记》中多记仙灵降乩与文人诗词酬唱事，尤极惝怳迷离之致，间有涉及梅花者："萧红者，兰陵女子也，降时，嫌乩重，不洁，赋七言律一首而去，诗云：'香丝欲断渺牵衣，认是君家恐尚非。月榭语生鹦鹉瘦，雪屏春腻牡丹肥。花孙自媚何须笑，凤乳初娇未肯飞。薄命三千轻被谪，有情无怨玉人稀。'言娟娟仙子，乃梅花之神，姓唐，名梦娘，居太湖西，有牡丹公主者，梦娘畏之，明日洁乩，语君也。越三日，萧红至,曰:'百花皆有神掌之,花之有香艳者,神皆美女子;无香艳者,男子所司也。西王母以江南梅花三万树,封梦娘,世人少爱梅花者,而花数半阙,存万馀株耳。梦娘负花税,乃自佣牡丹公主家,凡花皆有税,而牡丹独富贵,花神乏偿者,每贷于牡丹公主家也。有重楼二十,使梦娘为洒扫,洒扫善,则赐之桐露乳;弗善,饮以蓼红浆。梦娘废梳洗,经旬得遍也。间时又使之鼓琴,梦娘自制新曲,曰《梦徘徊》,极哀怨,音动人心。""越数日,娟娟仙子又至,为《泣梅词》云:'淡梦如烟,淡烟如梦,将散欲消还聚。恐他惆怅,夜夜丁宁,费尽冷言温语。辛苦玉骨冰肌,雪后霜前,有心无绪。叹幽香自惜,东风来聘,未曾轻许。原不爱桂子秋凉,牡丹春暖,孤负赵郎佳句。苔情自绕,竹意相遮,暂躲暮云朝雨。一片芳魂,可怜化作殷勤,断肠神女。正徘徊好处,斜月又来催去。'问赵郎为谁?乃闇叔也。梦觇曰:'仙子喜梅花诗乎?'曰:'近者姊妹和赵郎梅花诗,月华姊为余镌三十字于梅花琴,盖春神动梅花,元气始氤氲,清结幽人梦,香涵淡月村,满怀来访意,深影闭柴门也。梅花开,则歌其诗,世外佳人,皆为之微笑。余独窃自悲哀,不忍歌,所不忍歌者,满怀来访意,深影闭柴门也。'"

中峰禅师不知何代人,但知其坐禅天目山中,法名明本而已。生平有梅癖,工诗,尝赋七言律《梅花百咏》,以十一真中神、真、人、尘、春为韵,一百首均依此,工力可惊。又有咏梅九言诗一首,为诗坛别创一格,诗云:"昨夜西风吹折千林梢,渡口小艇滚入沙滩坳。野桥古梅独卧寒屋角，疏影横斜暗上书窗敲。半枯半活几个撅蓓蕾，欲开未开数点含香苞。纵使画工奇妙也缩手，我爱清香故把新诗嘲。"

九言诗因绝无仅有，即六言诗亦不多见，前录宋人杨简、陈与义二氏六言绝咏梅二首，兹又得宋诗三首，如周紫芝《题徐季功画墨梅》云："夜色无人能画，徐郎挽上寒枝。仿佛孤山尽处，黄昏月到花时。"王履仁《梅村欲晓》云："暗麝霏霏逆鼻，荒鸡喔喔号村。万里客行懔慄，玉颜破雾相温。"释惠琏《别赵莘老》云："十里青山照眼，一篷疏雨催诗。记取江边作别，烟村梅子黄时。"自贺方回"梅子黄时雨"一词传诵人口后，遂弥觉黄梅子之可爱。吾园梅树，结实者四，当梅子黄时，枝头累累，映日如金丸，亦一时丽瞩也。

昔人画梅，往往以雀为点缀，梅雀图之作，乃数见不鲜，而未见有以燕子伴寒花者，盖燕子来时，梅花已辞柯矣。洪北江尝有《卖花声》词云："独客正思家。到晓啼鸦。洒窗寒雨又如麻。不放南枝开到好，春有些差。　　客里事堪嗟。似锦年华。几人红泪隔窗纱。燕子平生真恨事，不见梅花。"末二语，亦即斯意。陈蓝洲读而好之，因画梅一枝，著玄鸟其上，藉以补恨。樊樊山题以二绝句云："缟袂红襟两不期，北江词里慰相思。若为抛却尚书杏，来趁天荒玉冷时。""秋去春来玳瑁梁，一年强半在金堂。也应偿得梅花债，两见瑶阶发海棠。"

梅花折枝，插瓶作清供，最为古雅。瓶以古铜为上，陶瓷或韩瓶次之，瓷瓶又次之。予尝于整理盆梅时，删其繁枝，插之小铜瓶中，分陈梅屋、紫罗兰盦、风来仪室，先烧其断处，可供一月不败。若树头大枝，则摘其姿态自然者，以古陶瓷盛之，陈之吟风廊下，大有吴昌老画意。曩年老友蒋吟秋兄发起梅花展览会于可园，壁间张古今梅花书画，凡五六室，而于厅事中杂陈瓶梅、盆梅，予亦与焉。老友徐伟士、彭恭甫二兄，则出其古铜瓶、古铜爵多事，插梅花折枝，凡硃砂、绿萼、玉蝶、铁骨红、单瓣白诸种咸备，每器止插一枝，厥态不一，花亦疏而不繁，绝类画苑高手所作博古一派，洵佳品也。

诗词中之咏瓶梅者，予尝择尤选录，如张道洽一绝句云："寒水一瓶春数枝，清香不减小溪时。横斜竹底无人见，莫与微云澹月知。"王壬秋五律一首云："隔帘望朝雨，回首见梅花。晓晕轻红颊，香肌萼绿华。春寒满虚室，别怨拥行车。莫惜妆成笑，金钗试一斜。"洪稚存《夜移瓶梅入纸帐作伴晓起香愈酷烈为赋七古一首》云："自来荆鄂南，山路爱晓行。马蹄惯踏红烛影，送尽残月闻钟清。偏怜昨夕山窗里，魂滞疏香不能起。风疏雨薄送出城，犹执一花笼袖底。"又《千秋岁》词咏瓶梅云："春来心性。花与人同命。香未坼，愁先进。一枝聊供汝，五夜谁相讯。最好是，百花头上恹恹病。　昼永寒先警。骨冷魂尤劲。花总谢，香难并。几丝芳意织，一瓣心香永。拚得是，闭门风雨无人省。"张蛰公《醉春风·瓶中红梅盛开拈此寄兴》云："验取东风信。燕支团作晕。铜瓶低插一枝春,紧紧紧。疏影横肩,冻香涵胆,托根方寸。　一片红成阵。花落银釭烬。夜深伴我绮窗前,近近近。依约罗浮,月明风静,梦魂勾引。"俞仲茅《鹧鸪天·瓶梅》云:"浅渚明沙聚碧流。依然春信锁枝头。金徽昨夜初赓曲,羌笛何人更倚楼。朝露重,晚烟浮。几回花下月如钩。而今贮向纱窗里,点点寒香入梦愁。"钱枚《清平乐·瓶梅》云:"铜瓶一尺。注水春冰裂。不管三更帘外黑。剪取半枝残雪。　夜阑梦醒空帏。纸窗画本依稀。较量月斜时候,影儿略比花肥。"查晦馀《一剪梅·瓶梅》云:"短短寒梅剪剪茨。记手栽时。到手攀时。花开先报白头知。不取繁枝。只拣疏枝。　竹几芦帘相对宜。可有霜欺。还怕冰欺。胆瓶就火与频移。非定州瓷,即汝州瓷。"纳兰容若《海棠月·瓶梅》云:"重檐澹月浑如水。浸寒香,一片小窗里。双鱼冻合,似曾伴个人无寐。横眸处,索笑而今已矣。　与谁更拥灯前髻。乍横斜疏影疑飞坠。铜瓶小注,休教近麝炉烟气。酬伊也,几点夜深清泪。"

吾园花院中,有老梅六株,均数十年物,繁条四张,周仅十馀尺而已。乡先哲范石湖氏撰《梅谱》,谓:"去成都二十里有卧梅,偃蹇十馀丈,相传唐物也,谓之梅龙,好事者载酒游之。清江酒家有大梅如数间屋,傍枝四垂,周遭可罗坐数十人,任子严运使买得,作凌风阁临之,因遂进筑大圃,谓之盘园。"范氏生于宋代,距今已千馀年,不知此二大梅今犹存否?予尝在梅边发为遐想,此二梅既庞大至此,则著花时,将不知其几千万朵，且香闻数里外矣。脱能坐卧其下，领其色香，则为乐之永，胡可纪极！张吴曼氏尝有《集唐大梅歌》云："青阳振蛰初颁历，独立江边沙草碧。一枝为报殷勤意，走傍寒梅访消息。嫁与东风不用媒，若教解语应倾国。枝怪干鳞皴，祥辉四望新。苦心三百首，思与尔为邻。千行珠树出，晴雪花堪惜。浩宕忽迷神，古甲摩云拆。繁苞四面同，叠树互玲珑。妍华不可状，柯偃乍疑龙。日月荡精魄，岁寒无改色。翠轴卷琼琚，诗句峭无敌。林亭月白幽贞趣，闲踏莓苔绕琼树。故人今日又重来，便拟寻溪弄花去。润色笼轻霭，翠涛过玉薤。陈金罍，携酒海，为见芳林含笑待。入门襟袖远尘埃，手植岩花次第开。芳草白云留我住，临行一日绕千回。"

予于骈散文喜小品，于诗喜五绝、七绝，于词喜小令、中调，盖缩龙为寸，以少许胜多许，自成精品矣。前录小令、中调之咏梅者，寥寥仅十二阕，意犹未餍，兹续得如干阕，傥于梅花时节，对梅花作小唱，既可自娱，亦足为梅花点缀风光，梅花有知，或不嫌词费欤。朱雍《好事近·梅》云："春色为谁来，枝上半留残雪。恰近小园香径，对霜林寒月。　危阑凄断笛声长，吹到偏呜咽。最好短亭归路，有行人先折。"管道昇《渔父词》云："遥想山堂数树梅。凌寒玉蕊发南枝。山月照，晓风吹。只为清香苦欲归。"王质《生查子·见梅花》云："见汝小溪湾，修竹连疏影。林杪动风声，惊下氂氂粉。　见汝大江郊，高浪摇枯本。飞雪密封枝，直到斜阳醒。"洪稚存《十六字令》云:"挤。历遍长廊耐晓寒。梅花瘦,不厌百回看。"顾梁汾《浣溪沙·梅》云:"物外幽情世外姿。冻云深护最高枝。小楼风月独醒时。　一片冷香惟有梦,十分清瘦更无诗。待他移影说相思。"纳兰容若《眼儿媚·咏梅》云:"莫把琼花比澹妆。谁似白霓裳。别样清幽,自然标格,莫近东墙。　冰肌玉骨天分付,兼付与凄凉。可怜遥夜,冷烟和月,疏影横窗。"严修能《柳梢青·赋梅》云:"闲倚疏寮。问春何在,春在梅梢。蕊欲飘风,枝疑著雪,淡到无聊。　清寒细雨连宵。定愁湿双鬟翠翘。驿路三千,阑干十二,芳信迢迢。"李舒章《西江月·梅花》云:"素手深知花重,罗帏更耐香寒。玉笙吹彻暮凭阑。消得春风一半。　淡月黄昏常待,清霜晓梦无端。水晶帘外影相看。不被红云遮断。"宋荔裳《采桑子》云:"试将风格闲品评,谁得相宜。谁得相宜。除却湘妃定洛妃。　枝头只许栖幽鸟,燕子来迟。燕子来迟。不见云英未嫁时。"尤展成《清平乐·梅蕊》云:"烟姿玉骨。淡淡东风色。勾引春光一半出。犹带几分羞涩。　陇头倚雪眠霜。寒肌密抱疏香。待得罗浮梦破,美人打点新妆。"严荪友《减字木兰花》云:"华灯影里。才饮香醪吾醉矣。试问梅花。春在红桥第几家。韶光弹指。欲说心情都不是。目断惊鸿。暮雨萧萧几阵风。"潘麟生《浣溪沙》云:"开到梅花二月分。一分流水一分云。暗香分作两边春。　已恨无端先寄梦,那堪真个又销魂。梅疏月淡掩重门。"厉太鸿《菩萨蛮·题呵手梅妆图》云:"斜红不暖凝酥面。春来未许春莺见。小凭侍儿肩。花寒人可怜。　　无言空拥袖,兰气熏花透。髻压一枝斜。前身萼绿华。"又《长相思·绿萼梅》云:"生九疑。住九疑。自小山光染玉姿。碧罗天上飞。　　春到时。雪到时。独向花中咏绿衣。断魂烟月知。"改七芗《巫山一段云》:"明月今何夕,梅花合一家。不知是月是梅花。人影隔窗纱。　　酒晕团红玉,衣痕点碧华。绣鞋桥外路周遮。新柳冐栖鸦。"赵秋舲《忆萝月·自锄明月种梅花图》云:"梨云冻碎。剧得冰痕脆。香影满庭天似水。此刻嫦娥也睡。　　一锄鸦嘴轻持。补来篱叶横枝。若问种花年月,除非仙鹤能知。"宋於庭《浣溪沙·赠梅》云:"不著铅华自出尘。漫疑姑射有仙人。让渠管领古时春。　　寂寞几年成独笑,清寒入夜总思君。高楼横笛那堪闻。"又《梅答》云:"一缕花魂未易招。空山只觉恨迢迢。愿留云影护清宵。　　寄语题诗人日后,断肠人正倚红桥。好停羌笛试琼箫。"叶小庚《霜天晓角·红梅》云:"绛唇点点。都把胭脂染。植向红罗亭畔,灯月下,影难辨。　　色艳香微欠。品更孤山占。恰似江妃含醉,盈盈是,潮生脸。"杨伯夔《卜算子·晓起王雪舫斋头看梅》云:"客去故人来,分付花迎送。鹊踏横檐雪一枝,画出江南梦。　　池阁晓风吹,恻恻寒威重。欲照西施冷淡妆,知否愁漪冻。"龚定盦《鹊桥仙·种红梅一枝于竹下赋此》云:"文窗一碧,萧萧相倚,静袅茶烟一炷。篛龙昨夜叫秋空,似怨道,天寒如许。　　安排疏密,商量肥瘦,自剧苔痕辛苦。从今翠袖不孤清,特著个红妆伴汝。"姚梅伯《好事近》云："春信到梅花，醉倚玉龙横笛。昨夜梦凉人睡，伴孤窗残月。　春愁未许寄梅花，推枕看窗色。不分梦醒人去，剩一庭残雪。"黄韵甫《清平乐·早梅》云："暗香疏影。影在香中冷。小语花前人不省。翠羽夜深来听。　露华洗染春痕。等闲湿了钗裙。除却罗浮梦里，谁家有此黄昏。"又《点绛唇·玉玲珑馆饯梅》云："粉淡烟浓，半开半谢元宵节。暗香谁惜。留在罗裙褶。　浅醉微吟，花外寒犹力。春阴寂。画帘如月，添个人吹笛。"况夔笙《江南好·咏梅》云："娉婷甚，不受点尘侵。随意影斜都入画，自来香好不须寻。人在绮窗深。"顾穉瑛《鬲溪梅令·梅》云："二分流水一痕沙。影横斜。争似玲珑月子，印窗纱。白描浓澹花。江南江北雪交加。太寒些。多谢一枝驿使，寄天涯。梦随春到家。"王眉叔《卖花声·题梅花帐额》云："清色不知寒。别样婵娟。依稀绮梦忆当年。缟袂销魂人去后，斜月如烟。　瘦影最生怜。相伴逋仙。银灯纸帐夜绵绵。莫遣枝头啼翠羽，唤醒春眠。"张南陔《菩萨蛮·斋前老梅》云："疏枝篱角横孤影。梅边吹笛愁初醒。满地碧云铺。寒香淡欲无。　虚窗愁夜永。寂寞吟魂冷。禽语隔春烟。梦迷残月天。"陈珊士《菩萨蛮》云："玉阶月上花如雪。不辞素手将花折。风露一枝鲜。教郎看鬓边。　梅梢残月冻。人滞天涯梦。春色薄于烟。东风未解怜。"

（《健康家庭》1940年第2卷第9期）

园居杂记(十八)

　　梅花故实,曩曾略有所记,均为人所习知者。兹续有所得,列举于下,虽一鳞一爪,亦足为梅花增其光采也。○朱朝端娶姜马琼琼,任南昌令,迫于正室,鱼书莫寄,密付雪梅画扇,题《减字木兰花》云:"梅性温柔,雪压梅花怎起头。"○王安石与薛肇明弈,赌梅花诗。○张功甫种梅三百本于家园中,名其堂曰玉照。○吴七王有二姬,一曰梅娇,二曰杏俏,杏俏梅云;"恐百花笑你,甘心雪压霜欺。"○费人龙避兵崇德,夫妇唱和,赏梅集句,有"瑶圃晚晴飞紫永"之句,宅主窥见妇才色,构人龙于狱,几为所陷。○楚襄王游云梦观梅,宋玉曰:"恨其生寂寞之滨,而荣此岁寒之时也。"盖指屈原悟王,王不能用,因退而献赋。○杨士奇幼时,以故人子见伯川,因雪霁命诗,有"贪看梅花过野桥"之句,卜其远到。○苏东坡在汝阴,堂前梅开月霁,王夫人曰:"春月色胜如秋月色。"○黎季鳌往交阯,见沙上有字云:"广寒宫里一枝梅。"后官于彼,王出对云:"清暑殿前千树桂。"黎忆前句对之,王喜,配以女。广寒、清暑皆彼宫殿名,王有女,名一枝梅,处以广寒宫故也。○东方朔之徒三人行野,见鸠集梅枝,鸠去枝折,一生卜有酒,一生卜酒酸,一生卜不得饮,俱验。○越使诸发,执一枝梅遗梁王,王不悦,发为赋梅德,王遂释然。○王十朋游天衣寺,千峰竞秀,双涧涵碧,乃联骑探梅。○宋顺阳公请姜白石征新声,制《暗香》、《疏影》二曲,使青衣歌之,寻以青衣小红赠姜。〇王从事遇金兵,失妻乔氏,后授教西安,偕僚友烂柯山看梅,分韵得妻字,有"漫学斑鸠唤旧妻"之句,乔氏适为王尹所得,廉知其事,遂归赵。〇王月溪真人所居曰漱芳亭,有梅,张伯雨造之,命诗,有"风沙不惮五千里,将身跳入仙人壶"之句。〇杨补之临萧洲大梅进上,徽庙戏曰:"村梅疏枝冷蕊,清意逼人。"南渡后,宫中张之,蜂蝶竞集。〇郑所南不忘宋,梦游玉贞峰餐梅花,闻有人云:"此树与天地日月同生。"〇江采蘋有《楼东赋》,性喜梅,明皇戏曰梅精,后被禄山之难,明皇得遗真,为诗悼之。〇辅相三杨,独士奇不由科甲,有以松竹梅求赋者,二杨皆赐进士,士奇轮赋梅,遂书曰:"竹君子,松大夫,梅花何独无称呼。回头试问松与竹,也有调羹手段无。"〇陆凯与范晔善,寄梅与范曰:"折梅逢驿使,寄与陇头人。"〇元微之在翰林,行廊下,初日映九英梅,隙光射元,有气勃然。〇袁丰之以梅为冰姿玉骨,世外佳人,出妓秋蟾比之,谓脂粉之徒,正当在后。〇王元章善画梅,自题曰:"不用人夸好颜色,只留清气满乾坤。"有赞者曰:"醉调墨汁三千斛,写遍江南雪后枝。"〇程楷会试,梦有以红梅扇索题者,赋诗曰:"谁把枯枝纸上栽,琼花错落带晴开。天公预报春消息,占断江南第一魁。"果中第一。〇徐季暨会客,有气矜者偶临,书至博浪沙事,拂袖夜行,遇一老叟,求赋红梅诗数首,后道出云阳,见黄石公祠旁红梅大开,像即前叟也。〇都下无红梅,晏元献始移植西冈,有赂园吏分接一枝者,王君玉贻公诗曰:"园吏无端偷折去,凤城从此有双身。"○梅仙祖师学道白云山,夏月坐化梅树下,数里闻梅香,经旬不散。○晋孝武造太极殿,忽有梅流至城下,取为梁,名梅梁殿,画梅其上以志瑞。○龙广寒至孝,六月母寿称觞,窗外梅花盛开,人遂称为孝梅。○崇祯宫女能以青梅雕刻梅篮,玲珑可爱。○隋炀帝御女袁宝儿,多憨态,宫中号梅花笛。○桂林府满山皆梅,开时作梅瘴。○吾吴张也倩氏取此类故实百二十馀则,作《梅花赋》,绰有字里花飞之致,宋广平《梅花赋》既不可见,得此亦足以餍馋眼也。

前此颇讶梅花诗中古风之少,选录二章,意殊未餍,因向故纸堆中力事搜索,卒又发见如干章。兹择予所心赏者,实吾杂记,含英咀华,扬葩吐馥,亦惟梅花之玉骨冰魂,足以当之无愧耳。王次回《月夜梅花下》云:"明月出海飞上天,随风吹上山人前。山人爱月抱月眠,天上不敢生云烟。山人睡醒月何处,却被梅花勾引去。呼月不来梅竟来,香风万斛窗前度。山人吟诗诗本狂,字字中有梅花香。明日更邀明月下,留与梅花共一床。"洪稚存《倚梅图》云:"春风已到江南否,手植玉梅堪凭手。探春消息肯孤寻,翠羽飞飞贴钗首。凝寒径雪犹封苔,非具仙骨谁能来。爱花雅复识花性,逸干不遣依楼台。泠泠风放枝高处,花气笼人亦须住。剥藓分明认旧题,划钗依约成新句。花光月露看难真,月欲傍花花傍人。徘徊半日不分影,袖底高压江南春。江南春到三千树,须记名花望花主。锦幕宁吟处士诗,广平已有新裁赋。"张大木《梅花三弄》云:"梅花随东风,淡淡入我弦。冻云残雪春乍破,一枝两枝篱落边。喧啾野雀噪深竹,溪水无波照空渌。阳和暗觉指下来,遥峰泼翠岚阴开,五色凤子双徘徊。小弦急,大弦缓,冷香拂袖东风软,袅袅冰魂吹不断。忽然孤鹤唳一声,罗浮山远春梦惊,霜天欲晓寒更清。平生茆屋心,松篁共萧寂。山家闭户悄无人,绿满青苔落英积。瑶琴愔愔醉横膝,一片孤月当窗白。"袁芗亭《日暮山中探梅》云:"日落山生烟,烟重竹如睡。下山探梅花,芒鞋踏空翠。曲栏引步过桥西,横斜影动黄昏时。几点初开疑蝴蝶,一枝照水愁蛾眉。买花不愁少,看花偏苦迟。攀枝索句句未得,徘徊树下风丝丝。风吹动衣褶,寒气生冰骨。露华满地长吟归,竹枝横担一肩月。"王壬秋《忆梅曲》云:"梅花艳北潭,素影照江南。月隐珊瑚簪,波明翡翠篸。江南与君别,霜寒花气歇。日暮鸳鸯飞,风吹五更雪。君去不曾难,徘徊玉佩单。横塘一片水,还与外人看。可怜双佩玉,惆怅横塘曲。玉颜思渐隐,琼树香难续。罗帷梦落花,越女惜红纱。含情画梁燕,弹泪白门鸦。鸦啼天向曙,水暗门前路。森森不相闻,落月摇空树。晓镜莫轻开,金蝉恨玉台。分明当日貌,梦作海棠来。"《后忆梅曲》云:"晚梅春色迟,含香待所知。近人无一语,微笑晕燕脂。珠楼对双镜,深闺愿相倚。一朝离别同春风,空将意思看流水。持声远寄婵娟子,盛年一去何时已。"此两曲迷离惝悦,似忆梅,又似忆人,意者以梅喻人,或其人芳名中有一梅字,亦如彭刚直公之于梅仙欤?

吾园多梅花、梅实,眼鼻口腹,一一受用不尽。尝倩凤君以绿梅花罨茶浸酒,香冽可饮,月夕花晨,目为胜友。梅花既结实,则于其青时作白糖梅、蜜饯梅、甘草脆梅、桂花梅脯。迨既黄熟,则与紫苏同制梅酱,暑日作酸梅汤,可以消暑解渴,觉仙家之玉液琼浆,不是过也。吾友郑子逸梅,谓《山家清供》载,将梅之落英洗净,用雪水煎,名梅花粥;山栗、橄榄薄切同食,有梅花风味,名梅花脯。又谓细嚼梅花当点心,梅固可充吾人口腹者。《枫窗小牍》载,旧京工伎,烹煮擅名,如王楼梅花包子、梅花鹅鸭,惜不知其制法。梅之结实有特异者,如扁而似杏味,为杏梅;圆小松脆,多液无滓,为消梅。杭人捣梅实杂姜桂糁之,名曰梅舌儿,龚定盦嗜食之,有"杭州梅舌酸复甜"之句,载于集中。以上云云,俱足令人垂涎三尺。予固老饕,而又与梅花结不解缘,他日当谋有所发明,制一梅花食谱,俾于梅花时节,与爱梅者一尝试之,不让古人专美于前也。

园北之梅丘、梅屋,略师孤山巢居阁意,故以梅为点缀,惟屋小丘卑,殊不能相提并论,矧予身无雅骨,走俗抗尘,亦乌足与妻梅子鹤之林处士分庭抗礼哉!因林和靖爱梅故,故言梅必及孤山,言孤山必及梅,实则和靖手植之梅,固已杳不可得,即百年以上之老梅亦无之。近数年来,巢居阁、放鹤亭一带,止寥寥数十树,多数十年物,盖老梅均已枯死,而为近人所补种者。明末张陶庵氏岱,尝有《补孤山种梅序》一文云:"盖闻地有高人,品格与山川并重;亭遗古迹,梅花偕姓氏俱香。名流虽以代迁,胜事自须人补。在昔孤山逸老,高洁韵同秋水,孤清操比寒梅。疏影横斜,远映西湖清浅;暗香浮动,长陪夜月黄昏。今乃人去山空,依然水流花放。瑶葩洒雪,乱点冢上苔痕;玉树迷烟,恍堕林间鹤羽。兹来韵友,欲步先贤,补种千梅,重开孤屿。凌寒三友,尽结九里松篁;破腊一枝,远谢六桥桃柳。伫想水边半树,点缀冰花;待披雪后横枝,低昂铁干。美人来自林下,高士卧于山中。白石苍崖,拟筑草亭招素鹤;浓山淡水,闲锄明月种梅花。有志竟成,无约不践。将与罗浮争艳,还期庾岭分香。实为林处士之功臣,亦是苏东坡之胜友。吾辈常劳梦想,应有宿缘。哦曲江诗,便见孤芳风韵;读广平赋,尚思铁石心肠。共策灞水之驴,且向段桥踏雪;遥期漆园之蝶,群来林墓寻梅。莫负佳期,用追芳躅。"又袁中郎氏有《孤山》一记云:"孤山处士,妻梅子鹤,是世间第一种便宜人。我辈只为有了妻子,便惹许多闲事,撇之不得,傍之可厌,如衣败絮行荆棘中,步步牵挂。近日雷峰下,有虞僧孺,亦无妻室,殆是孤山后身。所著《溪上落花诗》,虽不知于和靖如何,然一夜得百五十首,可谓迅捷之极。至于食淡参禅,则又加孤山一等矣,何代无奇人哉!"

岁朝清供,自以盆梅为主体,其他蜡梅、天竹、水仙、山茶之属，均为附庸。诗词中之咏盆梅者，近得数首，如冯雪垞五言律《方虞尊自苏州归载得梅花百盆置诸深室题诗其壁》云："客从吴江来，衣上阊门雨。梅花载两船，枝头碧方吐。南荣置胡床，钩帘日亭午。携琴相往还，花间泼春乳。"朱竹垞《一剪梅·咏盆梅》与魏坤联句云："定武瓷烧几棱红。细斛香泥，浅植春丛。（坤）冲寒载入小车中。三尺苔枝，一剪霜风。（竹） 尽坼棕毛裂纸筒。影渐横斜，态转玲珑。（坤）花边乡梦两人同。放鹤洲南，听雪亭东。（竹）"龚定盦《清平乐·朱石梅以红梅四盆赠行报谢即题其画册后》云："芙蓉老去。没个销魂处。今雨不来来旧雨。心与亭台俱古。 青溪一曲盘桓。粥鱼茶板荒寒。多谢画师慰我，红妆打桨同还。"王兰泉《月华清·盆梅》云："宫粉香飘，仙衣云卧，幽花独占窗户。犹忆青鞋，曾访村南几树。听残钟、茶磨山房，蹋晓雪、铜坑石路。凄楚。正板桥流水，翠禽交语。受尽冷烟疏雨。倩健步移来，碧瓷深贮。爆竹传柑，喜作新年伴侣。最娉婷、春色三分，好珍重、芳心一缕。留取。莫等闲轻按，江楼笛谱。"恒人观赏盆梅，多喜重瓣之红梅或绿梅，顾予以为枯干虬枝之单瓣白梅花，尤自然入画，正不可以其为野梅而少之也。

（《健康家庭》1941年第2卷第10期）

园居杂记(十九)

予于十年前移家故乡吴趋里后,即于园中广蓄盆树,而于盆梅尤所笃爱。一日,偶过护龙街,见自在庐骨董肆中,陈一野梅,铁干峥嵘,虬枝矫健,似数百年物,叩其值,云在百金以上,自顾寒士生涯,力所未逮,因废然而罢。阅年,晤其主人赵子培德,一见如旧相识,畅话至欢。偶及此梅,据云系得之虎丘五人墓畔,蓄之有年矣。闻予之关注有加也,愿举以相贻。予以赵子亦爱花如予,不欲割爱,因婉辞之。如是数载,过从益密,赵子时复出其所藏砂瓷旧盆,以廉值见让,即此古梅所植欧瓷大方盆,亦在其列,为之心感无既。厥后予与吴中陈迦盦、朱犀园诸画师,招邀艺花同志若干人,结含英社,赵子亦欣然加入。春秋佳日,各出盆栽展览于公园之东斋西堂,永日留恋,逸情云上。居未久,赵子忽婴疾下世,闻耗震悼,亟往致唁,逡巡入屋后小园,观其手植诸盆树,似亦悼其故主,佥有蕉萃可怜之色,即怆然引去。时赵子所遗盆梅,尚有二十馀本,而前见之古梅,矫健如故,花丁周耕受,将护綦勤,花开时节,予仍往观赏,欢若平生。讵"八一三"事变猝发,兵祸延及吴中,旋告沦陷,周氏花圃荡焉无存,周亦郁郁死,此梅委弃路隅,奄奄欲绝。社友丁翁慎旃,见而收之,扶植一载,渐复旧观,知予爱梅如命,因语之陈翁迦盦,愿以相让,窃念频年颠沛,未能归居故乡,得之亦未由欣赏,遂婉谢焉。己卯冬,予仍困居沪渎,羌无好怀,忽苦念此梅不已,爰飞函故园花丁张锦,令向丁翁探询,则云已为海上花贩陈某购去,厥值止三十金耳。予闻讯叹息,为之悒悒不欢者累日,寻知老友孔子志清与陈某有旧,亟倩其往说,则竟要索百二十金,予以急景凋年,无力购致,即亦置之。迨腊鼓将催,花市崛起,陈某将此梅陈之慈淑大楼之下,欲待善价而沽,予见梅如见故人,恋恋不忍去。会有名法家胡望之君,谬采虚声,因前辈钱须弥先生之介,属撰四匀寿序,予以一夕之力成之,胡君立以百金为报,自愧不文,固辞者再,而须弥先生坚不之许,因悫然受之。爰倩孔子更向陈某婉商,愿以者番卖文所入,易此古梅,而陈某牟利心切,坚持非百二十金不可。私念此梅既为故友遗泽,足资纪念,而十年以还,又为予心赏之物,脱落他人手,不知珍惜,行将抱憾于无穷,于是毅然如其值,舁以归寓庐。从此昕夕摩挲,无量欢喜,以其原出五人墓畔,为五义士英魂所凭依也,特尊之为义士梅云。

辛巳人日,鸣社诗友二十馀子联袂来观,金为叹赏不已,予首唱七言绝十二首索和云:"铁干虬枝绣古苔,群芳谱里百花魁。托根曾在五人墓,尊号应封义士梅。""秋老吴宫落叶时,铁蹄践踏到花枝。国香却喜仍如旧,应谢丁郎好护持。""嵌空刻露老弥坚,花寿绵绵不计年。却笑孤山无此本,鲰生差可傲逋仙。""故人已逐华年逝,遗泽还留一树梅。赖有瑶花能解语,山阳闻笛不须哀。""幸有廉泉润砚田,笔耕墨耨小丰年。梅花元比黄金好,那惜长门卖赋钱。""十载倾心终属我,良缘未乖慰平生。何当痛饮千锺酒,醉傍梅根卧月明。""玉洁冰清绝点埃,风饕雪虐冒寒开。年年历经尘尘劫,傲骨嶙峋是此梅。""晴日和风春意足,南枝花发自纷纷。闺人元识花光好,佯说枝头满白云。""丛丛香雪白皑皑,照夜还疑玉一堆。骨相高寒常近月,缟衣仙子在瑶台。""傲雪凌霜节自坚,花开总在百花先。珊珊玉骨凌波子,离合神光照大千。""无风无雪一冬晴,冷蕊疏枝入眼明。丽日烘花花骨暖,海红帘角暗香生。""萍飘蓬泊在天涯,春到江南总忆家。梅屋来年容小隐,何妨化鹤守寒花。"

后七日,胡伯翔、陶冷月、蒋吟秋、郑逸梅、叶祥本、郑梅清诸子先后至,咸谓似此古梅,实为平生所仅见,胡、陶二子各出铅笔册子,对花写生,并商略花枝之剪裁,各抒卓见,足资参考。已而中国画会商笙伯、许澂白、汪亚尘、孙雪泥、王个簃诸名画师亦至,郑子午昌适以事阻,则以所绘古红梅一幅见贻,笔致高逸,弥复可珍,并题《垂丝钓》词和梦窗韵云:"帐延瘦影,玲珑横月疏掩。缟袂压春,宫鬟堆艳。迎笑靥。记圣湖回绕。风沙撼。远笛芳讯淡。　旧时眉浅,昏黄愁照鸾鉴。隽情不减。寒剪清溪滟。香暗云屏染。长对饮,耿素心点点。"商、许、汪、孙诸子谓此梅允可入画,因泼墨挥毫,为之写照,各作一立幅,美具难并,益可为此梅生色,雪泥复系以诗云:"春着寒香三两点,苔横古树一千年。晓窗澹月摇疏影,昨夜诗人却未眠。"郑子逸梅则作《梅屋品梅记》一文云："春之朝,煦风扇荡,微云卷如,周子瘦鹃邀品其所获之义士梅,予与陶冷月、蒋吟秋二子于饭后偕往焉。瘦鹃居沪渎之西,市嚣较远,境静而有幽致,求之十丈软红中,不易多得也。入室即见梅屋之榜额,为黄山谷书,盖巧截其碑版中字而加以雕镂者也。瘦鹃有和靖癖,壁上所张,汪巢林之通景梅花屏也,吴窓斋之香雪海横幅也,吴秋农之探梅图、梅花书屋扇屏也;而梅则或植之盆,或栽之盎,或蓄之于礨敦;盆也,盎也,礨敦也,不一其式,于是梅之高矮巨细,悉得其称。花有重台,有单瓣,有淡绿,有浅绛,有酣红,间有洁白无华者,其虢国夫人淡扫蛾眉朝至尊乎?义士梅供于室奥,高三尺许,老干朽蚀,洞然窈然,驳然斑然,弥绕古意,以年代测之,可断为朱明之遗物,干颠著花繁茂,馨逸可喜。冷月为花写照,且与瘦鹃商略评章,何枝宜芟之短,何条宜引之长,其他或疏或密,又复斟酌久之。予叩义士梅之所以得名,瘦鹃出示其《义士梅诗序》,始知是梅本出于吴中五人墓畔,殷然碧血,化为奇葩,对之觉落落浩气,犹复在天地间也。吟秋乃诗以宠之云:'有约同来访老梅,清姿傲骨正花开。沧桑阅尽春常好,浩气冲霄不染埃。'一时许,中国画会诸名画师相次来,瘦鹃导之,拾级登楼,则又触目皆萼绿华,些子景中,配以铜瓷之达摩,古香中参以禅机,益复耐人玩索。有银爵二,灿然于案头者,则中西莳花会两次所获之锦标奖品也,增光国际,荣幸何如?既而瘦鹃备糕饵数事以饷客，为其夫人凤君所手制，隽絜无与比俦，而一匙一碟，亦皆缀有梅纹，色泽美妙。予因谓瘦鹃之逸致闲情，使生于乾嘉之际，直堪与沈三白沆瀣一气，奈丁斯乱世，限于物力，不克尽如人意，为可憾耳！日西挫，仍偕冷月、吟秋辞别而归。"吾宗南陔老友旋于报端读斯文，即以五言律一首题赠云："剑气销沈后，吴宫笑语哗。千年同饮恨，五士独兴嗟。地老长埋骨，梅春正著花。锄归欣有托，珍重此横斜。"此诗意境，骎骎入唐人堂奥，可佩也。

予以家有梅屋故，于收藏昔人画梅外，兼及梅花书屋，惜所得不多，仅程庭鹭立幅一，吴秋农扇页一，去岁又获叶观青金笺小中堂一。叶为康熙时人，与王石谷、陆远相友善，以示吴子湖帆，亟称之，笺纸已稍破损，竟及于画，由吴子加以修补，即付汲古阁装池，范以红木镜框，顿觉焕然一新，岁首悬之壁间，弥足为蓬荜光。

会鸣社轮及予值社，遂以梅花书屋为课题，予赋七绝五首云："冷艳幽香如梦闲，红苞绿萼簇回环。此间亦有巢居阁，不羡逋仙一角山。""屋小屏深膝可容，隔帘花影一重重。日长无事偏多梦，梦到罗浮四百峰。""合让幽人住此中，敲诗写韵对梅丛。南枝日暖花如锦，掩映湘帘一桁红。""牙签玉轴满庚楼，独拥书城傲邺侯。笑看梅枝阑入座，吟边冉冉冷香浮。""闻香常自掩重扃，折得梅花插玉瓶。昨夜东风今夜月，冰魂依约上银屏。"张镜人吾聱和韵云："寂寂芦帘一榻闲，绮窗疏影自回环。吟声欲共寒香透,料峭春风李白山。""欲把梅花比瘦容,春来纸帐梦应重。一锄明月凉如水,着个茅庐在半峰。""雪霁溪山夕照中,微吟人卧玉梅丛。一编岂是孙康意,索笑情紫屋角红。""玉箫何处月明楼,招鹤归来笑卫侯。香雪一庭人不扫,春风吹梦到罗浮。""万点梅花拥竹扃,冻魂昨夜返铜瓶。巡檐莫问春消息,自有幽香上画屏。"赵子宗孟七绝一首云:"明月黄昏疏影横,绮窗深处读书声。孤山高士今犹在,仿佛西泠听鹤鸣。"朱子玄丁七绝一首云:"淡淡丰姿淡淡妆,由来国色即天香。风流最是诗人宅,万点梅花一屋藏。"钱子小山七绝二首云:"铜瓶纸帐自移情,南面何如拥百城。一笑只应花无语,岁寒留得梦魂清。""冷香如雪绕云屏,高咏悬知笔有灵。此福输君修得到,一灯长照简编青。"张子和孚七绝二首云:"小筑茅庐好读书,自锄明月赋闲居。暗香浮动黄昏候,疏影横斜画不如。""染成香雪斗晴霞,胜似孤山处士家。梦入罗浮神思逸,书灯寒影透窗纱。"顾子洒弇七绝二首云:"何处消寒好赋诗,言寻香雪立移时。草窗为欲填琴趣,种得梅花香入帷。""昔往超山访古梅,而今路阻意徘徊。赏心得此忘离乱,人日花开春自来。"庄子敬亭七绝三首云:"于今复见放翁颠,人与梅花一样闲。到此恍临和靖宅,不须买棹上孤山。""众芳摇落独绚妍,人入琼林瘦亦仙。香雪盘纡环古屋,亭亭一树一婵娟。""巡檐索笑野人家,雪拥柴扉冷月斜。想见酒阑春夜静,一帘香雾咏梅花。"

邹丈湛如七绝四首云："一枝临水自横斜，认得孤山处士家。料峭西风人独立，不知是我是梅花。""莫嫌傲骨久安贫，冷淡生涯迥绝尘。云冻天低知欲雪，微阳透出已知春。""最惭花木向阳开，倔强还看一树梅。为问枝头双翠羽，罗浮几日梦归来。""生平惟有鹤相知，莫问南枝与北枝。风雪欲来山径窄，好从驴背去寻诗。"吕子白华五律一首云："湖海犹馀士，藤萝自有村。寻梅集东阁，拟雪到西园。风骨还相见，天心待细论。我来迟一载，邀月亦留痕。"郁子元英五律一首云："茅斋冰雪里，春意透琼枝。疏影窥书幌，寒香袭砚池。广平思作赋，常侍欲题诗。病肺身多懒，吟边负凤期。"许丈月旦五律一首云："疏影横斜里，微闻香气侵。岂真关地力，即此见天心。恍陟孤山路，居然处士林。书斋欣赏惬，花下且闲吟。"孙子雪泥七律一首云："忽报寒梅带雪开，回廊曲折尽徘徊。半池素影疑留月，两面青山笑入杯。有客庭前经鹤阻，无人门外送诗来。扬州未许吟何逊，官阁东风醉一回。"诸家工力意境，各有千秋，读之如入梅花林中，有嚼蕊吹香之妙。

孔子志清以善制盆景，蜚声沪渎，闻予之爱梅花书屋也，特于予所置海棠形紫砂盆中植五红梅，叠石建屋，通流架桥，一绛衣叟扶筇立桥上，自尔入画。同里吴子子深，于丹青岐黄，并负重望，特为予作《梅屋图》，用笔遒逸不凡，置之唐六如画集中，可乱楮叶，异日当张之梅屋中，永以为宝焉。

(《健康家庭》1941年第2卷第11期)

园居杂记(二十)

吾园四隅,虽有梅花二十馀株,尤以梅丘、梅屋一带为多,梅花时节,铁骨红、绿萼华与野梅、浅红梅、玉蝶梅交相辉映,长日盘桓观赏,差可一餍馋眼。顾予于梅花最贪饕,此寥寥二十馀株者,殊不为足。故"八一三"事变以前,辄于岁首四出探梅,如浙之灵峰、孤山、超山,吾吴之邓尉、玄墓,小至虎丘之冷香阁,阊门外之张氏梅园,无不涉猎殆遍。某岁元宵节后,复偕亡友吴子雅非,作洞庭西山探梅之行,盖吴子家于是也。小住两日,遍观全山之梅,瞰其干之苍古者,倩吴子商之花农,购为己有,都数十株,择其最者植之盆,较差者植之地。今吴子墓草已宿,而梅多无恙,吟赏之馀,恍亲故人色笑也。洞庭西山之梅,虽不及邓尉之名满天下,顾林林总总,实不在邓尉下,惜无诗人词客为之歌吹,致其名不彰耳。

梅花帐额,因施之于钿床罗帐之上,故多为绢制,如所绘之梅,出于名手,而绢质不甚黄旧者,则范以红木镜框,亦大可用作横幅,张之书斋素壁间也。关于梅花帐额之诗词,曩尝录孙原湘诗二绝,承龄词一阕。兹又得龚定盦《虞美人》一词,"陆丈秀农杜绝人事,移居城东之一粟庵,暇日以绿绡梅花帐额索书,因题词其上",云:"江湖听雨归来客。手剪吴淞碧。笛声叫起倦魂时。飞过濛濛香雪、一千枝。　　少年多少熏兰麝。金凤钗梁挂。年来我但写莲经。要伴荒庵一粟、夜灯青。"

吴子绂氏七古《自题梅花帐额》云:"江南十月天雨霜,世间凡卉不敢芳。只有西湖老梅树,四时柯叶常青苍。孤山千顷生香雾,长笛一声鹤起舞。是梅是雪谁搀和,满亭明月渺无所。邓尉香同海样宽,虬枝铁干山园寒。北风一夜通芳信,日日画舫兼吟鞍。我欲孤山游,荆棘隔断林逋愁。我欲邓尉去,高台麋鹿徒荒丘。不如自家娱乐有笔在,一幅自写梅花宰。帐前英气吓睡魔,醒来疑住香雪海。万梅深处诗人眠,和羹事业期他年。今日柴关少剥啄,打门尚恐梅花仙。"

清代李笠翁氏《闲情偶寄·种植部》中记梅一则,谓"以梅冠群芳,料舆情必协",诚哉斯言!今吾人尊梅为国花,舆情自亦决不能反对之也。其于领略梅花之法,发人所未发,道人所未道,亦深获吾心。惜丁此时会,物力维艰,苦未能一一如法泡制耳。其文云:"花时苦寒,既有妻梅之心,当筹寝处之法,否则衾枕不备,露宿为难,乘兴而来者,无不尽兴而返,即求为驴背浩然,不数得也。观梅之具有二:山游者必带帐房,实三面而虚其前,制同汤网,其中多设炉炭,既可致温,复备暖酒之用。此一法也。园居者设纸屏数扇,覆以平顶,四面设窗,尽可开闭,随花所在,撑而就之。此屏不止观梅,是花皆然,可备终岁之用,立一小匾,名曰'就花居'。花间竖一旗帜,不论何花,概以总名曰'缩地花'。此一法也。若家居种植者,近在身畔,远亦不出眼前,是花能就人,无俟人为蜂蝶矣。然而爱梅之人,缺陷有二:凡到梅开之时,人之好恶不齐,天之功过亦不等,风送香来,香来而寒亦至,令人开户不得,闭户不得,是可爱者风,而可憎者亦风也。雪助花妍,雪冻而花亦冻,令人去之不可,留之不可,是有功者雪,有过者亦雪也。其有功而无过,可爱而不可憎者惟日,既可养花,又堪曝背,是诚天之循吏也。使止有日而无风雪,则无时无日不在花间,布帐纸屏皆可不设,岂非梅花之至幸,而生人之极乐也哉!然而为之天者,则甚难矣。"

观梅之影有四宜,宜月下,宜水边,宜日中,宜灯畔,虽各有佳致,而自以月下与水边为最。往岁尝于梗子巷一花圃中得一枯干绿梅,作悬崖形,剧爱之,本植于盆中,蹙蹙靡骋,闻已两年不花。予舁归,植之梅丘高峰之次,仍顺势下悬,梅根得地气而发越,逢春必花,花且繁,累累千百朵,其下为荷池,筛影水中,绰有幽致。予尝于月夜立梅屋外,恣观水中梅影,挹风中梅香,始觉逋仙"疏影横斜水清浅,暗香浮动月黄昏"之句,自是阅历有得之言。自恨谫陋,未能以清辞丽句宠之。因忆昔人词集中,颇有咏梅影者,如王质《清平乐》云:"从来清瘦。更被春㑳㑳。瘦得花身无可有。莫放隔帘风透。　一枝相映孤灯。灯明不似花明。细看横斜影下,如闻溪水泠泠。"徐釚《虞美人》云:"笼烟带月黄昏悄。蘸墨知多少。玉娥睡醒怕东风。背立墙阴,移过烛花红。　暗香转被添螺黛。掠鬓霜姿改。天寒漏永几多愁。驿使难凭,疏景梦江楼。"周密《疏影》云:"冰条冻叶。又横斜照水,一花初发。素壁秋屏,招得芳魂,仿佛玉容明灭。疏疏满地珊瑚冷,全误却、扑花幽蝶。甚美人、忽到窗前,镜里好春难折。　　闲想孤山旧事,浸清漪、倒映千树残雪。暗里东风,可惯无情,搅碎一帘香月。轻妆谁写崔徽面,认隐约、烟绡重叠。记梦回、纸帐残灯,瘦倚数枝清绝。"张炎《疏影》云:"黄昏片月。似碎阴满地,还更清绝。枝北枝南,疑有疑无,几度背灯难折。依稀倩女离魂处,缓步出、前村时节。看夜深、竹外横斜,应妒过云明灭。　　窥镜蛾眉淡扫,为容不在貌,独抱孤洁。莫是花光,描取春痕,不怕丽谯吹彻。还惊海上然犀去,照水底、珊瑚疑活。做弄得、酒醒天寒,空对一庭香雪。"

关于梅花之佚闻,颇有可记者。大抵骚人墨客,身有仙骨,自喜与梅花相昵近,此中缘法,非俗尘万丈中之褴襫子所能了解也。浏览所及,如刘履芬诗记云:"吴县觉阿上人祖观,以诸生出家,买庵于阊门外之白马涧,种梅五百株,花时游赏最盛。作诗无蔬笋气,如《庵居杂诗》云:'野田高下树槎枒,锡杖桥边是衲家。两面青山三面水,中间五百玉梅花。''粗茶淡饭有真味,净几明窗绝点埃。莫过清闲客易享,黄扉福分换将来。'"杨夔生词记云:"偶于残帙中检得小碧笺,书断句一首云:'幽香息息出诗瓢,雪唤钩帘鹤过桥。但到黄昏忆吴下,绿心梅底小红箫。'不知何人所撰,极幽艳近词,为櫽括其意,以成《蝶恋花》调云:'千里碧云含暮意。冷雪槎枒,老树楼檐底。才说钩帘风又起。过桥鹤去听松吹。　　回首吴中风景异。诗写唐瓢,细咽幽香味。凄入绿心梅溅泪。小红一曲箫声脆。'"黄燮清氏词记云:"吾邑(海盐)北郭外居民,树梅为业者数百家,春初作花,一白无际。去岁偕湘渔、子健、二梅、衡山、少山诸子,联袂纵步,与花俱远。归路憩竹篱茅舍间,看落日一点,烂若琥珀,从万玉丛中冉冉而下,尤画所不到也。羯来江右,又届花期,未识故园诸子曾续前游否,感序怀人,倚弦成调:'村与云深,路随香远,闲鸥三两寻到。暗水通桥,疏篁阴屋,世外人家春早。篱落横琴坐,乍惊起、空山幽鸟。醉看万玉成烟,一轮红衬残照。　何事天涯倦旅,偏岁暮未归,信音绵缈。月里元宵,雪前人日,孤负旧游怀抱。愁听江城笛,总簸弄、相思清晓。一度花期,忽忽还又过了。'"(调《探春慢》)杨朴安氏自记云:"少有痴疾,梦中常吟云:'风清月白夜相思,一曲阑干一阕词。写到玉人斜倚处,梅花已有半开枝。'醒而益怅惘。谒华藏玉洁师,教读《楞严》,后梦一道士,卧楼上,吟曰:'旁卧有人浑不识,满身只是酒痕多。'醒后意颇适。逾月,复梦入山,闻磬声来上界,口占云:'十分常寂寂,一磬独悠悠。响彻竹林末,声来云岭头。'一僧抚掌曰:'此非一念不生灵光炯炯之谓乎?'惊寤,疾遂愈。"蒋宝龄氏《墨林今话》云:"通州李晴江方膺,雍正间以诸生保举为合肥令,有惠政。善松竹梅兰诸小品,纵横跌宕,意在青藤、白石之间,而尤长于梅,作大幅丈许,蟠塞夭矫,于古法未有所用,印章曰'梅花手段'。牧滁州日,见醉翁亭古梅,伏地再拜,其风趣如此。

为人傲岸不羁,罢官寓江宁项氏园,日与沈补萝、袁简斋游览名山,观者号'三仙出洞'。自题画梅云:'写梅未必合时宜,莫怪花前落墨迟。触目横斜千万朵,赏心只有两三枝。'"

予爱花,故亦惜花,梅花既谢,则择其成朵者,以白石浅盆贮水养之,佐以英石小峰与雨花台石子,伴以五色文鱼如干尾,见其环泳逗花为戏,若有馀香可挹者,不觉顾而乐之。偶读李莼客《越缦堂日记》,记其以磁盘清泉蓄落梅事,惜花之情,正与予同,其文云:"案头置磁盘二,中以清泉养小圆石数十枚,本以蓄水仙,水仙萎后,以落梅数朵浮之,香韵清绝,时时觑之,尝欲赋一诗以纪其事,以为胜于焚香嚼茗也。"予尝发为遐想,以为邓尉、玄墓、铜井诸山中,梅树既多,则梅花落时,必高积数寸,如得坐卧其上,自绕雅趣,因赋诗一绝云:"雨虐风欺一夜摧,梅花如雪委蒿莱。万山深处无须扫,好作幽人卧褥来。"昔人诗词中,咏落梅者亦夥,兹择予之所爱者录之。诗如梅庚一绝云:"背城花坞得春迟,冻雀衔残尚未知。闻说绿珠殊绝世,我来偏见坠楼时。"无名氏一绝云:"眉描蛾绿鬓飞鸦,楚楚秋衫杏子纱。家住湖西一十里,满天凉雨落梅花。"释律然一律云:"和风和雨点苔纹,漠漠残香静里闻。林下积来全似雪,岭头飞去半为云。不须横管吹江郭,最惜空枝冷夕曛。回首孤山山下路,霜禽粉蝶任纷纷。"词如尤袤《瑞鹧鸪》云:"清溪西畔小桥东。落月纷纷水映空。五夜客愁花片里,一年春事角声中。　　歌残玉树人何在,舞破山香曲未终。却忆孤山醉归路,马蹄香雪衬东风。"辛弃疾《粉蝶儿》云:"昨日春如,十三女儿学绣。一枝枝、不教花瘦。甚无情,便下得,雨僝风僽。向园林、铺作地衣红绉。　而今春似,轻薄荡子难久。记前时、送春归后。把春波,都酿作,一江春酎。约清愁、杨柳岸边相候。"洪亮吉《蝶恋花》云:"白白红红开未止。一擅孤标,即兆飘零始。如此人生刚半世。问年一样输馀子。　入夜春愁为剪纸。属汝重来,休昧出来旨。多分柔魂犹在水。五更吟断梅花诔。""窗外游丝空复漾。十见花残,那得人无恙。莫向酒间矜跌宕。春风已把飞琼葬。花未开时愁已酿。奇语桃根,春到休轻放。人世有情还有障。招魂共汝青绫帐。"黄景仁《虞美人》云:"枝头桃柳春将闹。趁此抽身早。今宵有梦待寻君。只恐花前消尽更无魂。黄昏庭院谁相问。一次伤春信。冷雨飘动五更愁。化作半轮残月挂罗浮。"《鹊踏枝》云:"怪道夜窗虚似水。月在空枝,春在空香里。一片入杯撩不起。风前细饮相思味。　冷落空墙犹徙倚。者是人间,第一埋愁地。占得白花头上死。人生可也当如此。""莫怨妒花风雨浪。送我泥深,了却冰霜障。身后繁华千万状。苦心现出无生相。　隐约绿纱窗未亮。似有魂来,小揭冰纱帐。报道感君怜一晌。明朝扫我孤山葬。"周济《洞仙歌》云:"低飘乱洒,早东风轻饯。二月馀寒未归燕。任多情、剪纸东阁招来,飞不到,当日含章宫殿。　春酣能几许,秾李夭桃,一例斜阳下深院。唤起倚楼人,横笛孤吹,还赢得、啼痕如霰。待绿叶、成阴觅残红,笑指向、枝头嫩黄初见。"郭麐《洞仙歌》云:"人间无地,著春愁千斛。一夜东风与埋玉。算玲珑锁骨,葬向空山,也胜似,早早安排金屋。招魂来纸上,断粉零香,犹是眉间旧时绿。莫道不相思,点点啼痕,已渍满、轻绡十幅。待梦到、西泠去寻伊,怕别院楼头,又吹横竹。"

(《健康家庭》1941年第2卷第12期)

园居杂记(二十一)

园居悠闲,恒以莳花为日课,顾但事莳花,又微病其单调,与老圃何异,是不得不别谋遣兴之法。月夕花晨,茶馀酒后,均可为遣兴之时;一琴一剑,一书一画,一炉香,一拳石,均可为遣兴之具,端在吾人之善自为谋耳。间尝以昔人遣兴之法作参考,《花镜》作者陈淏子氏有《花间日课》,最惬予心,分为春夏秋冬四季。春则"晨起点梅花汤,课奚奴洒扫曲房花径,阅花历,护阶苔。禺中取蔷薇露浣手,薰玉蕤香,读赤文绿字。晌午采笋蕨,供胡麻,汲泉试新茗。午后乘款马,执剪水鞭,携斗酒双柑,往听黄鹂。日晡坐柳风前,裂五色笺,任意吟咏。薄暮绕径,指园丁理花,饲鹤种鱼"。夏则"晨起芰荷为衣,傍花枝吸露润肺,教鹦鹉诗词。禺中随意阅老庄数页,或展法帖临池。晌午脱巾石壁,据匡床,与忘形友谈齐谐山海;倦则取左宫枕,烂游华胥国。午后刳椰子杯,浮瓜沈李,捣莲花饮碧芳酒。日晡浴罢兰汤,棹小舟垂钓于古藤曲水边。薄暮篛冠蒲扇,立高阜,看园丁抱瓮浇花"。秋则"晨起下帷检牙签,挹花露研朱点校。禺中操琴调鹤,玩金石鼎彝。晌午用莲房洗砚,理茶具,拭梧竹。午后戴白接䍦冠,着隐士衫,望霜叶红开,得句即题其上。日晡持蟹螯鲈鲙,酌海川螺,试新酿,醉听四野虫吟及樵歌牧唱。薄暮焚畔月香,瓮菊观鸿,理琴敲调"。冬则"晨起饮醇醪,负暄盥栉。禺中置毡褥,烧乌薪,会名士作黑金社。晌午挟笑理旧稿,看树影移阶,热水濯足。午后携都统笼,向古松悬崖间敲冰,煮建茗。日晡羊裘貂帽,装嘶风镫,策蹇驴,问寒梅消息。薄暮围炉促膝,煨芋魁,说无上妙偈语,剪灯阅剑侠列仙诸传,叹剑术之无传"。施濂侯氏尝列举"芸窗雅事"二十则:"溪下操琴。听松涛鸟韵。法名人画片。调鹤。临《十七帖》数行。矶头把钓。水边林下得佳句。与英雄评校古今人物。试泉茶。泛舟梅竹屿。卧听钟磬声。注《黄庭》、《楞严》、《参同解》。焚香著书。栽兰菊、蒲芝、参苓数本。醉穿花月影。坐子午啸弈。载酒问奇字。放生。同佳客理管弦。试骑射剑术。"沈瑶铭歆然以为未足,则历数其"书斋快事"五十馀则以自豪:"缓步回廊曲槛。怪石凌空。松阴夹道。开门见远山。小桥流水。观碧藻游鱼。溪边有白鹭刷羽。池塘横小艇。亭园修竹。听莺啼。僻径幽花。默坐对明窗净几。窗外芭蕉分绿。调鹤。约二三知己探梅。桃李争妍,值艳妆过其下。柳岸风来。牡丹盛开。演名剧佐饮。古树下纳凉。坐小槛观荷,作碧筩劝。梧桐落叶。天香裛衣袂。芙蓉逞艳。登楼眺远。清夜闻钟声。斜月入窗。击枝头残雪。汉瓶插新花数枝。宣炉焚异香。如意指挥小婢。看镜中山水。旧燕来巢。酌玉卮。陈古瓷器。读得意书。竹榻小憩。试古墨。笔砚精良。摹帖。抚琴。展名人字画。护兰。访菊。好友临门,宾主真率。品泉。茗战。拂尘。手谈不出一语。夕阳映新绿。拈题得佳句。新笋晚花时候。薄醉。数天边雁字。"张山来氏闻之,叹曰:"触景怡情,何必圆峤蓬壶,始称仙境。"予于以上三氏所举诸事,虽未必尽如吾意,亦政如坡公所谓"时于此中,得少佳趣"。或谓此等生活,毋乃太逸,不宜于今日物竞天择之世。顾恬淡如予,殊以此等生活为可羡,而窃笑今人之营营扰扰,所谓何来,直自速其死而已。嗟乎,安得摆脱利锁名缰,抽身人海,返我于数百年以上哉!

吾友郑子逸梅,博览群书,卓而大雅,虽身在廛市,而心在丘山,于栽植花果,尤所笃爱。曩以予之怂恿,梓行其所著《花果小品》,成一巨帙,爱好园艺者奉为枕中秘。尝为予言居家十宜,所见正与予同。渠谓一宜竹,竹为岁寒三友之一,无论风晴雨露,各其妙趣,庭园栽植之,掩映棂桁间,湛然一碧,令人翛然意远。薛野鹤曰:"人家住屋,须是三分水,二分竹,一分屋方好。"此语信然。二宜蕉,"重庆芭蕉,家家院落皆植之",见《陇蜀馀闻》。昔任司农构蕉林书屋,自题云:"半船坐雨冷潇潇,仿佛江天弄晚潮。人在西窗清似水,最堪听处是芭蕉。"故芭蕉直可以清伴目之。至于滴碎愁心,固人之处境未能善自解慰,若归咎芭蕉,芭蕉不负其责也。三宜桐,"一枝青玉,千叶绿云",此白居易云居寺孤桐之诗也,而森耸直立,尤宜于夏日庭院。可就其清荫,抚琴涤研,说鬼谈禅,为之消暑释虑,乐也何如?四宜书画,一楼书画,半榻茶烟,此种清福,允当享受。画以小幅花卉山水为上,书则尚作晋唐人隽语,岸然道貌,一概摈之。五宜琴剑,琴以怡情,剑以壮气,惟以黝旧为贵,则古色古香,骃彪手眼,亦绝妙之点缀品也。六宜炉香,案头供宣德炉一事,螭纹宛然,焚水沈香,缕缕作青篆,重帘护之,静穆无匹,可以永日。七宜奇石,奇石一拳,有黄子久画意,配以檀架,列诸文几,对之作千丘万壑想,胸次为之廓然。八宜文鱼,晶盎间蓄文鱼若干尾,绿藻红鳞,洋洋圉圉,虽跼处斗室,而似置身在濠濮上,聆庄子与惠施语也。九宜绿鹦,鹦鹉慧鸟,能弄舌呼客,诵《波罗密多心经》,寂寂兰闺,获此良得。十宜狸奴,玉局闲翻,纱帷密贮,狸奴之佳话,早载于先彦之笔劄,且厥性驯柔,依依帏幪间,动人抚爱,固不仅有伏鼠护物之功也。予园居十载,于此居家十宜,固亦一一具备,个中佳趣,领略殆尽。竹林占地半亩,既得恣赏琅玕幽姿,且有春笋、边笋口腹之奉,致足乐也。蕉则植于鱼乐国东窗之次,清阴四展,翠润欲滴。夏雨乍集,打蕉叶作碎玉声,听之如服清凉散。每岁仲春,时复劚其幼株,作盆供,伴以拳石,仿唐六如蕉石图画意,净几明窗间,新绿湛然,宛然小绿天也。尝宠以二绝句云:"盆里芭蕉高七寸,抽心展叶亦鲜妍。不容怀素来题污,净几明窗小绿天。""案头亦自有清阴,掩映书窗绿影沈。寸寸蕉心含露展,一般舒展是侬心。"花院之北,则有双桐干云直上,绿阴罨画,夏夜辄纳凉其下,乐而忘倦。讵某岁暴风,竟摧其一,至今惜之。书画则书少而画较多,画复以梅花及探梅图、梅花书屋图为多,而以陈眉公、汪巢林梅花及王石谷与其弟子杨西亭、徐粲发合作之梅竹寒禽为冠;山水无多,而以明代周东邨之桃源图巨幅为甲观。一介寒士,愧不能致珍品,得此已足自娱矣。琴剑各备其一,琴为清代乾嘉间某将军遗物,铭文镌刻颇工,自是旧物,扣其弦,厥声泠泠然,惜不能作平沙落雁之曲,为憾事耳;剑之来历无考,而剑鞘玲珑可喜,厥锋虽未经磨砻,而亦作作有光,悬之壁间,徒资点缀,剑而有知,当亦有躄躄靡骋之感矣。宣炉、奇石,各有数事,雨日不能涉园,则以焚香静坐,或摩挲奇石为事,亦足破闷。文鱼本有二十四巨缸,都十馀种,凡五色文鱼、五色珠鱼、望天、银蛋、翻鳃、水泡眼、紫罗兰等俱备,并以词牌、曲牌之"多丽"、"一斛珠"、"喜朝天"、"瑶台月"、"珠帘卷"、"眼儿媚"等嘉名宠之。春秋佳日,辄盛以晶缸,纷陈鱼乐国中,与儿辈共相观赏,亦复作濠濮间想。惜"八一三"事变而后,已荡然无存矣。绿鹦尝蓄一头,悬于吟风廊下，喙作猩红之色，与绿羽相辉映，弥复动目。虽不能作人言，而客至辄嗷然鸣，颇不寂寞。阅年，忽婴软足之疾，一日晨起，忽见其于铜架上倒悬而死，为之悒悒不欢者累日，卒乃择地于蕉阴之下，挥泪葬之。狸奴先后尝蓄三头，第一头为瑇瑁色，第二头为黑白色，第三头为纯黑色，前二头一死一逃，纯黑者至今犹存。予不甚爱狸奴，第思赖以伏鼠，顾鼠殊不之惧，猖獗如故，予亦听之。

家有名园，日夕燕息其中，应知所以选胜自娱之法，庶不孤负，否则一年好景，稍纵即逝，徒令猿鹤笑人而已。昔人多闲而好事，故于风花雪月，均不肯轻轻放过，于是名园胜地，相得益彰，虽曰闲居，而不觉其闲，殊足为吾人法也。兹掇录一二，以见雅人深致。如徐野公《灌园十二师》云："种桑，师诸葛武侯；种瓜，师邵平；种药，师葛稚川；种蔬，师张子韶；种橘，师李叔平；种竹，师王子猷；种兰，师王摩诘；种蕉，师释怀素；种菊，师陶渊明；种柳，师韦维；种梅，师林和靖；种荷，师周濂溪。"张山来《玩月约》云："一之人，韵人、高僧、羽流、美人、剑客、善歌者；二之地，高台、曲廊、楼上、舟中、山馆、萧寺、道院、平冈；三之物，酒具、茶灶、竹几、寒衣、炕桌、僧帽、宣炉、诗韵、笔砚、虎丘席、枕、隐囊、蒲团、洞箫、檀板、秋虫笼、琴；四之事，联吟、射覆、征事、穷字、度曲、吹箫、弹琴、参禅、说剑、谈心、舞剑。"吴绣园《酒政六则》云："饮人，高雅、豪侠、真率、忘机、知己、故交、玉人、可儿；饮地、花下、竹林、高阁、画舫、幽馆、曲涧、平畴、荷亭；饮候，春郊、花时、清秋、新绿、雨霁、积雪、新月、晚凉；饮趣，清谈、妙令、联吟、焚香、传花、度曲、返棹、围炉；饮禁，华筵、连宵、苦劝、争执、避酒、恶谑、喷哕、佯醉；饮阑，散步、欹枕、踞石、分韵、垂钓、岸巾、煮泉、投壶。"马文灿《洗尘法》云："听啼鸟数声，溪流几曲，松风渔唱，任其去来以洗耳。观幽岩竹木，菁荫澄潭，荇藻横乱，或披临美石名帖，古人诗文数首，不令其烦以洗目。目洗，并眉端亦不挂烦恼矣。鼻之洗也，不必问博山火候林石间，旦夕皆有空香，此况更佳。口之受累更甚，当摘山蔬野笋作羹，兴至，歌咏得意诗文数过，然后汲泉烹茗，啜至两腋风举，则口洗并肺脏间结习皆去。静坐观空，除念调息，以洗心养神，不禅不去，政有渊致，足履尘嚣亦当洗。食后散步落红细草径上，再加一分爱惜，更有楚楚依人之况。"张登子《引胜小约》云："吾辈寄畅山水诗酒之外，不复与世事相关，赖此齐物养生，自号醉侯麹部，王卫军云：'引人入胜，良知音也。'因订四约，永矢弗谖。订人，饮酒无偶，挐及三驷，但少闲人，念谁与乐，联我素心，勿孤勿博；订地，情随年少，酒因境多，春涧秋溪，足供幽赏，花辰月夕，听其所如；订品，晚菘早韭，足了一生，珍错瑶觞，曲终则憾，延欢不于靡也，簋不用二，爵勿限三；订文，韵就击铜，诗成画烛，抚时际景，少叙中怀，否则罚用梨园，讨同兰禊。"予年来饱经忧患，性益孤僻，独往独来，几不复知有朋友之乐。诸家所记,各有是处,予之所欲效颦者,厥惟择其可以独乐者为之,殊不必与朋友共,盖自顾弃材,百无一用,恐朋友或亦不乐与予共也。

(《健康家庭》1941年第3卷第1期)

园居杂记(二十二)

宋代名臣张功父氏镃,尝有《四并集》之作,写一年间燕居乐事,雅韵欲流,读之令人健羡。吾园占地四亩,虽非大观,而亦略具花木水石之胜,晨夕流连,俗尘尽涤。爰仿张氏《四并集》例,举四时园居之乐,笔而出之,清词人项忆云有言:"不为无益之事,何以遣有涯之生。"予之所为,盖亦以无益遣有涯云尔。

正月孟春,〇春节家宴,进屠苏酒。〇扫园中春雪,与小儿女辈塑雪弥陀,作雪战。〇登梅丘赏红绿梅及野梅,小憩梅屋中,对盆梅赋梅花诗。〇入温室中摘山茶及仙人花,供闺人簪鬓。〇折红绿梅、天竹各一枝,插古铜瓶中,并以白端盆满盛水仙,伴以英石,作爱莲堂清供。〇以宣德炉焚名香,侍慈母礼佛。〇春兰始花,移入凤来仪室,俾凝香燕寝。〇元宵观幼儿就花院放花爆,幻作梅花竹枝,以花灯如千盏遍悬梅花枝上,俾灯光与花光相辉映。〇就花院梅花丛中张宴宴客,客多丹青妙手，各为梅花写照。○以迎春盆栽七八事分陈吟风廊下，赏其姿致。

二月仲春，○百花生日，遍树护花幡于盆栽中，为花请命。○鱼乐国外观杏花，吟味陆放翁"小楼一夜听春雨，深巷明朝卖杏花"名句。○吟风廊下调绿鹦鹉，并听芙蓉作娇啭，观双娇凤相吻调情。○登百花坡，观亭亭前黄锦条繁华烂开。○金鱼二十四缸分类蓄养，标以"瑶台月"、"眼儿媚"、"一斛珠"、"珠帘卷"、"紫玉箫"、"喜朝天"、"五彩结同心"等词牌、曲牌别名，以代俗称。○鱼乐国四壁张金鱼画幅，并分列盆盎陈金鱼，用资观赏。○弄月池畔，观新柳梳风。

三月季春，○绿天深处劚新笋，摘新蚕豆，倩闺人烹以佐酒。○花院观紫荆、碧桃及桃李花。○百花坡赏海棠、玉兰及紫丁香、白丁香。○摘紫牡丹、白牡丹及玉楼春作瓶供。○鱼乐国外以灯笼壳护新结樱桃，藉防鸟啄。○紫兰台赏紫罗兰，并以盆栽紫罗兰供之紫罗兰盦，细领色香。○乐笑轩外观大木香，花大如盎，柔条迎风招展。○就大鱼缸观金鱼追逐，散子于绿藻之上，戏为收生。

四月孟夏，○紫云棚下赏单瓣及重瓣紫藤花。○花院铜仙坛赏山东月季，芍药坛赏红白芍药。○乐笑轩尝樱桃、青梅。○迎风廊下杂陈杜鹃、紫藤、绣球、金银花等古木盆栽，邀客观赏。○萱斋与小儿女尝家制酒酿。○百花坡赏月月红、大绣球。○摘红玫瑰，倩闺人制酒及玫瑰酱，盛以晶瓶，娇艳欲滴。○摘香水花及红蔷薇、黄蔷薇、十姊妹作瓶供。

五月仲夏，○萱斋侍慈母解粽，饮雄黄酒，为小儿女述屈灵均投江故事。○弄月池畔赏红白榴花，移榴花古木盆栽陈吟风廊下。○凤来仪室西窗外枇杷丰收，分饷儿女。○百花坡下观锦带花，摘含笑、珠兰、黛黛等花献慈母。○鱼乐国小坐，观晶缸中新生金鱼噞喁碧藻间。○倩闺人以玫瑰、黛黛焙新茶叶。

六月季夏，○吟风廊下饮冰纳凉。○坐荷轩，观赏净碧池中红白荷花，暨红白黄三色睡莲。○鱼乐国听雨打芭蕉，如跳珠戛玉，心腑俱清。○萱斋剖食西瓜，唊园产水蜜桃。○净碧池垂钓，静听梅丘泻瀑，击石作碎玉声。○百花坡观大丽花、美人蕉。○摘茉莉作球，为闺人助妆。○垂柳下张悬床小睡，送夕阳，迎新月。

七月孟秋，○七夕与闺人坐亭中，观双星渡河。○吟风廊纷陈紫薇古木盆栽，古干虬枝，不一其状，赏阶下五色金凤花。○乐笑轩外枣花发香，来与鼻谋。○净碧池采莲子，倩闺人作鲜莲羹。○建兰始花，陈之爱莲堂中，朝夕闻香。○花院赏红薇、白薇。○弄月池畔赏萱花，撷晚香玉作瓶供。○凉夜观小儿女持小扇扑流萤，贮晶瓶中，熠熠有光，如小灯笼。○弄月池畔观凌霄花缘高柳而上，烂开如锦。

八月仲秋，○月团圆夕家宴，侍慈母焚香拜月。○亭亭赏月，俯观弄月池月印水心。○花院赏丹桂，移丹桂古木盆栽陈吟风廊下。○紫罗兰龕外赏秋海棠,接引五色牵牛花缘墙而上。○百花坡下观木槿作花。○摘丹桂花制酒,并制酱渍霜梅。

九月季秋,○满园纷陈盆菊数百本,招邀胜友,就菊作雅集。○吟风廊下陈盆栽细菊,伴以枸杞古木,朱实颗颗如玛瑙。○爱莲堂阶畔观五色鸡冠及雁来红。○鱼乐国展览金鱼,一一标以嘉名,邀客品评。○乐笑轩中与小儿女啖园柿及葡萄。○绿天深处摘北瓜、葫卢,作书斋清供。○萱斋擘蟹,进家酿玫瑰、木樨之酒。

十月孟冬,○花院赏枫,诵"霜叶红于二月花"之句,寻味久之。○凤来仪室鸭炉试香。○绿天深处观小儿女挑荠。○紫兰台上观紫罗兰再放。○买九华山石,堆天平一角,遍植小枫。○弄月池畔赏芙蓉。○移三角枫古木盆栽,陈之吟风廊下。

十一月仲冬,○冬至节家宴。○凤来仪室西窗观枇杷花。○紫罗兰龕外观蜡梅含蕊,以灯笼壳护天竹子。○自温室中移象牙红,入且住轩娱客。○买小松柏作盆供,伴以石笋及小佛像。○晴窗临黄山谷法帖,学绘梅花。

十二月季冬,○吟风廊下曝日,赏蜡梅、天竹及鸟不宿古木盆栽。○亭亭赏雪,远眺雪中双塔。○打冰救金鱼,就炉取暖。○以古砂壶盛梅花雪水烹茶。○雪压花枝不胜载,为一一拂除之,亟编草帘护紫罗兰。○乐笑轩围炉,为小儿女述中西故事。○除夜家宴合家欢。

以上所记,悉为园居数载中一年四时例有之常课,初无一语出于虚构。顾自"八一三"事变而后,一一都成陈迹,涉笔至此,为之悯然!

　　生平爱美,故于宇宙间一切天然与人为之美,靡不心向往之。尝于豆棚瓜架下与友好共话所爱,爰述予之所爱者如干事如下:○紫罗兰之幽香,浮动月下。○以古盆植古梅,镇日静对。○吹香嚼蕊之艳体诗词,与轻倩古朴之散文小品。○美人之笑涡,晕以媚霞一痕。○明月印波心,依恋作小儿女态。○烟云缥缈之美人画,时露一肌一发。○百合花烂开月下,如堆琼积玉。○美人星眸中之泪珠,欲堕未堕。○登喜马拉雅峰看日,渡太平洋观潮,赴南北极踏雪,上绿矶山望月,黄山赏云海。○一曲清歌之尾声,在若断若续时。○悲婀娜(Piano)琴键上之纤纤玉指。○午夜万籁俱寂,听哀鹃叫月,作一声两声。○秋波一剪,在绿云鬟下似睐非睐时。○观野叟扶筇探菊,菊淡如人。○绿窗下听小儿女口角,如莺嗔燕叱。○目送紫燕掠水而逝。○玫瑰花瓣上之晓露,如美人泪华,盈盈欲滴。○海天深处,观白鸥三两,驮夕阳徐飞。○茉莉掩映月下,小蕊吐馥,令解事双鬟,微吟徐燮亭"消受香风在凉夜,枕边都是助情花"句。○艳阳天气,听好鸟鸣春,隐隐在一二里外。○鬟云松时,微飐薄飓中,作波纹状。○金银花柔条撩人,甜香四溢。○清晓看白莲花承露珠,莲叶上偶聚一二颗,受风微动,如珠走翠盘。○雪窦山观千丈岩巨瀑,白如匹练。○黄山看松,姿致古媚,一一如吾家盆盎中物。○三五月明之夜,登梅丘四望白梅花怒放，皓皓如铺雪。

以天地之大，美妙之景物无穷，予之爱亦无穷，以上所举，特窥豹一斑而已。

年来癖嗜盆栽，如饥如渴，每见古盆古木，足惬心赏者，辄节衣缩食以致之。积日既多，不乏佳品，排日灌溉供养，列为日课，虽甚矣其惫，怡怡如也。吾友陈子蝶野，尝赋《观盆栽》诗二章见贻，系以序云："周子善盆栽，曩居吴门，异卉奇石，皆在几案。值世乱逃窜古黟山中，不废此艺。故园燹尽，而松根石乳，载还益富，邀予纵观，故为赋之。"其一云："庾信爱小园，处境何萧然。三分拓蜗舍，半亩青相延。英雄正种菜，何心为林泉。似闻山语我，此际还未便。昔居吴城下，雅有一壶天。秦殴九州爵，逃鱼而忘筌。长栖一枝上，全人胠肩肩。视者以同类，樗瘿得保全。焚兰遍九畹，一卉吾自怜。竭还燹馀宅，稍出营西阡。谓言二三辈，斐然就狂狷。还子各天性，万病春同然。只此一盆景，求艾逾三年。汲泉养玄根，酌酒幽人边。精神殉花草，吾心犹填埏。为我语橐驼，活国医人先。"其二云："秦卒繇咸阳，纵观始皇帝。彼可取而代，雅有鸿鹄志。庄生齐物论，见乃小于是。十日造一山，五日营一水。一山二寸馀，一水泻骈指。大患吾有身，窥测不到底。伊岂小雕虫，玩物丧此志。金谷石季伦，大盗纵不止。悲哉潘尼圣，白首竟同死。浮云一富贵，执鞭以为耻。化为木居士，容我一假寐。安得君家山，请观游穴蚁。"关于盆栽古籍，迄无所见，社友顾子景炎,谓清代周芷岩氏(嘉道间名画师兼刻竹圣手)有《些子景》一书,顾亦无从寓目。明代屠赤水氏,尝有《盆玩笺》之作,亦仅一短篇,虽着墨不多,而所言实获我心,其文云:"盆景,以几案可置者为佳,其次则列之庭榭中物也。最古雅者,如天目之松,高可盈尺,本大如臂,针毛短簇,结为马远之欹斜诘曲,郭熙之露顶攫拏,刘松年之偃亚层叠,盛之昭之拖拽轩翥等状,栽以佳器,槎枒可观。更有一枝两三梗者,或栽三五棵,结为山林排匝,高下参差,更以透漏窈窕奇古石笋,安插得体,置诸庭中。对独本者,若坐冈陵之巅,与孤松盘桓;对双本者,似入松林深处,令人六月忘暑。又如闽中石梅,乃天生奇质,从石本发枝,且自露其根,樛曲古拙,偃仰有态,含花吐叶,历世不败,苍藓鳞皴,封满花身,苔须四垂,或长数寸,风飐绿丝,飘拂可玩,烟横月瘦,恍然梦醒罗浮。又如水竹,亦产闽中,高五六寸许,极则盈尺,细叶老干,萧疏可人,盆植数竿,便生渭川之想。此三友者,盆几之高品也。次则枸杞,当求老本虬曲,其大如拳,根若龙蛇,至于蟠结,柯干苍老,束缚尽解,不露做手,多有态若天生。然雪中枝叶青郁,红子扶苏,点点若缀,时有雪压珊瑚之号,亦多山林风致。杭之虎茨,有百年外者,止高二三尺,本状笛管,叶叠数十层,每盆以二十株为林,白花红子,其性甚坚,严冬厚雪,玩之令人忘餐。更须古雅之盆、奇峭之石为佐,方惬心赏。至若蒲草一具,夜则可收灯烟,朝取垂露润眼,诚仙灵瑞品,斋中所不可废者，须用奇古昆石，白定方窑，水底下置五色小石子数十，红白交错，青碧相间，时汲清泉养之，日则见天，夜则见露，不特充玩，亦可辟邪。他如春之兰花，夏之夜合、黄香萱，秋之黄蜜、矮菊，冬之短叶水仙、美人蕉，佐以灵芝，盛诸古盆，傍立小巧奇石一块，架以朱几，清标雅质，疏朗不繁，玉立亭亭，俨若隐人君子，清素逼人，相对啜天池茗，吟本色诗，大快人间障眼。"屠氏殆亦此中老斫轮手，故其所言洞中肯綮。天目松及闽中石梅、水竹二品，均非此间所可得，未能供予搬弄，诚为遗憾。若枸杞，则吾园尝有多本，均为古木，其最大者粗逾儿臂，作悬崖形，至为难得，暮秋结子累累，猩红可爱，洵俊物也。虎茨来自杭州，而虎丘花农最擅培养，顾多为小株，老本绝无，若真有百年外者，可谓希世之珍矣。余尝择其姿致较美者七株，植于汉砖长方盆中，蔚为林菁，而红实离离，与碧叶相为妩媚，陈之秋季海上中西莳花会中，颇为识者所赏。至若蒲草、春兰、夜合、矮菊、水仙等，则为此间所习见，而常供吾侪作盆供者，物非珍异，端在剪裁得当、布置古雅而已。予于此道，眼高手低，寻常卉木，未尝措意，几非古本老干不欢，惟年来江浙山中，古木罗掘殆尽，后此恐亦不易得矣。朋好中之善为盆玩者，在苏有丁翁慎旂、陈翁迦盦、徐翁觉伯暨朱子犀园，在沪有孔子志清及莫子悟奇，皆予所拳拳服膺，而引为同调者也。

（《健康家庭》1941年第3卷第2期）

园居杂记(二十三)

近十年来,韬光养晦,渴慕昔人隐逸生活,虽未能隐居深山,与世绝缘,而结庐半村半郭之区,亦差堪谓为市隐。顾隐逸生活中,亦不能无所事事,因于读书习画之外,以栽花养鱼列为日课。虽曰玩物丧志,非贤者所取,而自问驽散,初无远志,志既末由而丧,则即以玩物了此馀生,于愿足矣。

予于花木罗致既夥,因以馀力致金鱼,见有异种,辄百计以求之。初仅四缸,扩而为八缸、十二缸,驯至二十缸。缸为黄沙质元号巨器,因新缸之不利于蓄养也,则力求旧器,价格率在新器之上。金鱼年必产子,愈蓄愈多,二十大缸已不能容,复置次号沙缸四,以容新生之小鱼。清明前后,见公鱼缘缸追逐母鱼,则知产子之期已届,即以水藻数束,浮之水面,母鱼时时投身其间,泼剌有声,取藻视之,则见鱼子粒粒缀其上,色鹅黄,作透明体,移入浅缸,曝之日中,三数日即可出小鱼。如值连朝阴雨,则鱼子发霉,小鱼亦不复出矣。小鱼初出时,身细如发,而两眼已了了可睹,至可爱玩,日以小红虫饲之,一二月后,即长半寸许矣。

金鱼种类,大别之为龙睛鱼、蛋鱼、文鱼、草鱼、洋鱼。故丁子翔华遗著《金鱼新谱》记之綦详,龙睛鱼云:"此种最珍贵,以全身墨黑,至尺馀不变者为上,谓之黑龙睛。又有纯白、纯红、纯翠者,有大片红花者,细碎红点者,虎皮者,红白翠黑杂花者,变幻多种,不能细述,文人每就其花色名之。总以身粗而匀,尾大而正,睛齐而称,口团而阔,于水中起落游动,稳重平正,无俯仰奔窜之状,乃为上品。又有一种蛋龙睛,乃蛋鱼串种也。"蛋种云:"此种无脊刺,圆如鸭子,其颜色花斑,均如龙睛,惟无墨色,睛不外突耳。身材头尾,所尚如前。又有一种,于头上生肉指馀厚,致两眼内陷者,乃为玩家所尚,以身纯白而首肉红者为上品,名曰狮子头,鱼愈老,其首肉亦愈高大。此种有于背上生一刺或一泡者,乃为文鱼所串,不足贵。"文鱼云:"此种花斑颜色亦如前,亦无墨色,身体头尾,俱如龙睛,只两眼不外突,年久亦能生狮子头,所尚如前。有脊刺、短者、缺者、不连者,乃蛋鱼所串耳。"草鱼云:"世多草鱼,花色皆同,此但身段细长尾小,名曰金鱼,以红鱼尾有金管,白鱼尾有银管者为尚,亦无墨色。"洋鱼云:"洋种鱼无鳞,花斑细碎,尾有软硬两种。"丁子所记,均为大别,若细别之,则有龙睛翻鳃、龙睛带球、龙睛望天、蛋种翻鳃、蛋种水泡眼、蛋种堆肉、蓝色文鱼、紫色文鱼、五色文鱼等。其有白地紫斑,眼突如电灯泡而尾大如褶绉花边者,北人称为紫兰花,而予所名为紫罗兰者是。予昔于沪渎得数对,携归吾园,人皆珍视之,纷来乞种,已而遂遍吴中。每年秋季,予必以老鱼两对,陈于公园菊花金鱼展览会中,观者啧啧称之,知之者则走相告曰:"此即周家紫罗兰也。"五色文鱼,亦为予所爱好,蓄养最夥,占四大缸,其大者重斤许,光怪陆离,如五色云锦。草鱼虽不足贵,而予颇喜燕尾,身长而尾双叉如燕子之尾,故名,亦有红白及红白交错诸色,若以画家观之,则金鱼中之最可入画者,厥为燕尾,亦如梅花中之野梅也。以上大别之五种,以洋种为最下,无足观赏。外此有珠鱼,似应别张一帜,鳞片一一坟起,如珍珠颗颗,自是金鱼中珍品,亦有红色、白色、红白交错诸色,而以体如橄榄、尾大而珠显者为尚,若尾小而珠复若隐若现,则弃材耳。珠鱼亦有五色者,殊不多见,予曾得一对,尾特大,珠亦明显,厥体复绝类谏果,而色泽鲜艳,殆犹不止五色。予因目为奇珍,两年间著意培养,未尝少懈,发育甚速,几大如鸡卵,不幸与他鱼同殉"八一三"之变,云为武士烹作盘餐矣。越年归视,仅得孑遗三缸,寻亦同归于尽,予尝悼以诗云:"书剑飘零付劫灰,池鱼殃及亦堪哀。他年稗史传奇节,五百文鳞殉国来。"

吾园所蓄金鱼,总数约五百尾,种类则在二十种左右,因俗称之不足取也,爰以词牌、曲牌代之,如龙睛鱼曰"水龙吟",白蛋种曰"瑶台月",五色文鱼曰"多丽",曰"五彩结同心",堆肉曰"玲珑玉",望天曰"喜朝天",水泡眼曰"眼儿媚",龙睛带球曰"抛球乐",翻鳃曰"珠帘卷",紫色文鱼曰"紫玉箫",珠鱼曰"一斛珠"。每秋参加公园鱼菊展览会时,即盛以瓷晶瓶盎,而以词牌、曲牌之别名标其上,自谓领异标新,亦颇沾沾自喜也。予因常喜观赏金鱼之故,特于紫藤架下辟一专室,以供陈列,集黄山谷字,镌银杏木为额,曰"鱼乐国",四壁张艺苑诸老友所绘金鱼及金鱼摄影,如汪子亚尘油画,陈子涓隐图案画,胡子伯翔、柳子君然、程子小青国画等。春秋佳日,辄以晶缸五六事,分盛佳种金鱼如干对,与儿辈闲坐观赏,悠然作濠濮间想,鱼乐而我亦乐也。"八一三"事变既作,举家走避古黟,予于百无聊赖之馀,日以韵语自遣,初但苦念盆栽花木,而不及金鱼,一日闻儿辈道及,因自谴曰:"我奈何薄情至此!"于是命笔率成十绝句,云:"吟诗喜押六鱼韵,鱼鲁常讹雁足书。苦念家园花木好,愧无一语到文鱼。""粲粲文鳞多俊物,词牌移借作名标。翻鳃绝似珠帘卷,紫种居然紫玉箫。""杨柳风中鱼诞子,终朝历碌换缸来。鱼奴邪许担新水,玉虎牵丝汲井回。"(母鱼诞子时,因水味腥秽,须时易新水。)"盆盎纷陈鱼乐国,琳琅四壁画文鱼。难忘菊绽花如海,抗礼分庭独让渠。"(园中有陈列金鱼之室,曰鱼乐国,四壁张名家所绘金鱼。每年秋仲,苏州公园举行菊花会,辄以金鱼并列,予每届必以佳种鱼菊与会。)"五色文鱼美且都,云蒸霞蔚自轩髦。登场鲍老堪相拟,簇锦团花著绣袍。""珠鱼原是珠江种,遍体莹莹珠缀肤。妙绝珠帘朱日下,一泓碧水散珍珠。"(珠鱼以产自粤中者为佳。)"珍鱼矫矫生幽燕,紫贝银鳞玉一团。媲美仙葩差不愧,嘉名肇锡紫罗兰。"(北方名鱼紫兰花,遍体银鳞紫斑,绝类紫色花瓣,予因以所爱西土名葩紫罗兰之名名之。)"沙缸廿四肩差立,碧藻绯鱼映日鲜。绝忆花晨临渌水,闲看鱼乐小游仙。""朝朝饲食常临视,为爱清漪剔绿苔。却喜文鳞俱识我,落花水面唼喁来。"(缸边易长绿苔,积久即为剔去。每晨临缸观鱼时,鱼辄纷纷浮起水面,似相识者。)"铁蹄踏破纷华梦,车驾仓皇出古吴。不识城门失火后,可曾殃及到池鱼。"(时犹未知群鱼已殉难,窃以为城门失火,或未必殃及池鱼也。)又《行香子》一阕云:"浅浅春池,藻绿鱼绯。看翩翩倩影参差。银鳞鳃展,朱鬣鳍歧。是瑶台月,珠帘卷,燕双飞。(瑶台月等三词牌,为鱼中银蛋、翻鳃、燕尾三种别名。) 碧瞳流媚,彩衣霞举,衬清漪各逞娇姿。香温茶熟,晴日芳时。好听鱼喁,观鱼跃,逗鱼吹。"诗词均不能工,聊为吾鱼略事点缀而已。

晚近以还,西土士女,除蓄养热带鱼外,亦喜金鱼,率由吾国与东瀛输入,代价綦昂。英京伦敦,有一蓄养金鱼专家,得一色彩鲜艳之佳种,价值至一百金镑之巨。英国水族研究家协会(British Aquarists' Association)中,亦多陈列金鱼名种,代价自二十金镑至五十金镑不等,参观者辄徘徊鱼缸之前,恋恋不忍去。彼土亦有金鱼厂,广蓄万千金鱼,输运出口,行销于世界各国。厂中设备周密,蓄养得宜,故鱼亦特美。英人之爱好金鱼,早于美国,在一百年前,索士华城(Southwark)中,已有王家金鱼会(Royal British Goldfishers)之组织,其会员俱竺嗜金鱼成癖者也。近代西方伟大人物中,如以第一次欧战中占领阜姆(Fiume)之意大利大诗人邓南遮氏(G.D'Annunzio),亦以癖好金鱼闻。据美国舞蹈名家邓铿女士(Miss Duncan)

自传中言，邓氏有一所爱之金鱼，猝死于其所寓之逆旅中，时方有事他适，闻耗大恸，亟电逆旅主人，殓以精制木合，瘗于某处。讵接电时，此死鱼已为侍役弃去，杳不可得，逆旅主人不得已，姑以一沙定鱼为代，如命葬之。迨邓氏归，初不知其爱鱼之为赝鼎也，立趋墓次致悼，潸然泪下，一时传为美谈云。

考之吾国旧籍，其叙述金鱼者绝鲜，明代屠赤水氏以小品文著，尝有《金鱼品》一文云："尝怪金鱼之色相变幻，遍考鱼部，即《山海经》、《异物志》亦不载，读《子虚赋》曰'网玳瑁，钩紫贝'及鱼藻，同置五色文鱼，因知其色相自来本异，而金鱼特总名也。惟人好尚与时变迁，初尚纯红、纯白，继尚金盎、金鞍、锦被及印红头、裹头红、连鳃红、首尾红、鹤顶红。若八卦，若骰色，又出赝为。继尚墨眼、雪眼、珠眼、紫眼、玛瑙眼、琥珀眼，四红至十二红、二六红，甚有所谓十二白及堆金砌玉、落花流水、隔断红尘、莲台八瓣，种种不一，总之随意命名，从无定颜者也。至花鱼，俗子目为癞，不知神品都出自花鱼，将来变幻，可胜纪哉，而红头种类，竟属庸板矣。第眼虽贵于红凸，然必泥此，无金鱼矣，乃红忌黄，白忌蜡，又不可不鉴。如蓝鱼、水晶鱼，自是陂塘中物，知鱼者所不道也。若三尾、四尾、品尾，原系一种，体材近滞，而色都鲜艳，可当具足。第金管，尾也；银管，广陵、新都、姑苏竞珍之。夫鱼,一虫类也,而好尚每异,世风之华实,兹非一验与?"文中所述鱼种,除若干种外,有非吾人所知者,可知明代金鱼,殊与今日迥不相侔也。明末黎美周氏有《琉璃盎双红鱼记》云:"琉璃为盎如球,形可径寸,注水焉,畜小红鱼一双,悬于庭际。水与琉璃一色,其于空虚亦复一色。鱼视之,不知其几何水。鱼因琉璃得影,近或小,远或大,以其形圆,故影或互见而交出。鱼触而相戏,又不知其几何鱼。人视鱼如交游于空虚,又不知其为影为鱼。人乐也,鱼安所得乐。鱼之水仅可以寸,并以身入焉,而以为人玩,鱼则何乐?是乌知其不然。鱼不知其几何水,触而宛转,动而不已,与影相戏,近而复远,又不知其几何鱼,鱼故甚乐,如江湖矣。故夫人之生,仅可百年,而读书挟策,以图未然之富贵;为诗赋,弄笔墨,以求传其名;又进焉而建立功德,以与乎古者圣贤之列。能者为之,不能者强而不息,穷焉而自以为可通,幻焉而自以为真,困顿焉而自以为犹多馀地,渺小焉而自以为甚尊。且夫人之游于世中,何必其然,而亦何必不然。崇祯岁壬年,粤灯事甚胜,有鬻是而缀以彩花,使鱼视之,又将以为林池草树,而以为游观之戏者。予偶得百钱易之,记焉,将以问夫得道者。"以琉璃盎中双红鱼喻人生观,玄妙有味,读之慨然。

(《健康家庭》1941年第3卷第3期)

园居杂记（二十四）

昔人金鱼谱，仅见明代张谦德氏《硃砂鱼谱》一种。张氏身世无考，第知其为万历间人，籍吴中，自称烟波钓徒裔孙，别署蘧觉生而已。谱分上下二篇，上篇叙容质，分十节；下篇叙爱养，亦分十节。原有序云："余性冲澹，无他嗜好，独喜汲清泉养硃砂鱼，时时观其出没之趣。每至会心处，竟日忘倦，惠施得庄周非鱼不知鱼之乐，岂知言哉。乃余久而闻见寖多，饵饲益谙，暇日叙其容质与夫爱养之理，辄条数事，作《硃砂鱼谱》，与同志者共之。"兹录其赏鉴一节，以见其文辞之美，文云："赏鉴硃砂鱼，宜早起，旸谷初升，霞锦未散，荡漾于清泉碧藻之间，若武陵落英，点点扑人眉睫；宜月夜，圆魄当天，倒影插波，时时惊鳞拨剌，自觉目境为醒；宜微风，为披为拂，琮琮成韵，游鱼出听，致极可人；宜细雨，濛濛霏霏，縠波成纹，且飞且跃，竞吸天浆，观者逗弗肯去。"又硃砂鱼类别一节云："吴地好事家，每于园池斋阁胜处，辄蓄硃砂鱼，以供目观。余家城中，自戊子迄今，所见不翅数十万头。于其尤者，命工图写，粹集既多，漫尔疏之。有白身头顶硃砂王字者；首尾俱朱腰围玉带者；首尾俱白腰围金带者；半身硃砂半身白及一面硃砂一面白，作天地分者；满身纯白，背点硃砂界一线者，作七星者、巧云者、波浪纹者；满身硃砂皆间白色，作七星者、巧云者、波浪纹者；白身头顶红朱者、药葫芦者、菊花者、梅花者；硃砂身头顶白朱者、药葫芦者、菊花者、梅花者；白身朱戟者、朱边缘者、琥珀眼者、金背者、银背者、金管者、银管者、落花红满地者；硃砂白相错如锦者。种种变态，难以尽述。"所说鱼类，光怪陆离，多非今日所可见者，玩索一过，发为遐想，为之健羡不置，恨不能一一致之于吾家鱼乐国也。

去岁，畏友王一之兄，远自荷兰之洛塘邮赠荷兰金鱼谱一帙，原名 *Der Kleine Goldfischteich*，图绘系仿汉画而成，缕金错采，精丽绝伦。荷兰本产金鱼，吾人所爱好之狮子头，云即荷兰种也。予得此海外珍籍，爱不忍释，因题以一绝句云："万里迢遥来鲤信，故人寄我养鱼书。非鱼却也知鱼乐，愿作银塘比目鱼。"吾人处兹乱世，踢地蹐天，宁有生趣，转不如银塘锦鳞，犹可得圉圉洋洋之乐。但愿勿如吾故园金鱼，与人类同罹浩劫，一变而为釜底游鱼耳。

金鱼之见于昔人吟咏者，寥寥可数，浏览所及，得如干首。诗如乐莲裳《历下杂诗》云："野客盆池蓄锦鳞，餐香唼影意相亲。长河正有桃花水，多少游鱼上钓纶。"恽南田《金鱼》云："玉女盘从华岳开，蕲山还带旧时苔。新移白石连烟种，听曲红鱼出藻来。""一水空明尾鬣斜，回环岛屿即天涯。比鳞红白纷相映，风过缃桃又落花。"袁小修《戏金鱼有作写一纸投水中赠之》云："自去野塘后，独行自作戈。鼓须如拜雨，开口随生波。投饭倒千尾，挂洋带一蓑。金鳃水水动，不敢到江河。"张祥河《盆鱼》云："养鱼为养目，长日对清漪。

鱼扰水无觉，水添鱼勿辞。天光帘罅入，波影砚凹移。不是池中物，何缘首尾垂。"王渔洋《盆鱼》云："井泉初汲寒射鲋，萍蘅界水花纷敷。草堂咫尺见濠濮，碧罗扇底红鳞鱼。丹砂瑇瑁非一状，亦有玉雪莹冰壶。中庭两树正交荫，日夕蝉鸟相鸣呼。朱门定无此辈客，但闻击鼓吹笙竽。匡床视景移枕簟，风来蘋末看跳珠。夜凉月白河汉转，起听煦沫疑江湖。托身幸得远鲸鳄，一一尾鬣乘清虚。出入荇藻绝箵沪，笑渠残鲙矜王馀。虽为惠施解吾乐，床头尚有蒙庄书。"词如李莼客《临江仙·咏案头盆鱼》云："径尺方盆围作沼，汲泉小蓄鲦鱼。翠痕略借荇丝铺。两三文石错，随地见蓬壶。　　戏捉柳花浮水面，闲看逐队噞喁。空中游影自如如。须知鱼与我，同此一江湖。"王抱翼《望海潮·盆鱼》云："苔阶萧寂，花瓷平浅，圆波一镜分明。银鬣小张，锦鳞低跃，居然群戏清泠。西日傍帘旌。漾玉钩斜影，也被闲惊。庭树飘英，几番吞吐似无情。三千莫问前程。向监河借贷，斗水为生。文采自怜，供人狎玩，区区琐碎微腥。浩荡羡沧溟。有丹砂作尾，神鲤飞腾。但免鲨帆蛋缆，风卷雪涛声。"陈维崧《朝中措·沼内红鱼》云："红鱼明鲦映沧漪。相间倍离离。卵色天装玳瑁，桃花水染胭脂。休嗟盆沼，外边雪浪，风骇涛飞。输尔翠涟拍甃，有人濠上相知。"又《鱼游春水·秋日过金鱼池》云："韦曲光颓澹。有半亩、金塘潋滟。一般红鲤，衬着绿波摇飐。色分凤阙丹初滴，光映银墙红欲淡。芳饵轻投，縠纹微蘸。　　尚隔金沟紫缆。难望见、宫娥阿监。输他百子池中,天香亲染。废馆何来箫鼓到,空潭只被菰蒲糁。独对西风,几番伤感。"

园居多暇,于莳花养鱼以外,每喜搬弄树石,多所更张,以期尽善,顾以无古籍足供参考为憾。丁丑之春,叶誉虎先生过我,纵谈及此,云明代计无否尝有《园冶》之作,实为造园惟一善本,文辞懿美,图绘精细,且切合于实用,非纸上谈兵者可比。越日,遽以一帙见贻,予得之狂喜,珍如拱璧焉。计氏名成,吴江人,生于明万历壬午。崇祯间,为江西布政武进吴又予元筑园于晋陵,又为汪中翰士衡筑园于銮江,因著此书,成于崇祯甲戌,时年五十有三,初名《园牧》,姑孰曹元甫见之,改名《园冶》,阮大铖为之序,称许备至。无否自序:"少以绘名,性好搜奇,最喜关仝、荆浩笔意。"其掇山即由绘事而来。阮序亦有"所为诗画,甚如其人"之语,可知计氏之兼善诗画,初非俗工矣。书凡三卷,冠以《兴造论》,《园说》分《相地》、《立基》、《屋宇》、《装折》、《门窗》、《墙垣》、《铺地》、《掇山》、《选石》、《借景》十篇,细目、构图等二百馀,可谓大观,造园者允可奉作枕中秘也。兹录其《园说》云:"凡结林园,无分村郭。地偏为胜,开林择剪蓬蒿;景到随机,在涧共修兰芷。径缘三益,业拟千秋。围墙隐约于萝间,架屋蜿蜒于木末。山楼凭远,纵目皆然;竹坞寻幽,醉心即是。轩槛高爽,窗户虚邻。纳千顷之汪洋,收四时之烂熳。梧阴匝地,槐荫当庭。插柳沿堤,栽梅绕屋。结茅竹里,浚一派之长源;

障锦山屏，列千寻之耸翠。虽由人作，宛自天开。刹宇隐环窗，仿佛片图小李；岩峦堆劈石，参差半壁大痴。萧寺可以卜邻，梵音到耳；远峰偏宜借景，秀色堪餐。紫气青霞，鹤声送来枕上；白𬞟红蓼，鸥盟同结矶边。看山上个篮舆，问水拖条枥杖。斜飞堞雉，横跨长虹。不羡摩诘辋川，何数季伦金谷。一湾仅于消夏，百亩岂为藏春。养鹿堪游，种鱼可捕。凉亭浮白，冰调竹树风生；暖阁偎红，雪煮炉铛涛沸。渴吻消尽，烦顿开除。夜雨芭蕉，似杂鲛人之泣泪；晓风杨柳，若翻蛮女之纤腰。移风当窗，分梨为院。溶溶月色，瑟瑟风声。静扰一榻琴书，动涵半轮秋水。清气觉来几席，凡尘顿远襟怀。窗牖无拘，随宜合用；栏杆信画，因境而成。制式新番，裁除旧套；大观不足，小筑允宜。"《借景》云："构园无格，借景有因。切要四时，何关八宅。林皋延伫，相缘竹树萧森；城市喧卑，必择居邻闲逸。高原极望，远岫环屏。堂开淑气侵人，门引春流到泽。嫣红艳紫，欣逢花里神仙；乐圣称贤，足并山中宰相。闲居曾赋，芳草应怜。扫径护兰芽，分香幽室；卷帘邀燕子，闲剪轻风。片片飞花，丝丝眠柳。寒生料峭，高架秋千。兴适清偏，怡情丘壑。顿开尘外想，拟入画中行。林阴初出莺歌，山曲忽闻樵唱。风生林樾，境入羲皇。幽人即韵于松寮，逸士弹琴于篁里。红衣新浴，碧玉轻敲。看竹溪湾，观鱼濠上。山容蔼蔼，行云故落凭栏；水面鳞鳞，爽气觉来欹枕。南轩寄傲，北牖虚阴。半窗碧隐蕉桐，环堵翠延萝薜。俯流玩月，坐石品泉。苎衣不耐凉新,池荷香绽;梧叶忽惊秋落,虫草鸣幽。湖平无际之浮光,山媚可餐之秀色。寓目一行白鹭,醉颜几阵丹枫。眺远高台,搔首青天那可问;凭虚敞阁,举杯明月自相邀。冉冉天香,悠悠桂子。但觉篱残菊晚,应探岭暖梅先。少系杖头,招携邻曲。恍来临月美人,却卧雪庐高士。云幂黯黯,木叶萧萧。风鸦几树夕阳,寒雁数声残月。书窗梦醒,孤影遥吟。锦幛偎红,六花呈瑞。樽兴若过剡曲,扫烹果胜党家。冷韵堪赓,清名可并。花殊不谢,景摘偏新。因借无由,触情俱是。"二文骈俪虽非极致,而写园居之美,与园中四时之景,固亦宛然如画也。

  原本已残缺,为北平图书馆所得,合之朱启钤氏所藏影写本,补成三卷,由陶兰泉氏付之影印,而以图式未合矩度,引以为憾。民国二十年,合肥阚霍初氏,闻日本内阁文库藏有明刻本,因以陶本寄往校合,重付剞劂,亦可谓风雅好事者矣。叶先生所贶予者,即为此新刻之本,卷首除原有之计氏自序、阮圆海一序及郑元勋题词外,益以朱启钤一序及阚氏识语,洋洋数千言,于造园技术多所阐发,自是计氏知己。予尤爱其一节云:"三代苑囿,专为帝王游猎之地,风物多取天然,而人工之设施盖鲜。降及秦汉,阿房、未央,宫馆复道,兴作日繁,词赋所述,可见一斑。人力所施,穷极奢丽,雕饰既盛,野致遂稀,然构石为山之技术,亦随时代而嬗进。如梁孝王作曜华之宫,筑兔园,有百灵山,山有肤寸石、落猿岩、栖龙岫、雁池,皆构石而成。此外则宫观相连，奇果异树，瑰禽怪兽必备，王日与宫人宾客，弋钓其中。至魏文帝筑芳林园，捕禽兽以资点缀，北周改名华林，仍有马射，犹不失游猎之本旨，故园中设备，与士大夫所构不同。庾信一赋，与《长杨》、《羽猎》，异曲同工，当时园制，固不难于推定。孔子一篑为山，虽是罕譬，然人工筑山，为士大夫应有之知识，亦足证明。汉袁广汉北邙山下之园，有激流水注于中，构石为山，高十馀丈之造作。魏张伦造景阳山，其中重岩复岭，深溪洞壑，高林巨树，悬葛垂萝，崎岖石路，涧道盘纡。又茹皓采掘北邙及南山佳石，徙竹汝、颍，罗峙其间，经构楼馆，列于上下，树草栽木，颇有野致，其以人巧代天工，而注重石构，及引泉莳花，实足开后世造园之先路。晋人如石崇之河阳别业，即金谷涧别庐，柏木几于万株，江水周于舍下，有观阁池沼，多养鱼鸟，遗迹至唐，犹形歌咏。六朝人如庾信之小园，山为篑覆，地有堂坳，欹侧八九丈，纵横数十步，榆柳两三行，梨桃百馀树，虽属文人笔端随意书写，而当日肥遁穷居之背景极其作风，跃然纸上。唐人如宋之问蓝田别墅、王维辋川别业，皆有竹洲花坞之胜；而白居易《草堂记》记其在匡庐所作草堂，略云：'三间两柱，二室四牖，广袤丰杀，一称心力。……木斫而已不加丹，墙圬而已不加白。碱阶用石，幂窗用纸，竹帘纻帏，率称是焉。……前有平地，轮广十丈，中有平台，半平地，台南有方池，倍平台，环池多山竹野卉，池中生白莲白鱼。又南抵石涧，夹涧有古松老杉，……松下多灌丛。……下铺白石为出入道。……堂北步据层崖，积石嵌空。……又有飞泉植茗，就以烹燀。……堂东有瀑布，水悬三尺。……堂西倚北崖右趾，以剖竹架空，引崖上泉，脉分线悬，自檐注砌。……矧予自思，从幼迨老，若白屋，若朱门，凡所止，虽一日二日，辄覆篑土为台，聚拳石为山，环斗水为池，其喜山水病癖如此。'又有《代林园赐答》及《家园》、《西园》、《南园自题》、《小园池上篇》诸诗，凡所以利用天然，施以人巧，历历如绘。唐代士大夫之习尚及造园之风趣，可以想像而得。李德裕筑平泉庄，卉木台榭，若造仙府，虚榭前引，泉水萦洄，亦是山水树石合组而成，尤以借景因材，为惟一要义。世人但知宣和艮岳，成于朱勔之花石纲，儒者引为诟病。不知唐懿宗于苑中取石造山，并取终南草木植之，山禽野兽，纵其往来，复造屋室如庶民，议者谓与艮岳事绝相类。其实帝王厌倦宫禁，取则齐民，亦廊庙山林交战之结果。魏文、隋炀之显著，姑置弗论，而唐懿宗之事，亦已开风气于数百年前。故艮岳虽为集矢丛谤之的，而流风馀韵，犹随赵宋而南渡。如俞子清之用吴兴山匠，杭城之陆叠山，即朱勔子孙，犹世修其业，不坠家风，皆未受艮岳何等影响，可知造园之需要，并不以人而废业。"此节述古来造园沿革，原原本本，不厌求详，大可作吾国园史读也。

(《健康家庭》1941年第3卷第4期)

园居杂记(二十五)

吾家濂溪翁,以《爱莲说》一文传诵今古,遂以爱莲闻于世,俗传之十二花神中,至尊之为莲花之神,亦可谓异数矣。自翁而降,凡周氏堂名,多为爱莲,即予家历代相传,亦以爱莲为堂名也。往岁,予集黄山谷法书,为园中亭轩室宇题名,而堂额之"爱莲堂"三字,仅得"爱"、"堂"二字,而"莲"字则漫漶不堪用,不得已倩吾友西湖伊兰书之,而意终不惬。去春,偶于海上得何绍基所书"爱莲堂"一额,字大于斗,遒逸不凡,为之大喜过望,他日堂宇新构,足光蓬荜矣。

莲,亦曰荷,予于花中,虽于紫罗兰与梅有偏爱,而于此"吾家之花",固亦爱之弥笃。梅丘、梅屋之下,有池一泓,架以小红桥,范以湖石,植红白莲于其中。暮春新莲出水,平贴水面,即觉其婉娈可爱;夏仲花发,翠盖红裳,亭亭玉立,尤令人徘徊观赏,恋恋不忍去。红莲固绝艳,如好女子,而白莲之淡妆素服,不染纤尘,更足以见此花之高洁。故予于红白莲并皆爱好,即不得花,而田田莲叶亦复不恶。晨起观叶上承露,如珠走玉盘,雨日则可听雨声潺潺著叶上,清如戛玉,不觉心胸为豁。综莲之一身,花也,实也,叶也,茎也,根也,丝也,无一非有用之物,环顾众香国中,绝无仅有,莲洵尤物哉!莲之异种,有重台、并头、品字、碧莲金边、四面观音诸品。吾园有四面观音一种,植古石缸中,花作深红色,每朵累百馀瓣,自是佳品，惜不常开耳。种莲，大则以池，小则以缸，而种法胥同。清明前先铺青草与田泥于底层，再加河泥于其上，埋以藕秧，任烈日曝晒，越数日，泥呈龟裂状，即注以河水，仍令日曝，如是半月馀，而新芽萌茁矣。莲之最珍异者，厥为正仪顾阿瑛玉山草堂遗址莲塘中之石板千台莲，叶誉虎先生谓系天竺种，乃六百年前遗物。盖吾国向有莲否，本未定论，若以海棠、石榴之例推之，凡重台叠跗者，皆属外来，则顾园之莲，可决为天竺种无疑。先生尝填《五彩结同心》一词咏之云："前身金粟，俊赏琼英，东亭恨堕风涡。六百年来事，灵根在、浑似记梦春婆。濠梁王气都消歇，空回首、金谷笙歌。无人际、红香泣露，可堪愁损青娥。　　栖迟野塘荒淑，甚情移洛浦，影悟恒河。追忆龙华会，拈花禅，意待证芬陀。五云深处眠鸥稳，任天外、尘劫空过。好折供、维摩方丈，伴他一树桫椤。（桫椤亦上天竺种，余近得一小株。）"塘经叶先生等鸠工疏浚，莲花年必怒苗。甲戌九月，予与烟桥、小青、沄秋诸子往访，虽花已残败，犹有馀香可挹焉。

关于莲之故实，有可得而述者。○汉代霍光园中，凿大池，植五色睡莲，养鸳鸯三十六对，望之烂若披锦。（按南海有睡莲，夜则花低入水。）○晋代孙德琏镇鄞州，合十馀船为大舫，于中立亭池，植荷芰，良辰美景，宾僚并集，泛长江而置酒，一时称胜赏。○佛图澄初诣石勒，勒试以道术，澄取钵盛水，烧香咒之，须臾，钵中生青莲花，光色曜日。○南北朝平安王子懋，七岁时，母阮淑媛病笃，请僧行道，有献莲花供佛者，众僧以铜罂盛水，花更鲜，子懋流涕礼佛，誓曰："若使阿姨获佑，愿花竟斋如故。"七日斋毕，花更鲜红，视罂中稍有根须，母病寻瘥，世称孝感。○唐代陈丰，尝以青莲子十枚寄葛勃，勃啗未竟，坠一子于盆水中，明晨有并蒂花开于水面，大如梅花，勃取置几间，数日方谢，剖其房，各得实五枚，如丰来数。○明皇时，某年秋八月，太液池有千叶白莲数枝盛开，与贵妃宴赏焉，左右皆叹羡久之，帝指贵妃示左右曰："争如我花解语！"一日，见贵妃着鸳鸯并头莲锦袴袜，因戏之曰："贵妃袴袜上，乃真鸳鸯莲花也，不然，其间安得有此白藕乎？"贵妃因名袴袜为藕覆。○冀国夫人任氏女，少奉释教，一日，有僧持衣求浣，女欣然濯之溪边，每一漂衣，莲花应手而出，惊异求僧，不知所在，因识其处为浣花溪。○元和中，有士人苏昌远居苏州，属地有小庄，去官道十里。吴中水乡率多荷芰，忽一日，见一女郎，素衣红脸，容质绝丽，若神仙中人。自是与之相狎，以庄为幽会之所，苏惑之既甚，尝赠以玉环，结系殷勤。或一日，见庭前白莲花开敷殊异，俯而玩之，见花房中有物，赫然一玉环也，因折之，女遂不复至。○宋代欧阳文忠公在扬州，作平山堂，每暑时，辄凌晨挈客往游，遣人走邵伯，取莲花千馀朵，以画盆分插百许盆，与客相间，遇酒行，即遣妓取一花传客，以次摘其叶，尽处则饮酒，往往侵夜载月而归。○元代陶宗仪，饮夏氏清樾堂上，酒半，折正开莲花，置小金卮于其中,命歌姬捧以行酒,客就姬取花,左手执枝,右手分开花瓣,以口就饮,名为解语杯。

　　莲之品高而洁,莲之色妍而雅,莲之香清而远,众香国中,堪与梅分庭抗礼,所差者,非木本耳。似此好花,固无需文人墨客为之渲染,而文人墨客爱之也深,殊有不能已于言者,故文章韵语,美不胜收,靡弗加以称诵,莲亦足以自豪矣。小品文字中,不乏隽语,如张大复云:"有荷一亩,碧叶亭峙,一花初出水上,日曜之愈丽,如仙姝暨诣人间,羽盖簇拥而立。"李日华云:"种荷万柄,日夕起居其间,能令魂梦馨香,肌肤翠绿,每六月逃暑不得,辄兀兀坐作此观。"孙沄云:"雨声最清,而著于新荷为尤韵,阳湖董红豆有句云:'黄埃五月长安陌,若忆江乡乐事多。最是打窗山雨至,下帘灭烛听新荷。'可谓陶弘景入宫,而松风之梦故在。"姚梅伯云:"泛舟鳣门(鳣一作葑),寻荷花未开,夕色微起,凉风乍迎,天霭水烟,若敛若合,命舟妓王五龄停桨西湾水亭侧,散步移响,日薄而返。曝书亭句云:'坐爱水亭香气,是藕叶最多处。'此景仿佛似之。"姜白石云:"余客武陵,湖北宪治在焉,古城野水,乔木参天,与二三友,日荡舟其间,薄荷而饮,意象幽闲,不类人境。秋水且涸,荷叶出地寻丈,因列坐其下,上不见日,清风徐来,绿云自动,间于疏处窥见游人画船,亦一乐也。"秦谊亭云:"地安门外,荷花最盛,每当清露未晞,沿堤微步,青芦瑟瑟,碧柳依依,花香叶香,馥郁襟袖。遥望西山一抹,与崇楼杰阁,飘缈云外,如海上三山,可望而不可即。"顾梁汾云:"六月二十四日,苎萝人张水嬉,邀余为荷花荡之游,至则残红折尽,但见田田数顷而已。当筵出绢素索题,乘醉疾书,以付歌者:'为问烟波,是甚日、锦帆曾住。刚留得、绿荷千柄,暗消残暑。翠袖纵怜憔悴客,青衫那作繁华主。只江湖、载酒记前身,重题句。　听不尽,流莺语。看乍稳,栖鸳树。莫歌阑舞歇,彩云飞去。第一难忘花月夜,成双便结为渔樵侣。共香香、深处短蓑眠,天应许。'(调《满江红》)"边浴礼云:"清晖书院,面城枕河,荷塘十馀亩,红香翠冶,擅一郡之胜,顷因岁旱塘涸,亭台未改,游屐渐稀。余以戊戌九秋,挈桐乡劳介甫、南乐段筠坡同来访之,天空渺阔,四顾萧然,黄芦有声,髡柳馀碧,因填《八声甘州》一解,以酬寂寞:'渺空苍、望极悄无人,高楼与云平。正烟霾敛尽,残阳倒射,绀瓦朱甍。曲径霜芜晕绿,湿叶糁渔汀。便有江湖思,画舫低横。　一自凌波佩解,怅重寻胜引,难赋红情。任泉枯石瘦,台榭锁幽清。剩愁人、衰杨几树,袅长堤、吹老旧秋声。西风紧,一绳凉雁,瞥过荒城。'"高澹人云:"泛绿池中,有红莲、白莲、台莲诸种,叶擎波面,夏雨忽来,千点荷声,乍缓乍急,凉风过处,芳芬袭人。花明净如拭,清露晨流,晴霞晚映,尤觉鲜妍,使人吟赏忘倦。"朱古微云:"虞山蒙叟《湖上》句:'主人要悟虚舟理,但看红妆与翠微。'晨起独至定香桥观荷,口占短章,聊为叟语下作一转,倘所谓我转法华也耶:

'一角风漪,文鳞吹去,锦羽梢回。婗队赪霞,弄珠无力,明镜徘徊。　　虚舟自解忘机。漫消领、红妆翠微。三宿湖山,廿年尘土,谁是谁非。'(调《柳梢青》)"秦柄文云:"落叶满径,残荷半溪,秋风乍凉,晓露犹湿。此种冷趣,著一毫尘想不得。"林有润云:"一雨洗去骄阳,适往池亭上挹荷风竹露,望金山爽气,飘飘然心骨欲仙。"恽南田云:"湖中半是芙蕖,人从绿云红香中往来,时天雨后无纤埃,月光湛然,金波与绿水相涵,恍若一片碧玉琉璃世界,身御泠风行天水间,即拍洪崖,游汗漫,未足方其快也。"又云:"三五月正满,冯生招我西湖,轻舠出断桥,载荷花香气,随风往来不散。倚棹中流,手弄澄明。时月影天光,与游船灯火,上下千影,同聚一水,而歌弦鼓吹,与梵呗风籁之声翕然并作。目劳于见色,耳疲于接声,听览既异,烦襟澡雪,真若御风清泠之渊,闻乐洞庭之野,不知此身尚在人间与否?"

清代吴锡麟氏榖人,钱塘人,以诗文鸣于时,其《有正味斋诗文集》暨《尺牍》,脍炙人口。尝有《澄怀园日记》之作,篇幅不多,而所记多涉莲花,小语精圆,好句欲仙,几疑其笔端之所生者,即朵朵五色莲花也。兹摘其若干节,录之于下:"(五月)二十七日,炎热殊甚,朝日始上,蕴隆虫虫矣。奚童采荷花作供,试之瓶隐,养以井华,惠然肯来,君子之风不远,仙乎欲举,美人之态可怜,藉以邀凉,还宜对酒。""(六月)三日,午后雷声阗阗,风雨继至。池中万叶掀簸,尽化虚烟,卷白舒骨,荡胸眩目,争呼酒赏之。凉浮几面,溜落尊前,惜不得歌儿解语花,为唱'骤雨打新荷'之曲。""七日,热甚,晚来开牖纳凉,而万荷叶中,全无风意,惟树头月子,弯弯眉影,时来觑人。""十一日,绵雨竟日,池中荷花大开,南北东西凭鱼戏,影百千万亿,似佛分身。云光荡摇,水气升降,红情可念,有伫乎遥波,翠滴乍倾,忽生乎复响。艳曳水妃之佩,轻裁骚客之衣。菰蒲几处分凉,鸥鹭中间有梦。洵可以托情陶冶、结赏幽微也已。""二十三日,法时帆(式善)招集诗龛,饮兴方浓,斜阳已促,余以重闱之隔,仓促抽身,而刘松岚(大观)刺史,家山尊孝廉,慕余居藕花之盛,策骑与偕,出西直门。暮景告臻,暝色浮动,风蝉未断,水萤自明,耽寂趋幽,忘乎仆仆也。十五里始达寓园,簌簌之声则槐黄洒地,幢幢之影则黑树塞天。爰就南轩,遂开北牖,水态涵远,烟姿积深。鸥选梦而归眠,鱼闯凉而出戏。花迷处所,荡清气以为香;叶散玲珑,响回飙而作雨。蓬窗宛在,兼有钓筒。江乡隐然,惟欠菱唱。于是红泥坏瓮,绿蚁开尊。剥莲子以充羹,雪藕丝而作馔。咄嗟可办,谣咏相夸。因酒增豪,为花作寿,盖是日相传花生日也。""七月一日,风,天始开霁,柳浪欲翠,蝉琴自清。时池荷有开并头莲者,玉碾交卮,锦缠丫髻。倚来檐绿,不怕单情;唱到闹红,故应变叠。烟中绰约,频牵蝴蝶之思;镜里娉婷,宜伴鸳鸯之睡。因属刘敏斋孝廉(瑶)作图传之。水珮风裳,仿佛仙人眷属矣。""十五日,观家人放河灯。朵飐生红,心攒活焰。随流荡去,凭招薜荔之魂;沿岸移来,似溜蜻蜓之眼。台经佛座,齐现白毫;火化燐归,暗摇青滴。酸文罢唱,苦雨催飞。水外移星,烟中过月。凉遮獭伞,闪对面之斜光;影落鸥床,照今宵之幽梦。尝读查初白先生《京师中元词》:'万柄红灯裹绿纱,亭亭轻盖受风斜。满城荷叶高钱价,不数中原洗手花。'是又指荷叶灯也。洗手花,即鸡冠花,宋时汴中中元节儿童唱卖,以供祖先。见《枫窗小牍》。""十七日,午后试白荷花酒,以荷花饼佐之。淡借三升,甘于马乳;坼须十字,煎出牛酥。别有清凉,自成馨逸。""二十二日,晴,池中红莲渐稀,白花始盛,亭亭高格,以晚出为妍。曲唱洗红,画矜杀粉。月明风热,徘徊赏之。""二十六日,早起,凉甚,已若深秋时候矣。门外一陂水漫,万树云横,风行荷叶间,披披有声,远处残花,红妆欲褪,不觉秋意之可怜也。""二十七日,晓雨初歇,林翠欲飞,凉气直走荷叶间,盘中冰碎珠圆,清溜可听。""(八月)七日,秋风甚大,翻叶见白,回波裂青,光景莫状。""八日,风,午后始息。沼池小步,犹见数花掩冉于凉翠间,可赏也。夜复风雨,叶滴不休,如卧芦泊。""十日,始晴,离披败叶,窈窕孤花,水禽缀凉,野蝶呈媚,皆可入崔子西兄弟画本中。""十一日,同人往观池东踏藕。种成白玉,节节为双;耕破青泥,涂涂不染。雪臂相引,冰丝互牵。平添鸥鹭之怜,陈根尽拔;宛同蒚菲之采,下体无遗。寒水自流,枯香欲泣。玲珑念汝,萧瑟愁余。闻园丁云,池中可得藕五六千斤,为明年花计，所取不过十分之五也。""十二日，进城，明日与澄怀诸君子会于稧墨斋。小别三秋，相看一笑。问荷花之无恙，怜燕子之将归。话旧孔长，步陈不远矣。""二十一日，晓始收雨，池中遂无一花，莲房亦多作黝色。苦心空在，甜味都非。回首闹红，不无惆怅。""二十七日，临池观采荷叶。频经露后，侧想风中。卖向村墟，宜包香饭；落来山影，空得奇皱（画家有荷叶皱法）。从此水珮飘零，箭戟丁倒，红情绿意，渺渺予怀。惟俟放鹤湖边，听鹂桥畔，重摇烟舸，小具渔餐，锦缇云寨，碧筒凉酌。采香之侣，来肆乎新谣；折芰之朋，为商乎初服。春波可望，秋期不愆。结讯先申，临风载伫。"此日记中，于莲之花开花落，踏藕采叶，靡不毕记无遗，大可作莲花一生行述观也。

(《健康家庭》1941年第3卷第5期)

园居杂记（二十六）

清代史梧冈氏，作《西清散记》，写农家妇贺双卿，才貌双绝，如神仙中人。其人之有无，虽不可知，而后之读者，辄为娟娟此豸，神往不置。其关于荷者，亦有一节云："廿八日，痴庵饯柯山，余以疾不赴。振翔自绡山至，得双卿秋荷诗，写于月季花之叶，一枝五叶，叶写一首，叶甚细，字颇见影而已。诗曰：

'锦鳞无信泣秋蛩,心似芭蕉卷未松。幽性耐霜霜不忍,梅花犹淡菊花浓。菊意梅魂两自知,夕阳人去鹭回时。仙郎肯祭花神否,愿配人间怨女祠。''女郎清怨晓凉吹,露滴鱼儿冷眼窥。莲子有心秋正苦,不怜明月更怜谁。月明如水蝶全无,微艳初消凛凛孤。夜雨又来红欲碎,鲛人相见泪应枯。''泪尽鲛珠不愿开,前生香孽此生猜。一枝远寄千丝断,七月江南雁早来。霞边新雁月边人,菱芡争欺菡萏贫。黄鸟可知怜白鸟,野塘花贱不如春。''淡影羞春镜里看,水心摇曳夜难安。叶遮猛雨花遮露,香护鸳鸯梦可寒。痴鸳无梦搅芳年,愁在银蟾桂子先。补遍西湖花五色,伤心可是女娲天。''五色天边寂寞宵,泪研秋粉月中描。细收花片轻轻碾,搓就香丸帐里烧。香丸烧尽碧烟多,萍水因缘薄岂讹。从此并头分不得,裂红裁翠补渔蓑。'"其诗清艳绝伦,似不食人间烟火者,而哀怨之意,溢于辞表,莲子苦心多,真凄凉绝代人也。

李笠翁《闲情偶寄》一书,于词曲、演习、声容、居室、器玩、饮馔、种植、颐养诸端,条分缕析,叙述綦详,此君生当盛世,闲情独饶,洵文人中第一福人也。其于《种植部》中,有"芙蕖"一节云:"芙蕖与草本诸花,似觉稍异,然有根无树,一岁一生,其性同也。《谱》云:'产于水者曰草芙蓉,产于陆者曰旱莲。'则谓非草本不得矣。予夏季倚此为命者,非故效颦于茂叔,而袭成说于前人也。以芙蕖之可人,其事不一而足,请备述之。群葩当令时,只在花开之数日,前此后此,皆属过而不问之秋矣。芙蕖则不然，自荷钱出水之日，便已点缀绿波。及其劲叶既生，则又日高日上，日上日妍，有风既作飘飘之态，无风亦呈袅娜之姿，是我于花之未开，先享无穷逸致矣。迨至菡萏成花，娇姿欲滴，后先相继。自夏徂秋，此时在花为分内之事，在人为应得之资者也。及花之既谢，亦可告无罪于主人矣，乃复蒂下生蓬，蓬中结实，亭亭独立，犹似未开之花，与翠叶并擎，不至白露为霜，而能事不已。此皆言其可目者也。可鼻则有荷叶之清香，荷花之异馥，避暑而暑为之退，纳凉而凉逐之生。至其可人之口者，则莲实与藕，皆并列盘餐，而互芬齿颊者也。只有霜中败叶，零落难堪，似成弃物矣，乃摘而藏之，又备经年裹物之用。是芙蕖也者，无一时一刻，不适耳目之观；无一物一丝，不备家常之用者也。有五谷之实，而不有其名；兼百花之长，而各去其短。种植之利，有大于此者乎？予四命之中，此命为最。无如酷好一生，竟不得半亩方塘，为安身立命之地；仅凿斗大一池，植数茎以塞责，又时病其漏，望天乞水以救之。殆所谓不善养生，而草菅其命者哉。"此文为莲纪功，分可目、可鼻、可口诸端，实无一语溢美。笠翁自云"夏季倚此为命"，又云"予四命之中，此命为最"，亦可知其爱莲之癖，堪与吾家濂溪翁媲美矣。

农历六月二十四日，俗称荷花生日，又定为观莲节。《吴郡记》："荷花荡在葑门之外，每年六月二十四日，游人颇盛。"最好昧爽即划船前去，既至中流，弥望碧叶绛花，香浓欲醉，撷莲苕数十枚，煮之为羹，略和糖霜，清隽鲜美，足以糟粕一切。《清嘉录》："（二十四日）为荷花生日，旧俗，画船箫鼓，竞于葑门外荷花荡，观荷纳凉。今游客皆舣舟至虎阜山浜，以应观荷节气。或有观龙舟于荷花荡者，小艇野航，依然毕集。每多晚雨，游人赤脚而归，故俗有'赤脚荷花荡'之谣。"邵长蘅《冶游》诗云："六月荷花荡，轻桡泛兰塘。花娇映红玉，语笑薰风香。"今则翠盖红衣，零落殆尽，烟波浩渺，剩有小艇渔父，相为莫逆而已。计光炘《荷花生日词》云："翠盖亭亭好护持，一枝艳影照清漪。鸳鸯家在烟波里，曾见田田最小时。"徐阆斋《荷花生日词》云："荷花风前暑气收，荷花荡口碧波流。荷花今日是生日，郎与妾船开并头。""金坛段郎官长清，临风清唱不胜情。怪郎面似荷花好，郎是荷花生日生。"张远《南歌子》词云："六月今将尽，荷花分外清。说将故事与郎听。道是荷花生日、要行行。　粉腻乌云浸，珠匀细葛轻。手遮西日听弹筝。买得残花归去、笑盈盈。"沈朝初《忆江南》词云："苏州好，廿四赏荷花。黄石彩桥停画鹢，水晶冰窨劈西瓜。痛饮对流霞。"注："相传六月廿四为荷花生日，游人都至葑溪，溪傍置冰窨，盛暑不热。"然今俗亦都非矣。

莲有植于杯植于碗者，曰杯莲、碗莲，花叶均小如钱币，玲珑可爱，为案头清供中第一隽品，惟开花亦殊不易耳。沈三白《浮生六记》有植碗莲法云："以老莲子磨薄两头，入蛋壳，使鸡翼之，俟雏成取出；用久年燕巢泥加天门冬十分之二,捣烂拌匀,植于小器中,灌以河水,晒以朝阳,花发大如酒杯,叶缩如碗口,亭亭可爱。"陈息凡《香草词》中,有咏杯莲之作,谓"蔡鹤君言,扬州盛时,以酒杯种莲,暑月花叶甚茂",因倚《蝶恋花》咏之云:"杯底江湖波荡漾。朵朵莲花,钵底优昙相。香梦醒回吹酒浪。个中消受应无量。　几案人家随处放。不是池塘,恰在池塘上。一叶一花开别样。芙蓉人面频偎傍。"

吾园尝有小种睡莲,植以乾隆青花大磁瓯,花叶均贴水上,花作鹅黄色,年开三四朵,弥可爱玩,惜经"八一三"之变,种已无存矣。睡莲,俗称洋荷,今之西方人庭园池沼中多有之,不知与吾国古代所传之睡莲,有无差别,如《瑯嬛记》载:"霍光园中凿大池,植五色睡莲,养鸳鸯三十六对,望之烂若披锦。"而考之《北户录》,谓"睡莲,叶如荇草而大,沈于水面,其花布叶数重,凡五种色,当夏昼开,夜缩入水底"。是与今日俗称洋荷之睡莲,大致相同,惟花开之候,昔在昼而今在晨耳。吾园荷轩前小塘中,有睡莲,分白、黄、浅红、深红四种,而以深红为尤名贵,予于沪渎诸名园中亦未之见,因嘱花丁张锦,善为将护,毋令断种也。予尝有七绝一首《咏秋塘睡莲》云:"秋塘水色碧于纱,叶叶萍浮散绿霞。残月在天凉露重,文鸳催起睡莲花。"

昔人小简中,有涉及莲者,多雅韵欲流,仿佛有莲花之香,拂拂透纸背出也。如张孟雨《与友谢莲花》云:"莲分玉井,芳袭须眉,不觉光霁满楼,如坐濂溪风月。"吴锡麒《简张船山》云:"园中荷花已大开矣,闹红堆里,不少游鱼之戏,惟叶多于花,浑不能辨其东西南北耳。倘能来,当雪藕丝,剥莲蓬,尽有越中女儿酒,可以供君一醉。"又《寄程也园》云:"吴门别后,于次日雨过解维,一路暑湿浸淫,抵家不及旬日,遂感时疟,终朝拥榻,二月杜门,竟与西湖藕花无缘觌面。阁下提鵾挈鹭,正在消夏湾头,定占得闹红一舸也。"马铨《招友》云:"踽处斗隅,了不闻西子消息。今晨奴子自郭外来,传芙蕖盛放。特遣迟君,看凌波仙子,与苎萝美人,争艳取怜,丰神孰胜也?"胡贞开《柬陆茞思》云:"两日避暑湖上,每午热,辄同一二方外友,挐小舟,入荷花最深处,徐徐领会,而清芬淡如,及归卧阁上,四更吐月,风动帐开,觉荷气喷人,百倍于日中。盖日以诸境纷杂,嗅之权受侵于视听,故鼻不能得自主耳。老子云:'用志不分,乃凝于神。'然硁伽神女,非鼻闻香,则圆通更出犹龙万万矣。暇时,幸过我究竟之。"冯瑱《复汪允湘》云:"年来两湖荷花最盛,怀想如渴,忽闻雅挈,渴津津欲润矣。但船中须邀一丽人,泊之红藕花中,使水面风来,不知其为荷香耶?妓香耶?氤氲错杂,则斗筲之器,可乘千锺矣。周茂叔,谢东山,欲兼收之,勿以仆为贪而不知足。"张惚《与周栎园》云:"绿阴深处,舣舟载酒相待久矣。主人翁须亟来,借芰荷风泠然醒之,否则一片清凉,恐彼终付瞌睡中耳。"徐菊知《与妓惠生》云:"池内荷香,依依人面,偶洗一卮，为花助妆，珊珊其来者卿也，人面荷花相映红矣。"宋懋澄《与戚五》云："闻足下六月著犊鼻裈，相将平头采莲，此乐不减箪瓢陋巷。"萧智汉《戏邀少年赏荷》云："芙蕖在浦，久候六郎矣，为君催妆，更觉争妍，倘其肯来，则如玉树之临，庶不减其娇娆，迟之粉坠，恐不为老人留也。"

梁《江南弄》有《采莲曲》，唐人本此，故乐府中亦多《采莲曲》，予尝选得二十馀首，后人纷纷效颦，凡诗集中往往有之。莲之为莲，自有其不可及处，遂令古今来诗人墨客，为之一唱三叹，吟味不已也。唐代如刘方平《采莲曲》云："落日清江里，荆歌艳楚腰。采莲从小惯，十五即乘潮。"白居易《采莲曲》云："菱叶萦波荷飐风，荷花深处小船通。逢郎欲语低头笑，碧玉搔头落水中。"徐彦伯《采莲曲》云："妾家越水边，摇艇入江烟。既觅同心侣，复采同心莲。折藕丝能脆，开花叶正圆。春歌弄明月，归棹落花前。"李康成《采莲曲》云："采莲去，月没春江曙。翠钿红袖水中央，青荷莲子杂衣香。云起风生归路长，归路长，那得久。各回船，两摇手。"李白《采莲曲》云："若耶溪傍采莲女，笑隔荷花共人语。日照新妆水底明，风飘香袖空中举。岸上谁家游冶郎，三三五五映垂杨。紫骝嘶入落花去，见此踟蹰空断肠。"徐玄之《采莲》云："越艳荆姝惯采莲，兰桡画楫满长川。秋来江上澄如练，映水红妆如可见。此时莲浦珠翠光，此日荷风罗绮香。纤手周游不暂息，红英烂漫殊未极。夕鸟栖林人欲稀，长歌哀怨采莲归。"

张籍《采莲曲》云:"秋江岸边莲子多,采莲女儿凭船歌。青房圆实齐戢戢,争前竞折漾微波。试牵绿盖下寻藕,断处丝多刺伤手。白练束腰袖半卷,不插玉钗妆梳浅。船中未满度前洲,借问阿谁家住远。归时共待暮潮上,自弄芙蓉还荡桨。"温庭筠《张静婉采莲曲》云:"兰膏坠发红玉春,燕钗拖颈抛盘云。城西杨柳向娇晚,门前沟水波粼粼。麒麟公子朝天客,珂马珰珰度春陌。掌中无力舞衣轻,剪断鲛绡破春碧。抱月飘烟一尺腰,麝脐龙髓怜娇娆。秋罗拂水碎光动,露重花多香不销。鸂鶒胶胶塘水满,绿萍如粟莲茎短。一夜西风送雨来,粉痕寒落愁红浅。船头折藕丝暗牵,藕根莲子相留连。郎心似月月易缺,十五十六清光圆。"王勃《采莲归》云:"采莲归,绿水芙蓉衣,秋风起浪凫雁飞。桂棹兰桡下长浦,罗裙玉腕摇轻橹。叶屿花潭极望平,江讴越吹相思苦。相思苦,佳期不可驻。塞外征夫犹未还,江南采莲今已暮。今已暮,采莲花。今渠那必尽倡家。官道城南把桑叶,何如江上采莲花。莲花复莲花,花叶何重叠。叶翠本羞眉,花红强如颊。佳人不在兹,怅望别离时。牵花怜共蒂,折藕爱连丝。故情何处所,新物徒华滋。不惜南津交佩解,还羞北海雁书迟。采莲歌有节,采莲夜未歇。正逢浩荡江上风,又值徘徊江上月。徘徊莲浦夜相逢,吴姬越女何丰茸。共问寒江千里外,征客关山路几重。"近代如康步崖《采莲曲》云:"侬如池上莲,侬似莲中子。风吹花不开,裹子入心里。"徐悼《采莲曲》云:"溪女盈盈朝浣纱,单衫玉腕荡舟斜。含情含怨折荷华。折荷华,遗所思。望不来,吹参差。"司马龙藻《采莲曲》云:"采莲曲,荡漾随涟漪。游子久不归,秋花开后时。寄以百莲子,伴以双藕枝。妾心最苦正如薏,妾情不断真如丝。"丘琼山《采莲曲》云:"莲花红,莲叶碧。红似妾容妆,碧如妾裙色。轻红易落碧易衰,情人道来竟不来。停桡转棹日过午,藕丝断情莲心苦。"邹登龙《采莲曲》云:"平湖森森莲风清,花开映日红妆明。一双鹨鹕忽飞去,为惊花底兰桡鸣。兰桡荡漾谁家女,云妥髻鬟黛眉妩。采采莲花满袖香,花深忘却来时路。"

(《健康家庭》1941年第3卷第6期)

我的小园地

这真是我所梦想不到的,这十多年来,我的小小园地上,竟先后接待了来自全国各地的党政首长、文艺工作者、园艺工作者、工农兵,以及各阶层的广大群众,地区北至内蒙古,南至海南岛,西至西藏,东至福建,可说是东西南北有人来了。此外,又接待了来自海外的二十个国家的贵宾。一花一木,一盆一盎,都引起了他们莫大的兴趣,这更是我所梦想不到的。

我的小园地在哪里呢?是在江苏省苏州市葑门内的王长河头,面积四亩,占地不多,因我生平爱好紫罗兰,而园地上也种着紫罗兰,所以命名"紫兰小筑"。这是我早年订下了几个五年计划,积累了卖文所得的稿费,换得来的。你要是好奇心重,你要是闻名而没有来过,那么就请你跟着我的笔尖,到这小园地上来蹓跶一下吧。

进得门来,沿着一条石子铺成的小径,向前行进,一面是一列柏树,一面是几株高高低低的棕榈,两面终年常绿,似在迎客。走到小径的中段,向左转便是那作为主要建筑的六间平屋,屋南向,中为接待来宾小坐,供着莲花器物和各种盆景的"爱莲堂";西为陈列着许多青花瓷瓶、瓷盆的"且住"和以各种梅花文玩、梅花书画作点缀的"寒香阁";前面有一厢突出，是杂陈种种石供、盆供而作为书室的"紫罗兰盦"。"爱莲堂"的东邻是我的卧室"含英咀华"之室；连接东面一间六角形的厢房，是纪念亡妻胡凤君的"凤来仪室"，而也是我日常起居的所在。在我六十岁的那年，儿女们为了表示祝寿起见，就在这上面集资给我盖上了一座小楼，命名"花延年阁"，含义是借花木来延年益寿，总算是善颂善祷报我所好的了。

"爱莲堂"前有一道廊伸展左右，廊下陈列着好多大大小小的盆花、盆树和水石盆景。阶下是一个长方形的庭除，中为石砌小径，划作东西二区，东区有素心蜡梅，一树双干，又长出了几个小株，配上了南天竹二十多株，入冬结满红子，和蜡梅的朵朵黄花相映成趣，年景差不寂寞；西区有一个狭长的花坛，围以参差不齐的黄石和书带草，就中种着紫罗兰，春秋两季，花开如绣，香满一庭。穿过中间的小径，展开在前面的，是一片方形的草坪，四周有枫、桂、玉兰、紫荆、红薇、白薇、紫丁香、枝垂桃、硃砂梅、玉蝶梅等花树，居中用湖石和石笋布置了一个上下两层的大花坛，上层种牡丹，下层种芍药，坛边种着月季和小菊，牡丹的中间矗立着一座高高的石峰，让一株大红十姊妹花攀援而上，这一带一年四季，都是有花可赏的。花坛的右面，有一只长方形的大石缸，水中种着萍花，浮在水面，嫩黄可爱；一旁立着一块玲珑剔透的小石峰，络满了爬山虎。花坛的左面，有一个六角形的小花坛，中间安放着一只四面画有山水的古陶盆，种上一株元代的枯干老桧柏，老气横秋，俨然是我盆景群中的老大哥。

草坪的四面，围着常绿的书带草，仿佛是镶上了一条绿色流苏的花边。外围就是石砌的小径，作为园中的通道。小径的西面有一个紫藤棚，攀满了两株老干紫藤的枝条，一株开花作浅红色，一枝是复瓣的紫花，色浓而花大，是绝无仅有的异种，到了暮春三月，这里可就是一片紫云堆了。由棚下南去，就是几百个盆景集中的所在，有看花的，有观叶的，树有枯干、老干的，也有树身少壮的，大型、中型、小型，一应俱全，可以算得是一座露天的盆景展览馆。

回过来再到草坪的南面，隔着小径望去，见有许多花树、果树和常绿树，如枣、紫藤、白桃、红豆、丝兰、白丁香、西府海棠和龙柏、白皮松等，树身有大有小，而以一株龙柏为甲观，恰像虬龙般夭矫直上。草坪的东面，是一条丁字形的石砌小径，沿边种着一株二丈多高的香桂树，枝叶不用修剪，自成塔形，春末开满小红花，好像是无数蜡制的小红莲，十分可爱，叶有香气，终年不凋，是我园树木中的一宝。另有柿树和塔柏，都是年过花甲的老树，恰和香桂鼎足而三。柿树上每年结果几百个，作铜盆形，核少而味甜，给我们一家人大快朵颐。和香桂隔径并列的，有大枫三株，春红原已悦目，而到了秋深经霜之后，满树红酣，真的是"霜叶红于二月花"了。枫下种着不少紫竹，伴以好多块奇峰怪石，竹丛中有一个扇面形的小池，竹影映着水光，自有一种幽致。

从那紫竹林南面的小径上向东行进，见一座略有起伏的土山，疏疏落落地点缀着青石和黄石。山上山下种着许多树，有女贞、洋槐、石榴、枇杷、绣球、枫、橘、李、香橼、紫荆、木桃、樱桃、广玉兰、贴梗海棠、垂丝海棠等，而以棕榈为最多。更有一株异种的梅树，枝条有绿有黄，花作浅红色，而有的花，还显现出一二红色的细线条，很为别致。此外还有不少结红子和黄子的南天竹，散在山坡上下，每逢开花结实时，真好似锦绣堆一样。

南向而面对土山的，有一座"仰止轩"，屋上一半儿盖着瓦，一半儿装着玻璃，是客室和温室两用的。入冬陈列着上百盆最小型的盆景和好多畏寒的盆栽花木，春来移去之后，仍然点缀着一些盆景和瓶供。面南的壁上，挂着费新我画师临摹的"主席走遍全国"画像、毛主席等四位国家领导人的摄影和鲁迅先生站在荆棘丛中的一幅画像；东壁上端有一银杏木横额，刻着我亲笔写的"仰止"两字，就是表示"高山仰止，景行行止"的一片微意。在八扇海棠形花格的玻璃窗外，安放着一盆大型的"听松图"，一个陶质的红衣达摩，站在三株松树之间，正侧着头在听松涛松风，模样儿很为生动。两旁有两只古陶盆，种着一株枯干的老雀梅和一枝老山枫，都作半悬崖形，倒也楚楚可观。下面是一片小草坪，居中有一只精刻牡丹花的圆形大石缸，种植着天竺种的千叶莲花，是从昆山正仪镇分根移植而来的。前面石案上，陈列着四盆老柏树，是光福柏因社

"清"、"奇"、"古"、"怪"四古柏的象征,瞧去苍翠欲滴。石案两旁,有两个俗称"九狮墩"的石柱础,是张士诚女婿潘元绍府中的遗物,在苏州市的古文物中,也是颇颇有名的。

在这小草坪的西面,别有一区,陈列着许多大大小小的松柏盆景,松柏长春,吉祥止止;再配上松、竹、梅和蜡梅、天竹,合为"五清",相得益彰。"五清"后方靠近北墙的所在,有一个用湖石堆砌而成的大花坛,后半部种着绣球、红山茶和南天竹,以石笋作为陪衬;前半部种着一株老黑松、一丛观音竹和一株单瓣红梅,结成了岁寒三友。在它们的脚下,分布着一大片紫罗兰,虽是草本,而叶片新陈代谢,还是四季常青,加上了一年两度开花,有色有香,让它们跟岁寒三友结交,是毫无愧色的。

以上种种,是说我小园地上的主要组成部分,不知道这一小片花地花天,够不够给您们作卧游呢?如果是还嫌不够的话,那么请再跟着我的笔尖,沿着西边盆景集中处,由一条石砌小径向南行进。过了葡萄架,就可瞧见我于三年前设计布置的一区"五岳起方寸",把五个高低不等的湖石竖峰,散布在前后左右,作为泰、嵩、恒、华、衡五大名山的象征,含着"虽不能至,心向往之"的意义,借着这起于方寸之间的五岳,也就可以给我作卧游作神游了。在这一带给所谓"五岳"作陪衬的,有梅、桃、杏、桂、碧桃、辛夷、黄馨、乌桕、海桐、紫荆、木桃、香椿、玫瑰、花叶黄杨、金镶碧玉竹和埋在砌边湖石间的三大缸深红和浅红的睡莲。在它们先后开花的时节,色香兼备,给我满足了眼和鼻的享受。这一带好在是有几株高达三丈外的刺杉作为背景,而西面和南面又有两个茂密的竹林,可就平添了一派山林气象。在这五个石峰之间,用大大小小的湖石自然地阑在四周,借此也就贯通了两条曲折的砖砌小径,可从两面进行,上达东面假山高处的"梅屋"。

这一带五分多地,还是后来开拓出来,跟我原有的园地联系在一起的。只因园地上有土山而没有石山,未免美中不足,就请了蠡口一位堆假山的老技师,向东西洞庭山物色了大批旧湖石,给我堆起了一座丈馀高的假山,居然峰峦毕具,小有丘壑。为了山上山下种了好些梅树,就在一块较平的大石峰上,集了黄山谷碑帖里的"梅丘"二字,刻了上去。山下用人工挖了两个池子,西池作不等边的三角形,中心矗立着一座湖石的竖峰,以作点缀;东池作狭长的横披形,而弯曲到西面去。在这东西二池之间,架上了较平的四五块大湖石,充作桥梁之用。东池种莲花,西池养金鱼,入夏莲花烂开,金鱼活跃,也就觉得生气盎然了。

位在假山高处的"梅屋",是一所四方形的青砖小平屋,窗门上都用三夹板雕成梅花图案,紧贴在玻璃上,屋内三面壁上,都用银杏木板刻了宋元名画家杨补之、王冕所画的梅花,连一只六角形的红木小桌子,也是满满地雕着梅花的。每年春初,就在这里陈列盆梅和瓶梅,那疏影横斜、暗香浮动的清趣，也可领略一二了。

在这"梅丘"、"梅屋"一带的山上和山下，种着好多株大大小小的梅树，有铁骨红梅、送春梅、宫粉梅、绿萼梅、日本种的乙女梅，以及结果的单瓣白梅等，形成了一个梅花的专区。这其间以结果的两株白梅树和一株红萼白花的乙女梅为最大，着花也最为茂密，当开到八九分时，从"梅屋"门前望下去，居然香雪丛丛，蔚为大观，朋友们看了，称为小香雪海。我说单单是这些梅花，即使开得密密麻麻，皑皑一白，也怎么当得起小香雪海之称？还是称为香雪溪吧。

"梅丘"虽用不少湖石堆叠而成，却并没有山洞可穿，只有曲径一条，石板三层，分作三个阶级，可以自上而下，通到东边的"紫罗台"上去。这是一座较低的土墩，挑选了几块较好的大小湖石，随意布局，上面有案有凳，也全是利用湖石来代替的。这比堆叠高耸的假山觉得自然得多，可以入画。

为了梅花虽好，却不是常绿树，因在"梅丘"上和"紫兰台"一带种上了老干的黑松、白皮松、桧柏、龙柏、鸟不宿等，中如桧柏和鸟不宿，都当作盆景般加工整姿，把枝叶修剪得成台成片，自觉楚楚有致，有了这些大型的常绿树，于是终年郁郁葱葱，乱绿照眼了。

在邻近"紫兰台"遥对"梅丘"的所在，有一个长方形的小轩，是用带皮刺松木造起来的，瞧去很觉质朴。中间安放着石案和石鼓凳、瓷鼓凳，以供游客小憩之用；左右放着两个山水大盆景,以供观赏。轩前陈列着大小莲花缸十多只,种的都是名种莲花,有大绿、洒金、层台、粉千叶、佛座莲、桃红千叶和天竺种千叶莲花。花开时节,坐在轩中,就可尽情欣赏,并可看到池里的十八瓣红莲,红裳翠盖,玉立亭亭;回过眼来瞧那缸里的大绿,渐渐地由绿转白,更显得圣洁高华,真如古诗人所歌颂的"不许纤尘污秀质"了。只为这个轩是欣赏莲花的地方,因此命名"荷轩",荷与莲原是二而一、一而二,并没有甚么区别的。

轩的西面有一小片空地,正对"梅丘"、"梅屋"与莲池、金鱼池,面积纵约丈半,横约三丈,作长方形,用青砖铺地,别开生面。中央放着一块大汉砖,上面用石水盘供着一个大型的山水盆景,饶有画意。后面有一座刻着乾隆十二年的大石座,供着盆植的一大株棕榈,大叶四展,取其终年常绿。左右两旁,种着几十竿较矮的观音竹和寿星竹,各成一区,也取其终年常绿。东面贴近"荷轩"槛外的所在,有一只马槽形的大石盆,左角种着一株百年白皮大黄杨,虬枝小叶,模样儿很为潇洒,靠在一块洞窟玲珑的横峰大宣石上,欹斜作态;右角种着书带草和飞白竹,布满了石下的空间,作为陪衬。此外有石条凳、海棠形矮石座和玛瑙石的矮凳等,都可作随意息坐之用。这一带后方的边沿,恰有好几株高大的女贞树,绿阴四布,好似终年张着油碧的天幕。朋友们都说这里倒像是一座露天的客厅,初春可以赏梅,仲夏可以观莲,红红白白,斗艳争妍,在这里品茗清谈,是多么好的享受啊!

朋友们,我噜噜苏苏地说了一大堆,把我小花地的每一个角落,几乎全都说到了。我感谢这十馀年来由于苏州市党和政府的领导对我的关怀,给予我大力的支援,使我这个旧园地恢复了青春,并且比先前显得更美了。在台湾的好几位文艺界朋友,在解放以前,都曾到过我家,逛过我的小园地,我很希望他们早日弃暗投明,早日回到祖国大陆上,如果兴之所至,来看看我们苏州的新貌,乘便也来看看我这小园地的新貌,那么我将曲踊三百,距跃三百,率领我的四个孩子,向他们献花,以表示热烈欢迎的一片诚意。

"小小园林花木稠,万花如海任勾留。愿君惜取闲花草,花地花天作畅游。"

约1960年代初

(手稿)